1365

BAND 2

ABGRUND

To the one who can dance with my angels
and silences my demons:
Thanks to my husband Ekene for his generous heart,
for being my safe space
and for passing through all storms with me.

GWÉNOLA

BRUX

1365

ABGRUND

Bibliografische Informationen der Deutschen Nationalbibliothek
Die Deutsche Nationalbibliothek verzeichnet diese Publikation in der Deutschen Nationalbibliografie; detaillierte bibliografische Daten sind im Internet über dnb.dnb.de abrufbar.

Illustrationen: Sascha Fidyka
Coverdesign, Buchsatz, Herstellung und Verlag:
Bod – Books on Demand, Norderstedt

ISBN: 978-3-7597-6379-2

Bereits in dieser Serie erschienen:
Band 1-1365.Das Erwachen

Dieses Buch enthält Hinweise auf Gewalt, sexuelle Gewalt,
derbe Sprache, Alkoholismus, Tod.
Altersempfehlung: Ab 16 Jahren

Personen

Mönch

Rebell

Rebell

Ausgestoßener

Die Winde,
die von den großen Bergen Norwegens herabstürzten,
hatten dir leise von der bitteren Freiheit erzählt.
Die Stimme der wilden Meere,
ein gewaltiges Dröhnen,
zerbrach dein kindliches Herz,
das zu menschlich, zu sanft war.
Und eines Morgens im April
setzte sich ein bleicher und schöner Ritter
schweigend zu deinen Füßen.
Himmel! Liebe! Freiheit!
Welch großer Traum, du arme Närrin!

(Arthur Rimbaud, Ophélie)

JACQUES

Ein heftiger Wind kam auf und trieb die tosenden Wellen mit voller Wucht gegen die grauen Felsen. Die Möwe war längst tot, doch der Fäulnisprozess hatte noch nicht begonnen und zahlreiche, sich darin tummelnde Maden nutzten den an der Kehle aufgerissenen Tierkadaver als Brutstätte. Zwei weitere Möwen glitten schwerelos durch die Lüfte, kreischten laut, bevor sie elegant auf dem feuchten Sand landeten und sich tänzelnd dem toten Tier näherten. Zuerst zögernd, dann immer hektischer pickten sie ihre harten Schnäbel in das offene Fleisch und begannen auf diese Weise, ihren eigenen Gefährten zu verzehren. Ein roter Fetzen aus Gedärmen flog durch die Luft und landete unmittelbar vor seinen Füßen.

Das Licht flimmerte mit einem Male vor seinen Augen und Jacques wich erschrocken zurück, hielt sich mit beiden Händen die Augen zu und zwang sich, den Gedanken, der sich in seinen Geist gewühlt hatte, zurückzudrängen, doch die Bilder der toten Soldaten, der über dem Schlachtfeld verstreuten, blutigen Leichenteile und der Ausdruck sterbender Augen, die sich hoffnungsvoll in die seinen bohren wollten, hatten ihn bereits eingenommen und ließen ihn innerlich, einer Lähmung gleich, erstarren. Und dennoch würde er alles geben, um dorthin zurückkehren zu können, den ihm angedachten Platz auf dem Schlachtfeld einzunehmen und sein Schwert in die Körper seiner rasenden Feinde zu schlagen, sie zu vernichten, bis es keinen stehenden Soldaten mehr gab, wenn man ihm im Gegenzug nur die Seinen zurückgeben würde.

Denn er war feige gewesen, war desertiert aus Furcht und hatte mit dieser Tat seine Familie zum Tod verdammt. Der Tag, an dem seine Frau und seine Söhne vor seinen Augen hingerichtet wurden, hatte sich unbarmherzig in sein Gedächtnis gebrannt und obwohl einige Jahre vergangen waren, würde ihn diese Traurigkeit jeden Morgen nach dem Aufwachen aufs Neue überfallen, ihre Fänge in sein Herz bohren und es nicht mehr loslassen, bis er wieder bei Einbruch der Nacht den Schlaf finden würde, der ihn vergessen ließ. Wäre er alleine gewesen, hätte er sich schon längst an einem Baum aufgehängt oder wäre vom Felsen oberhalb der Klippe in die Tiefe gesprungen, um im eisigen Meer den Tod zu finden. Doch er war nicht mehr allein und, wie um ihn an seine Pflicht zu erinnern, tauchte nun das schmutzige Mädchen mit dem wilden, schwarzen Haar und den tiefblauen, ernsten Augen zu seiner Linken auf. Jacques schnaubte ungehalten, doch insgeheim war er erleichtert über die Unterbrechung, die seine Gedanken für einen Moment ruhen lassen würden. Sie musterte ihn fragend und schüttelte vorwurfsvoll den Kopf.

»Wo ist Erwann? Du sollst dich doch um ihn kümmern!«, mahnte sie tadelnd und deutete auf den Beutel, den sie über die Schulter gehängt bei sich trug. »Ich habe etwas Hafer und Ziegenmilch mitgebracht! Wir können einen Brei daraus machen!«, schlug sie vor und Jacques nickte langsam. »Wenn du mich danach wieder in Ruhe lässt!«, stöhnte er, erhob sich langsam und mit schweren Gliedern von seiner Bank oberhalb der Düne und ging schlurfenden Schrittes auf seine Hütte zu.

Er sah dem Mädchen schweigend dabei zu, wie sie den Brei über dem Feuer kochte, geduldig wartete, bis er abgekühlt war und dann anschließend den Säugling damit fütterte. Erwann war unersättlich, schien nie genug zu bekommen und man konnte ihm förmlich beim Wachsen zusehen. Doch auch wenn Jacques diese neue Aufgabe zunächst willkommene Ablenkung verschafft hatte, spürte er, dass er ihrer nicht gewachsen war, denn er trug eine Müdigkeit in sich, die nicht von dieser Welt zu sein schien. Es gab Tage, an denen jeder Schritt ihn quälte, jede Bewegung eine Bewegung zu viel zu sein schien und hätte er nicht dieses Kind bei sich, das seine Aufmerksamkeit verlangte, wäre er wohl an manchen Tagen liebend gerne im Bett geblieben. Manchmal fluchte er vor sich hin, ging viel zu grob mit dem Säugling um, was diesem jedoch nichts auszumachen schien, denn er schrie kaum und starrte ihn nur stets aus weit aufgerissenen, blauen Augen an, ganz so, als könnte er in sein Inneres sehen und würde den Kampf erleben können, den Jacques tagtäglich mit sich selbst ausfocht. Er war des Lebens müde geworden und verspürte kaum mehr Freude und selbst die strahlenden Augen dieses Jungen konnten nichts Gegensätzliches bewirken.

Als Ael ihn an diesem Tag wieder verließ, ließ Jacques das Feuer im Kamin ausgehen, warf noch einen letzten Blick auf Erwann, der bereits wieder friedlich schlummerte und legte sich anschließend selbst zur Ruhe. Doch er schlief nicht sofort, seine Gedanken kreisten stets um dasselbe Thema, ließen ihn nicht ruhen und als er schließlich einschlief und am nächsten Morgen von einem kräftigen Windstoß geweckt wurde, der durch die morsche Bretterwand seiner Schlafstätte trieb, hatte Jacques seinen Entschluss gefasst.

HALFDAN

Ein starker Windstoß blies den Sand über den Boden und man hörte laute Rufe draußen auf dem Meer, als der Rumpf des Bootes in eine Welle krachte. Ein höhnisches Lachen ertönte und der schwarze Prinz warf beiläufig einen Blick über das Meer. »Versucht nur zu fliehen! Ich kriege euch früher oder später! Doch für den Moment …!« Er hielt in seinem Monolog inne und ließ seinen Blick über Halfdan wandern. Edward nickte und sein Gesicht verformte sich zu einem hasserfüllten Lächeln. »Für den Moment habe ich, was ich wollte!« Er wandte sich wieder nach vorne und legte die Hand über die Augen, als ein weiterer Windstoß den Sand aufwirbelte.

Halfdan blickte nicht mehr zurück zu seinen Gefährten, denn er hatte mit einem Mal Mühe, seine Fassung zu wahren. Sein Herz klopfte lautstark in seiner Brust, er spürte eine Enge in seinem Hals und das Schlucken fiel ihm schwer. Er zerrte an den Stricken, die seine Hände gefesselt hielten und keuchte kurz, als einer der Männer ihm einen heftigen Stoß in den Rücken gab. Doch er wehrte sich nicht und gab keine Widerworte mehr, denn die Angst um Belana hielt ihn in Schach. Als sie leise aufstöhnte, drehte er sich erschrocken um und blickte augenblicklich in ihre weit aufgerissenen, braunen Augen. »Mein Fuß!«, murmelte sie erschöpft und Halfdan blickte an ihr herunter, sah, dass ihr linker Knöchel gefährlich dick angeschwollen war und fluchte, was ihm einen weiteren Schlag gegen die Schulter einbrachte.

»Edward!«, schrie er dennoch lauthals. »Sie kann nicht laufen! Lasst mich sie tragen!«, brüllte er gegen den Wind.

Edward drehte sich zu ihnen um, gähnte gelangweilt und schüttelte missmutig den Kopf. »Glaubst du, du hast noch das Recht, Forderungen an mich zu stellen?«, tadelte er und klopfte sich mit dem Zeigefinger auf die Nase. »Du hast mich hintergangen!

Und dein Betrug wird bestraft werden! Hast du überhaupt eine Vorstellung von dem, was dich erwarten wird?« Edward hielt sein Pferd an und sprang mit einer eleganten Bewegung aus dem Sattel. Langsam ging er auf Halfdan zu und noch immer lächelte er, doch seine Augen wirkten glasig und unbewegt, wie die eines Toten. Erst als er dicht vor dem Krieger stand, blieb er stehen. »Sag es mir: hast du eine Vorstellung davon?«, murmelte er, den Kopf nach oben gewandt in die Richtung seines Ohres und sein heißer Atem berührte Halfdan wie ein Pesthauch. Stumm blickte er ihn an und überlegte fieberhaft, wie er ihn dazu bewegen konnte, ihn Belana tragen zu lassen. Mit diesem Knöchel konnte sie unmöglich eine weite Strecke gehen, zudem noch mit gefesselten Händen.

»Ich habe dich etwas gefragt!«, brüllte der schwarze Prinz mit einem Male und Halfdan zuckte zusammen, bevor er den Kopf schüttelte. »Nein, habe ich nicht!«, murmelte er hastig und der Prinz nickte zufrieden. »Gut! Dann kannst du mir auch nicht die Überraschung verderben, die ich dir bereiten werde! Doch eines kann ich dir bereits sagen. Es wird lang und schmerzhaft sein!« Halfdan stöhnte innerlich und verfluchte diesen Wahnsinnigen, doch dieser rief schließlich mit einem Wink zwei seiner Männer herbei. »Bindet ihm einen Strick um den Hals und befestigt ihn an meinem Pferd! Und dann befreit ihn von den Fesseln an seinen Händen! Er soll die Hure tragen!«

Halfdan atmete erleichtert auf und rieb sich die Armgelenke, als die Männer Edwards Befehl befolgten und ihn von den Stricken befreiten. Edward grinste und griff nach Belanas Arm, um sie zu sich zu ziehen. Sie zitterte am ganzen Körper und ein Schluchzen entrann ihrer Kehle, als Edward ihr mit dem Daumen über die Lippen strich. »Du bist hübsch!«, murmelte er mit heiserer Stimme. Dann straffte er seinen Rücken, räusperte sich und wandte sich erneut an Halfdan. »Wer weiß, vielleicht lasse ich dich sie heute Abend besteigen!« Er lachte lauthals auf, als er Belanas erschrockene Miene sah. »Natürlich nur in meiner Anwesenheit! Ich will schließlich auch Etwas von dem Schauspiel haben!« Er griff nach den Zügeln seines Pferdes und schwang sich auf dessen Rücken. »Aber vielleicht will ich dich auch lieber für mich haben!«, murmelte er grinsend, bevor er den Strick, der nun um Halfdans Kopf lag und den ihm einer seiner Männer reichte, an den Sattel band. »Willst du dich nicht für die Großzügigkeit deines Herrn bedanken?«, schrie er Halfdan entgegen und zog erwartungsvoll die Augenbrauen nach oben.

Halfdan legte eine Hand an Belanas Rücken und die andere unter ihre Beine und hob sie mit einer schnellen Bewegung in seine Arme. Für einen Moment ging sein Atem stoßweise und alles in ihm sträubte sich, Prinz Edward Ergebenheit entgegenzubringen, doch im selben Atemzug begriff er, dass er keine Wahl hatte, als sich darum zu bemühen, Edwards launenhafter Natur keinen weiteren Grund für einen Wutanfall zu liefern. »Ich danke euch, Lord!«, murmelte er daher und vermied es, den Prinzen anzusehen. Jener nickte zufrieden. »Weiter!«, brüllte er seine Männer an und die Truppe setzte sich wieder in Bewegung. »Was ist das nur für ein grauenhafter Mensch?«, flüsterte Belana angsterfüllt und legte ihren linken Arm um Halfdans Hals. Halfdan lächelte verbittert. »Er ist wahnsinnig und liebt es, Menschen zu quälen!«, murmelte er heiser, denn der Durst hatte seine Kehle trocken werden lassen. »Mach dir keine Sorgen, ich werde alles tun, um dich vor ihm zu beschützen!« Belana blickte ihn einen Moment schweigend an, bevor sie tief seufzte. »Das kannst du nicht, Halfdan!«, sagte sie schließlich mit leiser Stimme. Halfdan hätte ihr gerne widersprochen, wollte sie glauben lassen, dass er ihr Schutz geben konnte, doch er wusste, dass er voll und ganz der Willkür und dem Gutdünken des schwarzen Prinzen ausgeliefert war und so schwieg er.

JEANNE

Folkvin hatte das Steuer übernommen und gab sich alle Mühe, das Boot aus der Brandung zu lenken. Immer wieder krachten die aufsteigenden Wellen gegen das Boot und schon nach kurzer Zeit waren sie alle vollkommen durchnässt. Als sie schließlich in ruhigere Gewässer kamen, hisste er das Segel und Nolwenn und Ivar begannen wortlos zu rudern. Das gerade Erlebte stand ihnen allen ins Gesicht geschrieben und selbst Jeanne schien aufgewühlt zu sein, denn Tränen rannen ihr über die Wangen.

Folkvin räusperte sich, wollte etwas sagen, um seine Gefährten aufzumuntern, doch er fand keine Worte, denn sie würden im Anbetracht der Umstände ohnehin wie Hohn klingen. Und so schwieg auch er, ließ sich erschöpft wieder auf die kleine Bank fallen und hielt den Kurs hinaus aufs offene Meer in Richtung der kleinen Insel, die sie schon bald in einiger Entfernung erblicken würden. Sein Blick schweifte immer wieder an den Strand, er beobachtete die Gestalten, die immer kleiner wurden, bis er sie schließlich nur noch als winzige, schwarze Punkte ausmachen konnte. Sein Herz schlug schwer in seiner Brust und er fühlte eine Traurigkeit, die ihre Fühler in jeden Winkel seines Körpers ausgestreckt hatte. Folkvin fragte sich wieder einmal, ob er Half-dan und auch Belana jemals wiedersehen würde, doch diesmal schwang in seinen Gedanken keine Hoffnung mit.

In sich gesunken starrte er auf das dunkle Meer, versuchte, seine Empfindungen zu ordnen, doch immer wieder verspürte er einen Anflug von Wut auf Jeanne, die Person, die durch die brennende Kerze ihre Flucht vereitelt hatte, doch auch sich selbst verfluchte er dafür, sie nicht daran gehindert zu haben Was war er doch für ein Anführer, dass er im Angesicht der drohenden Gefahr nicht richtig gehandelt hatte und sie stattdessen alle ins Verderben hatte laufen lassen! Er fühlte, dass ihn jemand ansah und hob den Blick. Nolwenn blickte ihn ernst an und schüttelte den Kopf. »Es war nicht deine Schuld!«, sagte sie ruhig. Folkvin schnaubte angestrengt und räusperte sich, ohne etwas sagen zu können.

Bei Einbruch der Dunkelheit erreichten sie die île de Groix. Folkvin steuerte eine kleine, von riesigen Felsen umrahmte Bucht an und sanft trugen die Wellen das Boot in Richtung Küste. Als sie den Strand erreichten, war die Dunkelheit bereits vollends hereingebrochen. Ivar half den Frauen aus dem Boot und er und Folkvin zogen das Boot aus dem Wasser.

»Und jetzt?«, fragte Ivar keuchend. Folkvin blickte sich einen Moment um, um seine Orientierung wiederzufinden. Dann deutete er auf einen schmalen Pfad, der die Küste entlang nach oben auf die Anhöhe führte. »Dort lang!«, sagte er schlicht. Müde stapften sie hintereinander durch den Sand, keiner sprach ein Wort und alle spürten die Ereignisse der letzten Tage tief in ihren Knochen. Obwohl er in den vergangenen Tagen immer wieder an diesen Ort gedacht hatte, verspürte Folkvin diesmal keine Freude, wieder hier zu sein.

Sie folgten dem Trampelpfad oberhalb der Bucht. In regelmäßigen Abständen schlugen die tosenden Wellen gegen die schwarz schimmernden Felsen, ein leichter Wind war aufgekommen und der Mond schien hell am Himmel. In der Ferne ertönte der durchdringende Schrei einer Eule und das Kreischen eines Tiers drang aus dem dunklen Wald an ihre Ohren. Die Gruppe durchquerte ein kleines Waldstück, bevor sie sich schließlich auf einer weiten und kargen, felsigen Ebene wiederfanden. Folkvin deutete in die dunkle Nacht hinein.

»Dort ist mein Hof!«, murmelte er müde und fuhr sich erschöpft mit beiden Händen über das Gesicht. Er konnte es kaum erwarten, sich zur Ruhe zu legen, um etwas Schlaf zu finden und so ging er schnellen Schrittes voran, während seine Gefährten ihm stolpernd durch die Dunkelheit folgten. Schemenhaft erkannten sie die Umrisse eines kleinen Gebäudes mit einer anliegenden Scheune und auf dem Hof einen gemauerten Brunnen. Als sie näher kamen, blieb Jeanne stehen und zog überrascht die Augenbrauen hoch. »Was soll das? Ich werde nicht in diesem Drecksloch schlafen!«, rief sie verärgert aus und drehte sich hilfesuchend nach Ivar um. Die Holzhütte hatte mit Sicherheit schon bessere Tage gesehen, die Fenster waren mit Holzplanken vernagelt, das Dach hatte Löcher und die Tür hing schief in den Angeln. Auch die Scheune war heruntergekommen, das Holz war an manchen Stellen verfault und auf dem Boden konnte man die Schatten zahlreicher, umherhuschender Ratten entdecken. Folkvin spürte die Wut in sich hochsteigen, denn es gefiel ihm ganz und gar nicht, wie die Herzogin über den Hof, den er aus eigener Kraft errichtet hatte, urteilte und so warf er Jeanne einen raschen Blick zu, bemühte sich für einen Augenblick, Ruhe zu bewahren, doch er wusste im selben Moment, dass ihm das diesmal nicht gelingen würde. Das dumpfe Mondlicht verformte sein Gesicht zu einer maskenhaften Fratze und Jeanne trat vor Schreck einen Schritt zurück, als er ihr näher kam, bevor er dicht vor ihr stehenblieb.

»Weib!«, spuckte er aus. »Pack deine Sachen und verschwinde von hier! Ich will dich hier nicht mehr sehen! Du hast uns nichts als Unglück gebracht und stellst noch immer Ansprüche! Wir hätten dich ins Meer werfen sollen!«, sprach er mit gefährlich leiser Stimme.

Ivar griff nach seinem Arm. »Folkvin! Hör auf!«, bat er mit rauer Stimme, auch wenn er längst wusste, dass jener diesmal nicht mit sich reden lassen würde.

Folkvin riss sich los und stieß einen zornigen Schrei aus. »Du auch! Nimm dieses Weib und verschwindet beide! Vor morgen früh will ich euch nicht mehr sehen!«, zischte er und wandte sich von ihnen ab, um die wackelige Tür seiner Hütte zu öffnen.

Er hielt kurz inne und deutete dann mit einer Kopfbewegung zum Holzschuppen. »Ihr könnt in der Scheune schlafen!«, knurrte er.

Jeanne wollte etwas erwidern, doch Ivar hielt sie mit einem Kopfschütteln zurück. Er kannte Folkvin, wusste, dass er nicht schnell wütend wurde, doch wenn es denn soweit war, konnte er der Person, auf die sich sein Zorn richtete, nur raten, schnellstmöglich das Weite zu suchen. Er selbst merkte, wie ungehalten er über die unbedachte Bemerkung der Herzogin war, denn sie alle waren nach der langen Flucht müde und das letzte, was sie nun brauchen konnten, war ein sinnloser Streit bezüglich der mangelnden Bequemlichkeit ihrer Unterkunft.

»Was?«, entgegnete Jeanne nun herrisch. »Soll ich mir das etwa gefallen lassen?«

Ivar stöhnte müde auf, schüttelte den Kopf und fuhr sich mit der Hand über sein langes Haar. Er drehte sich zu Jeanne um, versetzte ihr mit der flachen Hand eine Ohrfeige und deutete auf die Scheune. »Es reicht! Geh dort hinein und warte auf mich!«, rief er zornig. Er hatte genug von diesen kapriziösen Anwandlungen, wollte endlich seine müden Glieder ausstrecken und Schlaf finden und im Augenblick verspürte er den dringenden Wunsch, der Herzogin eine ordentliche Lektion zu erteilen, um sie zum Schweigen zu bringen.

Nolwenn fuhr erschrocken herum und auch Folkvin hielt in seinem Versuch, die Tür aufzustoßen, inne und starrte Ivar wortlos an. Jeanne hielt sich erschrocken die linke Wange, stieß einen weinerlichen Laut aus, doch gehorchte schließlich wortlos.

»Störrisches Weibsbild!«, fluchte Ivar leise und ging zum Brunnen, um Wasser mit einem Eimer zu schöpfen.

Er zog sich sein blutbeflecktes Hemd über den Kopf und begann, sich zu waschen. Seine Muskeln schmerzten, unerbittliche Kopfschmerzen plagten ihn und die Verletzungen in seinem Gesicht machten ihm noch immer zu schaffen, doch das eisige Wasser erweckte seine Lebensgeister und minderte den Schmerz etwas. Nachdem er sich gewaschen hatte, trank er und kippte sich den Rest des Eimers über den Kopf. Er schöpfte erneut Wasser aus dem Brunnen und warf einen Blick zu der Hütte, doch die Tür hatte sich hinter Nolwenn und Folkvin bereits geschlossen. Seufzend hob er den Eimer hoch und marschierte in Richtung Scheune. Er stieß die Tür mit einem Fuß auf und fand Jeanne auf dem Heuboden sitzend vor. Sie starrte ihn mit wütend funkelnden Augen an und hielt sich noch immer die Wange. Er stellte den Eimer Wasser vor ihr ab und begutachtete die Scheune. Das Stroh auf dem Boden sah trocken aus und würde ihnen eine ausreichend bequeme Schlafstätte bieten. Er nickte zufrieden und seufzte »Wasch dich, wenn du willst!«, murmelte er dann an Jeanne gewandt und legte seine Waffen ab.

»Willst du dich nicht entschuldigen?«, zischte die Herzogin mit bebender Stimme. Ivar sah nicht auf, öffnete seinen Gürtel und ließ ihn zu Boden gleiten, bevor er seinen Mantel nahm, ihn auf dem Boden ausbreitete und sich darauf niederließ.

»Es war ein Fehler!«, sagte er ruhig, rückte sich einen Heuballen als Kissen zurecht und schloss seufzend die Augen.

»Das war es ganz bestimmt! Ich bin von adeligem Blut und du hast mich nicht zu berühren!«, presste Jeanne aus zusammengekniffenen Lippen hervor. Ivar öffnete die Augen und blinzelte. Unberührt starrte er einen Moment an die Holzdecke, bevor er ungläubig lachte.

»Es war ein Fehler. Es war ein Fehler, dass ich das nicht schon viel früher gemacht habe. Und ich werde es wieder tun, solltest du einen von uns nochmal auf diese schändliche Art behandeln!«. Er wandte seinen Kopf zu ihr und starrte sie einen Moment wortlos an, bevor er lauthals gähnte. »Wenn ich mich recht erinnere, habe ich dich vorher schon berührt und du hast mit Freuden die Beine breit gemacht, ohne an deine Herkunft zu denken. Also spar dir deine Worte. Es interessiert mich nicht, ob du adeliges Blut hast oder nicht!« Er schloss wieder die Augen, gähnte erneut und drehte sich auf die linke Seite. »Und jetzt schlaf!«, murmelte er müde.

Jeanne stieß einen wütenden Schrei aus und wollte etwas erwidern, doch besann sich eines Besseren. Wortlos legte sie sich neben Ivar auf den Mantel und starrte an die löchrige Holzdecke, während ihre Augen sich mit Tränen der Wut füllten. Langsam formte sich in ihrem Geist die Erkenntnis, dass sie hier außerhalb ihrer Burg nicht unberührbar war und sie ihr Recht über den Willen anderer Menschen zu bestimmen, verwirkt hatte. Wohl oder übel würde sie sich mit ihrer neuen Rolle abfinden müssen, zumindest solange sie die Hilfe der Nordmänner in Anspruch nehmen würde. Und hatten sie nicht sogar Recht, wütend auf sie zu sein, denn war sie nicht diejenige, die durch ihr unüberlegtes Verhalten Halfdan erneut in Haft gebracht hatte? Tatsächlich konnte sie sich glücklich schätzen, dass sie ihr nicht den Rücken gekehrt hatten und noch immer an ihrer Seite standen, um sie bei ihrem Vorhaben zu unterstützen. Denn wer war sie nun, fortab von ihrem sicheren Zuhause, ihrer Burg und all ihren Dienern und Soldaten? Es würde jedem ein Leichtes sein, ihr den Garaus zu machen, wenn man es darauf anlegen würde und womöglich war es an der Zeit, ihren Gefährten etwas Dankbarkeit entgegenzubringen, bevor sie sich noch dazu entschließen würden, sie im Stich zu lassen oder sie gar auf dem Meeresboden zu versenken.

Jeanne realisierte mit einem Male, dass es nun nicht mehr angebracht war, den Verlust auch nur eines Menschen als notwendigen Verschleiß zu betrachten, der entstand, wenn man ehrgeizige Ziele verfolgte. Womöglich war es für sie an der Zeit, ihre eigenen Moralvorstellungen zu überdenken und sich nicht mehr über diese Nordmänner erheben zu wollen. An sich selbst zweifelnd drehte sie ihren Kopf zu Ivar, verspürte mit einem Male das Bedürfnis mit ihm zu sprechen, doch sie sah nur seine Schultern. Sein gleichmäßiger Atem verriet ihr, dass er bereits schlief und seufzend bewegte sie sich näher zu ihm, um die Wärme seines Körpers zu spüren, denn sie fror.

Sie wünschte sich mit einem Male, Ivar würde sie in ihre Arme nehmen, doch sie verstand, dass sie ihn erzürnt hatte und während sie noch überlegte, wie sie ihn besänftigen können würde, schlief sie über diesem Gedanken ein.

Als sie erneut die Augen öffnete, dämmerte es bereits. Die Luft war eisig kalt und sie zitterte am ganzen Körper. Da an Schlaf nicht mehr zu denken war, erhob sie sich ungelenk, klopfte sich das Heu von der Kleidung, betrachtete einen Moment angeekelt ihr schmutziges Kleid, bevor sie nach dem Eimer griff und ihn nach draußen hinter die Scheune schleppte. Mit klammen

Fingern entkleidete sie sich und begann, sich notdürftig zu waschen. Dabei ließ sie ihren Blick über das Land schweifen. Bei Tageslicht sah dieser Ort noch heruntergekommener aus als bei Dunkelheit. Der Wind blies über die karge und raue Landschaft, einzelne Raben kreischten in den wenigen Bäumen, die sich hier und da einsam und blätterlos in der Steppe erhoben und das einzige Grün, das sie erblicken konnte, waren die Zweige des gelben Stechginsters, der an manchen Stellen wucherte. Die Trostlosigkeit dieses Ortes berührte sie auf eine Art, die sie vorher nicht gekannt hatte. Das Gefühl, welches sie hier empfand, war eine Mischung aus Schrecken und Angst und doch schwang darin auch eine Sehnsucht nach Freiheit mit, die sie tief erschütterte. Seufzend griff sie nach ihrem Kleid, als sie Ivar entdeckte, der mit verschränkten Armen an der Scheune lehnte und sie beobachtete. Hastig hielt sie sich das Kleid vor ihre Brust und ging einen Schritt auf ihn zu.

»Ivar …«, begann sie zögerlich, doch er stieß sich von der Wand ab und deutete mit einer Kopfbewegung auf ihre Kleider.

»Zieh dich an! Folkvin will uns sehen!«, murmelte er, bevor er sich abwandte und sie alleine ließ. Wie erstarrt blickte sie ihm hinterher, bevor sie sich mit zitternden Fingern ankleidete und Ivar zur Hütte folgte.

NOLWENN

Nolwenn öffnete die Augen, spürte die klamme Kälte der kratzigen Wolldecke auf ihrem Körper und sprang eilig auf, um ihre eisigen Glieder in Bewegung zu bringen. Der Morgen war bereits angebrochen und trübes Licht fiel durch den Bretterverschlag vor den Fenstern, ließ den Staub in der Luft tanzen und sie sah, dass Folkvin bereits aufgestanden und nicht mehr an seinem Schlafplatz war. Er hatte ihr gestern Abend sein Bett überlassen und hatte sich selbst zum Schlafen auf den Boden vor den kalten Kamin gelegt. Sie waren gestern zu müde gewesen, um sich noch die Mühe machen zu können, Feuerholz zu holen und hatten sich stattdessen gleich schlafen gelegt- Müde streckte sie sich, gähnte, und blickte sich suchend um. Die Hütte war klein und spärlich eingerichtet. Ein kleiner Tisch mit drei Schemeln stand an der Fensterseite und neben dem Bett befand sich ein schiefes Holzregal mit allerlei Werkzeugen, Messern und Kochgeschirr. Nolwenn griff nach Folkvins Umhang, der auf dem Boden lag und legte ihn sich um ihre Schultern, bevor sie Pfeil und Bogen nahm und vor die Tür trat. Sie konnte Folkvin nirgends erblicken und so machte sie sich auf den Weg in das kleine Waldstück, welches sie auf ihrem Weg zur Hütte durchquert hatten, in der Hoffnung, dort vielleicht einen Hasen oder ein anderes Kleintier schießen zu können. Sie erblickte Jeanne, die sich hinter der Scheune wusch, doch Nolwenn gab sich nicht zu erkennen, sondern folgte ihrem Weg. Sie mochte die Herzogin nicht besonders, doch Nolwenn hielt generell nicht viel von Menschen und blieb lieber für sich. Seit dem Tod ihres Vaters hatte sie noch zurückgezogener als vorher gelebt und jetzt vermisste sie ihre Höhle schmerzlich. Umso mehr erfreute sie der Gedanke, bald wieder auf das Festland zurückkehren zu können, denn Folkvin hatte sie gestern Abend von seiner Idee, auf einem Schiff nach Dänemark anzuheuern und sich dort für eine Weile niederzulassen, in Kenntnis gesetzt. Erleichtert hatte Nolwenn diese Entscheidung gutgeheißen, denn, auch wenn sie bei der ihr zugeteilten Aufgabe, nämlich die Gefangennahme der Nordmänner und Jeanne zu bewirken, versagt hatte, so würden die drei nun dennoch weit entfernt von den Zwillingen verweilen und zumindest vorübergehend keinen Schaden anrichten können.

Als Marzin, der Druide und früherer guter Freund ihres Vaters zu Besuch gekommen war und sie mit dieser Aufgabe betraut hatte, hatte sie lange gezögert, sie anzunehmen, denn, auch wenn sie Menschen nicht sonderlich mochte, so wollte sie dennoch nicht diejenige sein, die sie ins Verderben stürzte. In Gedenken an ihren Vater und seine tiefe Freundschaft mit Marzin hatte sie schließlich zugestimmt und der Druide hatte ihr daraufhin aufgetragen, sich der Gruppe um Jeanne zu nähern und ihr Vertrauen zu gewinnen, um sie bei der nächstbesten Gelegenheit an die Engländer ausliefern zu können. Er hatte ihr von dem Zwillingspaar erzählt, Jeanne de Blois' Kinder, die in den Wäldern von Brocéliande aufwuchsen und eine besondere Ausbildung erhalten sollten, die ihnen auf ihrem Weg, die Bretagne zurückzuerobern und der Menschheit den Glauben an die wahren Götter zurückzugeben, dienlich sein würde. Um ihnen diese Möglichkeit zu geben, hatte die Druidengemeinschaft beschlossen, der Herzogin den Kontakt zu ihren Kindern zu versagen, so dass sich die Kinder ohne falsche Einflüsse zu ihrer wahren Größe entwickeln können würden. Ohne genau verstehen zu können, was in diesem Moment in ihr vorging, gefiel Nolwenn dieser Gedanke. Der Hass, den sie jahrelang selbst gegen ihre Mutter gehegt hatte und von dem sie dachte, ihn begraben zu haben, hatte sich in diesem Moment geregt und seine Fühler ausgestreckt, hatte seine Flamme wieder zum Leuchten gebracht und sie mit den Emotionen ihrer Kindheit überwältigt. Sie selbst hatte unter ihrer Mutter gelitten, die im Laufe der Jahre immer mehr dem Wahnsinn verfallen war und während der Vater seinem Tagwerk nachging, hatte sie Nolwenn oftmals grausam gequält, was das kleine Mädchen stumm und ängstlich gemacht und ihr eine unerträgliche, innere Pein beschert hatte. Erst als der Vater eines Tages früher nach Hause gekommen war und Nolwenn aus der Truhe befreit hatte, in der die Mutter sie eingesperrt hatte, hatte er das Ausmaß ihres verfallenen, geistigen Zustands verstanden und die Mutter kurzerhand in eine Anstalt gebracht, die von Mönchen geführt wurden und die sich dazu berufen fühlten, die Dämonen aus den Körpern der Kranken auszutreiben.

Von da an verlief Nolwenns Leben in ruhigen Bahnen und während andere Kinder trotz erlittener Misshandlungen ihre Mütter dennoch vermissen würden, empfand Nolwenn bereits als kleines Mädchen eine tiefe Wut auf ihre Mutter und diese Wut wandelte sich, je älter sie wurde, in eine undurchdringbare Mauer aus Hass.

Und so nahm sie die Aufgabe auf sich, verließ ihre Höhle, um sich auf die Suche nach den Nordmännern zu machen, von welchen Marzin meinte, sie würden sich in dem kleinen Dorf östlich der Burg befinden, welches die Engländer vor zwei Tagen überfallen hatten. Doch ihre lebenslange Einsamkeit und der mangelnde Kontakt zu den Menschen und der realen Welt wurden Nolwenn schnell zum Verhängnis, denn hätte sie die ungepflegten und betrunkenen Engländer, mit denen sich die Nordmänner vor dem Dorf herumschlugen, nicht mit einfachen Banditen verwechselt, so hätte sie ihre Aufgabe bereits leicht als erfüllt betrachten können. So jedoch nahm sie die Gelegenheit wahr, sich das Vertrauen der Gruppe zu erschleichen und stellte sich mit ihrem Bogen auf deren Seite. Als sie ihren Fehler erkannte, war es bereits zu spät und sie gestand sich zähneknirschend ein, dass sie zu schnell gehandelt und zu spät nachgedacht hatte.

Auch in der Nacht, in der sie Folkvin die Nachtwache abgenommen hatte und sich aus der Höhle geschlichen hatte, um den Engländern vom Verbleib der Gruppe berichten zu können, war sie gescheitert, denn die drei Engländer, die sie nicht weit entfernt von der Höhle aufspürte, ließen sie kaum zu Wort kommen, als sie sich ihrem Feuer näherte. Der Größte von ihnen war schwankend auf sie zugewankt, hatte mit einem schmierigen

Grinsen nach ihrem langen Zopf gegriffen und als seine Hand zwischen ihre Beine wanderte, hatte sie ihm kurzerhand sein eigenes Schwert aus der Scheide gerissen und in seine Brust gerammt. Noch während er blutend und stöhnend auf den Boden sank, waren die beiden anderen aufgesprungen und mit gezogenen Waffen auf sie zugestürmt, doch Nolwenn war schnell. Längst hatte sie begriffen, dass sie ihr Anliegen hier nicht vorbringen können würde und so zog sie blitzschnell den ersten Pfeil, schoss ihn in die Brust des einen und während sich der Pfeil in dessen Herz bohrte, hatte sie bereits den zweiten abgeschossen und den dritten Angreifer damit außer Gefecht gesetzt.

Leise fluchend hatte sie das Feuer ausgetreten, hatte die drei Männer durch das nasse Laub gezogen und sie in eine kleine Mulde rollen lassen. Da der Morgen bereits graute, war ihr nichts anderes übrig geblieben, als wieder zurück in ihre Höhle zu kehren.

Jeanne war bereits wach gewesen und hatte sie misstrauisch beäugt, doch keinen Verdacht geschöpft. Sie hatte die Gruppe zur Burg begleitet, als sie vorhatten, Halfdan zu befreien und hatte stets nach einer weiteren Gelegenheit für ihren Verrat Ausschau gehalten und als sie die Truppe vor der Burg angriffen, hatte sie sich einen Moment länger als sonst Zeit gelassen, ihre Pfeile zu schießen, doch es war klar gewesen, dass Folkvin und Ivar die Männer auch ohne ihr Zutun überwältigt hätten. Von da an hatte Nolwenn sich noch mehr darum bemüht, sich im Hintergrund zu halten, hatte wenig gesprochen und den anderen stets den Vortritt gelassen.

Unverhofft war ihr bei ihrem Vorhaben Jeanne zu Hilfe gekommen, indem sie die Kerze mit in den unterirdischen Gang genommen und dadurch die Aufmerksamkeit von Prinz Edwards Männer erweckt hatte. Zwar hätte Nolwenn es vorgezogen, selbst vorher entkommen zu können, doch zumindest hatte sie ihre Aufgabe erfüllt. Allerdings hatte sie erneut ihre Rechnung ohne den Kampfesgeist der Nordmänner gemacht, denn sie entkamen aus der Burg und es war ihnen zunächst tatsächlich gelungen, Halfdan aus den Händen der Engländer zu befreien.

Und so stand Nolwenn nun wieder am Anfang ihrer Mission, doch sie kam nicht umhin, Bewunderung für die Männer aus dem Norden zu empfinden, die unerbittlich um ihre Freiheit kämpften und als Halfdan und Belana erneut von Edward eingefangen wurden, hatte Nolwenn die ganze Dramatik dieses tragischen Abschieds schmerzhaft in sich spüren können. Sie konnte es nicht leugnen, es hatte ihr etwas ausgemacht, zu sehen, wie die beiden tragisch vereint und von Soldaten umkreist am Strand standen. Und auch Halfdans Opferbereitschaft machte ihr schmerzlich bewusst, dass es auch noch gute Menschen auf dieser Welt gab.

BELANA

Halfdan blieb erschöpft stehen, als Edward sein Pferd zum Stehen brachte und anordnete, das Nachtlager aufzuschlagen. Langsam ließ er Belana, die in seinen Armen eingeschlafen und nun hochgeschreckt war, zu Boden gleiten.

Die Nacht war bereits hereingebrochen und der Mond leuchtete hell am finsteren Himmel. Edwards Dienerschaft war kurz vor Einbruch der Dunkelheit zu ihnen gestoßen und hatte allerlei Karren, Verpflegung und Vieh mit sich gebracht und aus Gesprächen hatte Halfdan erfahren können, dass sie sich nun tatsächlich auf dem Weg nach Calais befanden. Dies würde einige Tage Fußmarsch in Anspruch nehmen und Halfdan fürchtete um Belanas Gesundheit, denn nicht nur ihr Knöchel, sondern auch ihr Geist schien in Mitleidenschaft gezogen worden zu sein. Er ertappte sie einige Male dabei, wie sie mit aufgerissenen Augen apathisch vor sich hinstarrte und sprach er sie an, zuckte sie nur zusammen und blickte ihn verwirrt an, ohne auf seine Fragen eingehen zu können.

Das Gefühl, welches sich in ihm eingenistet hatte, seitdem er zu ihr an den Strand zurückgekehrt war, wurde immer mächtiger und er konnte es nun nicht mehr ignorieren, denn er hatte Angst um sie und diese Angst schien von Moment zu Moment zu wachsen, während die Wichtigkeit seiner eigenen Existenz für ihn zusehends an Bedeutung verlor und nur noch diesen einen Nutzen hatte, nämlich den, Belana mit allen, ihm möglichen Mittel zu schützen.

Halfdan beobachtete, wie Prinz Edward vom Pferd sprang und einem seiner Diener die Zügel reichte. Er drehte sich zu ihnen um, warf Halfdan einen abschätzigen Blick zu, bevor er der Dienerschaft den Platz zeigte, an dem er sein Zelt aufgebaut haben wollte. Zwei Soldaten kamen auf Halfdan und Belana zu, einer von ihnen packte die junge Frau grob unter den Schultern. Sie schrie erschrocken auf, als er sie zu einem Baum schleifte, um ihr anschließend auch die Füße mit einem Strick zu fesseln. Halfdan ballte die Fäuste und biss die Zähne zusammen, um seine Wut zu zügeln, als der Mann zurückkam und ihn grob an der Schulter riss.

Schon bald fand er sich selbst an Händen und Füßen gefesselt an diesen Baum lehnend wieder. Man hatte ihnen etwas Brot und Wasser gereicht, doch Belana wollte nichts zu sich nehmen, trank nur etwas Wasser und schlief anschließend augenblicklich ein. Halfdan hatte den Soldaten, der sie bewachte, um eine Decke für sie gebeten, denn die Nacht war kalt, doch er hatte nur höhnisch gelacht und vor Halfdan auf den Boden gespuckt. Und so hatte Halfdan seufzend seinen schweren Umhang von den Schultern gezogen und ihn über Belana gebreitet, in der Hoffnung, dass der vom Regen feuchte Stoff ihr nicht noch mehr Unbehagen bereiten würde.

Der Duft von gebratenem Fleisch drang an seine Nase und er schloss die Augen und stöhnte, als sein Magen laut knurrte. Er wäre beinahe eingeschlafen, als ein Tritt in den Oberschenkel ihn wieder aufschrecken ließ. Mühsam öffnete er die Augenlider, als ihn ein Soldat von oben und mit hoch gezogenen Augenbrauen musterte. »Steh auf!«, knurrte er dann nur und gähnte. »Prinz Edward will dich sehen!«

Er bückte sich, um seine gefesselten Füße zu befreien, bevor er sich wieder aufrichtete, ungeduldig mit einem leeren Krug gegen das Bein klopfte und abwechselnd den Blick schweifen ließ zwischen Halfdan, der sich mühte, aufzustehen und seinen Kumpanen, die um ein Feuer gruppiert lauthals grölten, lachten und sich den Wanst mit gebratenem Fleisch vollschlugen. Er packte Halfdan eilig an der Schulter und zog ihn mit sich in Richtung Zelt.

»Da ist er ja, der Verräter!«, murmelte Edward mit rauer Stimme, während er Halfdan von Kopf bis Fuß musterte. Er saß auf einem Holzstuhl, die Beine weit von sich gestreckt, einen Becher Wein in der Hand und räkelte sich vergnügt unter den

Berührungen einer jungen Sklavin, die ihm mit gesenktem Blick die Schultern massierte. Halfdan betrachtete die beiden schweigend und hoffte inständig, dass Edward nicht auf die Idee kommen würde, Belana hinzuzuholen. Doch es war nur eine Frage der Zeit, bis er ihr Augenmerk auf sie werfen und sie mit seinen abstrusen Vorstellungen quälen wollen würde.

»Gefällt sie dir?«, fragte Edward trocken und trank einen Schluck aus seinem Becher. Halfdan blickte ihn verwirrt an, bevor er verstand, dass Edward von der jungen Sklavin sprach und schüttelte dann den Kopf.

»Nein, sie gefällt mir nicht.«, antwortete er dumpf und versuchte, das lauernde Grinsen, welches sich jetzt in Prinz Edwards Gesicht schob, zu ignorieren.

»Natürlich nicht!« Er sprang auf und scheuchte die Frau hinter seinem Stuhl mit einer Handbewegung fort. Für einen Moment schloss er seine Augen und als er sie wieder öffnete, lag ein eigentümlicher und gefährlicher Glanz darin.

Halfdan spürte erneut die Angst, in sich hochsteigen, sagte sich, dass der Prinz nichts weiter war, als ein Knabe, dem man ein Schwert in die Hände gelegt hatte und vor dem man sich nicht fürchten musste, aber er wusste, wie falsch das war, denn dieser Knabe hatte etwas, was die meisten Menschen nicht hatten: Er hatte Macht. Prinz Edward stellte seinen Weinbecher auf einem Beistelltisch ab, räusperte sich und trat gefährlich nahe an Halfdan heran.

»Ich verrate dir etwas, Nordmann!«, murmelte er und blickte ihm schweratmend in die Augen. »Es spielt keine Rolle, was dir gefällt und was nicht! Und weißt du auch, warum?«, fragte er beiläufig und grinste.

Halfdan sparte sich eine Antwort, die ohnehin nicht lange auf sich warten lassen würde.

»Weil du keinen Willen mehr hast! Du bist nichts weiter, als ein willenloses Geschöpf, welches mir gnadenlos ausgeliefert ist!«, fuhr Prinz Edward fort, bevor er eine Pause machte, hustete und auf den Boden spuckte. »Hab ich nicht recht?«, flüsterte er an Halfdan gewandt.

Halfdan spürte, wie seine Handgelenke juckten und rieb sie ungeduldig aneinander. Grimmige Wut stieg in ihm hoch und er atmete tief ein, blickte auf Prinz Edward nieder, der erwartungsvoll seine Antwort hören wollte und wieder kam ihm der Gedanke, dass er lediglich ein verzogener Knabe war, der mit allem spielte, was ihm über den Weg lief.

Halfdan kämpfte mit sich, seufzte schließlich müde und verkniff sich ein Gähnen. »Macht mit mir, was ihr wollt! Wenn ihr mich foltern wollt, foltert mich. Wenn ihr mich töten wollt, tötet mich. Aber unterlasst eure Spielchen. Sie ermüden mich!«, entgegnete er trocken und beobachtete, wie Edwards Kinnlade nach unten klappte, als er seine Worte vernahm.

Im nächsten Moment krachte bereits Edwards Faust in Halfdans Gesicht. Halfdan taumelte benommen zurück und keuchte. Er schmeckte Blut, seine Nase schmerzte und fühlte sich an, als sei sie gebrochen. Den nächsten Schlag sah er kommen, doch konnte dennoch nicht ausweichen und so traf ihn Edwards Faust erneut. Der schwere Siegelring an dessen Finger riss ihm die Haut auf und Blut lief ihm über die Wange. Erneut hob der Prinz den Arm, doch ließ ihn wieder sinken, räusperte sich und rückte sich seinen Ring zurecht. »Wir haben Zeit!«, murmelte er gelassen und trat einige Schritte zurück.

Halfdan sammelte sich, hob den Kopf, ihrer beide Blicke trafen sich und in dem Moment wusste Halfdan, dass er einen Fehler gemacht hatte. Er hatte sich von seiner aufkommenden Wut überwältigen lassen, hatte dem Prinzen die Stirn bieten wollen und dabei nicht an Belana gedacht, die er doch zu schützen versuchen wollte.

»Du wirst es lernen, glaub mir! Du wirst es lernen, dich zu beugen!« Edward schnaufte, betrachtete die Hand, mit der er Halfdan geschlagen hatte und lächelte zufrieden. »Ich hätte mir denken können, dass es keine Bedeutung für einen Wilden wie dich hat, einen Lehenseid zu schwören!«

Er setzte sich erneut auf seinen Stuhl, griff nach dem Becher Wein und trank ihn in einem Zug leer. Er rülpste und fuchtelte mit dem Becher in der Luft, bevor er ihn vor Halfdan auf den Boden schleuderte.

»Heb ihn auf!«, befahl er ihm und Halfdan verspürte erneut den Zorn in sich, biss die Zähne zusammen und zögerte.

»Nicht? Dann werde ich deine kleine Gespielin holen lassen. Ich hatte ohnehin vor, sie mir als Sklavin zu halten!«

Bei diesen Worten zuckte Halfdan zusammen, bevor er sich bückte, um mit gefesselten Händen den leeren Becher aufzuheben. Taumelnd richtete er sich wieder auf und blickte in Edwards grinsendes Gesicht. »Gut! Ich sehe, du beginnst zu verstehen! Stell ihn dort auf den Tisch!«

Unschlüssig stand Halfdan da, seine Gedanken rasten und eine plötzliche Schwere ergriff seine Glieder, bis ihm der Soldat, der noch immer hinter ihm stand, einen schweren Stoß in den Rücken gab. Da erst folgte er Edwards Befehl, stellte den Becher mühselig auf dem kleinen Tisch ab, denn seine gefesselten Hände zitterten und für einen Moment überlegte er, sie um Edwards Hals zu legen und kräftig zuzudrücken, doch er verwarf den Gedanken wieder. Er durfte kein Risiko eingehen, musste sich jetzt endlich zusammenreißen und sich dem Willen des Prinzen beugen, um die Seherin nicht unnötig in Gefahr zu bringen. Er sah Edward an, der ihn spöttisch musterte und öffnete den Mund, um etwas zu sagen, doch Edward war schneller und winkte die Wache heran. »Bringt ihn zurück! Er langweilt mich!«, rief er verächtlich und beide kamen heran, um Halfdan in ihre Mitte zu nehmen.

»Wartet!«, murmelte Halfdan keuchend und schüttelte den Kopf. Er drehte sich zu Edward um, der ihn erwartungsvoll anstarrte. »Was hast du zu sagen, Verräter?«

»Ich werde mich eurem Willen beugen! Ich werde für euch in Calais kämpfen! Doch lasst das Weib in Frieden! Sie gehört mir!«, stieß Halfdan atemlos hervor und riss an seinen Fesseln.

Edward lachte schallend, bevor er Halfdan mit dem Zeigefinger zu sich winkte. »Glaubst du, du kannst mir irgendwelche Vorschriften machen? Du? Ein armseliger Wicht, der ohne Ziel durch die Wälder streift und nichts mehr besitzt, als den Fetzen, den er am Leib trägt?« Seine Stimme war leise, doch scharf und Halfdan schüttelte erneut den Kopf. »Ich werde für euch kämpfen! Ist es nicht das, was Ihr von mir wolltet? Denkt nach!«

Er schüttelte die Hände ab, die ihn an den Armen hielten und ging einige Schritte auf Edward zu, der ihn überrascht musterte und zögerte einen Moment, bevor er sich auf die Knie sinken ließ und den Kopf senkte. »Ich schwöre es bei meinen Göttern und bei meiner Ehre!«

Er hörte Edward überrascht kichern und vermied es, den Blick zu heben, doch er sah aus den Augenwinkeln, wie sich der Prinz erhob und langsam auf ihn zuging. Mit einem Ruck riss er Halfdans Kopf an den Haaren nach hinten und beugte sich zu ihm hinab. »Ich werde darüber nachdenken!«, murmelte er mit heiserer Stimme an sein Ohr, bevor er von ihm abließ und die Wachen herbeiwinkte.

»Nehmt ihn mit!«, erklärte er beiläufig. »Solange ich noch keine Entscheidung getroffen habe, werde ich dir nicht öffentlich die Augen ausstechen lassen, wie es eigentlich mein Plan war! Du kannst dich also glücklich schätzen. Doch die Strafe für deinen Verrat wirst du dennoch erhalten, sei dir dessen gewiss!«

Ein bösartiges Lächeln umspielte Edwards Gesicht und stumm erhob sich Halfdan, um den Soldaten nach draußen zu folgen.

Zwei weitere Tage verbrachten sie gefesselt an diesem Baum, doch als der Morgen des dritten Tages dämmerte, traf erneut eine große Anzahl Fußsoldaten zusammen mit einigen Dienern, Sklaven und Zivilisten unter der Führung eines englischen Kardinals ein, der offenbar von Prinz Edward erwartet wurde. Um die zahlreichen Sklaven unterzubringen, wurde in aller Eile ein provisorischer Stall zusammengezimmert, der jedoch eher einem Käfig ohne Dach glich und in welchen auch Halfdan und Belana geschleift wurden. Die Bedingungen in dieser Unterkunft waren nicht sonderlich erbaulich; ungewaschene Körper drückten sich aneinander, verbreiteten unangenehme Gerüche nach Schmutz und Krankheit und Halfdan konnte verfolgen, wie Belana immer mehr in sich versackte und kaum mehr im Hier und Jetzt zu sein schien. Es war ihm gelungen, ihr einen Platz an einem Pfosten des Holzzauns freizumachen, so dass sie sich wenigstens daran anlehnen konnte und zu einer Seite hin keine Menschen in ihrer Nähe hatte, doch dies reichte nicht, um sie aus ihrer Lethargie zu holen. Ab und an murmelte sie etwas von einem bösen Omen, einer schadenbringenden Konstellation der Planeten am Himmel, die dem Land Plagen bescheren würden, doch meist starrte sie verloren vor sich hin und war kaum ansprechbar.

Unter der Führung des schwarzen Prinzen begannen die Soldaten Raubzüge in die Umgebung zu unternehmen und die Grausamkeit des Prinzen zeigte sich nun in einem schier furchterregenden Ausmaß, denn während die Soldaten grölend und saufend ihre Erfolge feierten und ihre Beute begutachteten, zeigte der Prinz ein perfides Interesse daran, den gefangenen Dorfbewohnern allerlei Qualen zuzufügen. In sichtbarer Nähe zum Sklavenstall folterte er sowohl Männer, als auch Frauen, schnitt ihnen Körperteile ab, um sie auf Pfählen rund um das Lager zur Schau zu stellen, ließ ihnen die Haut abziehen und die Augen ausstechen und während die Gefangenen unter höllischen Qualen in ihrem Blut badeten und animalische, nicht endend wollende Schreie ausstießen, beobachtete Prinz Edward sie mit einem unbewegten Lächeln und einer tiefen Befriedigung im Gesicht.

Auch wenn Halfdan das blutige Schauspiel zutiefst anwiderte, war er dennoch froh, dass Edward seine Aufmerksamkeit diesen Menschen widmete und Belana und ihn in Frieden ließ. Doch er wusste selbst, dass dies nicht von langer Dauer sein würde, denn, soviel hatte er bereits gelernt, Prinz Edward war ein launischer Mensch, dem schnell langweilig wurde und wie erwartet, geschah es nach einigen Tagen, dass er sein Augenmerk wieder auf Halfdan richtete.

Eines Morgens erwachte Halfdan aus einem traumlosen und unruhigen Schlaf und erblickte Edward an den Gittern stehend. Sein Gesicht war unbewegt und seine Augen eng zusammengekniffen. Er winkte einem der Wächter und deutete auf Halfdan.

»Bring ihn raus!«, murmelte er, ließ seinen Blick langsam über die schlafende Belana wandern, bevor er sich umdrehte und zu seinem Zelt eilte. Halfdan fügte sich und machte keinerlei Anstalten, sich zu wehren, als man ihn auf einen klapprigen Karren schob, der von einem alten Gaul gezogen wurde. Ein alter Mann führte das Pferd, und vier Soldaten auf Pferden umrundeten den Karren, während dieser holpernd über den Waldweg fuhr.

Die Luft war für diese Tageszeit ungewöhnlich mild und feine Sonnenstrahlen kämpften sich durch das Dickicht der Laubbäume, während kleine Vögel in den Büschen bereits zu brüten begonnen hatten. Halfdan spürte die Anspannung im ganzen Körper, seine Gedanken rasten, kreisten um das, was nun kommen würde und wieder einmal nahm die Furcht ihn ein. Ihn, den erfahrenen, furchtlosen Kämpfer aus dem Norden und doch nahm ihm die unsichtbare Bedrohung durch Prinz Edward beinahe den Atem, denn die Willkür, mit der jener agierte, machte ihn zutiefst gefährlich und unberechenbar.

Sie hielten an einem kleinen See, dessen Oberfläche unberührt und glatt in der Sonne lag und dunkelgrün funkelte. Groß gewachsene Kiefern und Rotbuchen umrandeten das Wasser, ein einsamer Storch hatte sich am schlammigen Ufer verirrt und erhob sich mit großen Schwingen in die Lüfte, als er der Ankömmlinge gewahr wurde.

Die Soldaten sprangen von den Pferden und noch während Halfdan grob vom Karren gezerrt wurde, entdeckte er aus den Augenwinkeln den eisernen, mannshohen Käfig, der neben dem See unter einer Eiche stand. Trotz der milden Frühlingssonne gefror ihm für einen kurzen Moment das Blut in seinen Adern und er schluckte, rechnete damit, dass die Soldaten ihn in den Käfig sperren und ins Wasser werfen würden, doch dem war nicht so.

Stattdessen fesselten sie ihn stehend an einen Baum und nun hörte Halfdan Hufgetrampel und er erblickte den schwarzen Prinzen auf seinem Ross herantraben. Neben ihm hielt sich Belana, deren Hände gefesselt waren, kaum auf den Beinen. Während Edward sein Pferd anhielt und sich langsam mit einem herablassenden Lächeln auf den Boden schwang, erstarrte Halfdan bei Belanas Anblick. Schweiß begann ihm über die Stirn zu laufen und er wand sich in den Stricken, bevor er einen verzweifelten Laut ausstieß und sich erneut gegen den Baum sinken ließ.

Zwei von Edwards Männern nahmen Belana in ihre Mitte, während der Prinz sich langsam Halfdan näherte. Mit unbewegter Miene blickte er ihm ins Gesicht, strich sich mit den Fingern über seinen kurzen Bart und räusperte sich, bevor er mit einer ausschweifenden Bewegung zum Käfig deutete. »Ich habe mir lange Gedanken darüber gemacht, wie ich deinen Verrat bestrafen werde. Und nun hast du mir selbst die Idee dazu gegeben!«, sprach er feierlich und grinste.

»Oder dachtest du wirklich, du könntest Forderungen an den zukünftigen König Englands und Frankreich stellen, und das obwohl du mich bereits zuvor hintergangen hast? Dachtest du wirklich, ich würde dein Angebot annehmen und deine Hure verschonen?«

Halfdans Brust zog sich vor Schreck zusammen, er schloss die Augen und schüttelte den Kopf. »Nicht sie. Nehmt mich stattdessen. Lasst Güte walten und schenkt ihr das Leben!«, protestierte er schwach.

Edward hustete leise und spuckte zu Boden. »Aber das tue ich! Ich lasse Güte walten! Nur wirst du derjenige sein, dem das Leben geschenkt werden wird!«

Halfdan erstarrte, dann stieß er einen wütenden Schrei aus, wand sich in den Seilen, ohne Bewegungsfreiheit erlangen zu können und blickte von Edward zu Belana, die sich am Boden zusammengesunken bereits ihrem Schicksal ergeben hatte.

»Und das wird deine Strafe sein!«, murmelte der Prinz nun. »Du wirst ihren Tod mitansehen und daran zerbrechen!«

Halfdans Gedanken jagten umher und mit wildem Blick schaute er um sich, suchte nach einer Möglichkeit, sich aus den Fesseln zu befreien, um Prinz Edward den Schädel einschlagen zu können.

Ja, ihnen allen würde er den Schädel einschlagen, er würde ihnen die Köpfe und Arme abhacken und sie allesamt in diesen Käfig sperren und im Wasser versenken, doch es gab nichts, was ihm hätte helfen können, seinen Blutdurst in die Tat umzusetzen. Er konnte sich nicht befreien und niemand würde ihm zu Hilfe eilen.

Niemand außer die Götter und so schickte er ein Stoßgebet zu Odin und im Anschluss noch an den Gott der Christen, denn er wusste nicht, welcher Religion Belana angehörte und noch während er in Gedanken bittende Worte aneinanderreihte, sah er, wie Belana auf Geheiß des Prinzen in den Käfig gesperrt wurde.

Halfdan glaubte, wahnsinnig zu werden, als er sie dort sah, hilflos umherblickend und sich dann an die Gitterstäbe klammernd, als sie Halfdan entdeckte. Hilfesuchend erhob sie ihren Blick, sah ihn fragend an und im selben Moment verstand sie, begriff, dass er, Halfdan nichts tun können würde und so lächelte sie schließlich. Sie straffte ihre Schultern, fuhr sich mit beiden Händen durch das Gesicht, glättete sich die wirren Haare und nickte Halfdan beruhigend zu, wollte ihn wissen lassen, dass sie bereit war, dass er keine Schuld trug und dass sie ohne Furcht in den Tod gehen würde.

Ihr schönes Gesicht glättete sich mit einem Male, ihre Züge wurden weich und ihre Augen begannen zu strahlen. Im Angesicht des Todes erblühte sie mit einem Male, erwachte aus der Lethargie und stellte sich voller Kraft und Vertrauen ihrem grausamen Schicksal. Ihr Stolz und ihre Schönheit berührten Halfdan und nun war es an ihm, sich zusammenzureißen und aufrecht zu bleiben, um ihr ihren letzten Gang erträglich zu machen und so blickte er sie unentwegt an, ihre Augen verschmolzen ineinander und selbst als der Käfig der Länge nach in den Schlamm gestoßen wurde, verzog sie keine Miene, sondern griff erneut auf den Knien nach den Gitterstäben und ließ Halfdan dabei nicht aus den Augen.

Ein leises Stöhnen entrann Halfdans Kehle, als der Käfig von einigen Soldaten zu Wasser geschoben wurde. Während sich

Belana an den Stäben über ihr klammerte und für einen kurzen Moment das Gesicht noch über Wasser halten konnte, versank sie einen Augenblick später bereits unter der Wasseroberfläche. Prustend zog sie sich einige Male an den Gitterstäben nach oben, doch schon bald sank der Käfig unter Wasser und war nicht mehr zu sehen. Halfdan stieß einen animalischen Schrei der Wut und Verzweiflung aus und nun hörte man Edward lachen. Es war ein tiefes, kehliges Lachen, das die Anwesenden betroffen verharren ließ.

Die Soldaten tauschten fragende Blicke aus, murmelten Gebete und entfernten sich mit langsamen Schritten vom Seeufer. Mit einem Male begann der See an der Stelle, an der der Käfig versunken war, zu brodeln und ein erschrockener Aufschrei ging durch die Reihe der Soldaten. Edwards Lachen verstummte und er blickte angestrengt auf das Wasser, das mit einem Male zu kochen schien.

Schließlich fasste sich einer der Soldaten ein Herz und ging schnellen Schrittes auf den schwarzen Prinzen zu. »Mylord, darf ich sprechen?«, sagte er nervös und fuhr sich mit der rechten Hand über die müden Augen. Unwirsch nickte der Prinz und der Soldat kam noch näher, räusperte sich und flüsterte ihm einige Worte zu. Je mehr er sprach, desto starrer wurde Edwards Gesicht, bis schließlich ein wütender Aufschrei ertönte.

In diesem Moment erfuhr der Prinz, dass das Mädchen, welches er gerade in den Fluten versenkt hatte, eine Seherin aus einem bretonischen Dorf war, die bereits einmal von den Toten auferstanden sein sollte und anschließend den englischen Besatzern dieses Dorfes entwischt war. Edward war Christ, doch er kannte auch das Böse und glaubte ebenfalls an dunkle Mächte und düstere Aberglauben und eine Seherin brachte man nicht um, es sei denn, man wünsche es sich, bis in alle Zeiten über das Diesseits hinaus von ihrem Geist heimgesucht und gequält zu werden und so stampfte Edward mit einem Fuß auf den Boden, bevor sich seine Stimme überschlug und er zu brüllen begann. »Holt sie raus! Schnell!«

Ein erleichtertes Raunen durchlief die Reihen der Soldaten und einige von ihnen stürzten sich bereits in das Wasser, wateten zunächst und zwei von ihnen schwammen schließlich zu der Stelle, an der sie den Käfig vermuteten, während die anderen drei in Ufernähe stehen blieben, da sie des Schwimmens nicht mächtig waren.

Halfdan zitterte innerlich, während ihm kalter Angstschweiß über den Rücken rann. Er starrte zu der Stelle im Wasser, scharrte mit den Füßen und hätte sich selbst am liebsten in die Fluten gestürzt, um den Käfig aus dem Wasser zu ziehen, denn die Langsamkeit, mit der sich die Soldaten fortbewegten, machte ihn wahnsinnig. Er hoffte nur, dass der See an dieser Stelle nicht zu tief sein würde, denn er bezweifelte, dass die Männer besonders gute Taucher sein würden. Er sah, wie einer nach dem anderen unter Wasser verschwand, doch sie ließen sich Zeit. In Halfdans Augen viel zu viel Zeit, doch schließlich tauchte einer der beiden prustend wieder auf. Der andere folgte ihm und schüttelte den Kopf. »Wir können ihn nicht heben! Es ist zu schwer!«, rief er Prinz Edward entgegen, der sich dem Ufer genähert hatte und ungeduldig zu ihnen blickte.

Die Worte des Soldaten trieben ihm die Zornesröte in den Kopf. »Ihr Idioten!«, brüllte er und schlug mit der flachen Hand an einen Baum. »Der Schlüssel! Schließt den Käfig auf!«

Hilfesuchend blickten sich die Männer an Land um, während die zwei Soldaten eilig das Wasser verließen, denn große Blasen fuhren erneut aus der Tiefe des Grundes, um an der Wasseroberfläche zu zerplatzen. Einer der Männer bekreuzigte sich hastig, als er triefend durch den Morast am Ufer stampfte, während der andere fluchend seine tropfnassen Stiefel auszog und das Wasser, das sich darin gesammelt hatte, auf den Boden entleerte.

Das Brodeln im See wurde stärker, es schien, als würde das Wasser kochen und während der alte Mann, der den Karren geführt hatte, den Schlüssel aus seinem Ärmel gezogen hatte und den Soldaten, die aus dem Wasser stiegen, entgegengeeilt war, um ihn einem der beiden zu reichen, begann Halfdan lauthals zu brüllen.

»Beeilt euch, ihr elenden Versager!«, schrie er und das Blut schoss in seinen Kopf, ließ die Schlagader an seinem Hals anschwellen und Halfdan spürte, wie die Verzweiflung eine unbändige Kraft hervorbrachte, die ihn erneut an den Fesseln zerren ließ, doch wiederum gelang es ihm nicht, sich zu befreien.

Er sah, dass sich die Soldaten sich vor dem brodelnden Wasser fürchteten, es nicht mehr wagten, erneut in den See zu gehen und obwohl Edward am Ufer tobte, widersetzten sie sich achselzuckend seinem Befehl und blieben, den Blick auf den See gerichtet, im Morast stehen.

»Befreit den Nordmann! Er soll die Hexe holen!«, brüllte Edward schließlich mit hochrotem Kopf. Seine Stimme überschlug sich beinahe und keinem der Anwesenden konnte entgehen, dass Furcht in seinen Worten mitschwang. Diesmal widersetzten sie sich seinem Befehl nicht. Erleichtert darüber, nicht selbst in den See steigen zu müssen, stürmten drei Soldaten auf Halfdan zu und schnitten in Windeseile die Stricke durch, mit welchen er an dem Baum gefesselt war. Wütend riss Halfdan sich los, griff nach dem Schlüssel, den man ihm zögerlich entgegenstreckte und rannte, so schnell seine Beine ihn tragen konnten, zum Wasserufer.

Er war wie von Sinnen, konnte keinen klaren Gedanken fassen, als er sich kopfüber unter Wasser stürzte, um mit kräftigen Zügen zu der Stelle zu schwimmen, an der sich der Käfig befand. Es dauerte nicht lange, bis er ihn vor den Augen hatte und kurz tauchte er erneut auf, um Luft zu holen, bevor er schließlich nach unten tauchte. Zwei Armlängen später angelte er sich an den Gitterstäben hinab zu dem Schloss, steckte den Schlüssel hinein, schloss auf und mühte sich einen Moment verzweifelt, die Tür aufzubekommen, doch schließlich gelang es ihm und er fasste Belanas Hand, die bereits bewusstlos im Wasser trieb. Er schrak zusammen, als er plötzlich die Züge der alten Heilerin Corentine erkannte, verkrampfte einen kurzen Augenblick unter Wasser, doch dann sah er wieder das vertraute Gesicht Belanas vor sich und ihre Haut schimmerte weiß-bläulich. Es schien, als sei sie bereits des Todes und verzweifelt zog Halfdan die Frau aus dem Käfig, umfasste ihre Taille und schwamm mit ihr nach oben an die Wasseroberfläche, wo er prustend auftauchte.

Halfdan schnappte nach Luft, doch die Angst, dass Belana bereits tot sein könnte, ließ ihn nicht verweilen. Er schwamm mit einem Arm, während er mit dem anderen den Frauenkörper mit sich zog und als sie das Ufer erreichten, streckten sich ihnen etliche Arme entgegen, um Belana an Land zu ziehen und sie auf den sumpfigen Boden abzulegen.

»Ist sie tot?«, kreischte Edward angstvoll, doch Halfdan hörte ihn kaum, legte sein Ohr an ihre Brust und hielt einen Moment den Atem an, befürchtete das Schlimmste, doch schließlich vernahm er einen leichten Herzschlag und atmete auf. Mit beiden Händen packte er sie an die Schultern, zog sie nach oben, schüttelte sie heftig und schließlich stieß sie einen Schrei aus und erbrach sich. Immer wieder würgte sie Wasser hervor und Halfdans Anspannung ließ ruckartig nach, erschöpft sank er in sich zusammen und spürte kaum die Arme der Soldaten, die ihn auf Geheiß von Prinz Edward von Belana wegzogen.

»Wie es scheint, hast du erneut gewonnen!«, knurrte Edward, doch die Erleichterung war auch ihm anzusehen. »Was hast du mit ihr vor?«, presste Halfdan angestrengt hervor, während man ihm die Hände auf den Rücken fesselte.

Edward lachte dumpf »Keine Angst, ich werde ihr kein Haar krümmen! Im Gegenteil, ich werde sehr sorgfältig auf sie aufpassen!«, Er lächelte böse und rieb sich die Hände. »Du hingegen wirst dieses Privileg nicht haben!« Er nickte den Männern zu. »Bringt ihn zurück zu den anderen!«

IVAR

Die Stimmung unter den vier Gefährten war alles andere als gelöst, während sie um den Tisch saßen, etwas aßen und überlegten, wie sie nun weiter fortfahren wollten. Doch kaum jemand war in der Lage, Herr über seine Gedanken zu werden und während Ivar still und in sich zusammengesunken den Eintopf in sich löffelte, starrte Jeanne schweigend vor sich hin, konnte noch nicht verstehen, warum Ivar, der sonst fröhlich und um Harmonie bemüht war, sich nun derart kalt und abweisend verhielt. Schmerzlich wurde ihr bewusst, dass er ihr fehlte, denn zum ersten Mal in ihrem Leben hatte sie erfahren dürfen, was es hieß, jemanden an der Seite zu haben, der sich um ihrer selbst willen um sie sorgte, und nicht aufgrund eines Titels, Herzogtums oder Erbes. Immer wieder huschte ihr Blick verstohlen zu ihm, doch er schien es nicht zu merken, oder womöglich wollte er es nun einfach nicht mehr.

Folkvin hatte die Anspannung zwischen den beiden bemerkt und runzelte unzufrieden die Stirn, denn Streitigkeiten waren das Letzte, was sie nun gebrauchen konnten, doch er beschloss, zunächst du schweigen und bemühte sich stattdessen, sich auf das Wesentliche und zwar auf die Planung ihrer Flucht aus dem Frankenreich zu konzentrieren. Dass Ivar sich erneut von seinen Gefühlen leiten ließ, gefiel ihm jedoch immer weniger, denn wieder einmal konnte er bei diesem Vorhaben auf ihn nicht zählen.

Da niemand sonst ein Wort sprach, unterbreitete Folkvin, der des Morgens bereits im Dorf gewesen war, um brauchbare Informationen einzusammeln, ihnen seinen Vorschlag und da er tatsächlich der Einzige war, der eine ungefähre Vorstellung von dem hatte was sie nun tun würden, war die Sache schnell entschlossen. Von diesem Tag an in zwei Wochen würden sie sich auf ein Schiff nach Dänemark begeben und dort einige Zeit verweilen, fern von den Engländern, die ihren Kopf wollten. Nolwenn atmete erleichtert auf. Dieser Plan gefiel ihr, denn so hatte sie noch etwas Zeit, die Engländer, falls es hier denn welche gab, ausfindig zu machen und ihnen die Herzogin vorzusetzen. Mittlerweile konnte sie es kaum erwarten, wieder in ihren Wald und in ihre Höhle zurückzukehren. Sie vermisste den frischen Geruch der grün leuchtenden Farne, die dampfenden Wiesen im Morgengrauen und den Anblick scheuer Rehe, die sie bei Abenddämmerung aus einiger Entfernung misstrauisch beäugten. Eine wirre Unruhe hatte sich in ihr breit gemacht, seitdem sie auf dieser Insel gelandet waren und mittlerweile war sie sich nicht mehr sicher, ob diese einzig und allein der Sache geschuldet war, dass sie ihre Mission bis jetzt nicht erfüllt hatte, oder ob es daran lag, dass sie sich fern von zu Hause befand.

Doch auch andere Gefühle hatten sich in ihr breit gemacht, die sie nicht verstehen konnte und manchmal glaubte sie beinahe, als würde sie sich in der Gesellschaft dieser Menschen wohl fühlen, ganz so als würde diese Gemeinschaft ihr eine sanfte Leichtigkeit verleihen, die sie vorher nie hatte wahrnehmen können, da das Leben ihr stets zu viele Widrigkeiten aufgezeigt hatte, die jedes leise Gefühl von Unbeschwertheit im Keim erstickt hatten. Doch sie musste stark sein, durfte den alten Mann nicht enttäuschen und ihren Vater in Ehren halten. Daran würde sie festhalten, würde alles dafür tun, ihr Vorhaben zu verwirklichen und sie war sich sicher, dass ihre Entschlossenheit am Ende belohnt werden würde.

Folkvin räusperte sich, blickte in die Runde und nickte. Dann schob er seinen Stuhl zurück und stand auf, verharrte einen Moment, bevor er zur Tür deutete. »Ich gehe Holz holen. Ivar, auf ein Wort!«, knurrte er und Ivar zuckte schuldbewusst zusammen, bevor er Folkvin nachging.

Eine Weile gingen sie schweigend nebeneinander her. Die Wolken hatten sich verzogen, die Mittagssonne stand hoch über ihnen und strahlte hell, ließ den Hof ein bisschen weniger schäbig aussehen und in einiger Ferne hörte man die Möwen kreischen.

»Wegen gestern …«, murmelte Ivar und kratzte sich verlegen am Bart. Folkvin hob die Hand und winkte ab. »Sprechen wir nicht darüber!«, antwortete er kurz, runzelte die Stirn und blickte angestrengt über die Insel. »Warum wolltest du dann mit mir sprechen?«, wollte Ivar wissen.

»Kann ich mich auf dich verlassen? Das ist es, was ich wissen möchte.«, murmelte Folkvin, blieb stehen und sah Ivar ernst an. Dann hob er den Finger und deutete in die Ferne. »Dort am anderen Ende der Insel befindet sich das Grab meines Bruders.«, sagte er und Ivar hob erstaunt die Augenbrauen, denn er hörte zum ersten Mal, dass Folkvin mit seinem Bruder ins Frankenland gekommen war, doch er schwieg, denn die Bitterkeit, die in Folkvins Stimme mitschwang, verriet ihm, dass es ein schwerer Verlust für ihn gewesen war und er seine Gründe hatte, warum er Ivar diese Sache verschwiegen hatte.

Bilder seiner eigenen Familie tauchten vor Ivars innerem Auge auf und schmerzerfüllt schloss er für einen Moment die Augen und atmete tief ein und aus, bis sie erneut verblassten.

»Ich habe dort mein Vermögen versteckt. Es ist nicht viel, doch es sollte für die Überfahrt reichen. Ich werde es morgen holen gehen und werde den ganzen Tag unterwegs sein!«, setzte Folkvin fort, bevor er wieder innehielt und Ivar fest in die Augen blickte. »Kann ich mich darauf verlassen, dass du ein Auge auf die Frauen haben wirst? Sie sollen sich nicht vom Hof entfernen!«, fragte er schließlich und Ivar nickte schnell. »Natürlich. Das weißt du.«, murmelte er und nickte.

Folkvin lächelte. »Weiß ich das wirklich? Mir scheint, dass du in letzter Zeit weniger mit deinem Kopf denkst, sondern eher mit dem, was du zwischen den Beinen trägst.«

Ivar ballte die Fäuste und kämpfte gegen das Bedürfnis an, Folkvin mit einem kräftigen Hieb niederzuschlagen, doch jener grinste schließlich versöhnlich. »Schon gut!«, sagte er und schlug ihm auf die Schulter. »Du wirst schon wissen, was du tust! Sei nur achtsam dabei und lass dich nicht von falschen Beweggründen leiten!«

Ivar grunzte verstimmt, doch erwiderte nichts. Insgeheim gab er Folkvin Recht und verfluchte sich selbst dafür, nicht die Finger von diesem Weib gelassen zu haben. Er verstand sich selbst nicht mehr, wusste nicht, was er an ihr gefunden hatte, dass ihn so sehr betört hatte, dass er seinen Verstand dabei vergessen hatte. Wie dem auch sei, er hatte mehr als genug von ihr, wünschte sie ans andere Ende der Welt und konnte die Blicke, die zwischen Sehnsucht und Wut wankten und die sie ihm unablässig zuwarf, kaum mehr ertragen.

Liebend gerne wäre er Folkvin gefolgt, um den größtmöglichen Abstand zwischen sich und der Herzogin zu bringen, doch er wusste, dass Folkvin ihm diesen Wunsch abschlagen würde. Jener beobachtete ihn schweigend, bevor er tief seufzte und mit den Achseln zuckte. Langsam gingen sie nebeneinander zurück zum Hof.

ALBIRICH

Lea bemühte sich, den blutigen Fetzen im Fluss auszuwaschen, bevor sie sich seufzend auf den feuchten Boden setzte. Ihr Ohr blutete nicht mehr, doch die Schmerzen pulsierten heftig und noch immer liefen ihr Tränen über die Wangen. Eine tiefe Traurigkeit hatte sie überfallen und ziellos war sie eine Zeitlang im Wald umhergeirrt, hatte immer wieder frisches Moos gesammelt, um es gegen ein blutdurchtränktes auszutauschen, bis sie schließlich auf den Fluss gestoßen war, wo sie hastig zunächst ihren brennenden Durst gestillt hatte und sich anschließend mit beiden Händen Wasser über den Kopf hatte laufen lassen. Einige Zeit saß sie ratlos am Fluss, starrte auf das langsam fließende Wasser, bevor sie schließlich aufstand, sich langsam das blutbefleckte Gewand vom Körper zog und angeekelt zu Boden warf. Leise schluchzend und zitternd betrat sie mit nackten Füßen den Fluss.

Das Wasser war eisig und Gänsehaut breitete sich über ihren ganzen Körper aus. Sie ging ein paar Schritte, bis sie tief genug stand, um sich waschen zu können, doch immer wieder sah sie Prinz Edward vor sich, sein böses Grinsen und das gefährliche Glitzern in seinen Augen, sah das Messer in seiner Hand aufblitzen, bevor er ihr ein Stück von ihrem Ohr abschnitt und sah, wie das Feuer im Kamin flackerte, als er sie von hinten mit Gewalt nahm. Sie stieß einen Schrei aus und schlug mit beiden Händen auf das Wasser, spürte, wie aus dem Schmerz, den sie in sich trug, ein neues Gefühl, ein Gefühl von abgrundtiefem Hass erwachte und sich seinen Weg an die Oberfläche bahnte. Gerade in dem Moment, als sie sich vornahm, Stärke zu zeigen und sich nicht von dem Erlebten unterkriegen zu lassen, entdeckte sie die Gestalt eines Mannes, der mit verschränkten Armen am Ufer stand und grinsend zu ihr hinübersah. Ihr Atem stockte für einen Moment und sie beobachtete den Kerl, wie er sich langsam bückte und nach ihrem Kleid griff. »Ist das deins?«, brüllte er zu ihr und hielt den schmutzigen Fetzen in die Höhe. Seine Stimme war rau und kehlig und jagte ihr einen Schauer über den Rücken.

»Hau ab!«, schrie sie wütend.

»Der Blutspur nach zu urteilen, scheint es mir, als könntest du Hilfe brauchen!«, antwortete der Mann stattdessen und hielt ihr das Kleid entgegen.

»Ich brauche deine Hilfe nicht! Geh weg!«, rief Lea verzweifelt, doch der Mann schüttelte den Kopf. »Komm raus! Es ist gefährlich hier! Ich warte auf dich!«, sprach er in versöhnlichem Ton. Lea begann zu zittern, verschränkte die Arme vor der Brust und watete langsam in seine Richtung. Sie wollte dem Mann glauben, wollte, dass er es gut mit ihr meinte und ihr nichts tun würde, denn sie war so sehr müde, dass sie glaubte, jeden Moment vor Erschöpfung umzufallen. »Dreh dich um!«, befahl sie stattdessen und versuchte dabei, ihrer Stimme die nötige Kraft zu verleihen, doch tatsächlich hörte sie sich eher an, wie das leise Fiepen eines hilflosen Welpen. »Oh verzeih!« Grinsend schloss der Mann die Augen und streckte ihr das Kleid entgegen, welches sie ihm schnaubend aus der Hand riss. Hastig streifte sie es über, bevor sie sich aufatmend aufrichtete. Der Mann blinzelte und als er sah, dass sie angekleidet war, öffnete er die Augen und betrachtete sie einen Moment schweigend, bevor er sorgenvoll die Augenbrauen hochzog. »Was ist dir zugestoßen?«, fragte er schließlich und deutete auf ihr Ohr. Lea schwieg einen Moment, musterte den Mann und fragte sich, ob sie sich ihm öffnen konnte. In ihren Augen sah er vertrauenserweckend aus, doch sie konnte sich täuschen, wie so oft in letzter Zeit. Er war kaum größer als sie, hatte langes, nach hinten gebundenes, dunkelblondes Haar, grüne, tiefliegende Augen und eine breite Narbe, die sich quer über seine Stirn zog. Er war kräftig gebaut, hatte stark behaarte Arme und an seiner dunkelgrünen Tunika trug er ein kleines Jagdmesser. Mit einer schnellen Bewegung nahm er seinen Fellumhang von den Schultern und hielt ihn Lea zögernd hin, doch als diese keine Anstalten machte, ihn entgegenzunehmen, legte er ihn ihr kurzerhand selbst über die Schulter. Mit einer Kopfbewegung deutete er in Richtung der Burg. »Kommst du von dort?«, fragte er und Lea nickte stumm. »Haben die Engländer dir Leid angetan?«, fragte er erneut und wieder nickte Lea wortlos. Der Mann verschränkte erneut die Arme vor die Brust. »Wo ist deine Familie?«

Seine Frage ließ sie zusammenzucken und schmerzvoll schüttelte sie den Kopf, denn der Druck, den sie mit einem Male in ihrem Hals spürte, hinderte sie am Sprechen. Der Mann seufzte. »Wir alle haben großes Leid durch die Engländer erfahren. Es gibt kaum einen, der keinen Angehörigen verloren hat.«, sprach er leise, bevor er sich umdrehte und sich einige Schritte entfernte. Lea erstarrte, hatte Angst, erneut alleine zu sein, doch da drehte sich der Mann bereits um und sah sie wartend an. »Wenn du Zuflucht suchst, begleite mich! Ich kenne einen Ort, an dem du sicher bist.«, sagte er und winkte sie zu sich. Lea überlegte nicht lange, konnte ohnehin kaum mehr klar denken und die Worte des Fremden klangen so verlockend, dass sie nichts weiter wollte, als ihm zu folgen. Er nickte ihr aufmunternd zu, bevor er sich umdrehte und weiterging. Erneut blieb er stehen.

»Albirich.«, sagte er rau ohne sich umzudrehen. »Mein Name ist Albirich!«

»Warte!«, murmelte Lea hastig und beeilte sich, auf seine Höhe zu kommen. »Wohin gehen wir?«, fragte sie, während sie Mühe hatte, seinen großen Schritten zu folgen. Er antwortete nicht und so stapften sie eine lange Zeit durch die Wälder, kletterten einen steilen Abhang hinunter, um dort einen Fluss zu überqueren, bevor er schließlich auf eine große Eiche deutete. »Schau dir diesen alten Baum an. Was er wohl alles schon gesehen haben mag?«

Lea nickte verunsichert, wusste nicht, was sie von dem seltsamen Gefährten halten sollte, der kaum sprach und gefühllos und beinahe kalt wirkte, wie ein Fisch am Meeresgrund. Und dennoch spürte sie, dass sie ihm vertrauen konnte, dass er einer von den Guten war und ihr kein Leid antun wollte. Tatsächlich verhielt es sich sogar so, dass sie sich zum ersten Mal seit langem in Sicherheit fühlte. Sie gähnte herzhaft, verspürte mit einem Male eine bleierne Müdigkeit und wünschte sich nichts sehnlicher als ein Strohbett, auf dem sie ihre müden und geschundenen Glieder ausbreiten konnte. Albirich drehte sich zu ihr um, musterte sie mit unbewegter Miene und kratzte sich an seiner großen Nase. »Ein bisschen müssen wir schon noch laufen.«, sagte er dann unberührt und deutete in die Ferne, bevor er mit großen Schritten weiterstapfte.

Es wurde Abend und noch immer waren sie nicht am Ziel. Trotz der kleinen Pause, die sie gemacht und in der sie sich mit getrocknetem Fleisch gestärkt hatten, war Lea inzwischen so sehr müde, dass sie kaum den Weg vor Augen sah. Immer wieder gähnte sie und ihre Augen schienen nicht mehr lange offen bleiben zu wollen. Schließlich verließen sie die Wälder, folgten einem Weg oberhalb einer imposanten Steilküste am Meer, welche von gewaltigen Steinklippen durchdrungen war, bevor sie wieder in einen lichten Wald eintauchten.

»Wie weit noch?«, keuchte Lea. Ihr Kleid klebte ihr inzwischen schweißdurchtränkt am Rücken und sie verspürte erneut einen starken Durst. Albirich drehte sich zu ihr um und grinste, bevor er mit dem Kopf in eine unbestimmte Richtung nickte. »Bald!«, sagte er nur.

Mit einem Male herrschte eine seltsame Stille im Wald und Lea hob alarmiert den Kopf, spürte eine unsichtbare Bedrohung und noch während sie diesen Gedanken wahrnahm, hörte sie ein leises Surren.

CEDRIC

Ein Pfeil schoss durch die Luft und bohrte sich direkt vor Albirich in den Boden. Lea stieß einen leisen Schrei aus und sah sich gehetzt um, suchte mit den Augen die Umgebung nach dem Angreifer ab und wollte sich bereits in die Büsche schlagen, um dort Schutz zu finden. Albirich jedoch war die Ruhe selbst, grunzte lediglich unwirsch und packte ihren Arm, als sie loslaufen wollte. »Bleib hier!«, knurrte er, riss mit der anderen Hand den Pfeil aus dem Boden und ließ seinen Blick über die Bäume schweifen. »Dieser elende ...!«, fluchte er leise, bevor er einen lauten Pfiff ausstieß. »Cédric! Du nutzloser Bastard! Komm vom Baum runter, damit ich dir das Fell über die Ohren ziehen kann!«, brüllte er mit einem Male.

Lea zuckte zusammen, als ein lautes Gelächter ertönte und ein junger Mann mit einem Male von einem Baum herabsprang und sich zu ihnen gesellte.

»Alibirich! Wir haben dich früher erwartet! Wo warst du so lang?«, fragte er, bevor er sein Augenmerk auf Lea richtete. »Und wen hast du uns hier mitgebracht? Ist sie eine von uns?«

Neugierig betrachtete er sie von oben bis unten, lächelte verschmitzt und seine grauen Augen blitzten gutmütig, als er eine Verbeugung andeutete. »Cédric Dumont. Zu euren Diensten!« Er richtete sich auf und nickte Lea zu. »Und euer Name?«

Lea straffte ihre Schultern und strich ihr Kleid glatt. »Lea.«, antwortete sie beinahe trotzig und mit flatterndem Herzen, denn der Jüngling versprühte in ihren Augen etwas zu viel Charme und betrachtete sie beinahe lüstern, so dass sie bereits fürchtete, er würde sie hinter den nächsten Baum ziehen, um sie zu besteigen.

»Welche Anmut du doch hast! Endlich mal eine Frau, bei der man keinen Alkohol braucht, um sie sich schön zu trinken!« Er lachte lauthals, als er Leas verdutztes Gesicht sah. Albirich stöhnte laut auf und schüttelte den Kopf.

»Verdammt! Lass sie in Ruhe! Du kannst viel Gutes auf der Welt tun, indem du einfach mal deinen Mund hältst! Einen Haufen schnatternder Gänse kann man leichter ertragen als dich!«, schimpfte er und reichte Cédric seinen Pfeil. Cédric zwinkerte Lea zu, während diese erstaunt auf dessen schlanke und gepflegte Hände blickte und insgesamt wirkte sein Äußeres sehr sauber und fein und passte so gar nicht zu ihrem und Albirichs Erscheinungsbild. Doch sie war zu müde, um Fragen zu stellen und so folgte sie den beiden, ungleichen Männern und lauschte ihrem Gespräch.

»Wie sieht es dort aus? Hast du tatsächlich niemanden gefunden, der sich unserer Sache anschließen will?«, fragte Cédric bekümmert und Albirich schüttelte den Kopf. »Abgebrannte Dörfer und haufenweise Tote, das ist es, was ich gefunden habe! Wo auch immer die Überlebenden sind, ich konnte niemanden finden. Vielleicht gibt es keine!«, murmelte Albirich niedergeschlagen.

Cédric verzog kurz das Gesicht, bevor er Albirich auf die Schulter schlug. »Dann laufen wir immerhin nicht Gefahr, uns an den Überlebenden mit dem schwarzen Tod anzustecken!«, witzelte er und drehte sich mit einem Augenzwinkern zu Lea um. »Du schleppst uns doch nicht die Pest an, oder?«, fragte er misstrauisch. Lea schüttelte hastig den Kopf. »Nein, Lord!«, murmelte sie. Cédric und Albirich brachen in schallendes Gelächter aus. »Der Kerl hier ist nicht mehr oder weniger adelig als du und ich!«, entgegnete Albirich schließlich. »Lass dich nicht von seinem Äußeren täuschen. Er ist nichts weiter als der Sohn eines verarmten Bauern, der ihn verstoßen hat, weil er nicht in der Lage war, auf dem Hof mit anzupacken!«

Cédrics Gesicht verdüsterte sich für einen kurzen Moment und er wurde nachdenklich. Doch bereits im nächsten Moment hatte er seinen Unmut vergessen und die beiden Männer vertieften sich wieder in ein Gespräch. Lea hörte nicht mehr zu. Sie war kaum in der Lage, einen Fuß vor den anderen zu setzen, denn ihre Müdigkeit war inzwischen so weit fortgeschritten, dass ihr sogar im Gehen ab und an die Augen zufielen. Sie hatten den Weg verlassen und drangen immer tiefer in den Wald ein. Zu ihren Linken und ihrer Rechten erhoben sich nun gewaltige, langgezogene, mit Bäumen überwucherte Hügel, die zu beiden Seiten in der Mitte eng zusammenliefen. Nachdem sie die Enge durchquert hatten, hob Albirich die Hand. »Wir sind da!«, sagte er und lenkte Leas Augenmerk auf einen Palisadenzaun, der ein Waldgebiet umzäunte und in dessen Mitte ein zwar hohes, doch eher verwittertes Tor prangte. Lea riss überrascht die Augen auf und atmete tief aus. Wäre sie in einem normalen Zustand gewesen, hätte sie sich jetzt wahrscheinlich gefürchtet, doch sie war so sehr müde und erschöpft, dass sie für andere Empfindungen keinen Raum mehr hatte.

Das Tor öffnete sich wie durch Geisterhand und ein bärtiger Mann gab ihnen Einlass. Die Männer begrüßten sich und Albirich winkte Lea zu sich. »Mein Weib wird sich um dich kümmern!«, knurrte er zwischen den Zähnen hervor. Lea stand jedoch wie gebannt an der gleichen Stelle und versuchte, die Eindrücke, die sich ihr offenbarten, in sich aufzunehmen. Inmitten all des Grauens dieser Zeit wirkte dieser Ort friedfertig und nicht von dieser Welt. Eine seltsame Stimmung herrschte hier, alles wirkte in Einklang und man schien keine Sorgen zu haben. Einfache Blockhütten standen hier in einem Halbkreis aneinandergereiht, es gab einen kleinen Steinbrunnen und an einem Holzgerüst hingen zwei Rehe kopfüber zum Ausbluten. Zwei Frauen waren dabei, einen kleinen Flecken Erde umzugraben und Saat auszulegen, während ein Mann Holz hackte und ein zweiter die Scheite unter einem Holzverschlag aufstapelte. Ein anderer hatte ein Lagerfeuer errichtet und war dabei, in die Glut zu pusten, um das Feuer zu entfachen und die Abendsonne, die ihren Weg durch die Blätter der Bäume fand, verlieh dem Ort eine besondere Atmosphäre. Lea glaubte sich in einem Traum und spürte, wie ihr Herzschlag ruhiger wurde, denn nun wähnte sie sich tatsächlich in vollkommener Sicherheit. »He! Mädchen!« Albirich stand vor ihr und zog ungeduldig die Augenbrauen hoch. »Willst du hier Wurzeln schlagen?«, murrte er. Lea schüttelte den Kopf und nun kam bereits eine gut gebaute Frau mit wogenden Brüsten auf sie zu. Ihre braunen Haare hingen ihr wirr ins Gesicht, sie schien geschwitzt zu haben, denn ihre Wangen waren rot, doch sie strahlte übers ganze Gesicht, als sie Albirich in die Arme schloss. Im nächsten Augenblick stieß sie ihn wieder zurück und gab ihm eine Ohrfeige. »Warum kommst du erst jetzt, du Mistkerl? Ich dachte, dir sei was zugestoßen!«, schimpfte sie und ihre Augen blitzten wütend, doch Albirich zog sie wieder fest an sich, während sie fluchte und versuchte, mit den Fäusten nach ihm zu schlagen. Schließlich gab sie nach und sie küssten sich. »Komm!« murmelte sie in sein Ohr.

Lea sah verlegen weg, wünschte sich nun doch wieder an einen anderen Ort, doch zum Glück folgte Albirich seiner Frau, die ihn an die Hand nahm und ihn mit fortzog. Albirich drehte sich zu Cédric und Lea um. »Cédric, kümmere dich um das Mädchen! Gib ihr was zu essen! Mein Weib braucht mich jetzt!«

Cédric grinste. »Und ob sie das tut!«, witzelte er und drehte sich zu Lea um. »Begleitet mich, werte Dame!« Er reichte ihr galant die Hand und Lea griff danach, auch wenn ihr die Gesellschaft des mürrischen und schweigsamen Albirich lieber gewesen wäre. Sie folgte ihm zu einer kleinen Hütte, in der es kaum etwas gab, außer einen Tisch, einen Schemel und eine Bettstätte auf dem Boden, auf die Lea sofort zusteuerte. Seufzend ließ sie sich dort nieder, während Cédric sie verwirrt musterte. »Normalerweise geht das nicht so schnell! Willst du mich nicht erst etwas kennenlernen und ein Glas Met mit mir teilen?«

Lea schnaubte empört. »Lass mich einfach in Ruhe schlafen! Ich kann meine Augen kaum noch offenhalten!«, sagte sie und drehte sich demonstrativ von ihm weg. »Und wo soll ich jetzt schlafen?«, fragte Cédric und ließ sich auf den Stuhl fallen. »Das ist mir gleich! Am besten draußen vor der Tür!«, murmelte Lea und war im nächsten Augenblick bereits eingeschlafen. »Draußen vor der Tür! Du bist ganz schön frech! Na warte! Das werde ich dir schon noch heimzahlen!« Cédric zog sich sein Hemd über den Kopf, legte es fein säuberlich auf den Tisch und griff nach einem Eimer, bevor er damit die Hütte verließ. Er wollte sich waschen, denn im Gegensatz zu all den anderen hier, war es ihm wichtig, sauber zu sein. Auch war er der Meinung, bestimmte Krankheiten durch eine angemessene Hygiene von sich forthalten zu können, auch wenn die meisten über diese Idee nur lachten. Wie dem auch sei, er fühlte sich einfach wohler in seiner Haut, wenn diese sauber war. Als er jedoch das leuchtende Feuer sah und die Handvoll Männer, die sich darum sammelten, um sich dort mit einem Becher Met niederzulassen, ließ er den Eimer am Brunnen stehen und gesellte sich zu ihnen. Er würde sich später auch noch waschen können.

HALFDAN

Halfdan starrte wie die vielen Tage zuvor unablässig zu Prinz Edwards Zelt, welches von 2 Soldaten bewacht wurde. Doch dort gab es kaum Regung. Hin und wieder ließ man den Kardinal herein und gestern hatte man einen gefesselten Bauern hineingeschleppt, doch er sah weder Prinz Edward noch Belana. Seine Angst machte ihn wahnsinnig, er konnte kaum noch klar denken und sein Herz raste unablässig. Immer wieder hatte er versucht, sich einen Plan, wie er sie befreien könnte, zu überlegen, doch es fiel ihm einfach nichts ein. Zu gut wurden sie bewacht und zu spärlich waren die Mahlzeiten, als dass er überhaupt bei Kräften bleiben konnte. Und so blieb ihm nichts weiter übrig, als zu warten, doch beinahe schien es ihm, als hätte er nun für Prinz Edward keine Bedeutung mehr.

Man konnte nicht behaupten, dass Prinz Edward sich nicht um Belana gekümmert hätte. Er hatte sie von seinem persönlichen Leibarzt pflegen lassen, hatte ihr gute Nahrung zukommen lassen und sie in ein weiches Bett gebettet. Und nun saß sie da, in all ihrer Arroganz und Schönheit und weigerte sich, zu sprechen.

Prinz Edward, dem man nicht widersprach und der Zeit seines Lebens Macht und Einfluss hatte, glaubte nun schließlich, wahnsinnig zu werden. Würde diese Hexe ihm nicht gegenübersitzen, hätte er sich wahrscheinlich die Haare gerauft und mit dem Fuß aufgestampft.

»Warum machst du es uns so schwer?«, fragte er beinahe atemlos und klammerte sich an seinen Becher Wein. »Ich werde dich niemals gehen lassen. Warum machst du dir dein Schicksal nicht erträglicher, indem du mir sagst, was ich hören will?«, zischte er hervor und konnte sich kaum mäßigen.

Am liebsten wäre er aufgestanden, hätte dieses elende Weibsbild ordentlich durchgeschüttelt und ihr seine Faust ins Gesicht geschlagen. Und dann hätte er sie zu Boden gezerrt, ihre Röcke hochgeschoben und ....

Prinz Edward schnaubte vor Wut. Seine Wahrnehmungen spielten ihm Streiche, denn immer wieder musste er sich vorstellen, diese Hure zu besteigen und je mehr sie sich weigerte, mit ihm zu sprechen, desto größer wurde sein Wunsch. Doch dieses eine Mal durfte er sich nicht nehmen, was er wollte, durfte nicht der Herrscher über andere sein und dieser Gedanke trieb ihn in den Wahnsinn. Mittlerweile wünschte er sich, dieser Hexe nie begegnet zu sein, doch nun hatte er keine Wahl, als sie bei sich zu behalten und darauf zu hoffen, dass sie irgendwann nachgeben würde. Er betrachtete sie noch einen Moment schweigend, sah ihre schönen Augen kampfesmutig blitzen und wieder einmal fragte er sich, wie es dem Teufel gelang, seinen Untergebenen solch ein schönes Antlitz zu verleihen. Es stand außer Frage, dass sie unter dem teuflischen Bann stand und sich in Edwards Gedanken drängte, ihn verführen wollte, um ihn so auf die Seite des Bösen zu ziehen. Doch er würde nicht nachgeben, er musste seine Stärke bewahren. Sie würde nicht gewinnen. Er winkte den Soldaten herbei. »Sie soll sich in ihre Stätte zurückziehen. Bewach sie gut!«

Der Soldat nickte und Belana schob bereits ihren Stuhl zurück. Hinter einem Vorhang hatte man ihr ein nicht allzu unbequemes Lager errichtet, wo sich Belana nun dankbar niederließ. Während sie versuchte, etwas Schlaf zu finden, waren ihre Gedanken wie sonst auch bei Halfdan und schmerzlich wurde ihr bewusst, wie sehr ihm seine Nähe, die ihr stets Trost und ein seichtes Gefühl der Sicherheit verliehen hatte, fehlte.

Edward kochte vor Wut. Er wischte sich keuchend über das Gesicht, kippte den Becher Wein in sich hinein und ließ sich eine Sklavin bringen, doch das schüchterne Ding trieb ihn noch mehr in den Wahnsinn. Er packte sie am Hals, drängte sie auf sein Bett und griff ihr zwischen die Beine. Sie quietschte und er schlug ihr mit der rechten Hand ins Gesicht, bevor er sich seiner

Hose befreite und unsanft in sie eindrang. Doch es fühlte sich nicht an wie sonst, es kam kein Hochgefühl in ihm auf und der Akt widerte ihn an. »Raus mit ihr!«, brüllte er zornig und riss den Körper der Frau wieder hoch. Er stieß sie in die Arme des Soldaten und als er wieder allein war, beobachtete er den Vorhang, hinter dem Belana schlief und fragte sich, was wohl passieren würde, wenn er sich einfach nehmen würde, wonach ihm verlangte. Er fröstelte, denn die Grauen und Schrecken, die ihm dann widerfahren würden, wollte er sich besser nicht ausmalen.

Halfdan seufzte, kniete sich hin und griff nach einigen Steinen, um sie von einer Hand in die andere fallen zu lassen. Der Müßiggang und das Eingesperrt sein dauerte nun schon zu lange und er fühlte sich kaum mehr als Mensch. Mit all diesen Personen auf engstem Raum eingepfercht zu sein, machte ihn derart rastlos, dass er glaubte, den Verstand verlieren zu müssen. Zweimal am Tag lief der Küchenjunge an den Stäben vorbei und schleuderte einige Handvoll an Essensresten, Brotkanten oder verdorbenen Äpfeln hinein und hin und wieder wurden die Eimer, die dazu dienten, ihren Durst stillen zu können, mit Wasser aufgefüllt. Hin und wieder starb auch eine Person vor Schwäche und ohne es zeigen zu wollen, waren die anderen Eingesperrten erleichtert darüber, denn eine Person weniger bedeutete etwas mehr Platz. Es war wahrlich ein trostloser Ort, der zum Himmel nach Exkrementen und ungewaschenen Körpern stank und Halfdan verstand den Sinn dieses Gefängnisses in freier Natur nur bedingt. Warum sollte man Sklaven, die Arbeiten verrichten sollten, derart vor sich hinvegetieren lassen, denn arbeiten, dessen war sich Halfdan sicher, konnte hier keiner mehr. Er selbst spürte, wie durch die Bewegungslosigkeit seine Muskeln langsam schwanden und er fühlte eine tiefe Abgeschlagenheit, die ihn vollends einnahm. Das Einzige, womit er sich beschäftigen konnte, waren seine Gedanken und wenn sie nicht bei Belana weilten, dachte er an Folkvin und Ivar, an seine Kinder, die er wohl nie kennenlernen würde und hin und wieder dachte er auch an seine frühe Kindheit und an seine Mutter und die Erinnerung an ihren Tod trieb ihm jedes Mal Tränen in die Augen.

Ein krächzendes Husten ertönte und Halfdan blickte auf, sah, wie sich ein abgemagerter, junger Mann an den Gitterstäben nach oben zog und sich in einem Schwall heftig übergab. Diejenigen, die um ihn herum kauerten, schimpften lauthals und wichen zur Seite, während der Mann wankte, sich an die Stäbe klammerte und schließlich zu Boden sank. Halfdan seufzte und schüttelte den Kopf. Wenn das hier so weiterging, würden sie hier alle elendig zugrunde gehen. Seinen Tod hatte er sich tatsächlich anders vorgestellt.

Halfdan wachte fröstelnd auf und stöhnte, als er merkte, dass ein Fieber ihn ergriffen hatte. Sein Kopf glühte und pochte unablässig. Mit beiden Händen griff er nach seinem Umhang, den er als Kopfkissen genutzt hatte, bedeckte sich damit und kauerte sich mit hochgezogenen Knien auf den Boden. Doch es machte keinen Unterschied, denn die Kälte der Nacht steckte tief in seinen Knochen. Er hatte einen schalen Geschmack im Mund und wünschte sich im Moment nichts sehnlicher als einen Schluck Wasser, doch tatsächlich fühlte er sich zu erschöpft, um sich einen Weg zum Eimer zu bahnen. Er döste erneut ein, doch schreckte im Halbschlaf immer wieder hoch. Das Fieber veränderte seine Wahrnehmung und bescherte ihm ungute Träume; immer wieder schoben sich seltsame Schattenbilder und furchteinflößende Gestalten in seine Gedanken und wie durch eine Nebelwand sah er diese Dinge mit einem Male vor sich auftauchen, wieder verblassen und verpuffen, nur um von anderen, noch schrecklicheren Erscheinungen ersetzt zu werden. Mit einem Male glaubte er wach zu sein und rollte sich auf die Knie, um sich mit den Händen aufzustützen. Verzweifelt versuchte er auf die Beine zu kommen, doch es gelang ihm nicht. Der Schwindel in seinem Kopf wollte sich nicht legen und er fühlte, wie sich die Dimensionen seines Körpers veränderten, immer größer wurden und sich ausdehnten und anschließend wieder in sich zusammenfielen. Er spürte, wie jemand etwas Wasser in seinen Mund rinnen ließ und wie durch einen Schleier sah er eine alte Frau, die sich besorgt über ihn beugte. Oder war es Belana? Belana .... Wo war sie nur? Warum war sie nicht hier, bei ihm? Er musste sie beschützen, sie aus den Fängen des schwarzen Prinzen holen. Er musste sie jetzt sofort befreien!

Wieder versuchte er, aufzustehen, doch nun leerte er seinen spärlichen Mageninhalt schwallartig auf den Boden, bevor er erneut auf die Knie kippte und kopfüber in seinem Erbrochenen zum Liegen kam. Es war ihm gleich, er gab auf, wollte sich nicht mehr bewegen, denn sein Kopf wirbelte umher und die Übelkeit war nun mittlerweile so schlimm, dass er glaubte, jeden Moment daran sterben zu müssen. Es wurde warm unter seinem Körper und für einen Moment genoss er die Hitze um seine Lenden, suhlte sich darin, bis er verstand, dass er sich entleert hatte, doch er verspürte keine Scham. Er hatte keine Kontrolle mehr über seinen Körper und konnte nichts tun, um es in den Griff zu bekommen und mit diesem Gedanken verlor Halfdan das Bewusstsein.

Als er wieder aus dem Schlaf hochschreckte, dämmerte der Morgen gerade. Sein Kopf hämmerte und er konnte sich nicht daran erinnern, sich jemals so schwach gefühlt zu haben. Der Geruch von Feuer drang an seine Nase und er blickte auf, sah die Soldaten in einiger Entfernung ein Feuer entfachen. Sie lachten und unterhielten sich lauthals. Halfdan stützte sich auf seine Ellbogen und sah um sich. Erst jetzt bemerkte er, dass er nicht der Einzige war, den das Fieber ergriffen hatte. Um ihn herum siechten die Menschen in ihrem eigenen Kot und Erbrochenen, während sich die Gesunden ans andere Ende ihres Gefängnisses zurückgezogen hatten, um nicht in Kontakt mit den Kranken zu kommen. Wieder wurde ihm derart schwindelig, dass er glaubte, sich erneut übergeben zu müssen. Sein Magen und seine Brust hatten sich verkrampft und er hatte das Gefühl, nicht mehr richtig atmen zu können. Erschöpft zog er sich auf die Knie hoch und lehnte sich an einen Holzpfosten. Er schloss kurz die Augen und holte tief Luft, versuchte, Klarheit in seine Gedanken zu bringen, doch es fiel ihm so schwer, wie noch nie zuvor in seinem Leben. Sein ganzer Körper schmerzte und er sehnte sich nach frischem, klaren Wasser. Mit den Augen suchte er seine Umgebung ab, um den nächsten Eimer ausfindig zu machen und sein Blick glitt zu der alten Frau, die ihm gestern, oder war es doch vorgestern gewesen, etwas Wasser gereicht hatte. Sein Atem stockte für einen Moment, denn auch sie war nicht mehr gesund. Ihr Atem ging rasselnd und ihr Gesicht war bleich wie der Tod, doch was Halfdan noch viel mehr erschreckte, war die Tatsache, dass sie schwarze Beulen am Hals hatte. Halfdan schloss erschüttert die Augen, wollte den Gedanken einen Moment lang nicht wahrhaben, doch schließlich langte er mit der Hand an seine Leiste, die ihn seit längerem schmerzte und mit einem Schaudern erspürte er dort ebenfalls eine Erhöhung unter der Haut. Niemand würde es mehr leugnen können: sie hatten die Pest.

Er vernahm einen leisen Aufschrei und sah den Küchenjungen erstarrt am Gitter stehen. Auch er hatte es gesehen.

»Junge, hilf uns!«, flehte Halfdan mit heiserer Stimme. Doch der Junge drehte sich um und rannte blitzschnell weg. Es dauerte nicht lange, bis er die Handvoll Soldaten, die am Feuer standen, über seine Entdeckung informiert hatte. Misstrauisch näherten sie sich langsam dem Gefängnis und blieben in einigem Abstand davorstehen. Ihre Gesichter fielen in sich zusammen, als sie die Wahrheit entdeckten.

»Die Pest! Die haben uns die Pest angeschleppt!«, murmelte einer von ihnen und derjenige, der normalerweise die Aufgabe hatte, die Sklaven zu bewachen, wurde blass, während die anderen sich etwas von ihm entfernten. »Ich habe nichts!«, protestierte dieser schwach und schüttelte heftig den Kopf.

»Wir müssen Prinz Edward informieren!«, sagte der Älteste und strich sich durch seinen bereits grauen Bart.

»Ich gehe!«, sagte er schließlich entschieden, als sein Vorschlag mit Schweigen quittiert wurde. Niemand widersprach ihm und so nickte er den anderen knapp zu, bevor er sich umdrehte und auf Prinz Edwards Zelt zueilte.

Prinz Edwards schriller und wütender Aufschrei ließ nicht lange auf sich warten. Was er noch mehr fürchtete als den Teufel, waren Krankheiten und so brüllte er einen Moment vor Wut, lief wie ein Wahnsinniger hin und her und schleuderte Gegenstände auf den Boden. »Diese elenden Kreaturen wollen mich umbringen!«, keuchte er und ließ sich schließlich auf seinen Stuhl fallen. »Wir brechen sofort auf!« Er fasste sich an die Stirn und stöhnte. »Kümmere dich darum! Lass die Zelte abbauen und finde heraus, ob es Männer gibt, die von der Seuche befallen sind! Wir lassen sie hier! Alle Kranken bleiben hier!«, entschied er und der Soldat nickte und verließ eilig das Zelt, während Belana hinter ihrem Vorhang hervorgetreten war und das Geschehen mit weit aufgerissenen Augen beobachtet hatte.

»Tut das nicht! Das könnt ihr doch nicht tun!«, flüsterte sie mit bebender Stimme. Edward lachte höhnisch. »Es scheint mir, als hättest du endlich deine Stimme wiedergefunden! Wie überaus erfreulich!«

Er griff nach seinem Becher und in dem Moment war Belana bereits aus dem Zelt gestürmt. Fluchend ließ Edward den Becher fallen und folgte ihr.

»Haltet sie auf, um Gottes Willen! Sie will zu den Pestkranken!«, brüllte er seine Wachen an, doch Belana war bereits an ihnen vorbei und rannte auf den Käfig zu. Sie rief Halfdans Namen und Halfdan hörte ihre Stimme und mühte sich mit vereinten Kräften aufzustehen. »Belana, komm nicht näher!«, krächzte er und schüttelte den Kopf, wollte sich in die hinterste Ecke des Gefängnisses zurückziehen, doch die Freude, die er empfand, als er sie wiedersah, war zu groß, als dass er sich von ihr abwenden konnte. Ihre Schritte wurden langsamer, als sie ihn erblickte, und schließlich blieb sie zwei Armlängen vom Gitter stehen. Ihre Augen füllten sich mit Tränen. Halfdan sah erbärmlich aus. Seine Haare klebten ihm an der Stirn, sein Gesicht war totenbleich, seine Lippen waren aufgesprungen und er hatte einiges an Gewicht verloren.

»Es tut mir leid!«, flüsterte sie und ein Schluchzen entrann ihrer Kehle. Halfdan versuchte zu lächeln und schüttelte den Kopf. »Komm nicht näher!«, wiederholte er leise, doch Belana ignorierte ihn und kam doch näher, versuchte seine Hand durch die Gitterstäbe zu greifen, doch er entzog sich ihr.

»Bleib weg! Fass mich nicht an!« Ein Hustenreiz schüttelte ihn und er fiel auf die Knie und keuchte.

Belana weinte. »Nein. Schick mich nicht fort!«, bat sie inständig. Halfdan hob den Blick. Seine fiebrigen Augen bohrten sich in ihre.

»Verschwinde von hier!«, zischte er mit all dem Zorn, den er noch aufbringen konnte und in dem Moment griffen bereits die Soldaten nach Belana, zerrten sie fort, während sie versuchte, sich zu wehren, doch die Männer waren stärker. Sie schleppten sie zurück ins Zelt, dicht gefolgt von Edward, der fluchend hinter ihnen herging.

»Dummes Weibsbild! Bringst uns alle in Gefahr! Siehst du nicht, dass er schon so gut wie tot ist? Du kannst froh sein, dass ich dir das Leben rette!« Er schimpfte noch eine Weile vor sich hin, leerte zwei Becher Wein in einem Zug, bevor er seinen Arm hob und der lamentierenden Belana Einhalt gebot.

»Hör auf! Hör sofort auf damit!«, befahl er ihr, doch auch er war blass um die Nase. Belana hob bittend beide Hände.

»Ihr dürft ihn nicht hierlassen! Lasst mich ihn pflegen!«, sagte sie mit zitternder Stimme. Sie wischte die Tränen weg und straffte ihre Schultern. Prinz Edward schüttelte den Kopf. »Nein! Ich brauche dich noch!«, antwortete er entschieden. »Ich kann nicht riskieren, dass du dich ansteckst und stirbst!«

Belana lächelte müde. »Ich werde mich nicht anstecken. Ich kenne mich mit Krankheiten aus und weiß, was zu tun ist!«

Edward hob den Kopf und blickte sie verdrossen an. Er dachte nach, fragte sich, ob es ihr tatsächlich gelingen könnte, den Nordmann zu heilen, denn immerhin war sie eine Hexe und verstand sich womöglich in der Heilkunst. Denn, auch wenn er sich das nur ungern eingestand, widerstrebte es ihm, seinen Nordmann hierzulassen, denn er gehörte ihm und er hatte noch Einiges mit ihm vor. Und womöglich würde die Hexe sich ihm erkenntlich zeigen, wenn er sie gewähren ließ, und würde ihm endlich seine Zukunft voraussagen. Er seufzte und wandte sich an Belana.

»Vielleicht lasse ich dich das tun. Doch du weißt, was ich im Gegenzug von dir erwarte!«, murmelte er mit einem halbherzigen Lächeln und blickte sie gespannt an.

Belana nickte zögernd. »Sobald er gesund sein wird, werde ich einen Blick in eure Zukunft werfen!«, sagte sie mit tonloser Stimme und Edwards Augen begannen zu leuchten. Sein Herz begann zu flattern und er konnte das Hochgefühl, welches in ihm aufgekommen war, kaum verbergen. Mit zitternden Händen griff er nach dem Weinkelch, schenkte einen Becher ein und reichte ihn Belana. »Wir sollten auf unser neues Bündnis trinken!«

Sie hatten ihm die Tür zum Gefängnis geöffnet. »Beweg dich schon! Denk ja nicht, dass wir reinkommen, um dich zu holen!« Der Wärter spuckte aus und klopfte sich ungeduldig auf die Oberschenkel. Halfdan hob den Kopf, sah wie durch einen Nebel Belana neben einem Pferdekarren stehen und auf ihn warten und er drehte sich zum Wärter.

»Schließt das Gitter! Ich komme nicht raus!«, presste er zwischen Schmerzen hervor und ließ sich zurück auf den Boden fallen. Der Wärter hob verwundert die Augenbrauen, dann lachte er schallend. Er drehte sich zu Belana um. »Ich muss euch enttäuschen! Er krepiert lieber unter Seinesgleichen als sich in eure Hände zu begeben!«

Belana runzelte die Stirn. »Wie kann man nur so stur sein!«, murmelte sie beinahe wütend und ging energischen Schrittes auf den Käfig zu. Der Wächter sah das zornige Blitzen in ihren Augen und ließ sie ohne Protest gewähren, als sie in das Gefängnis trat. Einen Augenblick schaute sie sich um, sah die Kranken, die mehr tot als lebendig waren, dann drehte sie sich zu Halfdan um.

»Geh fort von hier! Ich will dich nicht sehen! Bitte geh fort!«, keuchte er und wandte sein fiebriges Gesicht von ihr ab, doch sie ignorierte sein verzweifeltes Krächzen und seinen Versuch, sich von ihr fernzuhalten, packte ihn unter der Schulter und versuchte, ihn auf die Beine zu ziehen. Er stank erbärmlich nach Kot, Eiter und Erbrochenem. Einen Moment weigerte er sich noch, versuchte, sie von sich zu stoßen, doch Halfdan hatte kaum mehr Kraft in seinem Körper und gab schließlich auf. Er klammerte sich an Belana, schaffte es schließlich aufrecht zu stehen und ließ sich von ihr aus dem Gefängnis führen. Die Wärter rümpften die Nase und wichen eilig zurück. »Kommt uns nicht zu nahe!«, mahnte einer von ihnen und bedeckte Mund und Nase mit einem Tuch.

Alle waren zum Aufbruch bereit, die Wägen waren gepackt, die Pferde gesattelt und die Soldaten abmarschbereit. Prinz Edward saß wachsam auf seinem Hengst, der ungeduldig schnaubte und hin und her tänzelte. »Beeil dich, Hexe! Bring ihn in den Wagen und dann reihst du dich am Ende des Zuges ein! Mit gehörigem Abstand versteht sich!«

Belana biss die Zähne zusammen, versuchte mit aller Kraft, Halfdan auf den Beinen zu halten, doch er schwankte derart, dass sie unter seinem Gewicht zusammenbrach und beide zu Boden fielen. Halfdan stöhnte lauthals und Belanas Herz raste. Die Angst, dass Prinz Edward seine Meinung ändern und sie am Ende beide in den Käfig einsperren und damit zum Tode verurteilen würde, war zu groß und so schob sie Halfdan hastig von sich und kam auf die Beine. Suchend blickte sie sich einen Moment um, erhaschte Edwards ungeduldigen Gesichtsausdruck und griff erneut nach Halfdans Arm. Sie zog an ihm, doch hatte keinen Erfolg dabei.

»Lass mich hier liegen!«, stöhnte er.

»Halt den Mund!«, zischte Belana wütend und zog heftiger an

seinem Arm. Prinz Edward beobachtete das Schauspiel gleichermaßen amüsiert und gereizt. Schließlich schnaubte er wütend und rief zwei Soldaten herbei. »Schafft den Nordmann in den Wagen!«, befahl er knapp. Die Soldaten zuckten zusammen, warfen sich gegenseitig einen erschrockenen Blick zu, doch da sie es nicht wagten, dem Prinzen den Gehorsam zu verweigern, kamen sie der Aufforderung nach und näherten sich langsam dem Kranken. Erleichtert trat Belana einen Schritt zurück und überließ ihnen Halfdan. Der Angstschweiß stand beiden auf der Stirn, als sie ihn unter den Schultern packten und ihn zum Wagen zerrten. Unsanft wuchteten sie ihn auf den Karren und ließen ihn auf das dort ausgebreitete Stroh fallen. Belana raffte ihr Kleid und stieg ebenfalls hinauf, während sich die zwei Männer eilig von ihnen entfernten, um ihren Platz unter den ihresgleichen wieder einzunehmen. Doch Prinz Edward machte ihnen einen Strich durch die Rechnung. »Ihr zwei bleibt hier!«, kreischte er und deutete auf das Zwangslager der Kranken. »Ihr bleibt hier und bewacht die Kranken! Sorgt dafür, dass sie nicht ausbrechen!«, befahl er. Die beiden wurden kreidebleich, nickten jedoch regungslos.

»Wir brechen auf! Nach Calais!« Prinz Edward nickte seinem Hauptmann zu und während sich der Zug gemächlich und ohne weitere Zwischenfälle in Gang setzte, begann für Belana der Kampf um Halfdans Leben.

LEA

Spät in der Nacht erhob sich Lea von ihrem Lager und blickte sich verwirrt und mit heftig klopfendem Herzen um, bis ihr schließlich wieder einfiel, wo sie sich befand, und sie beruhigt die Augen wieder schließen konnte. Sie war in Sicherheit, nichts konnte ihr mehr passieren, denn Prinz Edward war weit weg von diesem Ort. Eine schauerliche Gänsehaut lief ihr über den Körper, als sie sich wieder in Erinnerung rief, wie er sie geschändet hatte. Immer und immer wieder rief sie sich diese Tat ins Gedächtnis, denn sie wollte ihren Hass nähren und sich nicht als Opfer fühlen müssen. Und auch diesmal knirschte sie vor Wut mit den Zähnen und malte sich aus, wie sie den Prinzen zu gegebener Zeit bis zum Tod quälen würde. Sie tastete nach ihrem Ohr und stellte zufrieden fest, dass die Wunde nicht mehr nachgeblutet hatte. Sie streckte sich einen Moment und gähnte, bevor sie sich aufmerksam in der Hütte umblickte, doch sie konnte nichts Essbares finden. Ihr Magen knurrte und sie hatte Durst. Von draußen ertönten Flötenklänge und ein leises Trommeln drang an ihr Ohr und so öffnete sie die Holztür und erblickte das große Lagerfeuer in der Mitte des Platzes, um den einige Frauen und Männer saßen, leise miteinander sprachen und der Musik lauschten. Zahllose Sterne funkelten heute am Himmel und der Mond war bereits beinahe voll. Zögerlich ging Lea auf das Feuer zu und erblickte voller Erleichterung Cédric, der ihr zuwinkte. Die Menschen beachteten sie kaum, als sie sich zu ihm setzte. Seine Augen funkelten belustigt, als er ihr einen Becher Met reichte. »Ich hoffe, mein Bett war euch genehm! Und wenn ihr schon mein Schlafgemach besetzt, könnt ihr euch auch gerne um den Haushalt kümmern!«

Entrüstet schüttelte Lea den Kopf und trank hastig den Met in einem Zug, bevor sie Cédric den Becher zurückreichte. Er lachte leise und stand auf. »Ich hole dir etwas zu essen!«, murmelte er und zwinkerte ihr zu. Kurze Zeit reichte er ihr eine Holzschüssel mit einem dampfenden Inhalt, den Lea gierig in sich hineinschlang. Cédric beobachtete sie einen Moment ungläubig. »Von adeligem Blut bist du schon mal nicht, so ungeniert wie du das Essen in dich hineinschaufelst!«, grinste er dann und deutete auf einen Mann, der in der Mitte einer Menschentraube saß und lauthals diskutierte. »Das ist unser Anführer!«, raunte Cédric.

»Wie heißt er?«, fragte Lea und beobachtete den Mann, der nun aufstand und beruhigend die Hände hob, um die Menschen zum Schweigen zu bringen. Er hatte ungefähr ihre Größe, war jedoch um einiges älter als sie, hatte breite Schultern und einen leichten Bauchansatz und schien eine Verletzung an der Schläfe zu haben, denn ein blutiger Verband war um seinen Kopf gewickelt. Er hatte ein rundliches Gesicht, ein markantes Kinn und war braungebrannt. Sein voller Bart schimmerte grau im Schein des Feuers und seine schmalen Augen funkelten, als er die Arme vor der Brust verschränkte und wartend in die Runde blickte.

»Sein Name ist Maclou!«, flüsterte Cédric atemlos und wartete gespannt darauf, was dieser zu verkünden hatte.

Die Worte, die jener sprach, brachten Leas Atem zum Stocken. Angespannt lauschte sie seiner rauen Stimme, hörte, wie jener die Engländer und ihren blutigen Feldzug durch das Land verfluchte und saugte die Wut der Anwesenden, die seine Worte mit Flüchen und hasserfüllten Bemerkungen ergänzten, in sich auf, fühlte sich, als hätte sie endlich einen Strohhalm gefunden, der ihr das Atmen unter Wasser ermöglichte und sie vor dem Ertrinken retten würde.

»Wir alle haben Mitglieder unserer Familien verloren! Wir alle haben unser Heim verloren, unser Land, unser Vieh, getötet durch die Hände dieser englischen Schlächter, die kein Mitgefühl und keine Gnade kennen! Doch wir werden zurückschlagen! Wir werden uns unser Land zurückerobern!«

Maclou hatte die letzten Worte gebrüllt, sein Kopf war rot

angelaufen und er schlug seine Fäuste gegeneinander und nickte befriedigt, als er den Jubel der Leute vernahm.

»Wir sind nicht viele! Doch wir werden jeden Tag mehr! Einfache Bauern waren wir bis jetzt, doch nun lernen wir zu kämpfen und werden mit jedem Tag besser werden und uns am Ende das zurückholen, was uns gehört!«

Die Leute pfiffen und bejubelten Maclou und Lea spürte, wie ihr warm ums Herz wurde. Hier war sie tatsächlich gut aufgehoben. An diesem Ort würde sie ihren Hass gegen Prinz Edward und die Engländer zusammen mit Gleichgesinnten nähren können.

Maclou hob die Hände, um die Menschen zum Schweigen zu bringen. »Erst gestern haben Cédric und einige andere ein Waffenlager der Engländer geplündert. Was bedeutet, dass wir jetzt mehr als genug Schwerter und Langbögen haben, um uns im Kämpfen zu üben!«

Lea blickte zu Cédric, der stolz in die Runde grinste und sich mit der Faust gegen die Brust klopfte.

»Gut gemacht, Cédric!«, flüsterte es an ihrer Seite und Lea erkannte Albirich, der sich neben sie setzte. Sie spürte, wie sie innerlich aufatmete, denn immerhin war er der Einzige, der erklären konnte, warum sie sich nun in deren Lager befand. Cédrics Grinsen wurde noch breiter und seine grauen Augen blitzten, als er auf Lea deutete. »Solltest du nicht bei deinem Weib sein und nicht die Gesellschaft junger Dinger suchen?«, fragte er hämisch.

Alibirich stöhnte und winkte ab. »Mein Weib geifert und flucht schon wieder, es ist besser, wenn ich hier draußen bin, bevor sie mich mit ihrem Kochkessel erschlägt«

Cédric lachte schallend. »Albirich, es scheint, du bist nicht in der Lage, deine Frau ordentlich zu befriedigen! Vielleicht solltest du weniger Met saufen!«

Lea kicherte leise, doch Albirich ignorierte Cédrics Worte und richtete seine Aufmerksamkeit auf Maclou.

»Im Morgengrauen werden wir Gruppen bilden und uns abwechselnd im Schwertkampf und Bogenschießen üben!«, bestimmte jener und hob anschließend seinen Becher. »Wir werden das englische Pack von unserem Boden vertreiben und uns das zurückholen, was uns gehört! Wir werden ihre Routen beobachten, sie aus dem Hinterhalt angreifen und ihnen ihr Hab und Gut stehlen! Stück für Stück werden wir uns unser Land zurückerobern!«

Der Jubel war nun ohrenbetäubend, doch Lea vernahm ein leises Seufzen und sah Albirichs besorgte Miene. Mit hochgezogenen Augenbrauen schüttelte er den Kopf, gab einen leisen Zischlaut von sich und erhob sich.

»Albirich! Was ist?« Cédric blickte ihn fragend an und deutete mit einer Kopfbewegung zu Maclou. »Stimmst du ihm denn nicht zu?«

Albrich seufzte erneut, ging einige Schritte auf Cédric zu und beugte sich zu ihm hinunter. »Denkst du denn allen Ernstes, dass wir mit diesem Haufen Bauern einen Krieg gewinnen können? Selbst wenn sie aufhören würden zu saufen, könnte nicht mal die Hälfte von ihnen eine Mistgabel richtig halten!«, murmelte er an Cédrics Ohr, bevor er sich erneut erhob und sich zum Gehen wandte. Cédrics Miene wirkte mit einem Male wie versteinert.

»Nicht gleich den Krieg, Albirich! Um einen Krieg zu gewinnen, müssen wir mehrere Schlachten schlagen! Und bei Gott, ich weiß, dass wir das können! Ich glaube an uns! Glaubst du nicht an uns, Albirich?«, brüllte er ihm hinterher, doch jener drehte sich nicht mehr um und verschwand in der Dunkelheit. Cédric fluchte und sprang auf, um ihm zu folgen. Lea, die sich fürchtete, mit all diesen Menschen, die sie nicht kannte, allein zu bleiben, tat es ihm gleich und folgte den beiden. Nach Cédric betrat auch sie Albirichs kleine Blockhütte. Ein Feuer prasselte im Kamin und alles wirkte ordentlich und sauber. Albirichs Frau stand am großen Holztisch, füllte eine braune Flüssigkeit von einem Topf in einen Tonkrug und riss die Augen auf, als sie Albirichs Begleitung sah.

»Dieser Trunkenbold schon wieder!«, keifte sie und fuchtelte mit den Armen in Cédrics Richtung. Jener grinste unverschämt und deutete eine Verbeugung an. »Zu euren Diensten, mylady! Ihr seht heute außerordentlich bezaubernd aus!« Die Frau schnaubte wütend und wandte sich bereits wieder an Albirich, um ihm den Marsch zu blasen, doch dieser hob beruhigend die Arme.

»Weib, spar dir das für später auf und bring unseren Gästen etwas zu trinken!« trug er ihr mit bestimmter Stimme auf und deutete Lea und Cédric an, sich am Tisch niederzulassen. Seine Frau schnaubte erneut, doch gab keine Widerworte von sich und brachte stattdessen drei Becher und einen Krug Met, den sie mit Schwung auf den Tisch stellte. Albirich griff nach dem Krug und schenkte die Becher voll und einen Moment saßen sie alle schweigend da und nippten an ihrem Met. Keiner schien ein Wort sagen zu wollen und Lea fühlte sich zusehends unwohler, denn sie spürte die eindringlichen Blicke von Albirichs Frau auf ihr lasten. Schließlich räusperte sich Cédric.

»Albirich, wovor hast du Angst? Warum traust du uns nicht zu, gegen diese Brut zu kämpfen? Wir werden ihre Truppen beobachten, ihnen folgen und sie aus dem Hinterhalt angreifen! Das sind unsere Wälder, wir sind hier zuhause und kennen uns aus! Wir sind klar im Vorteil!«, sagte er, trank einen großen Schluck und wischte sich mit dem Arm den Mund ab.

Albirich starrte einen Moment ins Leere, bevor sein Blick zu seiner Frau glitt. »Geh schlafen, Josce! Ruh dich aus!« Josce starrte ihn einen Moment wortlos an, dann glitt ihr Blick misstrauisch zu Lea, bevor sie schließlich nickte und in der angrenzenden Kammer verschwand.

»Mein Weib trägt ein Kind!«, sagte Albirich müde und schenkte sich Met nach. »Sag mir, Cédric, in welche Welt wird mein Sohn geboren? Eine Welt, in der wir stets um unser Leben bangen müssen und auf der Hut sind vor dem Feind! Schau dir diese armselige Truppe an, die wir sind! Wir sind des Schwertkampfs nicht mächtig und außer einigen Wenigen können wir auch kaum mit dem Bogen umgehen! Wie sollen wir in der Lage sein, gut ausgebildete und bis auf die Zähne bewaffnete englische Ritter zu besiegen?«

Lea blinzelte überrascht, denn sie hatte nicht vermutet, dass

Albirich den Kampf fürchtete, doch was wusste sie schon, denn immerhin kannte sie ihn kaum und die wenigen Worte, die sie gewechselt hatten, reichten nicht aus, um sich ein Bild über ihn machen zu können. Langsam hob sie ihren Becher an den Mund, trank einen Schluck und ließ nachdenklich ihre Blicke von Cédric zu Albirich schweifen. Zu ihrem großen Erstaunen nickte nun auch Cédric. »Du hast ja Recht! Wir haben nichts, außer unseren Willen und den Hass auf die Engländer! Aber kämpfen können wir in der Tat nicht. Was sollen wir also tun?«, fragte er mutlos und Albirich zuckte mit den Achseln. »Wir brauchen erfahrene Männer, die uns die Kampfeskunst lehren! Nur so haben wir die Möglichkeit, ein paar dieser Schweine zu besiegen! Doch um das zu erreichen, müssen wir in kurzer Zeit das lernen, wofür diese Bastarde Jahre Zeit hatten!«, sagte er leise, stand auf und warf einige Holzscheite in den Kamin.

Lea schluckte langsam, blinzelte kurz und mit einem Male war sie aufgeregt, glaubte, eine gute Idee zu haben und freute sich, einen Teil zu dieser Unterredung beitragen zu können. Einen Moment vergrub sie ihre schwitzenden Hände ineinander, bevor sie aufblickte und begann mit fester Stimme zu sprechen. »Ich kenne da vielleicht jemanden, der euch helfen könnte!«

Überrascht hielten die Männer in ihren Bewegungen inne und blickten sie an.

»Wen meinst du?«, fragte Cedric gespannt und trommelte mit seinen schlanken Fingern auf den Holztisch.

Ja, wen meinte sie eigentlich? Lea sah Halfdan vor sich, diesen riesigen und starken Mann, der es ohne Probleme mit fünf Engländern aufnehmen konnte, der sie in sein Bett geholt und dafür gesorgt hatte, dass sie ihren eigenen Schmerz kurzzeitig vergaß, doch sie sah auch seine gequälte Seele und die Wut in seinen Augen, nachdem er Prinz Edward seinen Eid geleistet hatte. Nein, er war bereits in den Händen der Engländer und es würde unmöglich sein, ihn ausfindig zu machen, geschweige denn, ihn aus den Fängen der Feinde zu befreien. Und dann kam ihr Ivar in den Sinn, den sie aus dem Kerker befreit hatte, dieser junge

Krieger, der trotz seines zur Unkenntlichkeit entstellten Gesichts Charme versprühte und in der Lage war, schnell und effizient zu handeln. Und schließlich dachte sie an ihre Unterredung mit Folkvin, an dem Tag, an dem sie sich an der Eiche trafen, dachte an seine überlegene Art, seine Ruhe und Besonnenheit. Aus Gesprächen mit Halfdan wusste sie, dass er die Söldner anführte, als die De Blois noch über das Land herrschten und wer konnte besser darin sein, diesen armseligen Haufen in der Schwertkunst zu unterrichten, als ein ehemaliger Söldnerführer? Diese beiden, Ivar und Folkvin, galt es, ausfindig zu machen, denn Lea war sich sicher, dass sie für ihre Sache kämpfen wollen würden.

Sie blickte wieder auf, sah in Albirichs und Cédrics erwartungsvolle Gesichter und lächelte vorsichtig. Langsam hob sie ihren Becher, wollte ihn zum Mund führen, doch sie merkte, dass ihre Hand zitterte und stellte ihn hastig erneut auf die Tischplatte ab. Albirich stellte sich hinter sie, legte ihr beruhigend die Hand auf die Schulter und räusperte sich.

»Erzähl uns deine Geschichte, Lea!«

Lea blickte einen Moment schweigend vor sich hin, bevor sie ihre Augen schloss und tief durchatmete. Mit stockender Stimme begann sie zu sprechen.

Als sie ihren Bericht schließlich beendete, hatte sie Tränen in den Augen und fühlte sich müde und erschöpft. Die beiden Männer hatten ihr schweigend gelauscht und sie zu keinem Moment unterbrochen. Albirich schenkte ihr einen Becher Met nach und reichte ihn ihr nachdenklich. »Da hast du einiges erlebt. Armes Kind!«, murmelte er und Cédric nickte mitfühlend.

»Was denkst du?«, fragte er an Albirich gerichtet.

Er zuckte mit den Schultern. »Ich weiß nicht. Wir könnten solche Männer brauchen! Männer, die furchtlos sind und das Kämpfen gewohnt! Nur wie sollen wir das anstellen? Wir wissen noch nicht einmal, wo sie sich aufhalten! Und wenn wir es wüssten, wie könnten wir sie von unserer Sache überzeugen? Wir können sie noch nicht einmal bezahlen!« Albirich stand auf und ging einige Schritte zum Kamin. Er starrte ins Feuer, überlegte fieberhaft, welche Möglichkeiten sie jetzt hatten, doch Lea unterbrach seinen Gedankenfluss.

»Ich denke, ich weiß, wo sie sind!«, sagte sie zögernd. »Der Anführer sprach von einem Hof auf der île de Groix. Dort wollten sie Zuflucht suchen!«

»Wenn es ihnen gelungen ist, dorthin zu gelangen! Die Wälder wimmeln vor Engländer!«, zweifelte Cédric und sah zu Albirich. Die beiden Männer schauten sich reglos an, bis Albirich schließlich langsam nickte. »Wir haben keine Wahl! Wir müssen versuchen, diese Söldner aufzutreiben! Immerhin standen sie bis jetzt auf der richtigen Seite und wenn sie tatsächlich noch immer in Begleitung von Jeanne de Blois sind, kann uns das bei unserer Sache nur helfen! Wir sollten morgen mit Maclou reden und anschließend aufbrechen! Ihr beide,«, Albirich deutete abwechselnd zu Lea und Cédric. »Ihr beide werdet mich begleiten!«

Lea schluckte und bemühte sich darum, sich den Schrecken, der ihr eben in die Glieder gefahren war, nicht anmerken zu lassen. Warum hatte sie bloß diesen Vorschlag gebracht, ohne darüber nachzudenken, dass sie natürlich diejenige sein würde, die die Männer auf der Suche nach den Nordmännern begleiten würde, denn immerhin war sie die Einzige, die sie kannte. Sie schalt sich eine Närrin und bedauerte ihren Fehler, denn zu gerne wäre sie einige Zeit an diesem friedlichen Ort verweilt, um ihre Kräfte zu sammeln und sich der Tagträumerei hinzugeben. Dieser Ort erschien ihr wie ein kleines Paradies auf Erden, fernab des Schreckens und des Terrors, der da draußen in der restlichen Welt herrschte, hier fühlte sie sich in Sicherheit und der Gedanke, das Tor erneut nach Draußen in die reale Welt passieren zu müssen, erfüllte sie mit Schrecken. Und dennoch wusste sie, dass ihr nichts weiter übrigbleiben würde, als Albirich und Cédric zu begleiten, denn schließlich wollte auch sie, dass sich etwas ändern würde, sie wollte endlich Hoffnung haben können, wollte daran glauben, dass es diese eine Möglichkeit gab, und wenn sie auch noch so klein war, die Engländer aus diesem Land zu vertreiben. Und so nickte sie zur Bestätigung und Albirich atmete tief aus und schlug mit der Faust in seine linke Hand. »Wer weiß, vielleicht gelingt uns dieses Unterfangen und wir haben endlich eine brauchbare Chance!«

Cédric gähnte. »In Ordnung, aber mir fallen die Augen zu! Wir sollten etwas schlafen und morgen Früh Maclou aufsuchen!«

Und so kam es, dass sie sich verabschiedeten und Cédric und Lea sich auf den Weg zu Cédrics Hütte machten. Hatte Lea sich erhofft, erneut allein das Bett für sich haben zu können, so wurde sie bitter enttäuscht, denn Cédric machte keine Anstalten, sich eine andere Schlafstätte suchen zu wollen. Und so blieb ihr nichts anderes übrig, als sich in gebührendem Abstand, was aufgrund des schmalen Bettes kaum möglich war, neben ihn zu legen. Während Cédric sofort einschlief und laut zu schnarchen begann, blieb Lea noch eine ganze Weile wach, starrte in die Dunkelheit und dachte über all die Dinge nach, die ihr in so kurzer Zeit widerfahren waren.

FOLKVIN

Folkvin war am Morgen aufgebrochen und hatte Ivar und die zwei Frauen allein auf dem Hof gelassen.

Er hatte gehofft, auf dem Weg zum Grab seines Bruders etwas Ruhe finden zu können, doch der heftige Wind, der über die Klippen heulte, hatte ihm einen Strich durch die Rechnung gemacht. Nachdem er den Schutz des Waldes verlassen hatte, erkämpfte sich Folkvin mühsam seinen Weg gegen den Wind zur Anhöhe, auf der sich das Grab seines Bruders befand. Er fühlte sich rastlos und niedergeschlagen und die Bewegung tat ihm gut, beruhigte seinen Geist etwas und ließ ihn seine Gedanken ordnen. Er atmete tief die salzige Luft ein und blickte einen Moment über das aufgewühlte und stürmische Meer, als er oben ankam. Auf dem Weg hierher hatte er einen Abstecher ins Dorf gemacht, doch da es noch sehr früh am Morgen und die Sonne gerade erst am Aufgehen war, war er kaum Menschen begegnet. Zwei Betrunkene hatten sich am Ortseingang einer Schlägerei hingegeben und ein paar Marktweiber bereiteten ihre Ware vor, doch niemand nahm Notiz von Folkvin, der schnellen Schrittes auf die Schenke zugesteuert war und anschließend an die Seiteneingangstür geklopft hatte. Armand hatte ihm kurze Zeit später schlaftrunken geöffnet, war jedoch im nächsten Augenblick hellwach gewesen und hatte ihn mit weit aufgerissenen Augen angestarrt, ohne ein Wort zu sagen.

»Was ist, lässt du mich rein oder soll ich hier draußen Wurzeln schlagen?«, hatte Folkvin gefragt und sich eilig an Armand vorbei ins Haus geschoben.

»Folkvin?« Armand hatte ihn verdutzt angestarrt und sich anschließend die Augen gerieben. Dann hatte er geseufzt und mit dem Kopf auf einen Stuhl gedeutet. »Setz dich! Ich dachte, du wärst tot, von den Engländern erschlagen! Vom Festland hört man nichts Gutes!«

Folkvin war seiner Aufforderung nachgegangen und hatte sich stöhnend auf einen Stuhl fallen lassen. Dankbar hatte er das Bier angenommen, das Armand ihm eingeschenkt hatte und hatte hungrig zugegriffen, als er ihm ein Stück Brot gereicht hatte.

Einen Moment saßen sie sich beide schweigend und kauend gegenüber. Armand war ein gutmütiger Zeitgenosse, der keiner Fliege etwas zuleide tun konnte und Folkvin schätzte ihn als einen guten Freund und treuen Begleiter in schweren Zeiten. Er war es auch gewesen, der ihm geholfen hatte, das Grab seines Bruders auszuheben und den Leichnam auf die Anhöhe zu karren. Er hatte Folkvin die Sprache des Frankenlandes beigebracht, was ihm ein Leichtes gewesen war, da Folkvin ein gelehriger Schüler war und Armand selbst das Dänische beherrschte, da seine Mutter aus Dänemark stammte. Viele Nächte hatten sie in seiner Schenke verbracht, hatten über den Sinn der Welt und über Politik und Religion sinniert und dabei etliche Krüge Met geleert. Als Folkvin ihm seinen Entschluss, aufs Festland überzusetzen und sich als Söldner in der französischen Armee anzubieten kundgetan hatte, hatte Armand alles versucht, ihm diese Idee wiederauszureden. Er hatte ihm sogar seine Tochter als Weib angeboten und diesem Gedanken war Folkvin durchaus zugetan gewesen, denn er selbst hatte bereits Gefallen an dem hübschen Ding gefunden und ihr des Öfteren verstohlen Blicke zugeworfen, während sie die Gäste im Wirtshaus bediente. Und dennoch hatte er zunächst abgelehnt mit der Begründung, mittellos zu sein und so war dies schließlich ein weiterer Grund für ihn gewesen, sich als Söldner ein kleines Vermögen erarbeiten zu wollen.

»Wenn du gekommen bist, um meine Tochter zu deinem Eheweib zu machen …«, hatte Armand zögernd gesagt und Folkvin hatte sogleich abgewunken. »Aus diesem Grund bin ich nicht hier!«, hatte er eingeworfen und Armand hatte erleichtert genickt. »Das ist gut! Sie hat sich nämlich kürzlich mit dem Büttner verlobt!«

Folkvin hatte überrascht die Augenbrauen hochgezogen und leichtes Bedauern empfunden, doch es sich nicht anmerken lassen.

Schnell hatte er das Gespräch auf das eigentliche Thema gelenkt und Armand in knappen Worten seine Situation geschildert. Armand hatte seiner Ausführung gelauscht, ohne ihn zu unterbrechen und ohne eine Miene zu verziehen. »Ein Schiff zur Überfahrt braucht ihr tatsächlich dringend!«, hatte er schließlich geseufzt, als Folkvin ihm sein Begehr geschildert hatte. »Denn auch hier auf der Insel gibt es eine Delegation an Engländern, die das Geschehen im Auge behalten sollen. Es sind zwar nicht viele, etwa zwei Dutzend an der Zahl und die meiste Zeit sind sie entweder am Saufen oder am Rumhuren, aber dennoch könnten sie eine ernstzunehmende Gefahr für euch sein, wenn sie erst erfahren, woher ihr kommt und wen ihr mit euch führt!«

Folkvins Herzschlag hatte sich bei diesen Worten leicht beschleunigt. Er hatte aufgestöhnt, sich mit der Hand an der Stirn gekratzt und dabei eine noch nicht verheilte Wunde zum Bluten gebracht. Fluchend hatte er das Blut, welches über sein Gesicht gelaufen war, weggewischt. »Das habe ich befürchtet!«, hatte er gemurmelt und sich nach dem Verbleib der Engländer erkundigt. »Beim Schultheiß droben im Rathaus haben sie sich einquartiert und führen dort ein recht annehmbares Leben. So schnell bringt man sie von der Insel nicht mehr weg!«, hatte Armand mit düsterer Miene geantwortet.

Folkvin hatte genickt. »Ich verstehe!«

»Mach dir nicht allzu viele Sorgen! Sie werden nicht von euch erfahren. Und du hast tatsächlich Glück! Vor einigen Tagen haben Sklavenhändler hier angelegt, die übermorgen die Route über Dänemark nach Norwegen nehmen wollen. Wenn du willst, erkundige ich mich beim Kapitän, ob ihr euch eine Passage erkaufen könnt!«

Folkvin hatte sich erleichtert bei Armand bedankt und ihm versprochen, ihn am Abend desselben Tages erneut zu besuchen, in der Hoffnung, gute Neuigkeiten von ihm erhalten zu können. Daraufhin hatte er in einem Zug seinen Becher geleert und war aufgebrochen, um sich auf den Weg zum Grab seines Bruders zu machen, denn nun hatte er es erst recht eilig gehabt, seine

Münzen auszugraben, um mit ihnen die Überfahrt begleichen zu können.

Und nun stand er also da, auf der Anhöhe am Grab seines Bruders. Der Himmel trieb die Wolken über das Land, ein leichter Nieselregen hatte eingesetzt und die wenigen Kiefern, die hier standen, wiegten sich leicht im Wind. Der Wind wurde stärker, übertönte sogar das eindringliche Kreischen der Möwen, doch Folkvin hatte andere Sorgen, denn er konnte sich nicht so recht erinnern, an welcher Stelle er seine Münzen begraben hatte. Er starrte ratlos auf den Erdhügel hinab, unter dem sein Bruder, eingehüllt in einem Leinentuch, lag und bemühte sich, sich zu erinnern. Hatte er sie nicht dort hinter dem Zwergbusch begraben? Oder etwa hinter dem, aus Ästen zusammengebundenen Kreuz, das das Grab zierte? Folkvin seufzte und schüttelte den Kopf. *Was war bloß los mit ihm?* Er fühlte sich beinahe so, als würde er den Verstand verlieren. Zweifelnd starrte er aufs Meer, bevor er beide Fäuste an die Schläfen presste und einen wütenden Schrei ausstieß. Sein Bruder tauchte vor einem inneren Auge auf. Sein freches Grinsen würde er nie vergessen können und sein Humor war einzigartig gewesen, denn wie oft hatte er seine Scherze mit Folkvin getrieben und ihn zum Lachen gebracht. Während er, Folkvin, nachdenklich und in sich gekehrt war, war sein Bruder Sven hingegen eine wahre Frohnatur gewesen, der den Widrigkeiten des Lebens stets die kalte Schulter gezeigt und sich niemals die gute Laune hatte nehmen lassen.

Folkvin seufzte, wandte sich erneut zum Grab und nun endlich erinnerte er sich, sah sich in Gedanken wieder kniend auf dem Boden, während er mit den Händen ein Loch grub und aufatmend steuerte er auf den Stechginster mit seinen gelben Blüten zu, hob den kleinen Felsen hoch, der daneben lag und begann mit einem Stock auf die Erde zu klopfen, bevor er sich niederkniete, um seine Hände als Schaufeln zu nutzen. Es dauerte tatsächlich nicht lange, bis er tief genug gegraben hatte und er voller Erleichterung das Lederband erblickte, das den Beutel zusammenhielt. Er griff danach und zog ihn langsam aus der Mulde. Beruhigt vernahm er das Klimpern der Münzen und öffnete langsam den Lederbeutel. Sein ständiger Argwohn hatte ihn vermuten lassen, dass ihn womöglich jemand beim Eingraben hätte beobachten können, um ihm anschließend seine Münzen zu stehlen, doch nun schalt er sich einen Narren, leerte den Beutel auf dem kleinen Felsen aus und zählte Stück für Stück.

Ungläubig lachte Folkvin auf. Er hatte die Summe größer in Erinnerung gehabt, doch für eine Überfahrt nach Dänemark für sie alle und für etwas Proviant würde es wohl ausreichen.

Mit einem letzten, bedauernden Blick auf Svens Grab machte sich Folkvin mit einigen Münzen reicher wieder auf den Heimweg.

BELANA

Erleichtert atmete Belana auf, als der Zug endlich zum Stehen kam. Das ständige Poltern und das unsanfte Rütteln des Pferdekarrens waren der Behandlung des kranken Halfdans nicht gerade dienlich. Sie hatte ihn notdürftig gewaschen und ihn mit schweren Fellen zugedeckt, um ihn vor der Kälte zu schützen. Sein Antlitz, das beinahe dem einer Leiche glich, war bleich und seine Augen waren tief eingefallen. Sein Brustkorb hob sich unregelmäßig unter der Decke und sein Atem ging rasselnd, während er von Zeit zu Zeit stöhnende und schmerzerfüllte Laute von sich gab. Belana konnte nichts weiter tun, als ihm den Schweiß von der Stirn zu tupfen und versuchen, ihm ab und an Wasser einzuflößen.

Doch nun endlich würden sie das Nachtlager aufbauen und Halfdan würde zur Ruhe kommen. Belana stieg vom Karren, blickte einen Moment zum emsigen Treiben, welches die Engländer in gebührendem Abstand zu ihr und Halfdan veranstalteten, während sie die Zelte errichteten und seufzte tief. Sie wandte sich an die vier berittenen Soldaten, die die Aufgabe hatten, sie zu begleiten und sah in ihre mürrischen Gesichter.

»Worauf wartet ihr? Soll er auf dem Karren schlafen? Errichtet uns ein Schlaflager!«, ordnete sie an und erntete spöttisches Gelächter als Antwort.

»Wo denkst du hin, Weib? Wir fassen den Kerl nicht an! Er bleibt auf dem Karren, bis wir morgen weiterziehen!« Der Soldat stieg vom Pferd und erntete das zustimmende Kopfnicken der Anderen.

Belana runzelte wütend die Stirn, doch weder wollte sie einen Streit anfangen, noch konnte sie es ihnen verübeln, dass sie Furcht vor der Krankheit zeigten, und so blieb ihr nichts anderes übrig, als sich mit ihrer Situation abzufinden. »Dann macht uns wenigstens ein Feuer!«, bat sie versöhnlich.

»Aelfric! Kümmere dich darum!«, wurde daraufhin dem Jüngsten der Soldaten befohlen.

»Außerdem brauche ich heißes Wasser, saubere Leinentücher und ein kleines Messer! Etwas Brühe auch!«, sagte Belana an Aelfric gerichtet. Dieser sah ungläubig auf und sah hilfesuchend zu den Älteren, die spöttisch aufgelacht hatten. »Was denkst du, wer wir sind? Wir sind nicht deine Bediensteten, Weib!«, brummte einer von ihnen, sattelte sein Pferd ab und warf sein Schwert auf den Boden.

»Elende Teufelsdirne!«, murmelte er verächtlich und spuckte auf den Boden.

»Aber eine von der hübschen Sorte!«, witzelte einer seiner Gefährten und warf Belana einen lüsternen Blick zu. Belana lief ein kalter Schauer den Rücken hinunter, doch sie ließ sich ihre Angst nicht anmerken. Ihre braunen Augen blitzten wütend, als sie sich an den Ältesten der Männer wandte.

»Prinz Edward wird sicher nicht erfreut darüber sein, sollte dieser Mann aufgrund eurer Nachlässigkeit sterben! Denn wie ihr sicherlich wisst, habe ich eine Vereinbarung mit ihm getroffen, die ich in diesem Fall nicht einhalten können werde!«

Der Mann blickte sie einen Moment zweifelnd an. »Sie hat Recht, Godwin!«, warf der junge Aelfric ein. Godwin grunzte missmutig, doch nickte schließlich.

»In Ordnung! Da du so erpicht darauf bist, der Hexe zu helfen, wirst du dich darum kümmern!«, sagte er zu Aelfric. »Aber ein Messer, Weib, bekommst du nicht!«

Belana stöhnte und schloss verzweifelt die Augen.

»Bitte! Ich muss diese Beulen aufschneiden und die schlechten Säfte herausfließen lassen!« Sie griff sich an die Stirn, spürte, wie ihr schwindelig wurde und eine grausige Angst ergriff sie. *Hatte sie sich auch bereits mit dieser fürchterlichen Krankheit angesteckt?*

Sie verdrängte den Gedanken, sah erleichtert, dass Godwin ihrer Bitte nachgekommen war, ihr mit einem mahnenden Blick einen kleinen Dolch reichte und sie nickte ihm erleichtert zu.

»Habt Dank!«, murmelte sie und stieg erneut zu Halfdan auf

den Karren. Sie erschrak, denn auf den ersten Blick sah sie, dass sein Fieber gestiegen war. Sie berührte seine Stirn, spürte, wie er glühte und ihr Herzschlag beschleunigte sich. »Wasser!«, stöhnte Halfdan mit schwacher Stimme und eilig versuchte Belana ihm etwas Wasser einzuflößen, doch da es ihm kaum gelang, seinen Kopf zu heben, brauchten sie einige Versuche, bis sein Durst fürs Erste gestillt war.

Belana lüftete vorsichtig die Felle, sah an seinem, nur mit einem Leinenhemd bekleideten Körper hinunter und berührte vorsichtig die Beulen an der Leiste. Erleichtert stellte sie fest, dass sie nicht mehr hart, sondern weich geworden waren und sich mit dem Finger leicht eindrücken ließen. Sie hatte keine Ahnung von dieser seltsamen Krankheit, die immer mehr grassierte und die Menschen wie die Fliegen dahinraffte, doch etwas in ihr sagte ihr, dass es der Heilung förderlich sein würde, diese Beulen aufzustechen.

Doch nun galt es erstmal, Halfdans Fieber zu senken und dafür musste sie sich auf die Suche nach einigen Kräutern machen, denn zur Hand hatte sie tatsächlich nichts, was ihm hätte helfen können. Unsicher sah sie zu den Wachen, fragte sich, ob sie sie einfach umherwandern und Kräuter pflücken lassen würden und sie zweifelte daran, daher beschloss sie, sich einfach auf den Weg zu machen, ohne um Erlaubnis zu bitten. Sie wollte sich beeilen, wollte alles tun, um Halfdan Linderung zu verschaffen und strich ihm vorsichtig über seine glühende Wange. Sie spürte, wie groß ihre Angst um ihn war und dennoch wusste sie mit sicherer Gewissheit, dass Halfdan nicht an dieser Krankheit sterben würde.

Nichts konnte sie von dieser Überzeugung abbringen, sie konnte kaum sagen, woher diese Eingebung kam, doch schemenhaft hatte sie ihn während ihrer langen Nächte in Edwards Zelt in der Dunkelheit vor sich gesehen, hatte ihn blutüberströmt und zu Tode erschöpft auf dem Schlachtfeld wanken sehen, hatte beobachtet, wie er sein Schwert in den Boden gerammt und sich auf die Knie hatte fallen lassen, während um ihn herum Tod und Verwüstung herrschte. Sogar an den Ausdruck in seinen Augen konnte sie sich noch erinnern, denn noch niemals zuvor in ihrem Leben hatte sie eine solche Hoffnungslosigkeit und Ernüchterung gesehen.

Und so war sie kaum ängstlich, als sie einen letzten Blick auf sein eingefallenes Gesicht warf und erneut vom Karren kletterte.

Sie griff sich ein Tuch, um darin ihre Kräuter sammeln zu können und, in der Hoffnung keine Aufmerksamkeit zu erregen, entfernte sie sich mit dem Dolch in der Hand langsam von der Gruppe.

»He! Und was hast du Hexe nun vor?«, brüllte ihr Godwin hinterher, folgte ihr einige Schritte, doch wagte es nicht, ihr allzu nahe zu kommen. Belana blieb stehen und drehte sich zu dem großen Ritter um.

»Bist du tatsächlich so dumm, einen Fluchtversuch vor unseren Augen wagen zu wollen?«, fragte Godwin verärgert, denn das Einzige, was er jetzt wollte, war sich am Feuer niederzulassen, etwas zu essen und ein warmes Bier zu trinken. Der lange Ritt hatte ihm ohnehin zugesetzt, seine Knie und sein Hintern taten ihm weh und das Letzte, wonach ihm jetzt war, war die Amme für dieses verteufelte Weibsbild zu spielen.

Belana schnaubte. »Für wie blöd haltet ihr mich? Glaubt ihr, ich würde fliehen und meinen Gefährten allein mit euch lassen? Ich brauche Kräuter, um sein Fieber senken zu können, wie ihr euch sicher vorstellen könnt!«, entgegnete sie barsch.

Godwin musterte sie einen Moment schweigend, ließ einen Augenblick seinen Blick in die Ferne schweifen und nickte dann mit dem Kopf in Richtung Wald.

»In Ordnung! Verschwinde! Aber lass dir nicht allzu lange Zeit!«, antwortete er unwirsch, drehte sich um und stapfte davon, ohne sie eines weiteren Blickes zu würdigen.

Belana atmete erleichtert auf und ging hastigen Schrittes ihrer Wege, aus Angst, Godwin würde seine Meinung doch noch ändern und sie zu sich zurückrufen.

Eine Zeitlang irrte sie umher, ließ ihre Blicke über den Boden schweifen, doch sie fand nichts außer Farn und Moose, bis sie schließlich zu ihrer Freude auf einer kleinen Lichtung einen jungen Weidenbaum fand, von dem sie etwas Rinde abschabte.

Ganz in der Nähe entdeckte sie die ersten, sanft sprießenden Blätter der Schafsgarbe, pflückte auch jene und ließ sie in ihren Beutel fallen, sammelte einige zarte Blüten von Mädesüß und nahm noch ein paar Blätter Spitzwegerich mit. Sie entschied, genügend fiebersenkende Pflanzen gesammelt zu haben, um einen wirksamen Tee brauen zu können.

Vor allem die Weidenrinde würde das Fieber mit Sicherheit senken und so beeilte sich Belana, wieder zurück zum Lager zu gelangen, wo Aelfric bereits ein Feuer entfacht hatte und heißes Wasser in einem Topf kochte. Die Männer hatten in der Zwischenzeit ihre Schlafstätten errichtet und lungerten ungeduldig davor herum, warfen immer wieder sehnsüchtige Blicke zum anderen, weitaus größeren Lager, in dem, dem Stimmengewirr und den Geräuschen nach zu urteilen, ein emsiges Leben herrschte, und hofften darauf, bald ihren Anteil an Verpflegung aus der Feldküche zu erhalten.

Doch das Essen ließ auf sich warten, was die Laune der Männer erheblich verschlechterte. Mürrisch beobachteten sie Belana, wie sie ihre Kräuter und die Rinde kleinschnitt und in das heiße Wasser fallen ließ und schnaubten dabei verächtlich. Nicht nur, dass sie beinahe am Verhungern waren, sie waren auch noch einer Hexe und einem Pestkranken ausgeliefert, die ihnen jeden Moment Unheil bescheren könnten.

Belana ließ sich von den bösen Blicken nicht aus der Ruhe bringen. Ruhig kochte sie ihren Tee, ließ ihn eine Zeitlang ziehen, bevor sie etwas davon in einen Becher schöpfte und erneut Halfdan aufsuchte. Sein Zustand war unverändert und Belana seufzte, kniete neben ihm und half ihm, seinen Kopf anzuheben.

Halfdan hustete und wand sich ab, als sie ihm den Becher an die Lippen setzte, doch sie zwang ihn, die heiße Flüssigkeit zu trinken und gab erst Ruhe, als der Becher vollkommen leer war. Zufrieden bettete sie seinen Kopf wieder auf dem Fell.

»Mylady!« Aelfric war an den Karren herangetreten und reichte ihr saubere Leinentücher. Dankbar nickte Belana ihm zu und rang sich zu einem Lächeln herab. Dieser Engländer zumindest schien ein gutes Herz zu haben und verteufelte sie nicht, sondern begegnete ihr mit Respekt und Anstand.

»Mein lieber Aelfric, bitte besorgt mir noch etwas Essig für die Wunden! Und bitte seid so gut, legt den Dolch in die Glut!«, bat sie ihn und ohne zu zögern nahm er den Dolch, den sie ihm reichte und tat, wie ihm geheißen.

»Schaut euch das an! Aelfric hat einen Narren an der Satanshure gefunden! Er ist ja schon ganz handzahm!«, grölten die drei anderen und schlugen sich dabei lachend auf die Schenkel, während Aelfric rot anlief und seine Lippen aufeinanderpresste.

»Grämt euch nicht! Ihr habt euch nichts vorzuwerfen!«, murmelte Belana und nickte ihm aufmunternd zu.

»Prinz Edward wird euch dankbar sein, dass ihr mir helft. Denn mein Begehr ist auch das Seine! «

Belana flößte Halfdan einen weiteren Becher des fiebersenkenden Tees ein und wartete etwas, bis sie merkte, dass Halfdans Körper sich leicht entspannte. Das Fieber schien tatsächlich etwas abgesunken zu sein und nun wollte sie sich beeilen, wollte diese Pestbeulen an seinen Leisten aufschneiden noch bevor die Sonne unterging. Doch die Dunkelheit würde nicht mehr lange auf sich warten lassen und so legte sie sich die Leinen und den Krug Essig, den Aelfric ihr gereicht hatte zurecht und griff nach dem Dolch mit der heißen Klinge. Um sich zu schützen, verbarg sie ihre Nase und ihren Mund unter ihrem Schultertuch und ritzte nun vorsichtig an der ersten Pestbeule. Halfdan stöhnte auf, doch war kaum ansprechbar und schien im Fiebertaumel zu sein und so drückte sie etwas stärker mit dem Messer zu, bis die Beule aufplatzte und übelriechender, blassgelber Eiter aus der Wunde spritzte. Eilig nahm sie ein Leinentuch zur Hand, legte es auf die offene Beule und sog den Eiter damit auf, bevor sie ein in Essig getränktes Leinentuch über der Wunde auswrang und diese im Anschluss vorsichtig abtupfte. Zwei weitere Beulen in der Leistengegend schnitt sie auf, sowie eine kleinere unter

Halfdans rechter Achsel. Als sie ihr Werk vollendet hatte und alle Wunden mit einem essiggetränkten Tuch abgedeckt waren, atmete sie erleichtert auf.

Mehr konnte sie in dem Moment nicht tun. Halfdans Herzschlag hatte sich etwas beruhigt, sein Atem ging nun gleichmäßig und er schien fest zu schlafen. Belana wickelte die Felle fest um seinen Körper und stieg erschöpft vom Wagen. Sie wollte sich an das Feuer setzen, doch die misstrauischen Blicke der Männer, die sich bereits dort niedergelassen hatten, hinderten sie daran. Lediglich Aelfric erhob sich, näherte sich ihr und reichte ihr eine Schüssel mit einem undefinierbaren, aber wohlriechenden, dampfenden Brei. Dankbar griff Belana danach. Erst jetzt spürte sie, wie hungrig sie den ganzen Tag über gewesen war, denn die Sorge um Halfdan hatte sie daran gehindert, an Essen überhaupt nur denken zu können.

Hastig schlang sie den Brei in sich hinein und bedauerte es beinahe ein wenig, dass die Schüssel so schnell leer war. Sie hatte nicht einmal an Halfdan gedacht und daran, dass er unbedingt etwas zu sich nehmen sollte, um Kraft genug zu haben, gegen die Krankheit anzukämpfen. Schuldbewusst blickte sie auf.

»Kann ich noch etwas von dem Brei haben? Für Halfdan!«, rief sie den Soldaten zu.

»Wo denkst du hin, Weib? Wir haben selbst kaum genug zu Fressen! Hätte Aelfric nicht sein Essen mit dir geteilt, wärst du leer ausgegangen!«, schleuderte ihr Godwin höhnisch entgegen. Belana zuckte bei seinen Worten zusammen. *Wie hatte sie nur so dumm sein können und nicht zuerst an Halfdan gedacht?*

Gerade als sie einen erneuten Versuch wagen wollte, um Essen zu bitten, sah sie, wie die Soldaten an ihr vorbeischauten und eilig aufstanden. Verunsichert drehte sich Belana um und erblickte Prinz Edward, der sich ihnen eiligen Schrittes und begleitet von zwei Soldaten näherte. In gebührendem Abstand zu ihr blieb er stehen und blickte sie ungeduldig an.

»Berichte mir! Wie geht es dem Nordmann?«, fragte er in barschem Tonfall.

Belana zögerte einen Moment.

»Das Fieber ist gesunken und er hat einen ruhigen Schlaf.«, sagte sie schließlich und stemmte die Hände in die Hüften.

»Aber er braucht Essen! Bitte veranlasst, dass uns etwas gebracht wird!«, warf sie hinterher und sah, wie Edwards Miene erstarrte. Sein Blick glitt zu den vier Soldaten und er deutete auf Godwin.

»Du! Hierher!«, brüllte Edward mit vor Wut zitternder Stimme.

Der sonst so stolze Godwin erblasste und näherte sich Prinz Edward.

»Hatte ich dir nicht aufgetragen, dafür zu sorgen, dass sie ausreichend mit Nahrung verpflegt werden?«, fragte ihn Edward mit gefährlich scharfer Stimme.

Godwin zuckte zusammen und senkte den Blick.

»Ja, mein Prinz!«, antwortete er. »Verzeiht mir meine Unachtsamkeit, ich werde mich sofort darum kümmern!«

Nur wer besonders hellhörig und feinfühlig war, konnte den Hass vernehmen, der in Godwins Stimme mitschwang, doch Prinz Edward nickte nur zufrieden.

»Das will ich dir auch raten!«, drohte er mit schneidender Stimme und in dem Moment näherte sich einer der Soldaten und gesellte sich neben Godwin.

»Mit Verlaub, mein Prinz,«, begann er zögernd zu sprechen.

»Halt bloß dein Maul, William!«, raunte ihm Godwin zu, doch William ignorierte ihn.

»Mit Verlaub, mein Prinz, wie sollen wir die zwei Gefangenen verpflegen, wenn wir selbst für uns nicht genug Essen bekommen?«

Sein Tonfall war eine Spur zu barsch und Godwin war bei seinen Worten erneut zusammengezuckt. Er blickte auf den Prinzen herab, sah, wie sich dessen Miene versteinerte, bevor ein kleines Lächeln seine Lippen umspielte.

»Wen haben wir denn hier? Ein ganz besonders schlauer Soldat! Du willst mir also damit sagen, dass ich mein Lager nicht im

Griff habe? Dass ich meine Männer verhungern lasse? Ist es das, was du mir sagen willst?«

Sein Tonfall war gespenstisch leise und William schüttelte hastig den Kopf. Er verstand mit einem Male, dass er einen Fehler begangen hatte und bereute bereits seine Kühnheit.

»Nein, mein Prinz, ich wollte … .«, stotterte er, doch Prinz Edward hob die Hand, um ihn zu unterbrechen.

»Pst!«, zischte er. »Schweig!«

Godwin stöhnte innerlich und bemühte sich, die Fassung zu bewahren, denn er kannte den Prinzen, wusste um seine Kontrollverluste und ahnte in Etwa, was nun folgen würde. William war noch nicht lange bei der Truppe dabei und kannte Prinz Edwards Gemütslage nur vom Hörensagen und Godwin ärgerte sich nun über sich selbst, denn er hätte sich die Zeit nehmen sollen, William über bestimmte Dinge und Verhaltensregeln in diesem Lager aufzuklären. Doch nun war es zu spät; William hatte Prinz Edwards Aufmerksamkeit auf sich gezogen und war bereits verloren.

»Mein Prinz, vergebt ihm!«, murmelte er, doch ein Blick in Edwards Gesicht zeigte ihm, dass er mit seinen Bitten zu spät kam. Er kannte den Prinzen, kannte diesen Gesichtsausdruck nur zu gut, um zu wissen, dass der Vulkan bereits am Schwelen war und im nächsten Moment ausbrechen würde.

Mit einem Male herrschte Totenstille und bereits im nächsten Augenblick verlor Prinz Edward vollkommen seine Fassung.

»Ich werde dir zeigen, wie gut ich dieses Lager im Griff habe! Und was ich mit denen mache, die sich anmaßend verhalten und keinen Respekt zeigen! Du dreckiger Taugenichts wirst schon bald spüren, was es bedeutet, dem zukünftigen König Englands und Frankreichs zu widersprechen!«, brüllte er mit hochrotem Kopf.

Sein ganzer Körper bebte vor Wut, der schwarze Umhang, der auf seinen Schultern lag, war zu Boden gefallen und jeder konnte sehen, wie die Knöchel seiner Hände weiß anliefen, während er die Fäuste ballte.

»Eine Peitsche! Bringt mir eine Peitsche!«, rief er lauthals an seine zwei Begleiter gerichtet, woraufhin einer von beiden eilig kehrtmachte, um seinem Befehl Folge zu leisten.

»Du wirst es noch bereuen, glaub mir! Elender Narr!«

Mit ausgestrecktem Zeigefinger fuchtelte Prinz Edward vor sich hin, die Spucke flog tropfenförmig durch die Luft, doch keiner der Anwesenden wagte es, auch nur noch Luft zu holen, geschweige denn zurückzuweichen. Der Angeklagte machte einen höchst jämmerlichen Eindruck und bereute seinen Fehler zutiefst, doch auch er wusste, dass es nun nichts mehr geben konnte, was Prinz Edward beruhigen würde. Das Einzige, was ihm, William, übrigblieb, war die Hoffnung, dass er das hier überleben würde. Doch wie alle anderen Anwesenden hatte er bereits vernommen, dass Prinz Edward Gefallen daran fand, Menschen bis zum Tode zu quälen, hatte er erst einmal Blut geleckt und sich in seinen Wahn hineingesteigert. Sein Herz begann zu rasen, als der zweite von Edwards Leibwächtern auf ihn zu kam. Er war riesig, überragte ihn um zwei Kopflängen und packte ihn mit einer flinken Bewegung, die man ihm ob seiner Größe kaum zugetraut hätte, am Nacken, um ihn mit sich zu führen.

Einige Schritte von Edward entfernt, blieben sie stehen. William spürte alle Augen auf sich gerichtet und er schluckte, denn noch niemals in seinem Leben hatte er sich derart hilflos gefühlt. Nervös fuhr er sich mit den Händen über das Gesicht, kratzte sich am Bart und gerade, als er versuchen wollte, um Gnade zu bitten, trat der Hüne ihm heftig in die Kniekehle.

William schrie laut auf und ließ sich auf die Knie fallen. Mit einem Ruck zerriss der Soldat sein Hemd und legte Williams Rücken frei.

»Solltest du dich wehren oder Unsinn treiben, jage ich dir das Schwert durch die Brust!«, raunte der Riese ihm grinsend zu, bevor er beiseite schritt, um Prinz Edward Raum zu geben.

Dieser lächelte finster, hob den Arm und begann sein blutiges Werk. Von nun an hörte man nichts weiter als das Knallen der Peitsche auf dem nackten Fleisch und die Schreie des armen William. Edward schlug mit einer solchen Kraft zu, dass die Haut schon nach wenigen Schlägen aufplatzte und Williams Rücken schon bald einer einzigen, blutigen Wunde glich. Immer wieder wankte er mit dem Oberkörper nach vorne, schien das Gleichgewicht zu verlieren, während Blutspritzer bei jedem Schlag den Boden benetzten. Jeder Schlag fühlte sich an, als würde man seinen Körper mit einem Schwert in zwei Stücke teilen und der Schmerz drohte, ihn bewusstlos zu machen. William konnte nicht mehr klarsehen, ein leichter, hellroter Schleier hatte sich über seine Augen gelegt und aus den Augenwinkeln sah er Edwards Hünen grinsen und neben ihm erkannte er Godwin, der sorgenvoll dreinblickte und auf unerklärliche Weise beruhigte ihn dieser Anblick für einen sehr kleinen Augenblick. Doch der alles umfassende, riesige Schmerz holte ihn umgehend zurück, ließ ihn straucheln und Übelkeit überkam ihn. William würgte, erbrach sich und fiel kopfüber zu Boden, doch Edwards Leibwächter riss ihn wieder hoch.

William keuchte, stützte sich mit den Händen auf dem Boden ab und gab einen ohrenbetäubenden Schrei von sich, als die Peitsche ihn erneut traf. Wirr schob sich das Bild der Hexe vor sein inneres Auge und er bedauerte in diesem Moment, sie als Satanshure beschimpft zu haben. Vielleicht wäre sie ihm zu Hilfe geeilt, wenn er es nicht getan hätte und hätte ihren Zauber einsetzen können, um Edward außer Gefecht zu setzen.

William roch sein eigenes Erbrochenes, es klebte ihm im Gesicht und einen Moment schämte er sich, denn was für einen jämmerlichen Anblick musste er bieten, blutend, mit Kotze beschmiert und auf den Knien liegend.

Der nächste Schlag ließ auf sich warten und William verspürte einen leichten Hoffnungsschimmer. *War es vorbei? Hatte er es überstanden? Würden sie ihn jetzt endlich in Ruhe lassen?*

Doch sogleich krachte die Peitsche erneut auf seinen Rücken und der Schmerz schien ihn schier wahnsinnig zu machen. Er schrie, schmeckte Blut, denn er hatte sich auf die Zunge gebissen. William keuchte und spuckte hellrot gefärbte Spucke auf den Boden.

»Hört auf! Ich habe genug!«, brüllte er laut auf, doch Edward lachte nur und setzte seine Tortur fort. Während sein Gesichtsausdruck zu Beginn noch verbissen war, wurden seine Gesichtszüge mit jedem Schlag weicher und bald schien er vollkommen verzückt und weggetreten zu sein. Die Anwesenden beobachteten entsetzt das grausige Schauspiel und wussten sich keinen Rat.

Ein schwarzer Schleier breitete sich in William aus und er wusste, dass er der Ohnmacht nahe war, dass es nicht mehr lange dauern würde, bis er in dieser Schwärze versinken würde.

Er sehnte sich danach, wollte diese Schmerzen endlich nicht mehr spüren müssen, doch mit der Sehnsucht kam auch die Furcht, denn wie konnte er sich sicher sein, dass er wieder aufwachen und nicht den Tod finden würde?

Auf unerklärliche Weise hing er mit einem Male an seinem jämmerlichen Leben, denn er wollte noch nicht sterben, wollte noch etliche Schlachten schlagen, im Morgengrauen halb besinnungslos in seinem Suff aufs Bett sinken und seinen Kopf an die prallen Brüste einer Dirne pressen.

Er dachte an seine alten Eltern, die er viele Male schlecht behandelt hatte, an seinen Vater, der vor lauter Gebrechlichkeit kaum mehr laufen konnte und sah erneut seine Mutter vor sich, als sie ihn um Geld anbettelte. Er hatte ihr nichts gegeben und sie forsch zurückgewiesen und nun bereute er, fühlte sich schlecht und schäbig, doch endlich katapultierte ihn der nächste Schlag in die alles Erlösende Dunkelheit und William sank zu Boden, als ihn ein weiterer Schlag traf.

Mit einem Male ertönte ein lauter und grauenhafter Schrei, der so durchdringend und gespenstisch klang, dass Edward sein Werk unterbrach und stirnrunzelnd die blutgetränkte Peitsche sinken ließ.

Belana schrie erneut, taumelte mit geschlossenen Augen, bevor sie schließlich ohnmächtig zu Boden sank. »Verdammt! Was ist mit ihr? Schaut nach der Hexe, aber fasst sie nicht an!«, fuhr er seine Männer an, die sich untereinander fragende Blicke zuwarfen.

Langsam näherten sie sich der am Boden liegenden Frau, wussten nicht so recht, was von ihnen erwartet wurde, doch zur Erleichterung aller Anwesenden kam Belana wieder zu sich und zog sich langsam auf die Knie hoch. Ihre Augen schweiften in der Ferne, ihr Blick schien getrübt, als sie den Arm hob und auf Prinz Edward deutete.

»Ich habe etwas gesehen!«, murmelte sie und verdrehte die Augen, beinahe so, als sei sie erneut der Ohnmacht nahe.

»Und was hast du gesehen?«, fragte Edward ungeduldig und fuhr sich mit dem Handrücken über das erhitzte Gesicht.

Ihm war warm geworden und der Schweiß lief ihm von der Stirn, mischte sich mit Williams Blut, das ihm bei jedem Schlag ins Gesicht gespritzt war.

»Dieser Mann …«, Belana richtete ihr Augenmerk auf William, der mit dem Kopf am Boden lag und sich nicht mehr rührte.

»Dieser Mann wird Großes bewirken und sich für euch schon bald als sehr nützlich erweisen! Ich kann ihn an eurer Seite auf dem Schlachtfeld sehen!«, rief Belana mit tonloser Stimme.

Edward stutzte, blickte sie erstaunt an, grinste kurz, bevor er leicht verärgert die Peitsche fallen ließ.

»Du Hexe hältst dich für besonders schlau, nicht wahr! Wie auch immer, deine List kommt zu spät, der Kerl ist mausetot!«

Er deutete auf den bewusstlosen William und forderte seine Leibwächter mit einer leichten Kopfbewegung zum Gehen auf.

»Gut für euch! Nun habt ihr mehr zu fressen! Teilt es euch gut auf!« Er lachte verächtlich und verschwand in Begleitung der zwei Hünen.

Ohne zu zögern, eilten Godwin und Belana zu William, knieten sich nieder und sahen einen Moment hilflos auf ihn hinab, bevor sich ihre Blicke trafen.

»Das war dumm von euch! Wie konntet ihr Edward so offensichtlich reinlegen wollen? Er hätte euch dafür töten können!«, sagte Godwin mit rauer Stimme und überprüfte, ob William noch atmete.

»Hat er nicht!«, entgegnete Belana und blickte sich suchend

um, bevor sie die beiden anderen Soldaten mit der Hand zu sich winkte.

»Ihr habt William zumindest vorübergehend das Leben gerettet! Er atmet noch!«, murmelte Godwin.

Sein sorgenvoller Blick glitt über die tiefen, blutigen Furchen auf Williams Rücken

»Nehmt seine Beine! Wir tragen ihn ins Zelt!«, befahl er Aelfric und dem anderen Soldaten, während er selbst nach dem bewusstlosen William griff und seinen Oberkörper etwas anhob. Schnell hatten sie ihn in das Zelt getragen und bäuchlings auf die Schlafstätte gebettet. Eilig machte sich Belana daran, die Wunden am Rücken mit Essig abzutupfen.

»Er wird morgen nicht reiten können!«, stellte sie fest und warf einen Blick zu Godwin, der schweigend neben ihr stand.

»Er wird reiten! Er kann froh sein, überhaupt noch am Leben zu sein!«, antwortete er barsch, doch seine Stimme wurde sogleich weicher, als er weitersprach.

»Ihr habt euch in Gefahr begeben, um einen von uns zu retten! Dafür danke ich euch und zolle euch meinen Respekt! Ihr seid eine mutige Frau!«

Belana hielt in ihrem Tun inne und sah kurz auf.

»Ich hoffe nur, es ist nicht zu spät!«, murmelte sie zweifelnd und beendete ihr Werk keinen Augenblick zu früh, denn mit einem langanhaltenden Stöhnen kam William nun wieder zu sich.

»Bin ich tot?«, fragte er mit krächzender Stimme, gefolgt von einem schmerzerfüllten Wimmern.

»Bist du nicht!«, brummte Godwin und schüttelte den Kopf. »Das nächste Mal hältst du hoffentlich dein Maul, wenn Edward vor dir steht!«

»Ich werde dieses kranke Schwein umbringen!«, keuchte William und schloss die Augen. »Diese Schmerzen! Ich halte das nicht aus! Es ist wie Feuer!«

»Das geschieht dir recht! Nur ein Idiot legt sich mit dem Prinzen an!« Godwin reichte ihm einen Becher Bier und William leerte ihn mit einem Zug, bevor sein Kopf wieder nach vorne sank.

»Ich hab's verstanden, Godwin!«, stöhnte er und japste nach Luft, als der Schmerz drohte, ihn erneut zu überwältigen.

»Ich bin mir nicht sicher, ob du etwas verstanden hast. Was hast du gerade gesagt? Du willst das Schwein umbringen? Diese Worte bringen dir den Galgen, sollten sie an die falschen Leute gelangen! Hüte deine Worte!«, belehrte ihn Godwin, während Belana langsam aufstand und sich zum Gehen wandte.

»Ich werde gehen und nach Halfdan sehen! Ruft mich, wenn ihr mich braucht!«, sagte sie entschieden an Godwin gerichtet und jener nickte.

»Legt euch zur Ruhe! Ich werde morgen früh dafür sorgen, dass Ihr ausreichend zu Essen bekommt!«

Belana drehte sich nicht mehr um, als sie die Worte vernahm, doch eine tiefe Erleichterung machte sich in ihr breit und sie lächelte, als sie das Zelt verließ und nach draußen trat.

Tief atmete sie die frische Luft der anbrechenden Abenddämmerung ein und verspürte endlich einen Hauch Hoffnung, dass womöglich doch noch alles gut werden würde.

Halfdan schlief noch immer tief und fest, das Fieber war gesunken und seine Gesichtsfarbe schien etwas weniger bleich zu sein. Belana griff sich eines der Felle und bettete sich vorsichtig neben Halfdan, um nun endlich auch etwas Schlaf zu finden.

PRINZ EDWARD

Prinz Edward war wütend. Schnaubend ließ er sich auf seinen Stuhl fallen und starrte zornig vor sich hin. *Diese elende Dirne hatte ihn vor allen zum Narren gehalten! Hatte ihn täuschen wollen mit einer billigen List und ihn damit verspottet, seine Intelligenz angezweifelt und ihn in aller Öffentlichkeit verhöhnt! Das also war der Dank, den er dafür erhielt, dass er sie ihren Nordmann pflegen ließ! Er hatte es immer gewusst! Güte machte sich nicht bezahlbar! Härte und Unnachgiebigkeit jedoch schon!*

Er ließ seine rechte Faust in die linke Handfläche krachen, stellte sich vor, was er mit diesem Miststück anstellen würde, wie sie auf den Knien um Gnade betteln würde, während er seine Hände um ihren Hals legen und zudrücken würde. Er fragte sich, ob er ihre Vereinbarung nicht einfach auflösen und mit ihr das machen sollte, was er schon unlängst vorgehabt hatte, doch nachdem er einen Moment seinen Gewaltfantasien nachgehangen war, verwarf er den Gedanken wieder.

Nein, das Risiko war zu groß und er wollte nicht dafür verantwortlich sein, dass ihre dunklen Mächte entfesselt werden würden und sie damit Unheil über ihn und über ganz England bringen würde.

Mit beiden Händen schöpfte er sich Wasser aus der Schüssel, die ihm eine Sklavin darbot und wusch sich damit das Blut des Soldaten aus dem Gesicht. Verzückt schloss er die Augen, sah den Mann vor sich, wie er sich vor Schmerzen unter der Peitsche windete und spürte, dass er, Edward, nicht ausreichend auf seine Kosten gekommen war.

»Draca! Bei Morgengrauen reiten wir mit ein paar Männern die Umgebung ab! Womöglich gibt es hier ein paar Dörfer, die etwas zu bieten haben!«, schleuderte er seinem Leibwächter entgegen.

Der Hüne, der sich am Eingang platziert hatte und sein Schwert mit einem Tuch polierte, sah kurz auf und nickte dann.

»Wie Ihr wünscht, Mylord!«, entgegnete er mit tiefer Stimme und steckte sein Schwert ein, bevor er das Zelt verließ, um sich bereits jetzt um die Männer zu kümmern, die Prinz Edward am Morgen begleiten würden. Zehn an der Zahl sollten ausreichend sein, um einige, ohnehin unbewaffnete und daher hilflose Dorfbewohner überfallen zu können und so schritt Draca eilig auf das große Lagerfeuer zu, um das sich eine große Anzahl von Soldaten versammelt hatten und begann, einige Männer für das Vorhaben auszuwählen.

Edward war zufrieden und beglückwünschte sich selbst zu dieser Idee. Die Männer würden ihre Freude am Plündern haben und er selbst würde sich einige Dorfleute aussuchen und sich an ihnen austoben, bis sein Blutdurst gestillt sein würde.

Er überlegte, ob ihm der Sinn nach einem jungen Weib stand, dem er womöglich die Brüste abschneiden und ihr die Haut vom Körper ziehen könnte, oder ob er die tiefen Schreie eines Mannes, dem er die Fingernägel mit einer Zange entfernen könnte, bevorzugen würde. Wie dem auch sei, Calais konnte gut und gerne einen Tag länger warten! Ohnehin würde die Belagerung noch einige Zeit in Anspruch nehmen, bis die Bürger Calais' sich in ihrer Not dazu entscheiden würden, sich England zu unterwerfen.

Edward warf das Tuch, mit welchem er seine Hände getrocknet hatte zu Boden und voller Vorfreude auf den morgigen Tag legte er sich zum Schlafen nieder.

Belana hingegen konnte keinen Schlaf finden. Immer wieder schreckte sie hoch, lauschte auf Halfdans Atem und war beruhigt, dass er gleichmäßig war. Sie tastete nach seinem Körper, doch er war weder heiß noch kalt. Seufzend erhob sie sich, stieg vom Karren hinab und ging auf das Feuer zu, um sich dort etwas aufzuwärmen.

Ihr Magen knurrte und sie wünschte sich ein Bad, denn es war eine Zeitlang her, seitdem sie sich das letzte Mal gewaschen hatte.

Morgen in aller Frühe würde sie sich auf die Suche nach einem Bach oder einem See machen und auf dem Weg womöglich noch einige Kräuter sammeln, um eine Heilpaste für den armen William anzurühren. Prinz Edward hatte ganze Arbeit geleistet und ihr graute, wenn sie daran dachte, wie viel Macht dieser Wahnsinnige hatte und was er damit alles anrichten konnte.

Nein, sie musste sich in Zukunft ruhig verhalten und ihm keine Widerworte geben, um Halfdan und auch sich selbst nicht in Gefahr zu bringen. Seufzend verbarg sie ihr Gesicht in beide Hände und zwang sich, nicht allzu viele Gedanken an Edward und an seine Grausamkeit zu verschwenden.

Stattdessen dachte sie nun an Folkvin und Ivar, diese beiden stolzen Krieger, die nun hoffentlich mit den beiden Frauen auf der île de Groix verweilten und sich in Sicherheit befanden.

Sie schaute in die Dunkelheit, hoffte auf eine Vision, doch nichts geschah, wie meist, wenn sie etwas erzwingen wollte und so gab sie auf, hing noch einen Moment ihren Gedanken nach, bevor sie zum Zelt der Soldaten schlich und hineinlugte. Das laute Schnarchen der Männer zeigte ihr, dass alle schliefen und auch William hatte überraschenderweise trotz der Schmerzen den Schlaf gefunden. Belana vermutete, dass die drei Männer ihm ihre Ration an Bier überlassen hatten, damit er sich und den Schmerz betäuben konnte. Und da ihre Hilfe nicht benötigt wurde, ging Belana zurück zum Pferdekarren und fand endlich den erlösenden Schlaf, auf den sie so lange gewartet hatte.

Als sie am nächsten Morgen erwachte, war die Sonne noch nicht aufgegangen und das Lager schien noch zu schlafen. Belana warf einen Blick auf Halfdan, sah dass er erneut etwas Fieber bekommen hatte und ihr Herzschlag setzte für einen Moment aus, als sie die schwarzen Flecken entdeckten, die sich am Hals gebildet hatten.

Sie griff nach den restlichen Kräutern, um einen Tee zu brauen und sprang vom Wagen. Belana erblickte Godwin am Feuer stehend und sich die Hände wärmend. Mit einem knappen

Kopfnicken begrüßte er sie. »Konntet ihr etwas Schlaf finden?«, fragte er mit unbeteiligter Stimme. Belana nickte und deutete auf das Feuer.

»Ich möchte etwas Tee machen!«, entgegnete sie.

Godwin ging einen Schritt zur Seite.

»Fühlt euch frei!«, antwortete er und zögerte einen Moment.

»Womöglich habt ihr auch etwas für Williams Wunden?«, fragte er schließlich und kratzte sich lange an seinem schwarzen Bart, bevor er aufs große Lager deutete.

»Wir werden heute nicht weiterreiten! Sie bereiten sich für einen Raubzug vor!«

Belana antwortete nicht und schöpfte etwas Wasser in einen Topf, den sie über das Feuer stellte. Schließlich richtete sie sich wieder auf und wandte sich an Godwin. Unverblümt blickte sie ihm ins Gesicht, sah, dass sein Bart an manchen Stellen bereits grau wurde und dass seine grünen Augen braune Sprengel hatten.

»Ihr habt mir Essen versprochen und eurer Versprechen bis jetzt nicht erfüllt. Und stattdessen kommt ihr nun mit einer weiteren Bitte!« Sie stemmte die Hände in die Hüften.

»Ich brauche eine starke Fleischbrühe für Halfdan!«

Mit leicht verärgerter Miene wandte Godwin sein Gesicht zur Seite.

»Ihr seid ein störrisches Weibsbild!«, fluchte er und spuckte einen Batzen Schleim auf den Boden.

»Ich kümmere mich darum!«, sagte er schließlich und machte sich auf den Weg in Richtung Hauptlager.

ALBIRICH

In Begleitung von Lea fanden sich Albirich und Cédric am nächsten Morgen im Haupthaus ein, um eine Unterredung mit Maclou zu führen. Jener war gerade aufgestanden und grunzte missmutig bei ihrem Anblick.

»Was verschafft mir die Ehre so früh am Morgen?«, fragte er gähnend und griff nach einem Tonkrug, um sich einen Becher Met einzuschenken. Er bot seinen Gästen nichts an und so beobachteten sie ihn schweigend, während er in einem Zug den Becher leerte.

»Setzt euch!«, sagte er dann und ließ sich selbst auf einem Stuhl nieder.

Die anderen taten es ihm gleich und Albirich räusperte sich und begann, Maclou von ihrem Plan zu berichten. Aufmerksam lauschte er ihnen, warf Lea immer wieder einen misstrauischen Blick zu, bevor er am Ende des Berichts schließlich aufstand und den Kopf schüttelte.

»Ich muss euer Anliegen zurückweisen! Wir können es nicht riskieren, verraten zu werden! Diese Männer sind Söldner und tun alles für Geld. Wir können sie nicht bezahlen und selbst wenn wir es könnten, würden sie bei der erstbesten und besser bezahlten Gelegenheit die Seiten wechseln! Ich sage daher nein!«

Cédric gab einen entrüsteten Laut von sich und Albirich stöhnte genervt.

»Maclou, wir müssen es versuchen, denn so wie wir jetzt aufgestellt sind, haben wir im Kampf keine Chance! Wir sind mittellos und die meisten von uns haben in ihrem Leben noch nie ein Schwert gehalten! Lass uns diese Männer suchen gehen! Wir brauchen sie!«

»Albirich! Es gibt einen Grund, warum ich derjenige bin, der hier das Sagen hat und nicht du! Du bist voller Überzeugung für unsere Sache, doch du scheinst deinen Verstand dabei nicht benutzen zu wollen!«, entgegnete Maclou scharf.

Er kratzte sich am Bauch und rülpste.

Albirichs Miene versteinerte sich, er sprang auf und wollte aufbegehren, doch Cédric packte ihn am Ärmel und schüttelte den Kopf.

»Es hat keinen Sinn!«, flüsterte er nur, denn er selbst kannte Maclou am besten, wusste, dass es unmöglich war, ihn zu etwas überreden zu wollen, wenn er sich bereits seine Meinung gebildet hatte.

Maclou blickte ihn verächtlich an und nickte dann.

»Das hast du ausnahmsweise richtig erkannt! Es hat keinen Sinn! Ich bin euer Anführer und ihr werdet das tun, was ich euch auftrage! Du, Cédric, wirst die Männer heute im Bogenschießen unterrichten, denn zumindest das ist eine Sache, die du gut beherrschst!«

Cédric atmete tief ein und nickte nur. Maclou schob laut den Stuhl zurück und erhob sich. »Die Unterredung ist beendet!«

Cédric sprang auf und zog Lea mit sich.

»Kommt!«, murmelte er und forderte Albirich mit einem Kopfnicken auf, ihm zu folgen.

Unverrichteter Dinge verließen die drei Maclous Haus.

»Cédric!«, murmelte Albirich leise. »Ich werde trotzdem gehen und Lea mitnehmen! Wirst du mich begleiten?«

Lea stockte der Atem, denn tatsächlich war sie erleichtert gewesen, als sie Maclous Worte vernommen hatten.

Eigentlich hatte sie gar nicht vor, diesen Ort so schnell wieder zu verlassen. Doch sie hätte wissen müssen, dass Albirich nicht so schnell aufgab und stets einen neuen Plan in der Tasche hatte. So hatte sie ihn eingeschätzt und er enttäuschte sie nicht, auch wenn es ihr lieber gewesen wäre, er würde es tun.

Cédric räusperte sich, wiegte mit dem Kopf hin und her und grinste dann.

»Es wäre mir eine Ehre, dich zu begleiten!«, erwiderte er eine Spur zu laut und erntete dafür einen Seitenhieb von Albirich.

»Was ist mit dir, Lea?«, wollte Cédric wissen.

»Albirich möchte gerne über deinen Kopf hinweg entscheiden, aber du kannst durchaus deine Meinung kundtun!«

Lea hielt einen Moment die Luft an; Gedanken kreisten ihr in Windeseile durch den Kopf. Da war die Gelegenheit, einfach nein zu sagen und hier zu bleiben, in den sicheren Gefilden, wo niemand ihr etwas Böses tun würde.

Langsam nickte sie mit dem Kopf.

»Natürlich komme ich mit!«, antwortete sie tonlos und spürte, wie ihr Tränen in die Augen stiegen.

Eilig schluckte sie sie hinunter und rang sich zu einem halbherzigen Lächeln ab.

Cédric merkte ihre Verfassung und blickte sie einen Moment ernst an.

»Du hast nichts zu befürchten! Dir wird nichts geschehen, wir werden sehr auf der Hut sein, vertrau mir!«

Lea nickte erneut.

»Wann werden wir aufbrechen?«, fragte sie mit leicht bebender Stimme.

»Noch heute!«, flüsterte Albirich.

»Wir dürfen keine Zeit verschwenden! Geht jetzt und ruht euch aus! Am Nachmittag wirst du jagen gehen, Cédric! Lea wird mit meiner Frau Kräuter pflücken gehen und ich werde ihnen kurz darauf folgen! So wird niemand Verdacht schöpfen!«

»Wer sollte denn Verdacht schöpfen? Außer Maclou weiß es niemand!«, entgegnete Cédric und zuckte dann mit den Schultern.

»In Ordnung! Wir machen es so, wie wir es gesagt haben!«, sagte er dann schließlich und gähnte, bevor er sich zum Gehen wandte.

Albirich nahm Lea an der Hand.

»Komm, Mädchen! Meine Frau wird dir ein herzhaftes Frühstück bereiten! Bei diesem Taugenichts kriegst du doch nichts Gescheites!«

Cédric lachte herzhaft auf, erwiderte jedoch nichts und so folgte

Lea Albirich zu seiner Hütte, wobei sie es vorgezogen hätte, Albirichs Frau nicht erneut sehen zu müssen, denn ihre erste Begegnung ließ Lea vermuten, dass jene nicht sonderlich erpicht darauf war, Albirich in Begleitung mit einer anderen Frau zu sehen.

Wie sich jedoch später erwies, waren ihre Befürchtungen falsch, denn Josce zeigte sich diesmal von einer sehr herzlichen Seite und nahm Lea in die Arme, um sie fest zu drücken, bevor sie ihr einen Stuhl zuschob, was Lea vermuten ließ, dass Albirich ihr bereits von ihrer Herkunft und ihren Erlebnissen auf der Burg De Blois berichtet hatte.

»Hier, Mädchen, iss!«, sagte sie energisch und reichte ihr eine Schüssel mit warmem Haferschleim und getrockneten Beeren.

Lea lächelte dankbar und ließ sich nicht zweimal bitten. Während Albirich mit der Axt auf der Schulter nach draußen ging, um etwas Holz zu hacken, saß Josce ihr gegenüber und beobachtete sie aufmerksam. Als Lea ihre Schüssel geleert hatte, nickte sie zufrieden und stand auf, um ihr einen Nachschlag zu geben. Sie rührte einen Moment gedankenverloren im Topf, der über dem Feuer hing und wandte sich anschließend erneut an Lea.

»Albirich hat mir erzählt, was dir zugestoßen ist! Aber ich fürchte, er weiß nicht alles!«, sagte sie mitfühlend und deutete auf Lea. »Kann es sein, dass du guter Hoffnung bist?«

Lea zuckte bei den Worten zusammen und ließ den Löffel in die Schüssel fallen.

»Wie kommt ihr darauf?«, stotterte sie und spürte, wie ihr die Röte ins Gesicht stieg.

»Ich bin eine Frau, habe selbst bereits drei Kinder zur Welt gebracht und bin erneut guter Hoffnung! Ich sehe, wenn andere Frauen ein Kind unter dem Herzen tragen!«

Vehement schüttelte Lea den Kopf. »Nein, da täuscht ihr euch!«, murmelte sie.

Josce sah sie einen Moment zweifelnd an, dann seufzte sie und zuckte mit den Schultern. »Wie du meinst! Es geht mich ja auch nichts an!«

»Wo …wo sind eure Kinder?«, fragte Lea, um schnellstmöglich ein anderes Thema in den Vordergrund zu rücken.

Josces Gesicht verdunkelte sich einen Moment.

»Sie leben nicht mehr. Eines starb bei der Geburt, eines bekam eine Lungenentzündung und überlebte es nicht und mein Ältester starb mit 12 Jahren an einer Durchfallerkrankung. Wir konnten nichts tun!«

Ihre Miene war nun schmerzerfüllt und hastig hantierte sie nun mit ihren Töpfen, um sich ihre Trauer nicht anmerken zu lassen.

»Euer Verlust tut mir leid!«, erwiderte Lea mitfühlend und sah, wie Josce sich die Tränen aus dem Gesicht wischte.

»Schon gut!« sagte Josce mit fester Stimme und wandte sich an Albirich, der gerade das Haus betrat und Holz hereinbrachte.

NOLWENN

Voller Erleichterung erblickte Nolwenn Folkvin, der von seiner Mission zurückkehrte, soeben den Wald verließ und auf den Hof zusteuerte. Sie atmete tief aus, erhob sich und winkte dem Nordmann. Nolwenn merkte überrascht, wie sehr sie sich freute, ihn zu sehen, denn seine Gesellschaft hatte ihr gefehlt und ein Lächeln stahl sich in ihr sonst so düsteres Gesicht.

Notgedrungen hatte sie mitbekommen, wie Jeanne im Laufe des Tages immer wieder versucht hatte, sich Ivar anzunähern, der ihr jedoch mit eiserner Miene die kalte Schulter gezeigt, aber am Ende doch nachgegeben hatte und seitdem mit ihr in der Scheune verschwunden war. Angewidert von diesem Schauspiel hatte sich Nolwenn in den Wald zurückgezogen, um sich dort im Bogenschießen zu trainieren.

Sie eilte Folkvin entgegen, der sie mit einem knappen Kopfnicken begrüßte.

»Du warst lange weg!«, entgegnete sie atemlos.

»Es gab einiges zu erledigen!«, brummte Folkvin und beschleunigte seine Schritte. Er reichte ihr ein geschnürtes Bündel. »Getrocknetes Fleisch und Brot!«, entgegnete er kurz und deutete auf den Hof. »Wo sind Jeanne und Ivar?«, fragte er und schaute Nolwenn aufmerksam ins Gesicht. Ihre Miene verriet ihm bereits alles und er lachte.

»Ich verstehe! Tu mir den Gefallen und bitte sie, ihren Beischlaf zu unterbrechen! Wir müssen uns besprechen!« bat er Nolwenn, die nun ebenfalls lachte. Einen kurzen Moment blickten sie sich grinsend an, bevor sie gemeinsam ihren Weg fortsetzten.

Nolwenn steuerte auf die Scheune zu, riss die Tür auf und zuckte kurz zurück, als sie Ivar erblickte, der sich gerade ankleidete. »Was ist?«, knurrte er und zog sich sein Hemd über.

»Folkvin ist zurück!«, entgegnete Nolwenn.

Ivar zog überrascht die Augenbrauen hoch und griff nach seinem Umhang, um ihn sich über die Schulter zu werfen. »Ich komme!«, antwortete er knapp und blickte sich nach Jeanne um. »Na los, Herzogin! Folkvin wartet!«, forderte er sie grinsend auf und Jeanne erhob sich verlegen und drängte sich an Nolwenn vorbei ins Freie.

Kurze Zeit später hatten sie ihren Plan geschmiedet, der darin bestand, sich bereits in zwei Tagen auf das Sklavenschiff nach Dänemark einzukaufen. Der Kapitän hatte bereits zugestimmt und so stand ihrer Überfahrt nichts mehr im Wege.

Folkvin ermahnte sie noch einmal, die nächsten beiden Tage still zu verharren und sich nicht vom Hof zu entfernen, um nicht Gefahr zu laufen, den Engländern in die Hände zu geraten, die sich ebenfalls auf der Insel aufhielten und so blieb ihnen an diesem Abend nichts weiter übrig, als zu essen und sich zur Ruhe zu legen.

Leise huschte die Gestalt durch die engen Gassen. Sie bewegte sich so vorsichtig, dass man ihre Schritte auf dem nassen Boden kaum vernehmen konnte. Suchend blickte sie um sich, zog ihre schwarze Kapuze noch tiefer ins Gesicht, als ein Betrunkener lallend die Taverne verließ, um der Länge nach auf den Boden zu fallen. Er stand wieder auf, schwankte noch einen kurzen Moment, bevor er sich zusammenriss und sich tief atmend gegen die Haustür lehnte.

Die Gestalt stand nicht weit von ihm entfernt in der Dunkelheit, beobachtete ihn einen Moment, während er auf den Boden pisste, bevor sie ihren Weg fortsetzte. Der Mann schenkte ihr keine Beachtung. Wie schwebend glitt die Gestalt den Weg hinauf, vorbei an den eng aneinander stehenden Häusern. Sie schrak zusammen, als eine streunende Katze, die an einem Knochen nagte, sich von ihr gestört fühlte und laut fauchte.

»Verdammtes Mistvieh!«, murmelte die Gestalt.

Der Regen hatte zugenommen und den Boden aufgeweicht.

Schlamm klebte an ihren Schuhen und sie war bereits bis auf die Knochen durchnässt. Suchend glitt ihr Blick über die Häuser, doch alle waren sie klein und unterschieden sich kaum voneinander. Am Ende der Gasse erblickte sie endlich das Haus, das sie glaubte zu suchen und sie beschleunigte ihre Schritte, hatte es eilig, nun ihr Vorhaben zum Ende zu bringen und für einen Moment kamen Zweifel in ihr auf, doch sie scheuchte sie beiseite und klopfte zunächst zaghaft, dann etwas lauter an die dicke Holztür. Zunächst regte sich nichts im Inneren, doch schließlich vernahm man schlurfende Schritte und die Tür wurde einen Spalt geöffnet. Ein alter Mann blickte misstrauisch durch den Spalt. Es war offensichtlich, dass er bereits geschlafen hatte, denn seine grauen Haare standen wirr zu Berge und er trug ein langes Schlafgewand.

»Wer seid ihr und was ist euer Begehr?«, brummte er schlaftrunken.

Die Gestalt zog sich die die schwarze Kapuze vom Kopf und griff nach der Tür, um den Mann daran zu hindern, sie wieder zuzuschlagen. »Holt die Engländer, die in eurem Haus nächtigen! Ich habe wichtige Informationen für sie!«, sagte Nolwenn mit fester Stimme und nutzte die Überraschung des Mannes, um die Tür vollends aufzudrücken.

Der Alte grummelte verärgert, kratzte sich einen Moment am Kopf und beäugte sie misstrauisch. »Komm morgen wieder!«, krächzte er schließlich und deutete mit einer Kopfbewegung auf die Tür. »Raus aus meinem Haus!«

Nolwenn seufzte verzweifelt und schüttelte den Kopf.

»Ihr macht einen Fehler! Die Information, die ich habe, ist von äußerster Wichtigkeit! Lasst mich mit ihnen sprechen!«, flüsterte sie eindringlich und spürte, wie sie sich innerlich verkrampfte, denn sie hatte nicht bedacht, dass sie womöglich ihr Vorhaben nicht in die Tat umsetzen können würde.

Mehr denn je wünschte sie sich in ihre einsame Höhle inmitten des Waldes zurück und fragte sich nun, wann sie sich endlich wieder unbeschwert und frei fühlen würde. Doch ein kleiner Dorn saß in ihrem Inneren, der sie erbarmungslos piesackte und sie wusste, dass der Verrat, den sie vorhatte zu begehen, ihr wehtat, denn, auch wenn sie sich lange gegen dieses Empfinden gesträubt hatte, kam sie nicht umhin, sich einzugestehen, dass sie Folkvin und die anderen ins Herz geschlossen hatte und ihren Mut und Tatendrang bewunderte. Doch sie hatte keine Wahl, musste den Willen des Druiden erfüllen, seinem Begehr Folge leisten, um damit das Andenken an ihren Vater zu ehren. Diese eine Mission musste sie zu Ende bringen und um nichts in der Welt würde sie sich von ihrem Vorhaben abbringen lassen. Umso erleichterter war sie, als sie sah, dass der Mann schließlich zögerlich nickte.

»In Ordnung! Warte hier!«, murmelte er, entfernte sich schnellen Schrittes und verschwand in der Dunkelheit des langen Ganges hinter ihm. Nolwenn hörte, wie er einen kurzen Augenblick später leise an eine Tür klopfte. Erst vernahm sie nichts, doch schließlich ertönte ein gedämpftes Fluchen, bevor behäbige und schwere Schritte erklangen. Sie hörte den alten Mann flüstern und ihr Herz setzte einen Moment aus, als eine Tür mit lautem Knall ins Schloss fiel und der Mann sich ihr in Begleitung von einem kleinen, rothaarigen Engländer näherte, der offensichtlich noch nicht geschlafen, stattdessen aber dem Alkohol gefrönt hatte. Seine Wangen waren aufgedunsen, die Nase rot und der Blick glasig, doch ein Grinsen schob sich in sein Gesicht, als er Nolwenn erblickte.

»Du hast mir nicht gesagt, dass du mir eine Freude machen wolltest! Unser kleiner Disput von heute Nachmittag ist hiermit vergessen!«, murmelte er in schlechtem Französisch und rieb sich die Hände.

Langsam näherte er sich ihr und sein lüsterner Blick beäugte sie von oben bis unten, während er anerkennend nickte. Bereits wollte er mit seinen schmierigen Händen nach ihr greifen, doch Nolwenn trat einen Schritt zurück und griff nach ihrem Dolch.

»Ihr täuscht euch! Ich bin keine Hure! Ich habe Informationen für euch!«, rief sie mit warnender Stimme, doch der Engländer zuckte mit den Schultern.

»Es ist mir egal, ob du eine bist oder nicht! Ich nehme mir was ich will! Und du Schlampe gefällst mir gut!«

Mit einer schnellen Bewegung, die man ihm aufgrund seiner Trunkenheit kaum zugetraut hätte, griff er nach Nolwenns Handgelenk und zwang sie dazu, den Dolch fallenzulassen. Sie schrie auf vor Wut und trat ihm gegen das Schienbein, doch wieder war er schneller und packte sie an den Hüften und hob sie hoch.

»Mal sehen, wie schnell ich dich zähmen können werde! Ich kann es kaum erwarten!«, knurrte der Mann und ein breites Grinsen schob sich in sein Gesicht.

HALFDAN

Halfdans Hals schmerzte und er konnte kaum schlucken. Er hielt die Augen geschlossen, verspürte einen ungeheuren Durst, fühlte sich dennoch zu erschöpft, um sein Verlangen zu äußern und beschränkte sich stattdessen darauf, herauszufinden, wo er sich befand. Für einen kurzen Moment schaffte er es, seine Gedanken zu ordnen, erinnerte sich wieder daran, dass Belana ihn pflegte und sie sich noch immer in Prinz Edwards Gewahrsam befanden, doch im nächsten Moment wurde sein Geist wieder wirr, seltsame Bilder und skurrile Gestalten schoben sich vor sein inneres Auge, tanzten miteinander und wechselten sich in Farbe und Intensität ab und Halfdan fühlte, wie ihm schwindelig wurde.

Ein Gegenstand wurde an seine ausgetrockneten Lippen gehalten und voller Erleichterung spürte Halfdan kaltes Wasser in seine Kehle rinnen. Die inneren Bilder verschwanden wieder und er beschloss, seine Augen zu öffnen, doch auch dies schien eine Herausforderung zu werden, denn seine Lider fühlten sich schwer und verklebt an.

Doch schließlich gelang es ihm und auch wenn etwas ihn zurückhalten wollte, ihn noch dazu einladen wollte, noch ein bisschen länger in der dankbaren Dunkelheit zu verweilen, fernab von den Wirren des Krieges, den ständigen Kämpfen und Prinz Edwards Willkür, siegte am Ende sein Wille. Der blaue Himmel stach ihm ins Auge und er blinzelte, verlor sich einen kurzen Moment in den dahintreibenden, weißen Wolken und merkte, wie schwer sich sein Körper anfühlte. Er fragte sich, ob es ihm jemals wieder gelingen würde, auf eigenen Beinen zu stehen, geschweige denn sich zur Seite zu drehen, als er einen erleichterten Seufzer vernahm. Langsam drehte er seinen Kopf etwas zur rechten Seite und sein Herz machte einen kleinen Sprung, als er in Belanas Antlitz sah.

Sie sah müde und blass aus, ihr langes Haar fiel ihr in wilden Strähnen über die Schulter, ihr Gesicht war schmutzig und sie hatte dunkle Augenringe, doch sie lächelte, als ihre Blicke sich trafen.

»Endlich! Das Fieber ist weg!«, flüsterte sie und nickte ihm aufmunternd zu, bevor sie ihm erneut den Becher hinhielt. Halfdan trank hastig, verschluckte sich dabei und begann zu husten. Er spürte, wie sein Magen rebellierte und übergab sich in einem Schwall. Der Geruch von beißender Magensäure stieg ihm in die Nase und er sah, dass er Belanas Kleid beschmutzt hatte. Stöhnend ließ er seinen Kopf nach hinten sinken.

»Es tut mir leid!«, krächzte er und schloss die Augen, suchte nach der schützenden Dunkelheit, in der er die letzten Tage verbracht hatte und die ihn vom Gefühl der Scham erlösen würde, doch er fand sie nicht.

Belana hatte Recht, es ging ihm tatsächlich besser und es gab für ihn keinen Grund mehr, nutzlos auf diesem Karren herumzuliegen. Und so seufzte er tief, öffnete die Augen erneut und schaute direkt in das ernste Gesicht Belanas, die sich über ihn gebeugt hatte und sich daran machen wollte, ihm sein Erbrochenes aus dem Gesicht zu wischen.

»Lass das!«, murmelte er etwas unwirsch und setzte sich langsam auf.

Sein Tonfall tat ihm bereits leid, doch er war zu stolz, um sich diese Blöße zu geben und so bemühte er sich lediglich, ein entschuldigendes Lächeln aufzusetzen.

Es war bereits später Vormittag, wie er am Stand der Sonne erkennen konnte und im Lager herrschte ein emsiges Treiben. Halfdan ließ seine Blicke schweifen, bemerkte, dass sie sich auf einer Anhöhe befanden und erstarrte, als er ins Tal hinabsah.

»Sind wir in …?«, murmelte er. Belana nickte.

»Wir sind vor Calais!«, bestätigte sie seine Vermutung. Halfdan schwieg, war beinahe erschlagen von diesem Anblick, denn dies war mit Sicherheit das größte Feldlager, das er je in seinem Leben gesehen hatte. Einfache Soldatenzelte und selbstgebaute

Verschläge reihten sich Seite an Seite, soweit das Auge reichte. In der Mitte des Lagers befanden sich die prunkvoll dekorierten und farbig leuchtenden Zelte der Adeligen und um diese herum, einem Schutzwall gleich, standen die nicht ganz so protzig ausgestatteten Behausungen wohlhabender Krieger.

In einiger Entfernung entdeckte Halfdan zahlreiche Belagerungswaffen in Form von Katapulten und Ballisten und er schluckte. Die Größe dieser Belagerung überragte bei weitem sein Vorstellungsvermögen und falls Calais sich einbildete, dieser Belagerung standhalten zu können, so würde Prinz Edward sie sicherlich bald eines Besseren belehren.

»Beeindruckend, nicht wahr?«, murmelte Belana leise und Halfdan hob seinen Blick, um sie anzuschauen.

Er sah, wie müde und erschöpft sie war, ihr Haar hatte seinen Glanz verloren, ihre Wangen wirkten blass und eingefallen und ihre Augen glitzerten nicht mehr, als sie seinem Blick begegnete.

»Und wir selbst sind im Zentrum des Bösen!«, setzte sie fort, als ihre Augen einen Punkt hinter ihm fixierten. Halfdan wusste bereits, was sie meinte und ersparte es sich, sich umzudrehen. Belana lächelte schmerzlich, als ihre Blicke sich erneut trafen. Einen Moment verloren sie sich ineinander, schienen die Außenwelt fortgesperrt zu haben und lediglich sich selbst wahrzunehmen, doch im nächsten Augenblick ertönte bereits Prinz Edwards beißende Stimme hinter ihnen.

»Man hat mir zugetragen, dass du genesen bist, Nordmann! Ist das so?« Edward beäugte Halfdan misstrauisch und sah anschließend Belana fragend an. »Keine Pestmale mehr?«, fragte er knapp. Belana schüttelte den Kopf.

»Wir haben die Seuche besiegt!«, antwortete sie lediglich und eine tiefe Traurigkeit überkam sie, denn sie wusste, dass sie damit ihr und Halfdans Schicksal besiegelt hatte. Sie würde ihre neue Aufgabe an Prinz Edwards Seite übernehmen müssen, würde ihm als Seherin dienen und diese Aufgabe kam ihr wie eine Farce vor, denn sie konnte das Talent, das in ihr schlummerte, kaum steuern, denn die Bilder und Visionen kamen unverhofft und aus dem Nichts.

»Wunderbar! Genau zum richtigen Zeitpunkt!«, nickte Prinz Edward und wandte sich an Godwin, der in einigem Abstand hinter ihm stand und der ihm von Halfdans Genesung berichtet hatte.

»Sorg dafür, dass er ein Bad nimmt, er stinkt, wie verwesendes Aas. Und kleide ihn ordentlich!«, befahl er ihm. Godwin ignorierte Belanas vorwurfsvollen Blick und nickte knapp.

»Wie ihr wünscht, mein Prinz!«

Prinz Edward starrte Halfdan einen Moment wortlos an. »Ich werde meinem Vater, dem König von England meine Aufwartungen machen! Und du wirst mich begleiten!«

KÖNIG EDWARD III

König Edward der Dritte blickte entschlossen zu den Stadtmauern von Calais.

Auch wenn deren Kommandant Jean de Vienne ein harter Knochen war, der es verstand, die Bürger der Stadt zum Widerstand zu ermutigen, würde es dennoch nicht mehr allzu lange dauern, bis sie kapitulieren würden. König Edward hatte den Hafen von Calais mit seiner zahlreichen Flotte blockieren lassen und an Land hatte er ein Bollwerk an Abschanzungen um die Stadt errichtet, so dass kein Ein noch Aus mehr möglich sein würde.

In absehbarer Zeit würden Calais die Nahrungsmittel ausgehen und spätestens dann würde er diese wichtige Hafenstadt sein Eigen nennen können. König Edward seufzte und lenkte sein Pferd herum. Er konnte es kaum erwarten, als Eroberer in diese Stadt einzumarschieren und sich dort endlich ein bisschen Ruhe zu gönnen. Er war müde und hatte immer öfter ein seltsames Stechen in der Herzgegend. Auch jetzt fasste er sich an die Brust und atmete tief ein und aus, bis der Schmerz langsam wieder nachließ.

Einer seiner Gefolgsleute kam auf ihn zugeritten. »Euer Sohn, der Prinz of Woodstock ist soeben eingetroffen und begehrt euch zu sehen!«, rief er König Edward zu und jener nickte nur, bevor er sein Pferd antrieb.

Er fluchte leise vor sich hin, fragte sich, warum sein Sohn erst jetzt zu ihm stieß, und verspürte dennoch wenig Lust, ihm zu begegnen. Sicher, er war stolz auf ihn, vor allem nach seinem ersten großen Erfolg auf dem Schlachtfeld von Crécy, als er die Truppen mit Hilfe seines strategischen Geschicks und einer genialen Kriegsführung zum Sieg führte, doch der Prinz barg auch eine gleichermaßen perfide, wie auch sadistische Seite, die er, König Edward, nicht gutheißen konnte.

Man erzählte sich, dass der Prinz nach dem erfolgreichen Ausgang auf dem Schlachtfeld herumgestreift war, um die noch Lebenden mit dem Schwert zu richten und abgesehen davon, dass dies nicht die Aufgabe eines zukünftigen Königs war, schien der Prinz ein unsägliches Vergnügen daran gefunden zu haben, sein Schwert in das Fleisch seiner Feinde zu stoßen, denn er hatte dabei ein seliges Lächeln auf den Lippen gehabt. Und als er auf den toten Körper des blinden Königs Johann von Böhmen gestoßen war, soll er ihm mit einem wilden Lachen seinen Helmschmuck in Form von Straußenfedern abgenommen und ihn sich selbst auf sein Haupt gesetzt haben. König Edward war entsetzt darüber gewesen, als man ihm von diesem Vorfall berichtet hatte, denn er bewunderte den blinden König, der sich trotz seiner Behinderung in die Schlacht gestürzt hatte, um seine Männer zu ermutigen und dieses außerordentlich respektlose Verhalten seines Sohnes hatte ihm einige schlaflose Nächte beschert. Er war erhaben in der Kriegsführung, dies stand außer Frage, doch hatte er auch das Zeug zu einem König?

König Edward hielt sein Pferd an, reichte einem Soldaten die Zügel und stieg ab. Eilig ging er auf sein Zelt zu, wollte sich noch etwas erfrischen, bevor er seinen Sohn empfing, und mit einem Male überfiel ihn eine tiefe Müdigkeit, von der er glaubte, sie nicht bewältigen zu können und so ließ er sich einen Becher Wein einschenken, trank ihn in einem Zug und legte sich auf seine Schlafstätte nieder. »Sagt meinem Sohn, ich lasse nach ihm rufen, sobald es meine Zeit zulässt!«, befahl er einem Diener und schloss seufzend die Augen, als dieser das Zelt verließ und er endlich Ruhe hatte.

Halfdan hatte sich waschen und kleiden und diese Prozedur regungslos über sich ergehen lassen. Er hatte die Aufmerksamkeit, die man ihm schenkte, jedoch dafür genutzt, nach Essen und Trinken zu verlangen. Man hatte seinem Wunsch Folge geleistet und er hatte in Begleitung von Belana ausgiebig gespeist, fühlte sich nun besser als zuvor, doch immer noch nicht ausreichend erholt, um dem König von England zu begegnen.

Godwin hatte ihn schließlich abgeholt und zu Prinz Edward geführt. Zum ersten Mal erlebte Halfdan den schwarzen Prinzen nervös und beinahe verunsichert. Seine Augen glitzerten gefährlich, als er Halfdan von oben bis unten begutachtete. Er näherte sich ihm, starrte ihn einen Moment reglos an, bevor er sich räusperte.

»Du wirst dein Maul halten, Nordmann! Sprich nur, wenn du gefragt wirst! Hast du das verstanden?«, bellte er und Halfdan nickte lediglich, denn er fragte sich ohnehin, was Edward mit ihm vorhatte und was er sich davon versprach, ihn dem König vorzuführen. Er konnte sich beim besten Willen keinen Reim daraus machen, hatte aber ohnehin nicht die Muße, seinen Geist über die Maße hinaus zum Nachdenken anzuregen, denn das Einzige, was ihm im Moment tatsächlich zugesagt hätte, wäre ein weiches Bett und ein erholsamer Schlaf gewesen.

»Der König kann euch nun empfangen!«

Ein Vasall war soeben eingetreten und seine Worte ließen Halfdans Herz schneller schlagen. Er ärgerte sich über sich selbst, fragte sich, warum er Furcht empfand, doch im selben Moment realisierte er, dass nicht die Furcht sein Begleiter war, sondern, dass er eine tiefe Abneigung gegenüber der englischen Krone empfand. Wohl wahr, die Erlebnisse mit Prinz Edward hatten hier ihr Übriges getan, doch nun schlich sich ein anderer Gedanke in seinen Geist. Er dachte an Jeannes Kinder, die auch die Seinen waren und daran, dass sie ihres Thrones beraubt wurden.

Nun waren sie unauffindbar, womöglich bereits tot und er, Halfdan, würde diesem Widersacher begegnen, dem Menschen, der das ganze Land an sich reißen wollte und der dafür gesorgt hatte, dass die Burg de Blois nur noch ein Schatten ihrer einstigen Größe und Stärke war. Halfdan schluckte, fragte sich, ob er jemals seinen Kindern begegnen und eines Tages in der Lage sein würde, ihnen beim Aufwachsen zuzusehen. Doch selbst wenn die rechtmäßige Ordnung wiederhergestellt und Charles und Jeanne de Blois ihren Platz an der Spitze des Herzogtums der Bretagne einnehmen würden, wäre er, Halfdan, der letzte, dem man

Zutritt zu seinen Kindern gestatten würde, vor allem weil Jeanne in diesem Fall den Betrug zugeben müsste, den sie an Charles begangen hatte.

Nein, für ihn, Halfdan, wäre es am besten, sich dieser Gedanken und Wünsche zu entledigen und zu vergessen, dass er der Vater von Jeannes Kindern war. Was spielte es noch für eine Rolle, auf welcher Seite er stand? Was auch immer Prinz Edward von ihm verlangte, er würde ihm Folge leisten. Er durfte es nicht riskieren, erneut in Ungnade zu fallen und Unheil über sich zu bringen. Dass der Prinz einen wankelmütigen Charakter hatte und es genoss, Menschen zu quälen, hatte Halfdan längst verstanden, doch er sah auch, dass Edwards Bestreben ein Großes war und dass er nichts tun würde, um dem Ziel, Frankreich unter der Krone Englands zu vereinen, zu schaden und wenn er glaubte, Halfdan würde ihm dabei von Nutzen sein können, so würde er ihn in diesem Glauben lassen. Sein einziges Begehr nun würde sein, Belanas und sein eigenes Überleben zu sichern und das mit allen Mitteln, die ihm zur Verfügung standen. Grimmig rückte er seinen Umhang zurecht und folgte Prinz Edward zum Zelt seines Vaters, dem König von England.

Edward, der dritte, König von England und selbsternannter König von Frankreich ließ seinen Blick langsam über seinen Sohn, den schwarzen Prinzen schweifen, der stolz und hochmütig vor ihm stand und ihm starr in die Augen sah.

Wieder hatte er es versäumt, ihm eine angemessene Begrüßung entgegenzubringen, doch der König hatte beschlossen, über diesen Affront hinwegzusehen. Nachdem er einen kurzen Moment hatte verrinnen lassen, öffnete er die Arme und umfasste seines Sohnes Schultern.

»Mein Sohn!«, sagte er feierlich und der schwarze Prinz verzog sein Gesicht zu einem förmlichen Lächeln.

»Vater«, erwiderte er trocken und ergriff den Weinkelch, der ihm von einem der Diener gereicht wurde.

»Wie ich sehe, ist eure Belagerung in vollem Gange! Noch nie zuvor habe ich solch ein großes Lager gesehen! Es ist nur eine Frage der Zeit, bis die Bürger von Calais aufgeben werden!«

Edward der Dritte nickte und zögerte einen Moment, fragte sich, ob er seinen Sohn zur Unterredung am Abend einladen sollte oder ob es dienlicher wäre, ihn nicht in wichtige Angelegenheiten miteinzubeziehen.

Sein hitziges Gemüt und seine aggressiven Ausbrüche konnte er heute wahrlich nicht brauchen, denn die Lage war bereits angespannt genug, die Männer waren müde, sehnten sich nach Hause zu ihren Familien und die Essenslieferung ließ bereits viel zu lange auf sich warten. Auch wenn er nicht gewillt war, die Belagerung aufzugeben, würde er dennoch versuchen, den Kommandanten der Stadt in einem Gespräch zur Aufgabe zu bewegen.

Die Anspannung zwischen Vater und Sohn war für die Anwesenden deutlich spürbar und alle hielten den Atem an, warteten darauf, dass beide miteinander warm wurden und hofften, dass es zu keinerlei Meinungsverschiedenheit kommen würde. Der König räusperte sich, als sein Blick auf Halfdan fiel. Er betrachtete ihn einen Moment schweigend, während Halfdan ergeben den Kopf senkte. Der Mann war größer als alle Männer, die er bis jetzt gesehen hatte und sein Körperbau ließ vermuten, dass er ein erfahrener Kämpfer war. Doch seine Gesichtsfarbe war fahl, beinahe weiß und die bläulich schimmernden Augenringe verstärkten die Blässe noch zusehends. Ärgerlich schnaubte der König, hoffte inständig, dass sein Sohn ihm nicht die Seuche ins Lager geschleppt hatte, doch er beschloss, seinen Ängsten zumindest für den Moment keinen Ausdruck zu verleihen. »Und wer ist das?«, fragte er stattdessen an Edward gerichtet und zog erwartungsvoll die Augenbrauen hoch.

Das Gesicht des schwarzen Prinzen verdunkelte sich, doch sein Mund formte sich zu einem wohlwollenden Grinsen. »Das, mein König, ist Halfdan, ein Söldner aus dem Norden. Ich habe ihn zu meinem Berater in Kriegsfragen ernannt. Er wird uns sehr dienlich sein, glaubt mir!«

Der König beäugte ihn misstrauisch und schüttelte dann den Kopf.

»Ein Söldner? In solch einer Position? Bist du sicher, dass du ihm vertrauen kannst?«, fragte er und spürte erneut Ärger über seinen Sohn in sich hochsteigen.

»Habt keine Angst, mein Vater! Er hat seinen Lehenseid geleistet und wie ihr sicherlich wisst, nehmen die Nordmänner geleistete Schwüre sehr ernst. Und im Übrigen ...«

Edward trank seinen Kelch in einem Zug aus, wischte sich mit dem Ärmel über den Mund und senkte die Stimme. »Im Übrigen habe ich etwas, dass ihm gehört!«

Halfdan spürte, wie ihm die Zornesröte ins Gesicht schoss. Sein Atem wurde flacher und er spannte die Fäuste an, versuchte, seiner Wut keinen Raum zu geben, um sich nicht zu verraten, doch der König musterte ihn unverhohlen und hatte längst feststellen können, dass Halfdan nicht aus freien Stücken an des schwarzen Prinzens Seite stand.

»Nun gut! Ich vertraue deinem Urteil!«, sagte er stattdessen und nickte Halfdan freundlich zu.

»Wir werden sehen, wie hilfreich seine Dienste sein werden! Jean de Vienne, der Kommandant Calais' hat um eine Unterredung gebeten und wird heute Abend zu uns stoßen! Ich hoffe, mein Sohn, dass ich mit eurer beider Anwesenheit rechnen kann!«

Der schwarze Prinz deutete eine Verbeugung an. »Natürlich, mein König!«, murmelte er und Edward nickte zufrieden. »Ich werde nach euch rufen lassen! Und jetzt geht, ich muss mich ausruhen!«

Wortlos verließen die beiden das Zelt und mit einer wedelnden Handbewegung gab der schwarze Prinz Halfdan zu verstehen, dass er seine Anwesenheit nicht mehr wünschte. »Schick deine Seherin zu mir!«, knurrte er schlecht gelaunt, bevor er sich von Halfdan abwandte und auf sein Zelt zueilte.

Halfdan schluckte und spürte, wie sein Herz heftig gegen seine Brust schlug. Leichter Schwindel ergriff ihn und einen Moment stand er bewegungslos da, starrte dem Prinzen hinterher, bevor er seinen Blick schweifen ließ. Er erblickte Belana im Gespräch mit einem von Edwards Männern vertieft, doch als sein Blick auf sie fiel, sah sie auf. Trotz der Entfernung konnte er ihren sorgenvollen Gesichtsausdruck erkennen und eilig ging er auf sie zu. Als er etwas atemlos vor ihr stehenblieb, strich sie ihm mit ernstem Gesichtsausdruck über die Schulter.

»Du solltest dich noch ausruhen! Die Seuche hat an deinen Kräften gezehrt und du brauchst Ruhe!«, sagte sie leise. Halfdan lächelte verbittert.

»Ich fürchte, Ruhe wird uns in diesem Lager nicht vergönnt sein! Prinz Edward will dich sehen!«

Belana schwieg, bevor sie langsam nickte.

»Ich weiß. Wir haben eine Abmachung, die ich einhalten muss!«

Halfdan erstarrte, rieb hilflos seine Handballen aneinander und suchte nach Worten. »Will er … ?«, murmelte er, ohne in der Lage zu sein, seine Befürchtungen in Worte fassen zu können.

Eilig schüttelte Belana den Kopf. »Nein.«, antwortete sie rasch. »Er möchte, dass ich ihm seine Zukunft aufzeige!«

»Kannst du das?«, fragte Halfdan besorgt und Belana zuckte mit den Achseln. »Das weiß ich nicht!«, antwortete sie mit einem müden Lächeln.

Einen Moment verharrten sie schweigend, blickten sich in die Augen und langsam hob Halfdan seine Hand und strich Belana über die Wange. Er spürte, wie sie unter der Berührung erschauderte, bevor sie nach seiner Hand griff und ihm Einhalt gebot.

»Mach dir keine Sorgen um mich!«, flüsterte sie und wollte sich abwenden, doch Halfdan hielt sie zurück.

»Warte! Geh nicht!«, rief er mit rauer Stimme. Sie blieb stehen, blickte ihn erwartungsvoll an, doch Halfdan räusperte sich und spuckte zu Boden. »Verdammt!«, fluchte er. »Ich will nicht, dass du zu diesem Verrückten gehst! Wir sollten fliehen, ich werde Pferde besorgen!«

Belana lächelte umsichtig und schüttelte den Kopf. »Das geht nicht! Noch nicht! Du hast hier noch eine Aufgabe zu erledigen!«

Als sie sich wieder abwandte, blickte ihr Halfdan einen Moment nach, bevor er erneut fluchte. Alles in ihm weigerte sich, sie gehen zu lassen und sein Herz raste bei der Vorstellung, was Edward mit ihr anstellen könnte. Schweiß trat ihm auf die Stirn und mit einer wütenden Bewegung fuhr er sich über das Gesicht, während er sie erneut rief. Wieder blieb sie stehen, drehte sich um und zog leicht verärgert die Augenbrauen hoch.

»Halfdan, was soll das? Lass mich das erledigen!«, schimpfte sie.

»Ich habe mich nie bei dir bedankt. Du hast mich von der Seuche befreit und ich habe mich nicht bei dir bedankt!«, murmelte Halfdan und zog hilflos die Schultern hoch. Belana schwieg und ging schließlich raschen Schrittes auf ihn zu. Ohne zu zögern, schlang sie ihre Arme um ihn und Halfdans Herz stockte einen Moment, bevor er es ihr gleichtat und sie fest an sich drückte.

Erleichtert atmete er auf, spürte ihren schlanken Körper, sog ihren Geruch nach Moos und Feuerholz ein und strich ihr mit einer Hand beschützend über das Haar. Sein Inneres war in Wallung und er musste sich eingestehen, dass diese Frau mehr Macht über ihn hatte, als ein gesamtes Königreich es jemals haben könnte, denn die Gefühle, die sie in ihm auslöste, waren von einer solchen Intensität, dass sie ihn schwindeln ließen und ihm den Atem nahmen. Er schloss die Augen, gab sich diesem Moment hin und während sein Inneres immer mehr in Wallung geriet, löste sie sich aus seiner Umarmung und blickte ihn ernst an.

»Mach dir keine Sorgen um mich!«, sagte sie bestimmt und Halfdan nickte nur, versuchte nun verärgert, seine aufkommende Erregung in den Griff zu bekommen und war beinahe erleichtert, als Belana sich erneut zum Gehen wandte, doch wieder drehte sie sich nach einigen Schritten um.

»Ich muss mich bei dir bedanken! Du hast mich am Strand nicht alleine gelassen. Du hättest fliehen können, doch du bist zurückgekommen! Dir gebührt der Dank, Halfdan!«

CEDRIC

Spaßige Gesellen seid ihr beide!«, grummelte Cédric und griff nach seinem mit Wein gefüllten Trinkschlauch. »Da ziehe ich den guten alten Wein als Gesellschaft vor!« Geräuschvoll trank er und rülpste lauthals. »Um unsere Laune ein bisschen anzuheben, schlage ich einen Wettbewerb vor! Derjenige, mit der missmutigsten Visage gewinnt!« Er kicherte über seinen eigenen Witz, während Lea verlegen zur Seite sah.

»Halt dein blödes Maul!«, kommentierte Albirich trocken seine Bemerkung. »Wir gehen weiter!«

Seufzend erhob sich Cédric und reichte Lea die Hand, um ihr beim Aufzustehen zu helfen.

»Du schönes Mädchen, was kann ich tun, um ein Lächeln auf dein Gesicht zu zaubern?«, fragte er und sein ernster Tonfall ließ Lea laut auflachen.

»Schon besser!«, entgegnete Cédric grinsend, doch während die drei Gefährten ihrem Weg weiter durch den Wald folgten, versank vor allem Albirich wieder in düstere Gedanken.

Der Abschied von seinem Weib hatte ihm zugesetzt. Als er ihr seinen Plan mitgeteilt hatte, war sie zunächst wütend geworden, bevor sie angefangen hatte zu lamentieren. Unter Tränen hatte sie ihn angefleht, bei ihr zu bleiben, sie nicht erneut allein zu lassen und vor allem, als sie verstand, dass es nicht klar war, wann er wiederkehren würde, war sie schier verzweifelt und hatte ihren Tränen freien Lauf gelassen. Albirich wusste, dass sie Angst vor der Niederkunft hatte, Angst davor, erneut ein Kind zu verlieren, denn diese Schwangerschaft war keine einfache gewesen. Immer wieder hatte sie starke Schmerzen im Unterleib gespürt und sich ausruhen müssen und Albirich fühlte sich schlecht damit, sie zum jetzigen Zeitpunkt allein zu lassen. Er wusste, dass er während der Geburt womöglich nicht da sein würde, und es schmerzte ihn genauso wie Josce, doch sie hatten keine Wahl.

»Es gibt Dinge, die du einfach hinnehmen musst, Josce. Ich muss diese Nordmänner finden und sie um Hilfe bitten! Wir müssen unser Lager stärken, solange es noch geht!«, hatte er ihr gesagt, wohl wissend, wie hart seine Worte für sie geklungen haben müssen.

Sie hatte lediglich tief geatmet, ihren tränenverschleierten Blick auf ihn gerichtet und mit den Schultern gezuckt. »Dann mach, was du zu tun hast!«, hatte sie gemurmelt und sich wortlos umgedreht.

Er hatte ihr hinterhergehen, sie noch einmal in seine Arme schließen wollen, doch ihm hatte der Mut gefehlt. Als Cédrics scharfer Pfiff an seine Ohren gedrungen war, hatte er sich erleichtert umgedreht und sein Heim hinter sich gelassen. Auf dem Weg nach draußen hatte er die alte Gerbersfrau Berthe gebeten, nach seinem Weib zu sehen und ihr etwas zur Hand zu gehen, doch sein Gewissen hatte sich nur einen kurzen Moment beruhigen lassen. Bereits nach kurzer Zeit kreisten seine Gedanken erneut um Josce und um seinen ungeborenen Sohn.

Auch Lea wäre gern im Lager geblieben, hätte diesen schützenden Ort noch länger in Anspruch nehmen wollen, denn die Angst, die sie seit ihrem Erlebnis auf der Burg de Blois mit sich trug, verstärkte sich mit jedem Schritt, den sie sich vom Lager entfernten. Auch ihr hatte Albirich gesagt, dass sie keine Wahl hätte, dass es ihrer aller Aufgabe sei, dafür zu sorgen, die Engländer zu schwächen, um sie am Ende erfolgreich aus diesem Land vertreiben zu können. Da sie die Einzige war, die die Nordmänner zu Gesicht bekommen hatte, musste sie ihnen folgen, doch in Wahrheit hätte Lea diese Aufgabe liebend gerne abgelehnt. Ihr anfänglicher Mut und ihre Entschlossenheit, sich an Prinz Edward zu rächen, hatten einer tiefen Furcht und Verzweiflung Platz gemacht.

Und so liefen sie schweigend nebeneinanderher, jeder seinen trüben Gedanken verfallen, außer Cédric, der hin und wieder versuchte, die angespannte Stimmung mit einem Scherz aufzulockern, doch schließlich aufgab und die fehlende Reaktion seiner Gefährten mit einem verärgerten Grunzen abtat.

Abgesehen von der schlechten Stimmung verlief ihre Reise ohne nennenswerte Zwischenfälle. Als sie zwei Tage später schließlich den Ort erreichten, von dem aus sie zur île de Groix reisen würden, erwachte Albirich schließlich aus seiner Lethargie und begab sich auf die Suche nach einem brauchbaren Boot, während Lea und Cédric in die hiesige Taverne einkehrten und sich einen Topf würzig duftenden Eintopf teilten. Während Cédric sich daran erfreute, die besonders großen Fleischstücke aus dem Topf herauszupicken, hatte Lea schon bald keinen Appetit mehr und trank lediglich von dem leicht schal schmeckenden Bier.

»Warum isst du nichts mehr? Es schmeckt köstlich!«, fragte Cédric mit vollem Mund und wischte sich mit dem Hemdärmel über das Gesicht, bevor auch er nach dem Krug griff, um das Fleisch mit einem Schluck Bier hinunterzuspülen.

Lea zuckte teilnahmslos die Schultern und antwortete nicht. Cédric stellte den Krug ab und seufzte. Ernst blickte er sie an.

»Was ist los mit dir? Seitdem wir das Lager verlassen haben, hast du kaum ein Wort gesprochen. Ist dir meine Gesellschaft derart unangenehm?«

Seine Augen blitzten belustigt und seine Mundwinkel verzogen sich zu einem Lächeln, als Lea hastig den Kopf schüttelte.

»Nein, das ist es nicht.«, murmelte sie und ließ langsam ihren Blick durch die Taverne schweifen.

Es war wenig los, denn es war früher Nachmittag und die meisten gingen um diese Zeit noch ihrem Tagwerk nach. Lediglich an einem Tisch saßen vier Männer, die wie sie gemeinsam aus einem Topf löffelten, der offensichtlich den gleichen kräftigen und gut gewürzten Fleischeintopf enthielt. Einer von ihnen lachte lauthals, entblößte dabei eine Reihe verfaulter Zahnstümpfe.

Lea wandte sich erneut Cédric zu, der sie erwartungsvoll ansah.

»Was bedrückt dich dann?«, fragte er einfühlsam, während er seine Hand mit dem leeren Krug hob, um dem Wirt verstehen zu geben, dass er ein weiteres Bier wünschte. Ohne zu antworten, betrachtete Lea Cédric von der Seite. Er war ein schöner Mann mit schmalen Gesichtszügen, einer schlanken Nase und hohen Wangenknochen. In seinen grauen Augen blitzte immerfort der Schalk und das blonde, lange Haar, das er mit einem Band zusammenhielt, glänzte wie Seide.

»Was verstehst du schon davon!«, stieß Lea plötzlich aus und schob ihren Stuhl zurück, als wollte sie sich erheben. Verblüfft zog Cédric die Augenbrauen hoch. »Was meinst du damit? Wovon sprichst du nur?«, fragte er mit rauer Stimme.

»Du siehst nicht aus, als hättest du dir jemals etwas erkämpfen müssen oder jemanden verloren, der dir am Herzen liegt! Es scheint, als wäre das Leben für dich ein einziger großer Scherz! Ständig machst du Witze über alles und jeden, nichts kannst du ernst nehmen! Wie kann ich jemandem vertrauen, der so leichtfertig durchs Leben geht, sag mir das mal!« Leas Stimme brach und ihre Hände zitterten.

Cédric blickte stumm auf die Tischplatte. Ihre Worte hatten ihn getroffen und er fühlte sich ungerecht behandelt. Dennoch beschloss er, die Ruhe zu bewahren und nicht auf das Gesagte einzugehen. Er hatte längst verstanden, dass Leas Emotionen ihre Worte lenkten und so nickte er nur. Er griff nach Leas Hand und drückte sie mit seinen schlanken Fingern. »Du hast Angst, doch das musst du nicht. Nichts wird dir passieren, das verspreche ich dir! Du kannst mir vertrauen, verstehst du? Ich werde auf dich aufpassen! Prinz Edward wird dir nichts mehr tun können!«, sprach er eindringlich und hielt ihre Hand, bis er merkte, dass ihr Zittern nachließ. Lea schluckte und nickte schließlich langsam. »Es ist schon gut!«, sagte sie dann leise. Bei ihren Worten erhob sich Cédric brüsk und warf ein paar Münzen auf den Tisch. »Gut, dann lass uns gehen. Das Bier schmeckt grauenhaft!«, murmelte er und lächelte gequält. Erleichtert tat Lea es ihm gleich und folgte ihm zur Tür. Draußen wurden sie von einer warmen Frühlingssonne empfangen und Lea wurde sogleich leichter ums Herz. »Dort ist Albirich!«, sagte Cédric und deutete auf eine Gestalt, die sich angeregt mit einem Mann unterhielt, der offensichtlich der Schmied dieses Ortes war, denn er trug eine abgewetzte Lederschürze.

Mit einem Mal blieb Cédric stehen und drehte sich zu Lea um. Sein Blick war düster geworden. »Lass dir eins gesagt sein. Beurteile Menschen nicht nach deinem ersten Eindruck. Du bist nicht der einzige Mensch, dem Schlimmes widerfahren ist, glaub mir. Doch jedem ist die Entscheidung selbst überlassen, wie er mit dem Widerfahrenen umgeht! Du entscheidest, was du daraus machst! Du kannst in Selbstmitleid zerfließen und dich als Opfer fühlen, du kannst aber auch versuchen, Stärke und Selbstvertrauen aus deinen Erfahrungen zu gewinnen! Es ist kein einfacher Weg, doch es ist deine Entscheidung! Genauso wie es meine Entscheidung war, das Leben mit mehr Leichtigkeit zu nehmen und Dinge mit Humor zu sehen, statt daran zu zerbrechen.«

Cédrics Stimme war ernst, sein Blick hatte sich von ihr abgewandt, als er sprach und eine dunkle Traurigkeit begleitete seine Worte. Lea verstand, dass sie mit ihrem unbedachten Ausbruch zu weit gegangen war, doch es gelang ihr nicht, zu sprechen. Die Worte fehlten ihr und so nickte sie nur langsam und senkte beschämt den Blick.

»Nun komm! Albirich wartet!«, sprach Cédric nun mit versöhnlicher Stimme und nahm sie an die Hand.

NOLWENN

Nolwenn keuchte, blickte hilfesuchend zum alten Mann, der ihr Einlass gewährt hatte, doch dieser schien derart unter der Fuchtel des Engländers zu stehen, dass sein gleichgültiger, wenn auch leicht verwirrter Gesichtsausdruck ihr zu verstehen gab, dass sie hier keine Hilfe erwarten konnte. Mit allen Kräften versuchte sie, sich aus der Umklammerung des Engländers zu winden, doch ohne Mühe hob er sie hoch und trug sie mit sich.

»Nein!«, schrie Nolwenn verzweifelt und strampelte mit den Füßen, versuchte ihn mit einem Tritt zu treffen, doch der Mann lachte nur grölend. Er trug sie ins Zimmer und trat mit einem heftigen Stoß die Tür zu. Er ließ Nolwenn los und packte stattdessen ihre Handgelenke. Sein Atem stank derart nach Alkohol, dass Nolwenn beinahe übel wurde. Verbissen versuchte sie, sich aus seinem Griff zu winden, doch der Mann war stark, zu stark für sie und nun dachte sie an den Dolch, den sie unter ihrem Gewand versteckt hielt und wünschte sich, ihn in greifbarer Nähe zu haben. Der Engländer stieß sie rücklings zum Bett, beförderte sie mit einem kräftigen Stoß darauf und wollte sich grinsend über sie beugen.

»Warte!«, keuchte Nolwenn und hob bittend ihre Hände.

»Hör dir an, was ich zu sagen habe! Danach gebe ich dir, was du willst!«, sagte sie mit leicht zitternder Stimme, denn ihr Vorhaben bereitete ihr bereits jetzt Übelkeit.

Verdutzt hielt der Mann inne und leckte sich mit der Zunge über die Lippen. Eine Reihe halb verfaulter Zähne wurde sichtbar, als sein Grinsen breiter wurde. »Du gibst mir, was ich will?«, fragte er mit gierigem Blick.

Nolwenn nickte nur und kämpfte gegen den Ekel an, der in ihr hochstieg. Mit dem Ekel kam auch die Verzweiflung, denn um nichts in der Welt würde sie sich diesem Widerling hingeben, doch es blieb ihr im Moment nichts anderes übrig, als ihm diesen Brocken hinzuwerfen, in der Hoffnung, er würde innehalten und ihren Worten lauschen. So war es auch, denn der Engländer setzte sich nach kurzem Überlegen auf einen Stuhl, streckte die Beine von sich und rülpste laut. Mit einem knappen Kopfnicken forderte er sie auf.

»Nun sag schon, was du zu sagen hast! Und lass dir nicht allzu lange Zeit, mein Blut ist schon mächtig in Wallung! Wenn du verstehst, was ich meine!«

Mit einem Grinsen griff er sich zwischen die Beine und massierte sein Glied, bevor er davon abließ und sich erneut nach hinten lehnte, um einen Krug Wein vom Tisch zu nehmen.

»Sprich!«, wiederholte er dann trocken und Nolwenn nickte zitternd, bevor sie die Augen schloss und tief durchatmete.

Einen kurzen Augenblick zögerte sie, fragte sich, ob es wirklich von Nöten sei, ihre Gefährten zu verraten und sie somit dem sicheren Tod auszuliefern. Doch nun war sie bereits so weit gekommen, stand kurz vor ihrem Ziel und würde dann endlich wieder nach Hause kehren und dem Druiden die gute Nachricht über den erfolgreichen Ausgang ihrer Mission bringen können und so seufzte sie und begann zu sprechen. Als sie die Herzogin erwähnte, weiteten sich die Augen des Engländers und er sprang auf. »Wo ist der Hof, von dem du sprachst?«; knurrte er und Nolwenn schluckte, bevor sie ihm die Route durch den Wald beschrieb. Kaum hatte sie ausgesprochen, sprang der Soldat auf und, mit einem Schlag nüchtern geworden, begann er, gegen die Wand des winzigen Raums zu hämmern.

»Wacht auf, ihr Idioten!«, brüllte er aus Leibeskräften und einen Moment herrschte Totenstille, bevor sich im Nebenraum schlaftrunkene Stimmen regten.

Nolwenn zerrte verzweifelt an ihren Fesseln, während sie den betrunkenen Engländer dabei nicht aus den Augen ließ. Jener zog sich hastig ein Langhemd über, schlüpfte in seine Hosen und Schuhe, um anschließend ein blau gepolstertes Oberteil, gefolgt von einem Übermantel mit dem Wappen der Engländer anzuziehen. Noch während er seinen Schwertgurt zuzog, knurrte er an Nolwenn gewandt: »Versuch es nur weiter, den Knoten bekommst du nicht auf!«

Nachdem er sein Schwert und einen Dolch eingesteckt und Handschuhe übergezogen hatte, griff er nach einem schweren Helm und nickte Nolwenn zu. »Auf die Beine! Du kommst mit mir!«

Nolwenn erstarrte. »Nein, das geht nicht! Wenn sie verstehen, was ich getan habe, werden sie mich töten!«

Ihr Herz raste, denn damit hatte sie nicht gerechnet. Sie hatte gehofft, die Insel in aller Heimlichkeit verlassen zu können, ohne Folkvin und die Anderen jemals wiederzusehen. Dabei zu sein, während sie gefangen genommen wurden, die Enttäuschung über ihren Verrat in ihren Augen sehen zu müssen, das war etwas, was sie nicht ertragen können würde.

Der Engländer begann schallend zu lachen. »Keine Sorge, ich werde schon ein Auge auf dich haben! Schließlich haben wir nach getaner Arbeit noch etwas vor, wir beiden! Nicht wahr?«

Er keuchte, während er sich nach vorne beugte und nach Nolwenns Fesseln griff. Er zerrte sie vom Bett hoch. »Komm schon!«

Stolpernd kam Nolwenn auf die Füße. Ihr wurde übel und nur mit Mühe gelang es ihr, das Unwohlsein zurückzudrängen. Ihre Gedanken überschlugen sich, verzweifelt suchte sie einen Ausweg aus ihrer leidlichen Situation, doch sie sah beim besten Willen nicht, wie es ihr gelingen sollte, den Soldaten mit gefesselten Händen zu überwältigen.

Und so blieb ihr nichts anderes übrig, als hinter dem Kerl herzustolpern, während er die Tür aufriss und den Männern, die davor auf ihn warteten, Befehle entgegenbrüllte. Er riss sie mit einem heftigen Ruck zu sich, um einem anderen Soldaten den Strick zu überreichen, an dem sie gefesselt war.

Der alte Mann, der Nolwenn die Tür geöffnet hatte, stand zitternd in seiner Stube. Es war offensichtlich, dass er nicht wusste, was er nun tun sollte und so verharrte er an Ort und Stelle in der Hoffnung, die Engländer würden ihm keine unangenehmen Aufgaben zuteilwerden lassen.

»Lasst mich los!«, brüllte Nolwenn und trat nach allen Seiten aus. Sie traf einen der Männer am Schienbein und er fluchte lauthals. Ruckartig riss er an den Fesseln, doch Nolwenn ließ sich nicht beruhigen. Sie ließ ihren Kopf nach vorne schnellen und erwischte den Anführer, der sie gefangen genommen hatte, am Kinn. Er taumelte benommen zurück, fing sich jedoch sogleich wieder.

»Du elendes Miststück! Ich werde dich lehren, was es heißt, sich mit mir anzulegen!« Fluchend hob er die Hand und wollte ihr ins Gesicht schlagen, doch besann sich dann eines Besseren und ließ die Hand sinken. Er riss erneut die Tür zu seiner Kammer auf und stieß Nolwenn wieder hinein.

»Wir haben jetzt Besseres zu tun! Du hältst uns nur auf! Doch ich verspreche dir: ich werde dich zähmen, sobald wir zurückgekehrt sind! Bis dahin bleibst du hinter Schloss und Riegel!« Begleitet von dem grölenden Gelächter seiner Gefährten verschloss er die Tür mit einem Schlüssel.

Sechs Mannen schlichen im Schatten der Bäume durch das kleine Wäldchen. Der Wind hatte die Wolken vertrieben und das Licht des beinahe vollen Mondes half ihnen, sich in der Dunkelheit zurechtzufinden. Schon bald sahen sie den Hof, von dem Nolwenn gesprochen hatte. Der Anführer, dessen Namen Hrothgar lautete und der inzwischen vollends nüchtern war, hob langsam die Hand und gebot den anderen, die ihm folgten, Einhalt. Er deutete zum Hof und grinste.

»Hier ist es! Das Weib hat die Wahrheit gesprochen! Das wird ein leichtes Unterfangen, denn wir werden das Pack im Schlaf überrumpeln!«

Hrothgar rieb sich die Hände und kicherte leise. Die Belohnung des Prinzen würde ihm gewiss sein, dessen war er sich nun sicher. Er zog sein Schwert und ging gebückt die letzten Schritte durch das Geäst, das den Hof vom Wald trennte. Seine Männer taten es ihm gleich und folgten ihm mit gezückten Waffen. Sie näherten sich auf leisen Sohlen zunächst der Scheune, denn durch die Bretterspalte sahen sie das Licht einer Kerze flackern, was Hrothgar vermuten ließ, dass die Herzogin mit den Männern in der Scheune nächtigte, und nicht wie zunächst angenommen im kleinen Häuschen, was im Anbetracht des Verfalls des Gebäudes keinen verwunderte.

Trotz der Tatsache, dass kein Laut aus der Scheune zu vernehmen war, was darauf schließen ließ, dass alle dort drinnen schliefen, positionierte sich einer der Männer mit gespannter Armbrust einige Schritte vor der Tür entfernt, während sich ein anderer daran machte, diese zu öffnen. Mit einem leisen Knarren schwang sie auf.

Hrothgar ließ sich Zeit, betrachtete einen Moment das Bild, das sich ihm bot. Es konnte nur die Herzogin Jeanne de Blois sein, die dort auf schmutzigem Stroh am Boden schlief. Er konnte ihr Gesicht nicht sehen, denn es war zur Seite gedreht, doch die tiefen Atemzüge verrieten ihm, dass sie nicht aufgewacht war. Ihr blondes langes Haar kringelte sich wie eine Schlange neben ihr und das Kleid, welches sie trug, musste einmal blau gewesen sein, doch Schmutz und Flecken von getrocknetem Blut überdeckten die Farbe beinahe vollkommen. Ein Jüngling lag neben ihr, seine Hand lag auf ihrem Bein und auch er schien tief und fest zu schlafen. Hrothgar kicherte in sich hinein. Wenn das einer der Nordmänner war, der für ihren Schutz sorgen sollte, würden sie tatsächlich einfaches Spiel haben. Den Ausdünstungen nach hatte dieser etwas zu tief ins Glas geschaut, was auch der umgestürzte Becher vermuten ließ, der neben ihm lag. Nun zögerte Hrothgar nicht länger. Mit einem Satz war er bei der Herzogin, ging in die Knie und riss ihren Kopf an den Haaren zurück, um ihr anschließend sein Schwert an die Kehle zu halten. Ihr entsetzter Aufschrei weckte Ivar auf, der einen Moment benommen um sich blickte, bevor er, ohne den Blick von den Engländern abzuwenden, eilig nach seinem Schwert tastete.

»Ganz ruhig, mein Freund! Bewege dich nicht mehr weiter, oder ich schneide dem Edelweib hier die Kehle durch!«, gurrte Hrothgar leicht belustigt.

»Ivar!«, stöhnte Jeanne mit weit aufgerissenen Augen, während Ivar fluchend in seiner Bewegung innehielt. Wie hatte er sich nur so überraschen lassen! Er konnte sein Versagen kaum fassen und begriff, dass es wohl besser gewesen wäre, die Finger von dem Wein zu lassen, den Nolwenn ihnen gestern Abend noch in die Scheune gebracht hatte. Er machte sich eilig ein Bild von der Lage, erblickte den Armbrustschützen an der Tür, sowie weitere Männer, die mit gezogenen Schwertern um ihn herumstanden. Er erkannte das Wappen des englischen Königs und wusste, dass sie verloren hatten. Wäre er allein gewesen, hätte er gekämpft, doch das Leben der Herzogin konnte und wollte er nicht gefährden. Und so hob er nur langsam die Hände und gab den Engländern damit zu verstehen, dass er sich ihnen ergab. Er konnte nur noch auf Folkvin hoffen und darauf, dass jener nicht ebenfalls einen Rausch ausschlief, sondern geistesgegenwärtig genug sein würde, um die Männer von hinten zu überraschen.

Zwei der Soldaten waren nun rasch an seiner Seite, packten seine Armgelenke und drehten sie ihm auf den Rücken, bevor sie ihn mit einem Seil fesselten.

»Das war einfach!«, murmelte Hrothgar und sah sich suchend um. »Zu einfach! Sollten es nicht zwei Nordmänner sein? Verdammt!«, schimpfte er und deutete mit einer Kopfbewegung zum Haus.

»Durchsucht die Hütte!«, befahl er, doch in jenem Moment sank der Armbrustschütze mit einem erstickten Laut auf die Knie.

Blut gurgelte aus einer Wunde unterhalb des Kehlkopfes hervor und wie ein Berserker sprang Folkvin mit nacktem Oberkörper hinter ihm hervor, wirbelte bedrohlich sein Schwert über dem Kopf und trat im selben Augenblick den Mann, den er gerade getötet hatte, mit einem heftigen Tritt zur Seite, so dass dieser mit einem dumpfen Aufprall vornüber auf den Boden stürzte. Folkvin stieß ein ohrenbetäubendes Gebrüll aus und schlug mit einem raschen Zornhau sein Schwert auf den Gegner nieder, der sich ihm gegenüberstellte. Jener war jedoch in der Lage, sein Schwert rechtzeitig nach oben zu ziehen, um den Schlag zu parieren, doch die Wucht des Hiebes brachte ihn ins Wanken und er strauchelte. Doch bevor Folkvin erneut ausholen und ihm mit einem erneuten Schwerthieb den Garaus machen konnte, ertönte ein tiefer Schrei.

»Halt!«, brüllte Hrothgar und zog die Herzogin an den Haaren auf die Beine. »Nordmann! Noch eine weitere Bewegung und die Herzogin ist tot! Lass dein Schwert fallen!« Die Schneide von Hrothgars Schwert ruhte noch immer an Jeannes Hals.

Diese war mittlerweile in Tränen ausgebrochen, doch dieses Mal beherrschte sie weniger die Angst um ihr eigenes Leben. Der Anblick des gefesselten Ivars, der keuchend auf den Knien des Stallbodens kauerte, schmerzte sie, denn sie begriff, dass sie erneut der Grund dafür war, dass anderen Leid zugefügt wurde.

»Hör nicht auf ihn, Folkvin! Rettet euch! Rette Ivar!«, schrie sie daher beherzt, während ihr die Tränen die Wangen hinabliefen.

Sie konnte kaum glauben, dass sie diese Worte sprach, fragte sich verzweifelt, wie sie über ihre Lippen gekommen waren, denn, bei Gott, sie wollte noch nicht sterben, doch ein Blick in Folkvins Gesicht verriet ihr, dass er sie ohnehin nicht ernst nehmen würde. Er grunzte, warf ihr einen wütenden Blick zu und ließ sein Schwert ohne weitere Gegenwehr fallen. Genau wie Ivar hob er die Hände, um den Engländern verstehen zu geben, dass sein Kampf vorbei war. Hrothgar lächelte zufrieden und nickte. »Und jetzt auf die Knie mit dir!«, befahl er mit vor Schadenfreude trotzender Stimme.

Auch jetzt gehorchte Folkvin und ließ sich mit einem unterdrückten Seufzer auf die Knie fallen. Wieder einmal hatten sie verloren und ihre Flucht hatte erneut ein jähes Ende gefunden, bevor sie überhaupt richtig begonnen hatte.

»Fesselt ihn!«, trug Hrothgar seinen Männern auf, die sich ihm mit einem misstrauischen Blick näherten.

Der Anblick des halbnackten Mannes, der wie ein Wilder sein Schwert schwang und in dessen Augen der Wahnsinn leuchtete, während das Blut des Mannes, den er gerade gerichtet hatte, in sein Gesicht spritzte, war ihnen in die Glieder gefahren. Nicht wenige fürchteten sich insgeheim vor den Kriegern aus dem Norden, die scheinbar keinerlei Angst vor dem Tod zeigten und auch dann noch kämpften, wenn ihre Lage vollkommen aussichtslos zu sein schien. Doch ihre Angst war unbegründet, denn auch Folkvin ließ sich willenlos fesseln, während er Hrothgar dabei nicht aus den Augen ließ. Dann kam ihm ein Gedanke und verstohlen blickte sich Folkvin um. *Wo war bloß …?*

Er hörte Hrothgar höhnisch lachen, während er die Herzogin einem seiner Männer übergab, der sich daran machte, ihr ebenfalls die Hände auf den Rücken zu fesseln. Indes packte Hrothgar Ivar am Arm und zog ihn auf die Beine. Grob beförderte er ihn aus der Scheune. »Ihr elendes Pack! Wenn ihr dachtet, ihr könntet die Krone Englands reinlegen, dann werde ich euch eines Besseren belehren! Ihr werdet es noch bereuen, euch auf die falsche Seite geschlagen zu haben!«, dröhnte Hrothgar und steckte sein Schwert ein.

Leichter Nieselregen hatte eingesetzt und das Mondlicht schimmerte fahl durch die Wolkendecke. Hrothgar näherte sich Folkvin und blickte verächtlich auf ihn herab. »Und falls du die Schlampe suchst, die euch verraten hat …!« Er machte eine bedeutungsschwangere Pause und grinste teuflisch. »Die wartet bereits im Bett auf mich! Kann es gar nicht erwarten, die Beine für einen Soldaten des Königs breitzumachen!«

Er kicherte hämisch, während Folkvin der Atem stockte. Er konnte den Worten des Soldaten kaum glauben, doch machte jetzt plötzlich alles einen Sinn. Das seltsame Gefühl, welches ihn so oft überkommen hatte, wenn Nolwenn in der Nähe war, die Tatsache, dass sie aus dem Nichts aufgetaucht und ihnen bedingungslos gefolgt war und der Wein, den sie ihnen gestern aufgedrängt hatte, der mit Sicherheit mit Bilsenkraut oder Schlafmohn angereichert war, waren nun eindeutige Zeichen für einen geplanten Verrat. Er konnte sich nicht erinnern, jemals einen solch schweren Kopf von etwas Wein verspürt zu haben und auch Ivar hatte sich von den Engländern überraschen lassen, was in einem normalen Zustand beinahe unmöglich war.

Folkvin schloss für einen Moment schmerzerfüllt die Augen. Ja, es gab keinen Zweifel mehr. Nolwenn hatte sie an die Engländer verraten. Ein Geräusch ließ ihn seine Augen wieder öffnen. Der Engländer, der ihnen von Nolwenns Verrat berichtet hatte, hatte sich auf einem Bein niedergelassen und blickte ihm neugierig ins Gesicht. Verächtlich musterte Folkvin das aufgedunsene Gesicht und die winzigen Schweinsäuglein. Wie gerne würde er ihm mit einem Schwert den Kopf spalten, um ihm dieses dämliche Grinsen aus dem Gesicht zu wischen! Der Mann rülpste, ein säuerlicher Geruch drang an Folkvins Nase und er drehte seinen Kopf etwas zur Seite.

»Schau mich gefälligst an, wenn ich mit dir rede!«, herrschte Hrotghar ihn an.

»Bis jetzt habt ihr kein Wort gesagt!«, erwiderte Folkvin müde.

»So. Nun widersprichst du mir auch noch! Ich werde dir Manieren beibringen müssen!«, sagte Hrothgar mit einem bösen Lächeln.

Langsam zog er seinen Handschuh aus und schlug Folkvin mit dem Handrücken kräftig ins Gesicht. Folkvin keuchte verbissen und riss heftig an seinen Fesseln.

»Verstehst du nun, wer hier das Sagen hat?«, murmelte Hrothgar an sein Ohr.

Voller Abscheu spuckte ihm Folkvin ins Gesicht. Hrothgar wischte sich die Spucke von der Wange und sprang schäumend vor Wut auf die Beine. »Das wirst du mir büßen!«, spie er hervor und riss sein Schwert aus der Scheide. »Wer sagt eigentlich, dass wir die Nordmänner lebend zurückbringen müssen? Ich werde dir den Kopf abschlagen, du dreckiger Bastard! Und danach ist der andere Taugenichts an der Reihe!« Er hob sein Schwert und wollte den tödlichen Hieb bereits ausführen, als Jeanne lauthals zu Schreien begann.

»Bitte nicht, so lasst ihn doch am Leben!«, jammerte sie und blickte hilfesuchend zu Ivar. »Ivar, so unternimm doch was!«

Aus Ivars Gesicht war jede Farbe gewichen und Schweiß perlte auf seiner Stirn. Sein Kopf dröhnte, er fühlte sich seltsam benommen und hatte das Gefühl, die Szene wie durch einen Schleier zu beobachten. »Was soll ich denn tun?«, murmelte er hilflos und blickte ratlos zu Folkvin. Sollte das das Ende sein? Ivars Gedanken rasten, verzweifelt versuchte er, einen Ausweg aus dieser misslichen Lage zu finden, denn, bei allen Göttern, Folkvin ermordet durch die Hand eines einfachen Soldaten, unbewaffnet und auf den Knien liegen, das konnte nicht sein, denn einen sinnloseren Tod konnte man sich kaum vorstellen. Doch beim besten Willen wollte ihm nichts einfallen und so ließ er seinen Blick zwischen Folkvin und dem Soldaten mit dem hoch erhobenen Schwert schweifen, in der Hoffnung, jener möge es sich anders überlegen. Doch Hrothgar tat ihm diesen Gefallen nicht, denn er ignorierte Jeannes Ausbruch. »Der Kerl wird sterben!«, spie er aus und ließ sein Schwert durch die Luft sausen.

Folkvin hörte das Geräusch der Waffe und schloss die Augen. Beinahe verspürte er Erleichterung darüber, dass das Leben mit all seinen Strapazen nun endlich zu Ende sein würde, doch ohne Gegenwehr würde er dennoch nicht aufgeben. Folkvin spannte jeden Muskel seines Körpers an, machte sich bereit, um im richtigen Moment dem Schwert ausweichen zu können, denn kampflos würde er sich nicht seinem Schicksal ergeben. Er blinzelte in die Halbdunkelheit, sah den Engländer mit hoch erhobenem Schwert vor sich und noch während das Schwert durch die Luft sauste, wusste Folkvin bereits, dass er nicht schnell genug sein würde, um ihm zu entkommen. Doch der Hieb kam nicht, stattdessen vernahmen alle ein leises Surren und etwas schoss an Folkvin vorbei durch die Luft und nun stieß der Mann ein ohrenbetäubendes Geheul aus, denn ein Pfeil hatte sich auf direktem Wege in sein rechtes Auge gebohrt und war darin steckengeblieben. Er ließ das Schwert fallen und fiel auf die Knie. Dunkles, dickflüssiges Blut floss in Strömen aus der Wunde, während der Engländer mit tief vornübergebeugtem Kopf wie ein Wahnsinniger vor Schmerzen schrie. Die anderen waren aus ihrer Starre erwacht und schwärmten mit gezogenen Schwertern aus, doch ein weiterer von ihnen wurde im Laufen von einem Pfeil getroffen, der sich in seine

Schulter gebohrt hatte. Folkvin kroch hastig auf den Knien zu dem Schwert des Mannes, der vorgehabt hatte, ihn zu richten, ließ sich auf den Rücken rollen und benutzte die Schneide, um seine Fesseln durchzuschneiden. Dabei verletzte er sich mit der scharfen Klinge am Handgelenk und noch während er spürte, wie das warme Blut an seiner Hand entlanglief, war er mit einem Mal frei. Eilig sprang er auf die Beine, griff in der Bewegung nach dem Schwert auf den Boden und hieb in gebückter Haltung nach den Beinen eines Engländers, der gerade an ihm vorbeilief. Er spürte, wie das Schwert durch das weiche Fleisch schnitt und schließlich auf den Widerstand eines Knochens traf. Stoßartig spritzte das Blut aus der Wunde, während der Mann brüllend zu Boden sank. Folkvin zögerte nicht lange und machte ihm endgültig den Garaus, indem er ihm sein Schwert in den Kopf stieß.

Danach blickte er sich schweratmend um, um sich einen Überblick über die Lage verschaffen zu können. Ivar kniete noch immer gefesselt am Boden und Folkvin überlegte, ob er die Zeit hatte, zu ihm zu eilen, um ihn von den Fesseln zu befreien, doch die Entscheidung wurde ihm genommen, denn im Halbdunkel sah er ein Schwert auf sich niedersausen. Folkvin beugte sich eilig zu Seite, riss sein Schwert zur Seite und fing den Schlag ab, bevor er sich zur Seite rollte und wieder auf die Beine kam. Der Engländer war bereits dicht hinter ihm und traktierte ihn mit zahlreichen Schwerthieben. Hinter sich in der Dunkelheit vernahm er ein gurgelndes Geräusch, gefolgt von einem leisen Röcheln und Folkvin ahnte Schlimmes und beeilte sich nun, den Kampf für sich zu gewinnen, indem er auf den Oberkörper des Gegners zielte. Jener positionierte sein Schwert auf halber Höhe vor dem Körper, um die Angriffe abwehren zu können. Folkvin verlagerte sein Gewicht auf den zurückgestellten Fuß, setzte dann mit seinem Schwert nach vorne, um den Mann mit energischen Hieben zu traktieren. Schließlich erwischte er seinen Unterbauch, durchschnitt das gepolsterte Wams und versetzte ihm einen heftigen Stich, der den Mann zum Straucheln brachte. Folkvin setzte nach, hielt sein Schwert über den Kopf und bohrte dem Mann die Spitze in die

Schulter. Der Mann schrie auf, sank auf die Knie und gab Folkvin somit die Gelegenheit, ihn mit einem heftigen Streich zu köpfen.

Mit einem dumpfen Aufprall fiel der Kopf zu Boden, während der Oberkörper des Mannes nach hinten kippte. Der Schein des Mondes spiegelte sich in den frischen Blutlachen, die stetig aus den tödlichen Wunden flossen und beinahe wäre Folkvin ausgerutscht, als er einen Schritt zur Seite tat und sich suchend umblickte. Dann sah er den Schatten einer am Boden liegenden Gestalt, doch es war zu dunkel, als dass er erkennen hätte können, um wen es sich dort handelte. Er glaubte dennoch Nolwenn an ihrem langen Haar erkennen zu können und er war erleichtert darüber, da sie offensichtlich ihren Verrat wieder gut machen wollte und ihnen zu Hilfe geeilt war.

Hastig rannte Folkvin nun zu Ivar und befreite ihn von den Fesseln.

»Wurde auch Zeit!«, murrte jener, packte Jeanne am Arm, entledigte sie ihrer Fesseln und zog sie auf die Beine, bevor er nach einer Axt griff, die an der Scheune lehnte. Folkvin war bereits fortgestürmt und auch Jeanne und Ivar folgten ihm. Ivar schleuderte seine Axt mit voller Wucht in einen der Soldaten, der sich Folkvin mit grimmigem Gesichtsausdruck und gezogenem Schwert in den Weg stellte und Folkvin erledigte den letzten der Männer mit einem schnellen Schwerthieb, bevor er sich zu der Gestalt auf dem Boden hinabbeugte.

Wie er vermutet hatte, lag Nolwenn dort in ihrem eigenen Blut. Ihre Bauchdecke war aufgeschlitzt worden und offensichtlich hatte der Angreifer sein Schwert mehrere Male in die gleiche Wunde gestoßen, denn zwischen all dem Blut konnte man bereits die rot schimmernden, glatten Eingeweide sehen, die sich wie ein Nest blutiger Schlangen ineinander windeten. Nolwenn atmete flach und hielt ihre Augen geschlossen. Folkvin kniete sich mit sorgenvollem Gesicht neben sie und hielt beide Hände auf die Wunde, um einen sinnlosen Versuch zu unternehmen, die Blutung zu stoppen.

»Nolwenn!«, raunte er leise und blickte ihr angestrengt ins

Gesicht. Schließlich öffnete sie die Augen, die einen Moment gebrochen wirkten, doch wieder zu sich kamen, als sie Folkvin erkannte. Mühsam verzog Folkvin sein Gesicht zu einem Lächeln.

»Ich bin hier. Wir sind alle da. Mach dir keine Sorgen, du wirst wieder auf die Beine kommen! Alles wird gut!«, murmelte er mit sanfter Stimme, während er Ivars bestürzten Gesichtsausdruck auf sich spürte.

Doch Folkvin konnte nicht anders, konnte dem Mädchen nicht sagen, dass es gleich sterben würde und so log er Nolwenn ins Gesicht in der Hoffnung, dass ihr Todeskampf schnell zu Ende sein würde. Nolwenn lächelte und schloss die Augen. Langsam schüttelte sie den Kopf. »Nein, ich werde sterben!«, flüsterte sie kraftlos und ihr linker Arm tastete ohne Ziel im Gras. »Kannst du … kannst du meine Hand halten?«, fragte sie, während ihre Stimme brach.

Folkvin nickte schnell, gab Ivar einen Wink, die Wunde abzudrücken und griff mit glitschigen, blutbefleckten Fingern nach Nolwenns Hand. Sie war eiskalt und fühlte sich klein und schmächtig an. Er drückte sie vorsichtig und sah, dass sich ein kleines Lächeln in ihr Gesicht schob.

Sie hustete, blutiger Schaum bildete sich in ihren Mundwinkeln und ein dünner Blutstreifen rann aus ihrer Nase. »Ich …ich …«, flüsterte sie kaum hörbar.

Folkvin drückte beruhigend ihre Hand. »Sag nichts. Du musst deine Kräfte schonen, damit du wieder gesund wirst!«, sagte er eindringlich, doch Nolwenn schüttelte langsam den Kopf. »Ich wage es nicht, um Verzeihung zu bitten! Denn ich habe euch verraten!«, murmelte sie tonlos und Folkvin atmete tief durch.

»Das hast du. Aber du hast uns auch gerettet! Du wolltest deinen Fehler wieder gut machen. Was auch immer du getan hast, ich verzeihe dir!«, sprach er langsam mit belegter Stimme.

»Das tust du?«, fragte Nolwenn schwer atmend. Sie verdrehte ihre Augen und Folkvin spürte, wie das letzte bisschen Kraft aus ihren Fingern floss. Er legte ihre seine andere blutbeschmutzte Hand an die Wange. »Ja, das tue ich. Tun wir alle! Hörst du mich? Wir verzeihen dir!«

Eindringlich redete er auf sie ein, wollte sie noch ein bisschen länger am Leben halten, um sie von dem schlechten Gewissen zu erlösen, das sie plagte, doch er wusste, dass es ihm nicht gelingen würde.

»Danke!«, murmelte sie und blickte ihn ein letztes Mal an, bevor ein Ruck durch ihren Körper ging und ihre Augen nur noch gebrochen ins Leere sahen.

Sie ist tot!«, stellte Ivar überflüssigerweise fest.

Folkvin blickte ihn einen Moment sprachlos an, bevor er Nolwenns Hand losließ und sie vorsichtig auf ihren Oberkörper bettete. Mit einer schnellen Bewegung schloss er ihre Augen und stand auf. Er räusperte sich, blickte Ivar und Jeanne einen Moment ernst an, bevor er nach Jeannes Schultertuch griff und Nolwenn damit bedeckte. Jeanne starrte schmerzerfüllt auf den Leichnam zu ihren Füßen und zwang sich, ihre Tränen zurückzuhalten. Sie wollte stark sein, keine Schwäche mehr zeigen, das hatte sie sich fest vorgenommen, doch Nolwenns Tod erschütterte sie bis ins Tiefste.

»Sie hat den Tod verdient! Sie hat uns verraten!«, sagte Ivar mit rauer Stimme und drehte sich zu Folkvin um. »Was sollen wir jetzt tun?«

Folkvin zuckte die Achseln. »Wir sollten so schnell wie möglich von dieser Insel verschwinden! Wir können nicht wissen, ob es hier noch andere Engländer gibt!«, murmelte er und blickte sich um, bevor er sein Schwert packte.

Um sicherzugehen, dass alle am Boden liegenden Männer tatsächlich tot waren, ging er sie nacheinander ab und stieß ihnen sein Schwert ins Herz.

»Können wir sie begaben?«, hörte er Jeannes zittrige Stimme.

»Sie hat uns verraten! Sie hat es nicht verdient, unter die Erde zu kommen! Sie soll hier verrotten! Für den Rest werden die Raben schon sorgen!«, knurrte Ivar zornig und riss einen Fetzen aus der Kleidung eines Engländers, um sein blutbeschmutztes Schwert zu reinigen.

Folkvin blickte ihn einen Moment schmerzerfüllt an, doch er

schwieg, denn er wusste, dass Ivar recht hatte. Ihre Flucht war nun erneut vereitelt worden durch die Tatsache, dass er einem Menschen vertraut hatte, ohne sich zu vergewissern, ob er Freund oder tatsächlich aber Feind war.

Er nahm sich vor, niemals wieder solch einen Fehler zu begehen und würde in Zukunft mehr Vorsicht walten lassen. Dennoch konnte man Nolwenn zumindest anerkennen, dass sie zum Schluss ihren Fehler eingesehen und sich darum bemüht hatte, den von ihr angerichteten Schaden wieder in Ordnung zu bringen. Dies änderte nichts an der Tatsache, dass sie sie an ihre Feinde ausliefern hatte wollen und ihr dies beinahe auch gelungen war. Entgegen dem, was Folkvin Nolwenn gesagt hatte, um ihr das Sterben zu erleichtern, fühlte er, dass er ihr noch lange nicht verziehen hatte. Vor allem, da er nicht begreifen konnte, was sie dazu bewegt hatte, diesen schändlichen Verrat zu begehen. Dafür musste es einen Grund geben, denn er konnte sich beim besten Willen nicht vorstellen, dass sie von den Engländern gekauft worden war. Nichtsdestotrotz hatten sie nun Wichtigeres zu tun und Eile war geboten, denn zu jedem Moment mussten sie damit rechnen, von weiteren Soldaten der Krone Englands überrumpelt zu werden.

»Wir müssen gehen! Packt euer Hab und Gut ein und beeilt euch!«, trieb er Ivar und Jeanne daher an und nahm Nolwenns Köcher und den Bogen an sich. Er reichte ihn Jeanne.

»Wer weiß, vielleicht machst du dich als Bogenschützin gut!«, sagte er dumpf und Jeanne erstarrte bei seinen Worten und blickte die Gegenstände, die ihr gereicht worden waren, ratlos an.

»Für den Moment, trag ihn bei dir!«, forderte Folkvin sie auf und sie nickte schnell.

Ivar war indes zur Scheune geeilt, hatte dort seine Kleidung angezogen und seine Waffen gesammelt. Folkvin tat es ihm gleich, packte zudem noch ein Bündel mit getrocknetem Fleisch und etwas Brot ein und so trafen sie sich einen kurzen Moment später erneut auf dem Hof. Die Dämmerung hatte bereits eingesetzt und die ersten Vögel sangen in den Bäumen. Möwen jagten außerdem kreischend durch den Himmel und kündeten den neuen Tag an.

Mit einem letzten wehmütigen Blick zu Nolwenn und zu seinem Hof, zu dem er wohl nie wieder zurückkehren können würde, verließ Folkvin seine einstige Zuflucht.

Als sie das kleine Wäldchen erreicht hatten, blieben sie einen Moment stehen und blickten sich ratlos an.

»Was sollen wir jetzt tun, Folkvin?«, fragte Jeanne ängstlich und der Köcher auf ihrem Rücken ließ sie noch kleiner wirken, als sie es schon ohnehin war.

Folkvin hob hilflos die Achseln. »Ich bin mir unschlüssig darüber, wie wir jetzt vorgehen sollten. Wir könnten uns verstecken, später zum Hafen gehen und darauf hoffen, dass wir unbemerkt das Schiff nehmen können oder aber wir holen unser Boot hervor und verschwinden auf der Stelle von dieser Insel. In diesem Fall müssten wir aufs Festland zurück. Bis nach Dänemark kommen wir mit dieser Nussschale nicht!«, sagte er betont langsam und blickte den beiden anderen aufmerksam ins Gesicht.

Ivar hustete und spuckte zu Boden. »Wir sollten uns hier im Wald versteckt halten und versuchen, das Schiff nach Dänemark zu nehmen!«, antwortete er mit rauer Stimme. Folkvin nickte und sah Jeanne an. »Was denkst du?«, fragte er sie leise.

Jeanne schlang hilflos die Arme um ihren Oberkörper. Ihr war kalt und sie war müde und beinahe war ihr alles gleich. Die ständige Flucht hatte an ihren Nerven gezerrt und der Verlust von Nolwenn hatte sie bitter getroffen. »Ich beuge mich eurer beider Entscheidungen!«, antwortete sie daher nur dumpf. Ivar und Folkvin nickten sich zu. So war es beschlossene Sache. Sie würden hier in dem Wäldchen ausharren und sich gegen Mittag zum Hafen begeben und darauf hoffen, dass sie möglichst schnell auf das Schiff steigen können würden. Folkvin war guter Hoffnung, dass ihr Vorhaben gut ausgehen würde, denn immerhin hatten sie ihre Überfahrt schon bezahlt und es gab keine Dinge mehr zu klären.

»So sei es!«, entschied Folkvin daher und warf Jeanne einen aufmunternden Blick zu.

»Da wir ohnehin noch warten müssen, könnten wir doch Nolwenn zu Grabe tragen?«, fragte Jeanne hoffnungsvoll.

Ivar gab einen grimmigen Laut von sich. »Was hast du nur damit? Eine Verräterin hat es nicht verdient, unter der Erde zu ruhen! Im Gegenteil, wir sollten ihren Kopf auf einen Pfahl aufspießen!«, rief er zornig.

»Jeanne hat Recht! Wir sollten nicht nur sie begraben, sondern auch alle Engländer, die dort in ihrem Blut liegen! Sollte sich jemand auf die Suche nach ihnen machen und ihre toten Körper aufspüren, sind wir geliefert, denn sie werden mit allen Mannen, die ihnen zur Verfügung stehen, ausschwärmen und sich auf die Suche nach uns machen! Sollten wir zu diesem Moment noch auf der Insel sein, dann Gnade uns Gott!«, sinnierte Folkvin und ließ sein Bündel fallen.

»Folgt mir! Wir müssen die Körper verschwinden lassen!«, befahl er und machte sich bereits auf den Rückweg. Ivar schnaufte genervt, folgte ihm jedoch ohne Widerworte und auch Jeanne ließ sich ohnehin nicht zwei Mal bitten.

Schnell hatte Folkvin zwei Schaufeln aus der Scheune geholt, reichte sie Jeanne, griff nach den Füßen eines der Männer und begann, ihn rücklings von der Stelle fortzuziehen. Er hinterließ eine Spur frischen Blutes hinter sich und deutete Ivar an, es ihm gleichzutun. Sie schafften alle Körper der Engländer hinter die Scheune, wo der Boden etwas schlammig war, was ihnen die Aushebung der Gräber erleichtern würde. Nolwenns Körper wollte Folkvin nicht an dieser Stelle begraben, denn trotz ihres Verrates verdiente sie es nicht, mit dem Feind an selber Stelle beerdigt zu werden. Er brachte sie vorsichtig hinters Haus, legte sie unter einen knochigen Apfelbaum und begann, ein Grab auszuheben. Er grub nicht tief und so dauerte es nicht lange, bis er sein Unterfangen beendet hatte. Jeanne, die während der ganzen Dauer regungslos neben ihm gestanden hatte, half ihm nun, Nolwenn in die Grube zu betten. Zusammen schaufelten sie Erde auf den Körper und legten anschließend einige schwere Steine darauf, um wilde Tiere daran zu hindern, den Leichnam erneut auszugraben. Eilig flocht Folkvin anschließend ein einfaches Kreuz aus Birkenruten und setzte es an das Kopfende des Grabes. Jeanne machte ehrfürchtig das Kreuzzeichen und begann, das Ave Maria zu sprechen. Anschließend standen beide noch eine Weile nebeneinander und gingen ihren Gedanken nach, doch schließlich räusperte sich Folkvin und nickte Jeanne kurz zu. Er deutete auf den Horizont. »Die Sonne geht bald auf! Wir sollten uns beeilen, denn bei Tagesanbruch sollten wir uns hier nicht mehr aufhalten! Lass uns nach Ivar sehen!«, sagte er grimmig und verstreute mit der Schaufel etwas Erde und Sand auf dem Boden, um die Blutflecken zu überdecken, bevor er die Schaufel über die Schulter legte.

»Hab Dank für Nolwenns Grab!«, erwiderte Jeanne rasch und warf ihm einen kurzen Blick zu. »Ich weiß, dass du sie für eine Verräterin hältst und dass es dir sehr schwergefallen sein muss, ihre Hand während ihrer letzten Atemzüge zu halten!«

Folkvin blieb stehen und blickte Jeanne regungslos an.

»Es hört sich beinahe so an, als würdest du ihren Verrat gutheißen!«, sagte er und zog fragend die Augenbrauen hoch.

Jeanne schüttelte vehement den Kopf. »Nein, das tue ich nicht! Manchmal hat man nur keine Wahl! Entscheidungen müssen manchmal für das Wohl aller getroffen werden und diese Entscheidungen können manchmal grausam sein! Ich will damit sagen, dass wir nicht wissen, was sie zu dieser Tat bewegt hat und was sie sich davon erhofft hat!«, erwiderte sie mit leiser Stimme.

Folkvin musterte sie überrascht. »Womöglich habt ihr Recht! Sie war kein vollkommen schlechter Mensch, das kann ich auch nicht glauben!«, brummte er und nickte zustimmend.

Sie gesellten sich zu Ivar, der laut schnaufend eine Grube grub. Schweiß lief ihm die Stirn hinab und sein Hemd war bereits an einigen Stellen durchnässt.

»Lass mich dir helfen!« Folkvin begann ebenfalls zu graben, doch trotz vereinter Kräfte brauchten sie länger als sie erwartet hatten, denn um alle Körper unterbringen zu können, mussten sie erheblich tiefer und breiter graben, als es für Nolwenn nötig gewesen war. Die Sonne stand schon vollends am Himmel, als sie schließlich den letzten Kadaver in die Grube rollten und sich danach eilig daran machten, die Körper mit Erde zu bedecken. Als sie den Boden etwas festgetreten hatten und etwas Wasser getrunken hatten, brachten sie die Schaufeln in die Scheune zurück und gaben Jeanne, die etwas abseits des Hauses Wache hielt, einen Wink zum Aufbruch. Sie nickte erleichtert, griff nach dem Bogen, den sie gegen einen Stapel Holz gelehnt hatte und gesellte sich zu den Beiden. Ihnen blieb nicht mehr allzu viel Zeit, bis das Schiff am Hafen ablegen würde, doch etwas warten würden sie doch noch müssen. Und so suchten sie sich ein einsames Plätzchen an der tiefsten Stelle des Wäldchens und ließen sich dort nieder. Seufzend streckte Ivar die Beine von sich und lehnte seinen Kopf an eine alte Eiche. Auch Folkvin gestattete sich einen Moment Rast, jedoch nicht ohne seine Umgebung aus den Augen zu lassen. Sie standen wieder ganz am Anfang mit einer nur mäßigen Aussicht auf Erfolg und er musste alles dafür tun, um dafür zu sorgen, dass dieser nächste Schritt gelingen und sie das Schiff sicher nach Dänemark bringen würde.

Leofwine von Battenberg

Leofwine steckte seine Nase durch die Tür und winkte dem alten Mann. Der alte Mann begann zu zittern und eilte auf ihn zu, um ihm die Tür aufzuhalten. Leofwine seufzte und trat mit großem Schritt über die Schwelle in den kleinen Raum. Naserümpfend blickte er sich um, bevor sein Blick wieder auf den Alten fiel. Mit einem Mal begann er schallend zu lachen, wobei sein mächtiger Bauch merklich hin- und her wackelte. »Nun seht euch das Väterchen hier an! Zittert wie Espenlaub, der Arme!«

Der Alte verzog sein Gesicht zu einem unbeholfenen Lächeln und breitete die Arme aus. »Wie kann ich euch helfen, werter Ritter?«, fragte er mit bebender Stimme.

»Na na, warum so förmlich? So wie ihr euch stets um mein Wohergehen kümmert, seid ihr doch beinahe wie ein Vater für mich! Nennt mich Leofwine!«

Der Alte nickte ergeben. »Wie ihr wünscht, Leofwine!«

Leofwine von Battenberg nickte zufrieden. »So ists recht!«, brummte er und kratzte sich an seinem roten, von einigen silbrigen Strähnen durchzogenen Bart. Er gähnte lauthals und holte seinen Dolch hervor, um sich augenscheinlich damit die Fingernägel zu säubern. Teilnahmslos lehnte er sich gegen einen der massiven Balken, die das Dachgestell hielten.

»Und jetzt sag mir eins, Väterchen! Wo ist Hrothgar mit seinen Männern? Meine Leute warten seit Sonnenaufgang auf die Ablöse am Wachposten!« Leofwine blies die Backen auf und ließ langsam die Luft wieder entweichen. Dabei blickte er den Alten verschmitzt an und fuchtelte mit dem Dolch herum. »Nun rede schon!«

Der Alte zuckte hilflos mit den Schultern. »Ich …ich weiß nicht!«, stotterte er und hob abwehrend beide Hände.

Mit einem Satz sprang Leofwine auf ihn zu und baute sich bedrohlich vor ihm auf. »Das kann ich dir nicht glauben!«; knurrte er. »Du hast deine Augen und Ohren überall, soviel kann ich sagen!«, setzte er fort und tätschelte dem Alten die Wange. »Überlege noch einmal! Aber mach schnell, ich bin in Eile!«

»Ich weiß es wirklich nicht!«, erwiderte der alte Mann und schüttelte energisch den Kopf.

»Weißt du, was ich nicht mag?«, fragte Leofwine mit liebenswürdiger Stimme und steckte seinen Dolch weg. Der Alte schüttelte den Kopf. »Nein, Herr!«, antwortete er mit weinerlicher Stimme.

»Wenn ich belogen werde!« Leofwines Hand fuhr nach vorne und griff nach dem faltigen Hals des Alten. Einen kurzen Moment drückte er zu, sah, wie der Alte nach Luft schnappte und rot anlief, bevor er ihn wieder losließ.

Also sag mir schnell alles, was du weißt, falls du nicht deinen Kopf verlieren willst!«, sprach Leofwine sanft und schloss einen Moment verzückt die Augen, als der Alte tatsächlich zu sprechen begann, nachdem er einen Moment heftig keuchte und den Anschein machte, als würde er sich übergeben wollen.

Er erzählte in einem Zug von dem Ereignis in der Nacht, von der Frau, die um Einlass bat und Hrothgar von der Ankunft der Herzogin auf der Insel berichtete und davon, dass sich jener mit seinen Männern aufmachte, um diese festnehmen zu können. Er berichtete ihm von dem kleinen Hof in der Nähe des Walds, doch verschwieg, dass er Nolwenn befreit hatte, nachdem sie ihn darum gebeten hatte. Er hasste die englischen Besatzer, wünschte Ihnen allen den Tod und wäre er jung gewesen, hätte er womöglich seinen Widerstand offen ausgelebt, doch in seiner aktuellen Verfassung konnte er das nicht, wartete nur noch auf den erlösenden Tod und hatte in der Befreiung von Nolwenn zumindest eine Möglichkeit gesehen, der englischen Krone einen kleinen Seitenhieb zu versetzen. Doch nun bereute er seine Tat bereits, denn Leofwine von Battenberg strich sich nachdenklich über den Bart, bevor er auf den Alten deutete.

»Du wirst uns begleiten! Zeig uns den Weg!«, befahl er und der Alte zuckte zusammen. »Ich kenne den Hof nicht!«, stotterte er hilflos.

»Du wirst uns zumindest zu dem Wald führen können! Den Wunsch wirst du mir doch nicht abschlagen, nicht wahr?«, sagte von Battenberg mit einer vor Liebenswürdigkeit trotzenden Stimme, doch seine Augen blitzten gefährlich. Daher nickte der alte Mann nur, trat niedergeschlagen durch die Haustür, die Leofwine ihm aufhielt und machte sich dann in Begleitung von Leofwine und einigen anderen Soldaten auf den Weg zum Wald.

FOLKVIN

Folkvin!«, raunte Ivar und stieß ihm in die Seite.

Folkvin schreckte hoch und blickte ihn verwirrt an. Er konnte nicht glauben, dass er tatsächlich eingenickt war und schüttelte verärgert über sich selbst den Kopf. Dann erst nahm er Ivar richtig wahr, sah, wie er mahnend den Zeigefinger an die Lippen legte und nun hörte Folkvin auch den Grund für Ivars Beunruhigung. In einiger Entfernung von ihnen passierten einige Mannen den Wald und leises Gemurmel drang durch die Bäume an sein Ohr. »Engländer!«, flüsterte Folkvin alarmiert und Ivar nickte. Jeanne wurde blass und zog heftig an seinem Hemdärmel.

»Wir sollten von hier weg, Ivar!«, murmelte sie aufgeregt und deutete auf die entgegengesetzte Richtung. Folkvin schüttelte den Kopf. »Wir müssen uns einfach ruhig verhalten! Sobald sie sich in einiger Entfernung von uns befinden, werden wir zum Hafen aufbrechen und das Schiff suchen!«

Leofwine von Battenberg und seine Männer hätten auch ohne die Hilfe des Alten den Hof ohne Probleme ausfindig machen können. Nun stand Leofwine einen Moment bewegungslos davor und betrachtete das Bild, welches sich ihm zeigte. Der Hof wirkte verlassen und dennoch …

Von Battenberg zog geräuschvoll die Nase hoch und spuckte zu Boden, bevor er sich langsam der Scheune näherte. Er hatte ein gutes Gespür für Dinge, wusste schon, dass der Feind sich näherte, bevor man ihn überhaupt sehen konnte und verstand es, im richtigen Moment schnelle Entscheidungen zu treffen. Er ging in die Knie, wischte mit einer Hand über den erdigen Boden, nahm etwas davon und roch daran.

»Blut!«, murmelte er und stand auf. Er zog sein Schwert. »Schwärmt aus!«, brüllte er und beobachtete einen Moment seine

Männer, die mit gezückten Waffen auf die Hütte zugingen, während einige von ihnen dahinter verschwanden. Leofwine seufzte ungeduldig und drehte sich zur Scheune um. Er würde herausfinden, was hier vor sich ging und er würde der Herzogin auf die Schliche kommen und sie eigenhändig an den Haaren vor Prinz Edward schleifen. Leofwine kicherte leise. Mit der Belohnung würde er sich endlich zur Ruhe setzen und sich auf seinen Landsitz zurückziehen können. Wer weiß, vielleicht würde er sich noch ein neues Weib nehmen, jetzt, nachdem seine Frau vor kurzem verstorben war. Der Medicus hatte die Schwindsucht bei ihr festgestellt, auch wenn dies nicht ganz der Wahrheit entsprach, denn Leofwine hatte den Quacksalber daran gehindert, ihren Körper zu untersuchen, damit er die zahlreichen Verletzungen und blauen Schwellungen an ihrem Körper nicht begutachten konnte. Sie war ein törichtes Weib gewesen, dem es nicht gelungen war, ihn zufriedenzustellen. Faul war sie auch noch gewesen und hatte sich mehr als einmal von Leofwine beim Müßiggang erwischen lassen. Kein Wunder also, dass er sie ständig verprügeln musste, um ihr Manieren beizubringen. Leofwine schnaubte bei dem Gedanken an sein verstorbenes Weib und nahm sich vor, bei der nächsten Wahl mehr Vorsicht walten zu lassen und sich zunächst zu vergewissern, dass das Frauenbild auch tatsächlich seinen Vorstellungen entsprach und seine Wünsche erfüllen würde. Doch für den Moment musste er sich zunächst darum kümmern, diese elende Herzogin ausfindig zu machen! Sie war der Schlüssel zu seinem Wohlstand.

Langsam öffnete er die Scheune, warf einen misstrauischen Blick hinein, bevor er seinen massigen Körper durch die Türöffnung schob. Viel gab es hier nicht zu sehen, doch es reichte ihm, um die entscheidenden Schlüsse ziehen zu können. Er nahm die Abdrücke von Körpern im plattgedrückten Stroh wahr, entdeckte den abgebrannten Kerzenstummel und sah unlängst vergossene Flecken von Wein auf dem schmutzigen Boden. Leofwine hatte keine Zweifel mehr: diese Brut hatte hier genächtigt. Nachdenklich glitt sein Blick nach oben zum morschen Dachwerk und seine Gedanken überschlugen sich, bis er schließlich einen lauten Fluch von sich gab und ausspuckte. Er eilte wieder auf den Hof, schaute einen Moment in die fragenden Gesichter seiner Männer, die keinen Erfolg bei Ihrer Suche gehabt hatten und fluchte erneut.

»Wir gehen! Zum Hafen!«, brüllte er schließlich und trieb seine Leute zur Eile an. Erst jetzt war ihm der Gedanke gekommen, dass die Herzogin mit ihren Begleitern im Angesicht der Bedrohung längst geflohen sein könnte, auch wenn er sich fragte, wo zum Teufel die andere Truppe geblieben war. War es der Herzogin und ihrem Anhang gelungen, sie allesamt zu besiegen? Dies konnte er kaum glauben, doch die frischen Blutspuren am Boden ließen vermuten, dass zumindest ein Kampf stattgefunden haben musste. Doch wo waren die Körper der Toten oder Verletzten?

Wie dem auch sei, sollte die Herzogin noch am Leben sein, würde sie versuchen, diese Insel auf schnellstem Wege zu verlassen und jeder Weg von dieser Insel fort führte über das Meer. Daher hoffte Leofwine inständig, nicht zu spät zu kommen und am Hafen auf die Flüchtigen treffen zu können.

ADOUMA

Noch während er sah, wie der sabbernde Idiot mit einer unbeholfenen Bewegung gegen die Schüssel stieß und sich die dampfende Brühe in seinen Schoß kippte, sprang Adouma fluchend auf, um ihm zur Hilfe zu eilen. Er erntete empörte Blicke seiner Brüder und der Abt hob tadelnd den Zeigefinger, um ihn für sein Fluchen abzumahnen, doch der Schwachkopf tat Adouma einen Gefallen und begann wie erwartet lauthals zu schreien, als die heiße Flüssigkeit seinen Schoß benetzte. Die Mönche zuckten zusammen, einige murrten genervt, während andere unbeirrt weiteraßen. Sie waren die Störungen durch den Schwachkopf gewohnt, der eben nicht selten unangebrachte Geräusche und Schreie von sich gab und normalerweise aß jener eben aus diesen Gründen meist allein in seiner Kammer, doch der Abt hatte beschlossen, einen Versuch zu wagen und den Schwachkopf zu sozialisieren, in der Hoffnung, dass sein Geist in der Lage sein würde, sich an neue Gegebenheiten zu gewöhnen, die womöglich eine Änderung in seinem Verhalten hervorbringen würden. Grund dafür war in erster Linie aber auch, dass der Schwachkopf nun ein Jüngling in der vollen Blüte seines Alters war. Im starken Kontrast zu seinem schwachsinnigen Geist war er groß und breitschultrig und zudem von außerordentlicher Schönheit. Er hatte weiches, blondes Haar, fein geschwungene und volle Lippen und blau glänzende Augen, die von dunklen und langen Wimpern umrandet waren und mehr als einmal hatte Adouma voller Abscheu die lüsternen Blicke bemerkt, mit denen der Schwachkopf von einigen seiner Brüder begutachtet wurde.

Adouma packte den Jüngling an der Schulter, half ihm beim Aufstehen und sprach beruhigend auf ihn ein, während er ihn aus dem Essenssaal geleitete. Eilig führte er ihn in dessen Kammer, zog dem wimmernden Kerl seine schwarze Kutte über den Kopf und begann, sie notdürftig mit etwas Wasser zu reinigen.

»Nun komm schon, es ist nicht so schlimm!«, murmelte er leise und strich ihm bedächtig über das Haar.

Tanguy hob seinen Blick, sah ihn aus tränenverschleierten Augen an und nickte. »Nicht schlimm. Nicht schlimm!«, brabbelte er naseschniefend und beruhigte sich schließlich, während Adouma ihm seine Kutte wieder anlegte, denn es war kalt und zugig in diesen Steingemäuern. Adouma lächelte ihm zu. »Na, siehst du? Es ist schon wieder gut!«

Er griff nach Tanguys Hand. »Komm, lass uns in den Garten gehen!«

Tanguy gehorchte ihm ohne Widerwillen, stand auf und folgte Adouma durch den langen Gang zur kleinen Holztür, die in den Garten des Klosters führte. Die Sonne stand hoch am Himmel, der Himmel war strahlend blau und es war ein schöner Tag. Die Bäume wiegten sich sanft in einer leichten Brise und einige Raben krächzten von den Mauern, die das Kloster umgaben. Tanguy kannte seine Aufgabe, die darin bestand, das Unkraut zwischen den sorgfältig angelegten Felder zu jäten und voller Eifer ließ er sich sogleich auf die Knie sinken und begann, mit einem leichten Sington das unerwünschte Grün aus der Erde zu zupfen.

Adouma betrachtete ihn eine Weile schweigend, bevor er sein Gesicht zum Himmel hob und seufzend die Augen schloss. Er genoss die sanfte Wärme der Sonnenstrahlen und konnte die warmen Tage kaum erwarten. Die Kälte setzte ihm nach wie vor schwer zu und voller Wehmut dachte er an sein Dorf aus Kindertagen. Einst stammte er aus der christlichen Provinz Al-Jeblien des Königreichs Makuria im fernen Nubien und sein Großvater, ein stolzer und großer Krieger mit einer Haut so dunkel, dass sie im Sonnenlicht beinahe bläulich geschimmert hatte, hatte unter dem französischen König Ludwig IX in dem letzten der Kreuzzüge gegen die Muslime gekämpft. Als die Kreuzritter jedoch die Schlacht gegen Tunis verloren und damit das Ende der Kreuzzüge besiegelten, beschloss der Großvater mit seinem Weib in das Frankenreich zu ziehen, denn ein großzügiger General hatte ihm für seine Verdienste während der Kreuzzüge ein kleines Stück Land in Burgund geschenkt. Und so verließen sie zusammen mit Adoumas Eltern ihr kleines Dorf am Nilufer und hätte Adouma damals schon gewusst, dass er die wogenden Palmen, die braunroten Steinhütten und das sanft fließende Wasser des Nils nicht mehr wieder sehen würde, so hätte er sich bemüht, sich die Bilder seiner Kindheit einzuprägen, doch so blieb ihm nichts weiter als ein unstetes Verlangen nach seiner Heimat und vage Erinnerungen, die ihn ab und an heimsuchten.

Adouma ließ Tanguy einen Moment gewähren, beobachtete schweigend, wie jener nicht nur das Unkraut herauszupfte, sondern mit dem Finger in die Tiefe der Erde bohrte, um ebenfalls die Wurzeln sorgfältig auszugraben und schließlich glättete sich Adoumas Stirn und er lächelte.

»Es ist gut, wie du das machst!«, sagte er aufmunternd zu Tanguy, doch jener reagierte nicht auf seine Worte und schien vollkommen in seiner Arbeit vertieft.

Adouma gönnte sich selbst einen Augenblick Ruhe. Seine Aufgabe bestand in erster Linie darin, Tanguy im Auge zu behalten und dafür zu sorgen, dass er keine Dummheiten machte und er nahm diese Aufgabe sehr ernst, auch wenn er sich vor allem als seinen Beschützer sah und weniger als seinen Aufpasser, denn auch wenn Tanguy ein muskelbepackter Kerl war, wusste er nicht um seine Kräfte und war aufgrund seines wirren Geistes und seines einfachen Gemüts ein gefundenes Fressen für alle, die ihn für ihre eigenen Zwecke benutzen wollten. Hier zwischen den Mauern des Benediktinerklosters herrschte zwar keine ernstzunehmende Gefahr, doch Adouma hatte in letzter Zeit eine unsichtbare Bedrohung wahrnehmen können, die zwar, betrachtete man sie mit der reinen Vernunft, nicht erklärbar war. Und dennoch verstärkte sich Adoumas ungutes Gefühl, je mehr Tage ins Land gingen. Adouma seufzte und ließ seinen Blick über die Klostergärten schweifen, in denen die Pflanzen langsam wieder aus dem Tiefschlaf des Winters erwachten. Zwar war das bretonische Klima nicht derart kalt, dass das Wachstum der Pflanzen vollkommen ruhte, doch nun konnte man doch merklich feststellen, dass die Natur über alle Maßen sprießte und grünte.

Adouma ließ sich am Stamm einer Eiche nieder und schloss die Augen. Das Mittagessen, welches nur aus einem Eintopf aus Wurzelgemüse und ein paar armseligen Fleischbrocken bestanden hatte, hatte ihn müde gemacht und er sehnte sich nach einem kleinen Schläfchen. Ehe er sich versah, war er eingedöst und erwachte erst, als die Glocken die Abendandacht ankündigten.

Tanguy hatte von seiner Arbeit nicht abgelassen und einen erheblichen Teil des Beetes vom unerwünschten Grünzeug befreit. Er hob den Blick, als Adoumas Schatten auf ihn fiel.

»Schau!«, brabbelte er und deutete stolz auf den Berg Unkraut. Adouma nickte lächelnd. »Das hast du gut gemacht, Tanguy!«, erwiderte er und streckte seine Hand nach ihm aus. Tanguy ergriff sie selig und erhob sich von den Knien. Gemeinsam folgten sie ihren Brüdern in die Klosterkirche, um sich zur eucharistischen Liturgie einzufinden.

Nach der langen Oratio, gefolgt von der Segenssprechung und der Entlassung durch den Abt fanden sie sich zum Abendessen im Refektorium ein, wo sie schweigend ihr karges Mahl, bestehend aus den Resten des Mittagessens und etwas Brot verzehrten.

Adouma war unruhig, wünschte sich in die Einsamkeit seiner Kammer, statt hier mit seinen Brüdern am Abendtisch zu verweilen und sein rastloser Geist bescherte ihm einen unguten Gedanken nach dem anderen. Er wusste nicht, wie ihm geschah, erkannte sich kaum wieder und fragte sich, ob nicht ein Ungleichgewicht an Körpersäften dafür verantwortlich sein könnte. Er nahm sich vor, Pater Francis am nächsten Tag aufzusuchen und ihn um Rat zu bitten, denn dieser kannte sich bestens mit dem menschlichen Körper aus und wusste, was man tun musste oder was es einzunehmen galt, um sein Wohlbefinden erneut zu verbessern.

Er fand erst Ruhe, nachdem er Tanguy in seine Kammer gebracht hatte und sich selbst in seine eigene zurückgezogen hatte. Seufzend entkleidete er sich und ließ sich auf sein Bett fallen. Eine

Weile starrte er regungslos an die steinerne Decke, beobachtete eine kleine Fliege dabei, wie sie sich im Netz einer Spinne verfing und hörte im angrenzenden Raum das unterdrückte Stöhnen von Bruder Antoine, der sich wie beinahe jeden Abend selbst geißelte.

Als Adouma endlich die Augen zufielen, ahnte er nicht im Entferntesten, dass dies die letzte Nacht sein würde, die er in diesem Raum und in diesem ehrwürdigen Benediktinerkloster verbringen würde.

Adouma erwachte inmitten der Nacht und es schien ihm, als hätte ihn ein Geräusch aus dem Schlaf gerissen. Verwirrt schlug er die Augen auf und richtete sich schlaftrunken auf seinem Bett auf. Irgendetwas stimmte nicht, das konnte er deutlich fühlen und so ließ er seinen Blick aufmerksam durch seine Kammer schweifen, doch er konnte nichts Ungewöhnliches feststellen. Der Mond schien hell durch das Fenster und tauchte den Raum in ein schummriges Licht. Adouma zuckte zusammen, als er erneut ein Geräusch hörte und überlegte einen Moment.

War das ein Stöhnen gewesen? War das etwa Tanguy, der in der Nacht erwacht war und keinen Schlaf mehr fand?

Langsam kroch Adouma aus seinem Bett, näherte sich der Wand, die seine Kammer von Tanguys trennte und lauschte aufmerksam. Doch er vernahm nichts, wollte sich bereits abwenden und sich wieder schlafen legen, doch da war es wieder, dieses verhaltene Stöhnen, das er nicht zuordnen konnte.

Er überlegte einen Moment, fragte sich, ob Tanguy womöglich erkrankt war und beschloss schließlich, ihn in seiner Kammer aufzusuchen. Auf leisen Sohlen verließ er seine Schlafstätte, blickte einen Moment zweifelnd den langen Steingang hinab, der im Dunkeln lag, bevor er zu Tanguys Kammer ging und sein Ohr an die Tür legte. Er vernahm dumpfe Schritte, dann ein Rascheln und ein Reißen von Stoff, gefolgt von einem gepressten Laut und nun verstand Adouma, dass Tanguy sich nicht alleine in der Kammer befand.

»Nun sei doch ruhig, Tanguy, es wird nicht weh tun!«, hörte er nun eine gepresste Stimme und da war wieder das Rascheln von Stoff, gefolgt von einem leisen Aufschrei. Adouma schrak zusammen, denn es hörte sich beinahe so an, als hätte Tanguy Schmerzen. Wut stieg in ihm hoch und ohne nachzudenken, riss er die Tür auf und blieb erschüttert auf der Schwelle stehen, als er verstand, was hier vor sich ging. Die Person, die sich gerade an Tanguy vergehen wollte, drehte erschrocken sein Antlitz zur Tür und Adouma erkannte den hochroten, aufgedunsenen Kopf von Bruder Sébastien, der ihn mit aufgerissenen Augen erschrocken anstarrte. Beinahe schien er jedoch erleichtert, als er Adouma entdeckte, denn der schwarze Nubier hatte aufgrund seiner Herkunft und seiner Hautfarbe in diesen Klostermauern einen noch geringeren Stellenwert als der schwachsinnige Tanguy.

»Nun geh schon wieder!«, befahl Sébastien mit schneidender Stimme. »Du hast hier nichts zu suchen!«, fügte er hinzu und deutete ungeduldig mit einem Kopfnicken zum Gang.

Adouma brauchte einen Moment, bis er seine Sprache wiederfand. »Bruder Sébastien, bedeckt euch! Welche Sünde seid ihr dabei zu begehen!«, zischte er schließlich mit einer Stimme, die deutlich das Ausmaß seiner Erschütterung vernehmen ließ. Er wusste nicht, was er tun sollte, warf einen Blick auf Tanguy. Er lag wimmernd im Bett, presste sein Gesicht in die Kissen und wagte es nicht, sich Bruder Sébastien zu widersetzen, der offensichtlich kurz davor gewesen war, ein Vitio contra naturam; eine Sünde wider die Natur, zu begehen, indem er Tanguy zum Beischlaf zwingen wollte.

Dieser ließ seufzend von Tanguy ab und wandte sich Adouma zu. Seine Augen sprühten vor Zorn und es war unverkennbar, wie aufgebracht er über diesen unerwünschten Zwischenfall war.

»Ein elender Bastard wie du es bist, wird mir nicht sagen, was ich zu tun oder zu lassen habe!«, presste er hervor und musterte ihn unverhohlen mit zusammengekniffenen Augen, doch nun endlich ließ er seine Kutte über seinen entblößten Unterleib fallen. Sein riesiger Bauch zitterte, als er mit beiden Händen nach Adouma griff, der jedoch einen Schritt zurückwich.

»Du wirst Stillschweigen darüber bewahren, oder … .«, drohte er ihm keuchend und fuchtelte mit erhobenem Zeigefinger in der Luft.

»Oder was?«, fragte Adouma leicht atemlos, während er sich nach Tanguy umsah, der jedoch noch immer bewegungslos und wimmernd auf seinem Bett lag.

»Oder ich werde der schwarzen Hure, die du Mutter nennst, einen Besuch abstatten und ihr mit bloßen Händen das Herz rausreißen, um sie in die Hölle zu schicken, da wo sie und deinesgleichen hingehören!«, höhnte Bruder Sébastien, doch verstummte im nächsten Moment, als er die Veränderung in Adoumas Wesen wahrnahm.

Ein Zittern ging durch Adoumas Körper und er spürte eine grenzenlose Wut in sich erwachen. Er stieß einen animalischen Laut aus, griff nach dem gusseisernen Kerzenständer, der auf einem kleinen Hocker neben dem Bett stand und schlug mit aller Kraft nach Bruder Sébastien, traf seine Schläfe und holte aus, um ihn erneut zu schlagen. In wilder Raserei ließ er den schweren Kerzenständer immer wieder auf Bruder Sébastien krachen und selbst als dieser bereits am Boden kauerte und versuchte, sich wimmernd mit den Armen zu schützen, fand Adouma kein Ende und schlug unbarmherzig weiter, ohne wahrnehmen zu können, ob er traf oder nicht und erst als er keine Kraft mehr hatte und außer Atem war, hielt er keuchend inne und ließ den vor Blut triefenden Kerzenleuchter zu Boden fallen.

Im Halbdunkel betrachtete er das Bündel zu seinen Füßen, was einst ein Mensch gewesen war. Bruder Sébastien war nicht mehr zu erkennen, denn da wo einst sein Kopf war, gab es nur noch eine undefinierbare blutige Masse, die von Knochensplittern und grauen Gehirnfetzen durchdrungen war. Adoumas Herz hämmerte lauthals gegen die Brust und er schluckte. Er hatte nicht vorgehabt, ein solches Massaker zu veranstalten, doch war er nicht in der Lage gewesen, seinen Zorn zu zügeln. Was hatte er bloß getan! Nun stand es außer Frage, dass man ihn des Mordes schuldig sprechen würde, sollte man ihn mit dieser Tat in

Verbindung bringen und dies würde mit großer Wahrscheinlichkeit den Tod durch den Strang bedeuten.

Schlagartig wurde ihm klar, was er nun tun musste. Es blieb ihm nichts anderes übrig, als auf dem schnellsten Weg aus diesem Kloster zu verschwinden und wenn die Glocken zur Morgenandacht läuten würden, würde es ihm gut geraten sein, hoffentlich schon eine große Distanz zwischen sich und dem Kloster gebracht zu haben. Er wusste, dass ihn hier keine Gnade erwarten würde, sollte er verweilen und versuchen, die wahre Geschichte darlegen zu wollen. Sie würden ihm nicht glauben, weder ihm noch Tanguy, der ohnehin kaum sprechen konnte. Nein, er musste von hier fort und Tanguy würde er mit sich nehmen müssen.

Keuchend richtete sich Adouma zur vollen Größe auf, blickte zu Tanguy, der ihn nun aus großen Augen anstarrte.

»Adouma …«, stotterte er hilflos und deutete auf Bruder Sébastien. »Was hat Adouma getan?«, lallte er und Adouma sah, dass ihm Tränen über die Wangen liefen.

Adouma eilte zum Bett, setzte sich neben Tanguy und strich ihm mit zitternder Hand sanft über das blonde Haar. »Er war böse, Tanguy! Er wollte böse Dinge mit dir tun!«, sagte er mit einer beruhigenden Stimme und mit einem unmenschlichen Versuch, seine innere Aufruhr in den Griff zu bekommen, verzog er sein Gesicht zu einem gequälten Lächeln. »Wir müssen fort von hier, Tanguy! Sie werden uns töten, wenn sie sehen, was ich getan habe! Wir müssen fliehen, verstehst du das?«

Tanguy nickte unter Tränen und stand langsam auf. Er griff nach seinem Hemd, welches er am Abend achtlos auf den Boden geworfen hatte, kleidete sich damit an und griff dann nach der schwarzen Mönchskutte, die Adouma ihm reichte.

»Beeil dich!«, zischte er eindringlich, konnte seine Ungeduld nun nicht mehr zügeln und überlegte einen Moment, bevor er langsam die Tür der Kammer öffnete und in den Gang hinaushorchte. Es herrschte nach wie vor eine erdrückende Stille, nur das Zwitschern einiger Vögel drang verhalten durch die offenen Fensterbögen und mahnte Adouma zur Eile, denn es zeigte ihm, dass der Morgen nicht mehr lange auf sich warten lassen und das Läuten der Glocken zur Morgenandacht seine Brüder aus den Kammern in die Kirche treiben würde. Spätestens dann wollte er bereits eine große Entfernung zwischen sich und dem Kloster gebracht haben. Er drehte sich zu Tanguy um und legte seinen Finger auf die Lippen. »Warte kurz hier! Ich komme gleich wieder!«, murmelte er und blickte Tanguy beschwörend an, bevor er aus der Kammer schlich und seine eigene betrat. Eilig warf er seine Kutte über, spritzte sich etwas Wasser ins Gesicht, welches sich in der Messingschüssel auf dem einzigen Tisch im Raum befand und zog die Strohmatratze mit einem heftigen Ruck aus dem Bettgestell. Sein Blick fiel sofort auf das Schwert, welches nun schon lange Zeit unberührt an dieser Stelle lag, verborgen vor den Blicken aller. Er hatte es von seinem Großvater erhalten und kaum benutzt, doch nun stand es außer Frage, dass ihm dieses Schwert auf seiner Flucht womöglich dienlich sein könnte.

KÖNIG EDWARD III

»Was schlagt ihr vor?«, fragte Edward der Dritte müde und winkte ab, als ein Mädchen in einem blauen Leinenkleid und mit blondem, langen Haar ihm einen Trank Wein reichen wollte. Halfdan beobachtete den König einen Augenblick, sah, wie eingefallen sein Gesicht war und wie erschöpft seine Züge wirkten, bevor sein Blick zu dem Mädchen glitt. Interessiert beäugte er sie von oben bis unten, denn ihre Schönheit wirkte rein und unnahbar, beinahe wie aus einer anderen Welt, und ihre blauen Augen funkelten herausfordernd, als sie Halfdans Blick bemerkte und sein Starren erwiderte. Für einen kurzen Moment verzogen sich ihre Mundwinkel zu einem spöttischen Lächeln, bevor sie sich abwandte, den Wein abstellte und ihren Platz weit hinten an der Zeltwand einnahm.

Der oberste Offizier Geoffrey of Dustanville zögerte und kratzte sich gemächlich an der Nase.

Sie hatten sich alle im Zelt des Königs versammelt und warteten darauf, dass die Delegation um den Kommandanten Jean de Vienne eintraf.

»Ich kenne Jean de Vienne; er wird sich auf keinen Handel einlassen und die Stadt niemals kampflos aufgeben!«, murmelte Geoffrey schließlich und blickte König Edward wartend an, doch dieser schaute nur in die Ferne und seine Augen wirkten ganz so, als wäre er der Tagträumerei verfallen.

»Wir sollten angreifen!«, geiferte der schwarze Prinz schließlich und schlug seine rechte Faust in die linke Hand. »Mein König! Vater! Lass uns die Krieger versammeln und Calais im Sturm nehmen!« Seine Augen leuchteten mit einem Male und eine unstillbare Gier flammte darin auf. Erwartungsvoll wartete er auf die Reaktion seines Vaters, doch jener ließ mit seiner Antwort auf sich warten.

»Hm.«, brummte er schließlich und verschränkte langsam die Arme. Er ging einige Schritte zur Zeltöffnung, schob die Plane beiseite und warf einen Blick nach draußen, bevor er sich wieder umwandte, seinen grauen Umhang fester um seine Schultern zog und sich langsamen Schrittes Halfdan näherte.

»Und was sagst du dazu, Nordmann?«, fragte er leise.

Halfdan hob verblüfft die Augen, sah sich zögerlich in der Runde um, fühlte sich unwohl unter den forschen und feindseligen Blicken der Offiziere, die sich hier versammelt hatten und blickte schließlich zum schwarzen Prinzen, der ihn lauernd beobachtete. Edward of Woodstock hatte ihm verboten, das Wort zu erheben und so zögerte er, wartete auf eine Aufforderung desselben, doch jener schwieg missmutig.

»Nun? Willst du uns deine Meinung nicht kundtun?«, fragte der König schließlich.

»Antworte deinem König!«, zischte der schwarze Prinz zornig und Halfdan verstand seinen Zorn, denn es war offensichtlich, dass sein Vater keinen allzu großen Wert auf die Meinung seines Sohnes legte, ja, sich noch nicht mal herabließ, darauf zu antworten und Halfdan sah, wie der schwarze Prinz um Fassung rang und sich bemühte, sich seine Wut und seine Aufgebrachtheit nicht anmerken zu lassen. Halfdan atmete tief aus, wusste, dass Edward of Woodstock noch fassungsloser sein würde, wenn er Halfdans Antwort an den König vernehmen würde, doch Halfdan hatte keine Wahl, musste dem König beweisen, dass er das Kriegshandwerk verstand, auch wenn er dadurch Gefahr lief, die ungezügelte Wut des Sohnes auf sich zu ziehen. Er konnte lediglich hoffen, dass er sie im Zaun halten würde, denn immerhin befanden sie sich im Lager seines Vaters, dem König von England, wo er nicht nach seinem eigenen Gutdünken schalten und walten konnte.

Zögerlich räusperte sich Halfdan und nickte. Um die Mittagszeit hatte der Regen ausgesetzt und die tief hängenden Wolken waren mit einem Mal verschwunden gewesen, hatten einer warm scheinenden Sonne und einem tiefblauen Himmel Platz gemacht und Halfdan hatte die Gunst der Ruhe am frühen Nachmittag genutzt und sich Calais' Festungsgürtel genauer angeschaut, hatte beeindruckt die hohen Mauern aus gelbem Backstein begutachtet und war zum Fort Risban gewandert, einer kleinen Festung, die die Engländer gebaut hatten, um die Lieferung der Nahrungsmittel und anderer Güter, die vom Meer aus nach Calais gebracht wurden, zu unterbinden.

»Mein König, ich möchte anmerken, dass Calais über massive Festungsanlagen verfügt und die, die Stadt umgebenden Wassergräben schwer zu durchqueren sind. Es ist unmöglich, diese Stadt im Sturm einzunehmen, ich würde euch daher eine Belagerung der Stadt und ein Aushungern der Bürger empfehlen, wie ihr es ohnehin bereits tut. Nur so werdet ihr eines Tages in die Stadt als Eroberer einziehen können. Die Zufahrtswege für die Nahrungsmittel habt ihr bereits blockiert, das Einzige, was ihr nun braucht, ist Geduld!«, erklärte Halfdan schließlich trocken. »Aber!« Er hob die Hand, um Edward von Woodstock, der bereits aufbegehren wollte, Einhalt zu gebieten. Jener war so erstaunt über diese Zurechtweisung, dass er tatsächlich keine Worte mehr fand.

»Aber ihr solltet die zahlreichen Schleusen nicht außer Acht lassen und auch nicht das Fort der Franzosen, welches den westlichen Zugang nach Calais bewacht! Ich habe heute einige Zeit damit verbracht, das Treiben dort zu beobachten und bin mir ziemlich sicher, dass die Bürger Calais sich in Kürze daranmachen werden, die Schleusen zu öffnen, um das angrenzende Umland zu überfluten. Was, wie ihr sicher selbst wisst, erheblichen Schaden in eurem Lager verursachen und euch womöglich zum Rückzug zwingen würde!«

Nun ruhten alle Augen auf ihm. Selbst die Offiziere, die seinen Worten zunächst keine Beachtung schenken wollten, waren nun auf ihn aufmerksam geworden und hatten seinen Worten gelauscht. Überrascht zog der König die Augenbrauen hoch. Er schwieg einen Moment und alle warteten auf seine Antwort zu Halfdans These und mit einem Mal war die Luft zum Zerreißen angespannt. Der schwarze Prinz stieß einen zischenden Laut aus und funkelte Halfdan böse an.

»Und was schlägst du nun vor, Nordmann?«, fragte der König und Halfdan glaubte, eine Spur von Belustigung in seiner Stimme zu hören. Alle Augen blickten ihn gespannt an, doch bevor Halfdan zum Sprechen ansetzen konnte, steckte eine Wache den Kopf durch die Zeltöffnung.

»Mein König, Jean de Vienne nähert sich!«, sagte der Mann knapp. Edward III nickte und sah Halfdan beschwörend an.

»Nun sag schon! Was würdest du an meiner Stelle tun?«, fragte er hastig.

Halfdan blickte erneut zum schwarzen Prinzen, sah, dass dieser ebenfalls beinahe atemlos auf seine Antwort wartete und setzte schließlich erneut zum Sprechen an.

»Konfrontiert ihn mit eurer Vermutung! Sagt ihm, dass ihr sein Vorhaben kennt und die Schleusen blockieren werdet, sollte er Anstalten machen, diese zu öffnen! Sagt ihm, dass ihr niemals weichen werdet und jede Verzögerung nur dafür sorgen wird, euren Zorn zu wecken! Sagt ihm, dass er, sollte er das tun, kein Mitleid von euch erwarten können wird, sobald die Belagerung ein Ende finden wird! Sagt ihm, dass ihm dann sein Tod sicher sein wird, sowie der aller Bürger Calais'! Macht ihm klar, dass ihr ihm immer einen Schritt voraus sein werdet!«

Sonnenlicht drang herein, als die Öffnung des Zeltes aufgeschoben wurde.

»Jean de Vienne bittet um Einlass!«, rief die Wache und machte der Person Platz, die hinter ihm wartete.

König Edward III nickte Halfdan knapp zu, bevor er sich an seinen Gast wandte. Erleichtert hatte Halfdan die Zustimmung in des Königs Augen gesehen und wusste nun, dass er richtig daran getan hatte, die Wahrheit kundzutun, unabhängig davon, ob der schwarze Prinz es gutheißen würde oder nicht. Er zog sich etwas in den Hintergrund, stellte sich hinter die Offiziere und betrachtete Jean de Vienne, der dem König nun seine Aufwartungen machte.

Er war durchschnittlich groß, sah kräftig aus und hatte einen etwas gedrungenen Oberkörper. Seine Nase war viel zu lang und seine Lippen waren zu einem schmalen Strich zusammengezogen, als er sich knapp vor dem König verbeugte.

Ohne viel Aufhebens bot man ihm einen Stuhl an und so saß er dem König und seinem Gefolge einsam und etwas verloren gegenüber. Jean de Vienne räusperte sich, bevor er seinen Blick hob, um dem des Königs zu begegnen.

»König Edward, ich möchte mit euch verhandeln! Ich möchte euch einen Vorschlag unterbreiten, damit ihr eure Belagerung aufgebt und weiterzieht! Denn ich werde Calais niemals aufgeben!«, sprach er nun mit dumpfer Stimme und hob müde die Hand, um sich seine rechte Schläfe zu massieren. Jean de Vienne wirkte erschöpft und etwas fahrig, doch die Entschlossenheit in seiner Stimme war deutlich zu hören. »Ich biete euch drei Kisten Gold, unsere größte Handelsflotte und 500 Soldaten, die sich freiwillig in euren Dienst stellen werden! Im Gegenzug zieht ihr eure Truppen ab und lasst uns in Frieden!«

Schweigen breitete sich im Zelt aus. Die Offiziere warfen sich untereinander Blicke zu, der schwarze Prinz schnaubte wütend und wollte bereits das Wort ergreifen, als der König ihm zuvor kam.

Er lächelte gütig. »Das ist ein großzügiges Angebot!«, sprach er leise und nickte anerkennend. »Und dennoch wisst ihr doch bereits, dass ich es nicht annehmen werde! Calais ist ein wichtiger Stützpunkt auf der Handelsroute und es gibt nichts, was ihr mir anbieten könnt, um mich dazu zu bewegen, darauf zu verzichten!«

Jean de Vienne schob brüsk seinen Stuhl zurück und stand auf. »Dann verschwenden wir hier Zeit! Ich werde es niemals zulassen, dass ihr unsere Stadt einnehmt! Rechnet mit dem Schlimmsten, König Edward!«, rief er zornig aus, bevor er sich abwandte und Anstalten machte, das Zelt verlassen zu wollen.

»De Vienne!«, hielt ihn der König zurück. Jean de Vienne blieb stehen, ohne sich erneut umzudrehen. »Falls ihr vorhabt, die Schleusen zu öffnen, um unser Lager zu überfluten, so lasst euch gesagt sein, dass wir euch bereits einen Schritt voraus sind! Was immer ihr vorhabt, werden wir zu vereiteln wissen! Wir werden nicht aufgeben, bis alle Bewohner hinter euren Mauern den Hungertod gestorben sind, falls sie nicht vorher an Krankheiten zugrunde gehen! Und in dem Moment, in dem wir in Calais einziehen werden, werden alle, die bis dahin noch leben, einen erbärmlichen Tod durch unser Schwert finden! Mit eurer Sturheit verwirkt ihr das Leben sämtlicher Bewohner Calais'! Kommt zur Vernunft, übergebt mir die Stadt und ihr werdet leben! Falls nicht, werdet ihr alle sterben!«

Jean de Vienne erstarrte und wurde bleich. Halfdan frohlockte, denn er wusste, dass seine Vermutung richtig gewesen war. De Vienne warf dem König einen letzten, finsteren Blick zu, bevor er aus dem Zelt eilte.

»Gut! Es scheint so, als hätten wir Eindruck gemacht!« Der König erhob sich mühevoll und nickte Halfdan zu. »Mit dir haben wir einen fähigen Mann! Nimm dir ein paar Männer und beobachte die Schleusen! Tötet jeden, der sich ihnen nähert!«

Halfdan verharrte einen Moment erstaunt, sein Blick glitt zu Prinz Edward, der jedoch vollkommen erstarrt zu seinem Vater blickte und wahrscheinlich kaum fassen konnte, was jener gerade hatte verlauten lassen.

»Nordmann! Hast du ein Problem damit, meinen Befehl auszuführen?«, fragte der König mit strengem Tonfall.

Halfdan schüttelte den Kopf.

»Nein, mein König!«, antwortete er mit heiserer Stimme.

»Gut!«, sagte Edward zufrieden und wandte sich mit einem auffordernden Nicken an Geoffrey of Dustanville.

»Kommt mit mir, Nordmann!«, ordnete jener an und gab Halfdan einen Wink, bevor er selbst das Zelt verließ. Halfdan warf einen letzten Blick auf Prinz Edward, bevor er ihm folgte. Grelles Sonnenlicht empfing sie und Halfdan blinzelte.

»Ich werde euch einige erfahrene Bogenschützen zur Seite stellen. Wie viele braucht ihr?«, fragte Geoffrey und Halfdan überlegte einen Moment.

»Gebt mir zwei Dutzend Männer! Es gibt zwei Öffnungen, das sollte genügen!«

Geoffrey nickte. »Einverstanden!«

Kurze Zeit später gruppierten sich die Bogenschützen in voller Montur um Halfdan, um seine Anweisungen zu erhalten. Halfdan spürte eine leichte Unruhe in sich aufsteigen, denn er fürchtete sich davor, bei dieser Mission zu versagen und auf diese Weise das schwer erarbeitete Vertrauen, das der König nun für ihn hegte, zu verlieren und so nahm er sich vor, von nun an Tag und Nacht wachsam zu sein und die Schleusenöffnungen nicht mehr aus den Augen zu lassen. Er konnte es nicht riskieren, erneut in die Fänge des schwarzen Prinzen zu geraten, denn nun, zumindest glaubte Halfdan das, konnte er auf den Schutz des Königs vertrauen, doch dafür musste er seine Aufgabe erfolgreich zu Ende bringen.

Schnell hatte er die Männer instruiert, hatte ihnen ihre Posten zugeteilt und ihnen eingeschärft, jeden zu erschießen, der sich den Schleusen näherte, und sollte er noch so unscheinbar sein.

Er selbst patrouillierte auf seinem Pferd in der Nähe des Ufers, ritt immer wieder auf und ab, doch während des ganzen Tages tat sich nichts und da er eine tiefe Müdigkeit verspürte, als die Sonne unterging, beschloss er, den Männern zu vertrauen. Nachdem er sich erneut davon überzeugt hatte, dass diese ihre Aufgabe ernst nahmen und wachsam bleiben würden, ritt er langsam zum Lager zurück.

Er hatte sich vorgenommen, nach Belana zu sehen, denn während des ganzen Tages hatte sie sich nicht blicken lassen und er machte sich Sorgen, doch es verlangte ihm auch einfach danach, in ihrer Nähe zu sein, denn die Ruhe, die sie ausstrahlte, übertrug sich auf ihn und machte ihn zufriedener. Man hatte ihr ein kleines Zelt zugeteilt, natürlich in greifbarer Nähe zu Prinz Edwards pompöser Unterkunft, und dorthin zog es Halfdan nun.

»He, Nordmann!« Geoffreys' Stimme drang an sein Ohr und Halfdan hielt inne und blickte sich um. Er erblickte den Offizier in der Nähe eines Lagerfeuers und Halfdan nickte ihm knapp zu und wollte seinen Weg fortsetzen, doch Geoffrey winkte ihn zu sich.

»Gesell dich zu uns, Nordmann! Trink einen Becher Ale mit mir!«, rief er und fuchtelte mit einem Becher umher. Halfdan überlegte einen Moment und er zögerte. Das Angebot klang verlockend und immerhin hatte er einen erfolgreichen Tag gehabt und die Gunst des Königs erworben. Er beschloss, dass dies Grund genug war, sich einen Becher Ale zu gönnen und so lenkte er ein, stieg von seinem Pferd und gesellte sich zu Geoffrey und den anderen Soldaten, die ihn wie einen der ihren empfingen und ihm lauthals lachend auf die Schulter klopften. Halfdan grinste und spürte, wie der Stolz ihn übermannte, als Geoffrey lobende Worte über seinen Spürsinn verlauten ließ. Gierig griff er nach dem Becher, den man ihm anbot und leerte ihn in einem Zug. »Mehr davon!«, brummte er und wischte sich den Mund ab, bevor er sich neben den Männern am Feuer niederließ. Er wärmte sich kurz die Finger, bevor er erneut nach dem wieder gefüllten Becher griff.

»Nun Nordmann! Sag mir deinen Namen, damit ich weiß, wie ich dich in Zukunft rufen kann!«, forderte ihn Geoffrey mit einem Augenzwinkern auf und Halfdan tat ihm den Gefallen.

»Halfdan ist mein Name!«, murmelte er und deutete auf den Topf, der über dem Feuer hing. »Und etwas zu Essen wäre mir sehr willkommen! Habt ihr etwas für mich übrig?«

Geoffrey lachte schallend und gab einem der Soldaten mit einem Kopfnicken zu verstehen, eine Schüssel zu füllen. »Wohlan, Halfdan! Wir teilen gern unser Mahl mit dir! Immerhin bist du nun einer von uns!«, grinste Geoffrey und reichte Halfdan eine mit Fleischbrühe und Wurzelgemüse gefüllte Schüssel.

Halfdan sah ihn einen Moment nachdenklich an, bevor er langsam nickte. »Das bin ich wohl jetzt!«, murmelte er und schob sich den ersten Löffel des Eintopfs in den Mund. Es schmeckte ihm köstlich und er konnte sein Glück kaum fassen, als man ihm die Schüssel erneut füllte und auch sein Becher wurde nie leer, denn stets war einer zur Stelle, der erneut nachgoss und Halfdan genoss die Aufmerksamkeit, die man ihm entgegenbrachte. Er kam nicht umhin, sich einzugestehen, dass er sich wohl fühlte unter den Engländern und spielte es überhaupt noch eine Rolle, dass sie Engländer waren? Letztendlich waren sie Soldaten wie er und übten die gleiche Tätigkeit aus. Zum Teufel mit den Obrigkeiten und den Königen! Er befand sich unter seinesgleichen und es gefiel ihm außerordentlich gut!

Aus dem anfänglichen ersten Becher Ale wurden zahlreiche mehr und die Stimmung wurde immer gelöster, je mehr sie tranken und bald hörte man nur noch lautes Gegröle, Singen und Lachen und am lautesten lachte Halfdan, der sich zum ersten Mal seit langem wieder angenommen und frei fühlte.

»So, Männer, für heute habt ihr genug gesoffen! Halfdan zu Ehren habt ihr mehr Ale als sonst bekommen, doch nun genügt es, denn ihr habt morgen wieder eure Aufgaben zu erfüllen! Verschwindet in eure Zelte und schlaft euren Rausch aus!«, ordnete Geoffrey schließlich an und gab sich Mühe, seiner Stimme Festigkeit zu verleihen, denn er selbst hatte einen ordentlichen Suff. Ohne Murren verließen die Männer das Lagerfeuer und alle klopften sie Halfdan zum Abschied auf die Schulter. Geoffrey lächelte und nickte ihm zu.

»Willkommen in unserer Truppe, Halfdan aus dem Norden!«,

Halfdan hustete verlegen, bevor er schließlich selbst aufstand.

»Danke! Doch ich werde nun auch schlafen gehen, morgen wird ein langer Tag werden!«

Sie verabschiedeten sich und leicht torkelnd machte sich Halfdan auf die Suche nach seinem Zelt. Der Mond schien hell und der Himmel war wolkenlos. Ein Waldkauz rief, doch bis auf die Wachen schien der Rest des Lagers bereits zu schlafen. Halfdan schnaufte und starrte auf das Zelt vor ihm. Ohne es zu merken, hatten ihn seine Schritte zu Belanas Unterkunft geführt. Er nahm sich vor, sie nicht zu stören, doch auch diesmal gehorchte ihm die Vernunft nicht, denn langsamen Schrittes ging er bereits auf das Zelt zu, schob die Plane beiseite und trat ein. Eine Kerze flackerte unstet auf einem kleinen Tisch und es roch nach Kräutern, nach

Salbei und Fichtennadeln. Halfdan erblickte Belana schlafend am Boden auf einigen Fellen und er seufzte. Ihr Antlitz im Schein der Kerze berührte ihn so sehr, dass ihm einige Tränen über die Wangen liefen. Er schüttelte unwirsch den Kopf, merkte, dass der Alkohol ihm einen Streich spielte, ihn emotional werden ließ und in einem erneuten Anflug von Vernunft wollte er wieder das Weite suchen, doch auch diesmal ging er langsam näher zu ihr und kniete sich neben sie, betrachtete eine Weile ihr Gesicht und folgte ihren gleichmäßigen Atemzügen, bevor er vorsichtig die Hand ausstreckte und ihr eine Strähne ihres dunklen Haars aus dem Gesicht strich. Belana schreckte mit einem leichten Aufschrei auf und starrte ihn aus großen Augen aus. Als sie ihn erkannte, seufzte sie erleichtert. »Halfdan! Was machst du hier um diese Zeit?«, murmelte sie noch leicht schlaftrunken und richtete sich etwas auf.

»Ich wollte dich sehen!«, murmelte Halfdan und streckte erneut die Hand aus, um ihre Wange zu berühren.

Sie wich zurück. »Du bist betrunken!«, stellte sie fest und rümpfte die Nase. »Du stinkst, als hättest du in Met gebadet!«

»Nein, Belana, ich bin nicht betrunken, zumindest nicht so sehr! Die Männer haben mich nur als einen der ihren willkommen geheißen!«, sagte Halfdan leise und Belana stutzte. »Einen der ihren?«, fragte sie atemlos und stand auf, um sich ein Fell um die Schultern zu legen. »Vergiss nicht, woher du kommst, Halfdan! Wir sind immer noch im Lager unserer Feinde!«, ermahnte sie ihn und zog ihn am Arm. »Und jetzt geh! Schlaf deinen Rausch aus und komm morgen wieder! Dann können wir reden!«

Ihre Augen blitzten im Licht der Kerze und Halfdan kam wankend auf die Füße. »Nein, ich will nicht gehen!«, murmelte er heiser und streckte die Arme nach ihr aus. »Ich will dich, Belana!«, flüsterte er mit tiefer Wehmut in der Stimme, doch Belana schüttelte den Kopf. »Du bist betrunken, Halfdan! Geh jetzt!«, wiederholte sie, nahm ihn am Arm und drängte ihn zum Ausgang des Zeltes. Halfdan wandte sich um und packte sie mit beiden Händen an der Schulter. »Bitte, Belana, schick mich nicht weg!«, bat er und ließ eine Hand über ihr Haar gleiten. Sie blickte ihn stumm an und schüttelte erneut den Kopf. Halfdan beugte sich nach vorne, wollte sie küssen, doch noch bevor er ihre Lippen berühren konnte, hatte sie ihm eine schallende Ohrfeige verpasst. »Nein!«, schimpfte sie. »Nicht so! Nicht jetzt! Geh!«

Halfdan fuhr verblüfft zurück, hielt sich seine schmerzende Wange und schüttelte dann ungläubig den Kopf. »Störrisches Weibsbild!«, fluchte er und verließ fluchtartig das Zelt. Er atmete tief die kalte Nachtluft ein und fluchte erneut. Warum schickte sie ihn weg? Hatte er nicht alles für sie getan? Seine Gefährten für sie verlassen und ihr bis hierher gefolgt? Konnte er da nicht wenigstens etwas Dankbarkeit erwarten? Dabei war er sich sicher gewesen, dass sie das gleiche für ihn empfand, wie er für sie. Sein Herz schmerzte ob ihrer Zurückweisung und eine tiefe Traurigkeit übermannte ihn.

Kopfschüttelnd ging er seiner Wege, doch Belanas Antlitz wollte seine Gedanken nicht verlassen und er sah sie erneut vor sich, sah ihr schönes Gesicht, ihre großen Augen und ihren wohlgeformten, schlanken Körper und voller Verärgerung spürte er nun auch noch die unwillkommene Erregung in seinen Lenden und er stöhnte auf. Was hatte sie nur mit ihm angestellt? Fluchend wankte er zwischen die Zeltreihen umher, suchte sein eigenes, doch konnte es in der Dunkelheit nicht finden, als sich mit einem Male aus dem Schatten einer schäbigen Unterkunft eine Gestalt löste und langsam auf ihn zukam. Erst als sie direkt vor ihm stand, erkannte Halfdan die schöne Dienerin König Edwards. Ihr wallendes blondes Haar fiel ihr ins Gesicht und erneut lächelte sie ihn spöttisch an, bevor sie nach seiner Hand griff. »Ich habe auf dich gewartet! Komm!«, forderte sie ihn auf und Halfdan grinste dümmlich, bevor er ihr leicht schwankend folgte. Nun, wenn Belana ihn nicht wollte, so würde er eben anderweitig seinen Spaß haben! Sie würde schon noch merken, was es hieß, ihn zurückzuweisen! Doch nun wollte er nur noch an das schöne, blonde Mädchen denken, denn nur der Anblick ihres Körpers brachte sein Blut in Wallung. Das Leben konnte doch manchmal gut sein! Es führte ihn in seine eigene Unterkunft und zu seinem Bett, bevor sie sich auf ihn setzte und ungestüm küsste. Halfdan keuchte und richtete sich etwas auf. »Du bist schön!«, murmelte er und zerrte hastig an den Schnüren ihres Kleides. »Sei ruhig!«, raunte sie und entledigte sich langsam ihrer Kleidung, ohne ihn dabei aus dem Blick zu lassen. Als sie in ihrer Nacktheit vor ihm stand und das Mondlicht, welches durch das offengebliebene Zelt schien, ihren weißen Körper badete, konnte Halfdan nicht mehr an sich halten. Er griff nach ihr, zog sie auf sich und küsste sie erneut, ließ seine Hände durch ihr langes, weiches Haar gleiten und schob sie schließlich zur Seite. Er fluchte leise und schüttelte den Kopf. Belanas Antlitz hatte sich in seine Gedanken gedrängt und Halfdan wusste nun mit absoluter Gewissheit, dass er dieses blonde, schöne Weib nicht besteigen können würde.

Er stöhnte laut auf und fuhr sich mit beiden Händen über das Gesicht. »Ich kann nicht!«, murmelte er und schloss die Augen, bevor er müde niedersank. Er wollte nichts mehr hören und nichts mehr sehen, sondern einfach nur noch schlafen. Edwards Dienerin starrte einen Moment fassungslos auf ihn herab, bevor sie schließlich den Kopf schüttelte und leise kicherte. Sie legte sich neben Halfdan und schmiegte sich verführerisch an seinen Körper, um ihn womöglich doch noch mit ihren Reizen verführen zu können, doch jener schnarchte bereits leise vor sich hin.

Langsam schlug Halfdan die Augen auf, langte sich stöhnend an den schmerzenden Schädel und versuchte, seine Gedanken zu fokussieren. Sein Blick glitt langsam zur Seite, als er merkte, dass das blonde Mädchen noch immer schlafend in seinen Armen lag. Er fluchte leise, wand seinen Arm unter dem Frauenkörper hervor und richtete sich auf. Ratlos blickte er auf das nackte Mädchen neben sich, die nur teilweise von Fellen bedeckt war und stöhnte erneut. Belana kam ihm erneut in den Sinn und trotz der Tatsache, dass er sich am Abend zuvor selbst Einhalt geboten hatte, fühlte er sich mit einem Male furchtbar, hatte ein schlechtes

Gewissen, denn das, was er getan hatte, kam ihm beinahe wie Verrat vor.

»He!« Er stieß das Mädchen etwas zu grob an und sie schreckte hoch. Schlaftrunken blickte sie ihn aus blauen Augen an, bevor sie seufzte und ihn wieder zu sich ziehen wollte. »Lass uns noch etwas schlafen! Es ist zu früh! Außerdem haben wir doch noch was nachzuholen!«, murmelte sie und lächelte, bevor sie erneut die Augen schloss und Anstalten machte, weiterzuschlafen.

Halfdan schüttelte den Kopf. »Nein! Sieh zu, dass du von hier verschwindest! Man sollte dich hier nicht sehen!«, brummte Halfdan missmutig und griff nach ihrem Kleid, um es ihr zuzuwerfen.

Seufzend schwang die Frau ihre Beine über die Schlafstätte und erhob sich. Träge zog sie sich das Kleid über den Kopf und blickte Halfdan forschend an. »Man sagt, du bist mit der Hexe ins Lager gekommen! Ist sie dein Weib? Willst du mich deswegen nicht?«, fragte sie dann neugierig, während Halfdans Herz einen heftigen Sprung machte. » Das geht dich nichts an! Geh jetzt!«, erwiderte er gereizt und deutete mit dem Becher, in den er sich gerade etwas Wasser gefüllt hatte, zum Ausgang.

»Ich gehe! Aber ich kenne solche Männer wie dich! Du wirst wieder zu mir kommen und dann wirst du mich nehmen wollen!«

Langsam ging sie auf ihn zu und strich ihm mit den Fingerspitzen über seinen nackten Oberkörper. »Habe ich nicht recht?«, murmelte sie und blickte ihm tief in die Augen. »Verschwinde!«, antwortete Halfdan brüsk und wich zurück.

Sie seufzte und nickte. Wortlos wandte sie sich von ihm ab und verließ das Zelt.

Halfdan blieb mit heftig klopfendem Herzen zurück und fühlte sich niederträchtig, wie selten zuvor in seinem Leben. Er musste zu Belana, musste ihr erklären, wie es um ihn stand, doch es war wohl besser, dass sie niemals erfuhr, dass er sein Nachtlager mit diesem Weib geteilt hatte, auch wenn er sie kaum angefasst hatte.

Nachdem er sich hastig angekleidet hatte, verließ er das Zelt, um sich zu den Männern zu gesellen, die noch immer die Schleusen im Auge hielten. Der Tag war eben erst angebrochen, der

Morgentau lag noch auf den Blättern der Pflanzen und Bäume und ein leichter Nebel hatte sich über das Lager gelegt, während die ersten Vögel in den Bäumen zu singen begonnen hatten. Dankbar atmete Halfdan die frische Luft ein und seufzte tief. Er hatte eine Aufgabe zu erfüllen und darauf würde er sich nun konzentrieren. Belana musste warten.

BELANA

Belana war schon eine ganze Weile wach und hatte bereits das Feuer vor ihrer Unterkunft entfacht, um ihren Morgenbrei aufwärmen zu können. In Gedanken vertieft rührte sie in dem Topf und eine tiefe Sehnsucht ergriff sie, als sie an Halfdan dachte. Sie bereute es beinahe, ihn zurückgewiesen zu haben, doch es konnte einfach nicht sein. Auch wenn sie sich wünschte, sich in seine Arme stürzen zu können, so musste sie doch stark sein und dagegen ankämpfen. In der Situation, in der sie sich nun befanden, stets unter Beobachtung des Feindes, der jede Schwachstelle ausnutzen würde, um an sein Ziel zu kommen, konnten sie es nicht riskieren, derart unvorsichtig zu sein. Sie würde mit Halfdan reden, würde ihm erklären, warum es keinen Sinn machte, zumindest für den Moment nicht und sie wusste, dass er es verstehen würde. Belana dachte daran, wie er heute Morgen in einiger Entfernung mit festen Schritten an ihr vorbeigeeilt war und ihr nur ein kurzes Kopfnicken hatte zuteilwerden lassen und die Traurigkeit, die sie in diesem Moment ergriffen hatte, war grenzenlos gewesen. Sie wollte sich nicht von ihm entfernen, wollte in seiner Nähe sein, doch das Gefühl, das ihr sagte, dass es ihrer beider Verderben sein würde, war stärker.

Belanas Blick glitt zum Zelt des schwarzen Prinzen, denn jener näherte sich ihr bereits. Seine Augen waren rot unterlaufen, seine Gesichtsfarbe sah fahl und ungesund aus und Belana vermutete, dass der Prinz Zahnschmerzen hatte, denn seine linke Wange wirkte unnatürlich geschwollen. Er räusperte sich und winkte sie zu sich. »Was kann ich für euch tun, Prinz?«, fragte sie kühl. »Ich habe euch doch bereits gesagt, dass ich noch einige Kräuter brauche, um euch die Zukunft voraussagen zu können!«

»Darum geht es nicht!«, brummte der Prinz und verzog

schmerzerfüllt das Gesicht. Er langte sich mit der Hand an die geschwollene Wange. »Ich habe Zahnschmerzen!«, zischte er leise und stöhnte. »Kannst du mein Leid lindern?«, fragte er dann schließlich widerwillig. Es war offensichtlich, dass es ihm nicht gut ging und dass er nicht glücklich darüber war, Belana um Rat fragen zu müssen, doch Belana nickte nur. »Setzt euch dort hin und lasst mich einmal sehen!«, ordnete sie an und deutete auf einen Baumstumpf. »Wie? Was willst du sehen?«, fragte er ungläubig. Sie deutete auf seine Wange. »Eure Entzündung natürlich!«

Prinz Edward blickte sie einen Moment stumm an. »Nicht hier! In eurem Zelt!«, sagte er schließlich und Belana seufzte, bevor sie zustimmend nickte. »In Ordnung!«

Kurze Zeit später blickte sie in Edwards weit aufgerissenen Mund, sah die üble Stelle und das stark entzündete Zahnfleisch und überlegte einen Moment.

Edward schloss seinen Mund und sah sie fragend an. »Kannst du mir helfen? Die Schmerzen treiben mich in den Wahnsinn!«, zischte er leise und hielt sich erneut die Wange.

Belana nickte. »Ich werde euch etwas zubereiten, das die schlechten Säfte im Zahnfleisch vertreiben wird! Bis dahin würde ich euch aber raten, die Stelle mit einem kleinen Messer aufzuschneiden, um den Eiter herausfließen zu lassen! Dies wird euch sogleich eine schnelle Linderung verschaffen!«

Der Prinz schnaubte. »Wenn du glaubst, dass ich dir ein Messer in die Hand gebe, damit du mir im Mund rumschneidest!«, stieß er zornig aus und sprang auf. »Was bildest du dir ein? Ich bin der zukünftige König Englands!«

»Ein König mit Zahnschmerzen!«, entgegnete Belana trocken und verkniff sich ein Grinsen, als Edward erneut vor Schmerzen aufstöhnte. »Wie kannst du es wagen!«, murmelte er und keuchte vor Pein.

»Lasst euch meinen Vorschlag durch den Kopf gehen! In der Zwischenzeit werde ich jung sprießende Eichenblätter sammeln, um sie in Wein aufzukochen. Das wird ebenfalls helfen, die Entzündung aus dem Fleisch zu ziehen!«, erwiderte Belana ruhig.

»Ich kann nicht glauben, dass ich mein Leben in die Hände einer Hexe gebe! Aber nun gut! Tu, was du für richtig hältst, aber solltest du versagen…!« Der schwarze Prinz sprach seine Drohung nicht aus, doch Belana war sich sicher, dass sie es nicht überleben würde, sollte ihr Vorhaben misslingen.

Sie nickte. »Kommt um die Mittagszeit zu mir! Bis dahin werde ich alles vorbereitet haben!«

Der Prinz erhob sich und wischte sich mit der flachen Hand den Schweiß von der Stirn. Gedankenverloren betrachtete er Belana einen Moment, bevor er auf ihre Schlafstelle deutete. »Falls ihr heute Nacht auf euren Nordmann gewartet hattet, so tut es mir leid, dass ihr enttäuscht wurdet! Offensichtlich hat er die Dienerin meines Vaters euch vorgezogen! Zumindest sah ich sie heute Morgen aus seinem Zelt schleichen!« Edwards Stimme tropfte vor Häme und er frohlockte, als er Belana erstarren sah. Doch sie fing sich sogleich wieder und griff nach ihrem Mantel, um ihn sich über die Schulter zu legen.

»Es ist mir gleich, wer sich aus Halfdans Zelt schleicht!«, entgegnete sie mit gespieltem Gleichmut. »Ich werde nun eure Eichenblätter pflücken!« Hastig griff sie nach dem kleinen Weidenkorb neben ihrer Schlafstelle.

»Mein Prinz!« Sie deutete eine knappe Verbeugung an, bevor sie schnellen Schrittes ihr Zelt verließ. Der Blick des schwarzen Prinzen folgte ihr, doch erst als sie sich einige Schritte entfernt hatte, hörte sie sein schallendes Lachen. Belana biss sich so fest auf die Lippen, dass sie Blut schmeckte. Eilig durchquerte sie das Lager, ließ die Zelte und strohbedeckten Unterkünfte hinter sich und atmete erst erleichtert auf, als sie die ersten Bäume des Waldes erreichte. Sie blieb einen Moment stehen, atmete die frische Luft ein und bemühte sich, ihrem wild klopfenden Herzen Herr zu werden. Die Worte des Prinzen hallten in ihr nach und auch sie hatte diese schöne, blonde Frau des Morgengrauens durch die Reihen der Zelte huschen sehen, doch niemals wäre sie auf die

Idee gekommen, dass Halfdan sie des Nachts bei sich hatte. Sie schalt sich eine Närrin und schüttelte den Kopf. »Was erwartest du, Belana?«, sprach sie zu sich selbst. Sie hätte es wissen sollen, hätte ahnen müssen, dass er sie gestern Abend gebraucht hätte, doch sie hatte ihn zurückgewiesen, hatte ihn sogar geschlagen und ihn aus ihrem Zelt vertrieben. Er, der stets um sie besorgt war und immer versucht hatte, sie mit all den ihm zur Verfügung stehenden Möglichkeiten zu beschützen, hatte sie gestern gebraucht und sie hatte es nicht erkannt. »Sei nicht dumm!«, schalt sie sich nun. Halfdan war betrunken gewesen und hätte sie ihm nicht Einhalt geboten, hätte er sie ohne zu zögern bestiegen und das hätte sie niemals zulassen können. Um nichts in der Welt hätte sie natürlich ahnen können, dass er sich stattdessen gleich die nächstbeste Dirne ins Bett holen würde!

Zornig stapfte sie über den feuchten Waldboden, hielt den Blick gesenkt und sah doch nur Halfdan vor sich, sah vor ihrem inneren Auge erneut, wie er seine Gefährten verließ, um sie vor Prinz Edward zu schützen und um bei ihr zu sein und nun wurde ihr Zorn weniger, denn das große Opfer, das er gebracht hatte, indem er zum zweiten Mal die Seinen, die ihm Schutz und Zugehörigkeit boten, verließ, war größer und wertvoller, als dass es durch einen Seitensprung mit einer dahergelaufenen Dirne geschmälert werden konnte. Zumindest wollte sie es so sehen, doch der Schmerz, der sich in ihr Herz gebohrt hatte, wollte nicht weichen und sie schluchzte leise, während sie vorsichtig einige Eichenblätter von einer alten Eiche abpflückte, gönnte sich diesen einen Moment der Schwäche und Traurigkeit, bevor sie sich innerlich aufrichtete. Sie hatten keine Zeit für solch mindere Gefühle, denn ihre größte Aufgabe in diesen Zeiten war es, zu überleben. Halfdan hatte offensichtlich einen schwachen Moment gehabt, doch dieser eine Moment bestimmte nicht seine Persönlichkeit und seine Größe. Sie wusste, dass es weitaus mehr als das gab, dass er Großes leisten und sie stets auf ihn zählen können würde. Welch Kleingeist wäre sie bloß, würde sie ihm diese eine Tat vorwerfen, die ohnehin nur von niederen Trieben geleitet wurde!

Und so sinnierte sie noch eine ganze Weile vor sich hin, während sie ihren Korb mit Eichenblättern füllte, doch egal welche Gründe sie als Entschuldigung für Halfdans Verhalten vorbrachte, es änderte nichts an der tiefen Traurigkeit, die sich nun in ihrem Inneren eingenistet hatte.

HALFDAN

Zwei Tage waren vergangen, ohne dass Halfdan Belana zu Gesicht bekommen hatte. Wohl wahr, er war viel beschäftigt gewesen mit seiner neuen Aufgabe und genoss die Aufmerksamkeit, die man ihm entgegenbrachte über alle Maßen, doch sein schlechtes Gewissen regte sich nun erneut, als er Belana vor ihrem Zelt erblickte, wie sie einsam und verloren vor sich hinstarrte, ohne das Treiben um sich herum wahrzunehmen.

Seufzend trieb Halfdan sein Pferd in ihre Richtung. Er musste sich selbst eingestehen, dass nicht nur seine Arbeit ihn davon abgehalten hatte, nach ihr zu sehen. Er hatte nach wie vor ein schlechtes Gewissen wegen dieser einen Nacht, die er mit dem Mädchen verbracht hatte. Er hatte seine Leidenschaft zwar zügeln können, so dass es nicht zum Äußersten gekommen war, und dennoch verspürte er nach wie vor den Stachel der Schuld, der sich in sein Herz bohrte.

Er stieg von seinem Pferd ab, atmete tief durch und gesellte sich dann zu Belana. Sie blickte auf, erstarrte, als sie ihn erkannte und stand auf. »Was willst du?«, fragte sie leise und Halfdan sah den vorwurfsvollen Ausdruck in ihren Augen. *Konnte sie es wissen?* Nein, das war unmöglich, doch bereits im nächsten Moment wandte sie sich von ihm ab. »Geh!«, forderte sie ihn auf und ging nun schnellen Schrittes auf ihr Zelt zu.

»Was zum Teufel!«, fluchte Halfdan, blickte einen Moment ratlos umher, bemühte sich, seines klopfenden Herzens Herr zu werden und folgte ihr schließlich entschlossen in ihre Unterkunft. Er griff sie an der Schulter und zwang sie dazu, ihn anzusehen. Ihre braunen Augen blitzten wütend und sie riss sich los.

»Was soll das, Belana? Was habe ich dir getan?«, fragte er atemlos und schüttelte den Kopf. »Warum behandelst du mich so?«

Sie sah zur Seite und antwortete nicht. »Antworte!«; herrschte

Halfdan sie an, denn nun hatte er Angst, sie bereits verloren zu haben. Beinahe schien es, als hätte sie ihr Herz verschlossen, als wollte ihn nicht mehr in ihrer Nähe haben und diese Vermutung bescherte ihm eine tiefe und ohnmächtige Furcht.

»Ich weiß längst, was du getan hast!«, murmelte sie und blickte zu Boden. »Ich weiß, dass du die Nacht mit Edwards Magd verbracht hast! Ich weiß auch, dass es nicht von Bedeutung ist und dennoch schmerzt es mich mehr, als ich es mir eingestehen mag!«

Ihre Stimme war leise und Halfdan spürte ihre Verzweiflung, als sie ihn aus großen Augen ansah. Erleichtert atmete er aus. Er würde es ihr erklären können. »Nein, es ist nicht so, wie du denkst!«, antwortete er hastig und blickte sie eindringlich an.

»Ich habe nicht ...wir haben nicht ...!«, sprach er leise, suchte nach den richtigen Worten, doch Belana unterbrach ihn mit einer Handbewegung. »Schweig!«, zischte sie ungehalten und nun wurde sie zornig, griff nach einem Becher, der auf dem kleinen runden Tisch nahe des Ausgangs stand, und schleuderte ihn heftig zu Boden. »Ich will es nicht hören! Es interessiert mich nicht, was du mit dieser Dirne getrieben hast! Ich will, dass du gehst!« Sie atmete heftig und ihre Augen funkelten wütend. Halfdan verstand nicht, begriff nicht, warum sie mit einem Male so aufbrausend war und doch ergriff ihn ihre Schönheit in diesem Moment mit voller Wucht. Trotz ihrer Wut strahlte sie, ihre Haut schimmerte weich, ihre Lippen bebten und ihr schönes, langes Haar umrahmte die feinen Züge ihres Gesichts, ließen es noch schöner erscheinen, doch es waren ihre Augen, die ihn in ihren Bann zogen. Noch nie zuvor hatte er diesen Ausdruck in ihnen gesehen; er sah nicht nur die Wut und die Verzweiflung, sondern auch ein stilles Flehen und eine tiefe Sehnsucht und Halfdan verstand, dass er es war, den sie herbeisehnte. Und so lächelte er umsichtig, ging einige Schritte auf sie zu und hob bittend die Arme.

»So hör mir doch zu!« murmelte er mit heiserer Stimme, doch Belana schüttelte den Kopf und deutete auf den Ausgang. »Geh!«, sagte sie und er sah, dass sie nun am ganzen Körper zitterte. Er wollte erneut auf sie zugehen, ihr erklären, was es mit dieser einen Nacht tatsächlich auf sich hatte, doch sie hielt den Finger an die Lippen. Sie wirkte mit einem Male wie weggetreten, ihre Augen sahen starr in die Ferne und sie schien etwas sagen zu wollen, doch es kam nur ein seltsam krächzender Laut aus ihrer Kehle. Dann räusperte sie sich und begann mit leiser Stimme zu sprechen. »Höre nur dies noch an: nach vier Tagen und drei Nächten werden sich nach Einbruch der Dunkelheit die Tore von Calais öffnen. Die Stadt verhungert, die Nahrungsmittel sind aufgebraucht. Die hohen Herren der Stadt werden versuchen, des Nachts zu fliehen, um dem Hungerstod zu entkommen. Es werden viele sein, so halte die Augen offen und nimm sie in Gewahrsam. Der Dank des Königs wird grenzenlos sein und sein Vertrauen in dich wird wachsen!«

Halfdan sah sie verblüfft an, verstand mit einem Male, dass sie ihm von einer Vision berichtete, doch als er sein Wort erheben wollte, winkte sie nur ab. »Geh!«, rief sie energisch und Halfdan sah, wie die Erschöpfung über sie hereinbrach, denn sie wankte leicht und fuhr sich mit zitternden Händen über das Gesicht. Er ging auf sie zu, wollte sie stützen, doch sie schüttelte nur den Kopf.

»Geh!«, schrie sie und Halfdan zuckte zusammen, nickte schuldbewusst und verließ hastig das Zelt.

Dankbar atmete er die kühle Nachtluft ein, während Belanas Worte immer noch in ihm klangen. Sollte ihre Vision sich bewahrheiten und er, Halfdan, den Ausbruch der Edelleute vereiteln können, würden ihm beim König Türen und Tore offen stehen. Mit einem Male rückte der Grund, warum Belana und er im Streit gewesen waren, in weiter Ferne und er vergaß sogar, dass er vorgehabt hatte, sich mit ihr auszusöhnen.

Von nun an schlief Halfdan nicht mehr und wurde zu einem Schatten seiner selbst. Besessen von der Idee, den Ausbruch der Bürger Calais aufzuhalten, hielt er sich nun beinahe pausenlos in der Nähe der Stadtmauern auf und hatte außerdem bewirkt, dass die Wachposten um einige Männer mehr verstärkt wurden. Er selbst ließ die Stadt und ihre Tore nicht mehr aus den Augen, denn er war sich nicht sicher, ob die Edelleute die Stadt tatsächlich erst in drei Nächten verlassen würden, oder ob Belana womöglich ein Fehler in der Auslegung ihrer Vision unterlaufen sein könnte.

Er war wie besessen davon, sich bei den Engländern zu behaupten und schien keinen anderen Gedanken mehr zu haben, als die Flucht der Bewohner Calais' aufzudecken. Er aß kaum noch, saß mit fiebrigem Blick auf seinem Wachposten und gönnte sich kaum Schlaf und schließlich erwies sich Belanas Vision als richtig, denn in der dritten Nacht sah er schließlich, wie sich das Tor öffnete und eine große Anzahl an Männern herausströmte. Halfdan zögerte nicht lange, rief die Wachen herbei und stieg selbst auf sein Pferd, um die Bürger mit seinen Männern in Gewahrsam zu nehmen. Im Schein der Fackeln sah er, dass sie allesamt unbewaffnet waren. Die Erschöpfung stand ihnen ins Gesicht geschrieben und hilflos blieben sie stehen, als die Engländer sie umkreisten. Manche von ihnen spuckten auf den Boden und starrten sie zornig an, doch der Großteil schien zu resignieren und gab keine Regung von sich.

»Habt keine Angst! Euch wird nichts passieren, wenn ihr euch fügt und keine Dummheiten macht. Solltet ihr aufbegehren, werden wir euch töten, doch seid ihr friedlich, biete ich euch sicheres Geleit zum Lager König Edwards!«, brüllte Halfdan, um von allen gehört zu werden. Er konnte nicht genau abschätzen, wie viele Menschen hier versuchten, die Stadt zu verlassen, doch es mussten einige Hunderte sein. Ohne Widerspruch fügten sich die Bürger und folgten den Soldaten ins Lager der Engländer.

Halfdan wies einem Teil von ihnen einen Schlafplatz in Reichweite der Pferdekoppel zu, den anderen Teil trennte er von den übrigen, um zu verhindern, dass sie womöglich erneut einen Ausbruch versuchen würden. Er wies die Männer an, sie streng zu bewachen, schickte einen Boten zu König Edward, der ihm die Kunde zutragen sollte und atmete schließlich erleichtert aus. Er hatte es Belana zu verdanken, dass diese Flucht vereitelt wurde und er zweifelte nicht daran, dass König Edward ihm unendliche

Dankbarkeit zeigen würde. Die Müdigkeit holte ihn ein, er fühlte sie in all seinen Knochen und sein Geist wurde schläfrig, so dass er entschied, sich nun endlich bis zum Morgengrauen zur Ruhe zu legen.

IVAR

Im Eiltempo hatte Leofwine seine Männer zum kleinen Fischerhafen gescheucht und ließ sie dort in alle Richtungen ausschwärmen. Die Soldaten durchsuchten jede noch so kleine Fischerhütte, jede Scheune und Lagerstätte und drehten selbst die Boote um, die umgedreht im Sand lagen, doch sie hatten keinen Erfolg. Während die Fischer und Marktfrauen an ihren Ständen staunend und regungslos die Suche beobachteten, Leofwine mit großen Schritten auf und ab ging, Kommandos brüllte und jeden, der in seinem Weg stand, nach den Nordmännern und der Herzogin befragte, verharrten Folkvin, Ivar und Jeanne bewegungslos unter Deck des Schiffes. Sie hatten den Weg ohne Zwischenfälle zum Hafen zurückgelegt, denn noch während die Soldaten Folkvins Hütte auseinanderlegten, waren sie aufgebrochen, um einen ausreichend großen Vorsprung zu haben, sollte Leofwine auf die naheliegende Idee kommen, den Hafen nach ihnen absuchen zu lassen. Schnell hatten sie das große Handelsschiff gefunden und nachdem Folkvin hastig ein paar Worte mit dem Kapitän gewechselt hatte, hatte man sie auf das Schiff gewunken und ihnen einen Platz unter Deck zugewiesen, wofür die Gefährten dankbar gewesen waren, denn ohnehin galt es nun nur noch, sich unsichtbar für alle feindlichen Augen zu machen, zumindest bis zu dem Moment, in dem das Schiff endlich den Hafen verlassen und das offene Meer ansteuern würde.

Jeanne schwitzte, ihr war unwohl zumute. Nicht nur die Angst hatte ihren Geist in Beschlag genommen, auch eine kleine Übelkeit machte sich bemerkbar, denn die Luft unter Deck war alles andere als frisch. Grelle Sonnenstrahlen fanden ihren Weg durch die Planken und machten den Staub, der in der Luft lag, sichtbar. Es roch nach ungewaschenen Körpern und menschlichen Ausscheidungen, denn in einem Verschlag auf der gegenüberliegenden

Seite des Raums wurden die Sklaven gehalten, die allesamt nackt und schmutzig waren und apathisch vor sich hin starrten, ohne jegliche Regung von sich zu geben.

Jeannes Blick streifte sie, blieb an einem Paar starrer Augen hängen und sie erschrak, als ihr klar wurde, dass sie in die Augen eines Toten blickte. Hastig schlug sie das Kreuzzeichen und atmete tief durch. Dies war nicht der Moment für Befindlichkeiten und sie war sich sicher, dass der Kapitän veranlassen würde, den Leichnam über Bord werfen zu lassen, sobald sie den Toten entdecken würden. Sie hoffte zudem, dass man ihr als Frau zumindest eine separate Kajüte zuweisen würde, denn es erschien ihr ein Ding der Unmöglichkeit, für den langen Zeitraum dieser Reise, zugänglich für die Blicke aller, in dieser grauenhaften Unterkunft verharren zu müssen.

Sie spürte Ivars Blick auf ihr und sah ihn an. Er verstand, was in ihrem Kopf vorging, hatte ihren abwertenden Blick gesehen, mit dem sie die Sklaven begutachtet hatte und es gefiel ihm nicht.

Er musterte sie aufmerksam, bevor er den Kopf schüttelte. »Das sollte im Moment euer geringstes Problem sein, Herzogin!«, zischte er und zog verächtlich die Augenbrauen hoch, bevor er sich wieder von ihr abwandte, sich gegen die Schiffswand lehnte und seufzend die Augen schloss.

Jeanne blinzelte hastig die aufkommenden Tränen weg und bemühte sich, die innere Aufruhr, die sie zu überkommen drohte, in Schach zu halten, doch Ivars Worte verletzten sie zutiefst und die Verachtung, mit der er gesprochen hatte, zeigte ihr, dass er, zumindest für den Moment, keine großen Stücke auf sie hielt. Sie verstand ihn nicht, verstand nicht, warum er sich immer wieder zu ihr legte, ihre Nähe suchte, um sie im nächsten Moment mit Verachtung zu strafen. Womöglich rührte sein Unmut daher, dass er sie verantwortlich für den gesamten Verlauf dieser Mission machte, ihr die Schuld an Halfdans und Belanas Gefangennahme gab und tatsächlich konnte ihm Jeanne dieses Empfinden kaum verübeln, denn er hatte Recht.

Ein kleiner Seufzer entfloh ihrer Kehle und Folkvin sah sie

mahnend an. Er legte den Finger auf die Lippen und Jeanne nickte nur und verbot sich jeglichen weiteren Gedanken über Ivar. Gerade im Moment hatten sie andere Probleme und Jeanne wollte sich nicht ausmalen, was geschehen würde, würden die Engländer sie auf diesem Schiff entdecken. Ein Schauer durchlief sie und sie fröstelte.

Lautes Rufen ertönte mit einem Male, gefolgt von einem herzhaften Fluchen und Folkvin erkannte die Stimme des Kapitäns, der offensichtlich eine Auseinandersetzung mit jemandem hatte. Folkvin stockte der Atem, er befürchtete das Schlimmste und ließ seinen Blick schweifen, um einen möglichen Fluchtweg ausmachen zu können.

Diego Alvarez starrte Leofwine ungeduldig an. Er hatte es eilig, wollte endlich von dieser elenden Insel wegkommen und diese dreckigen Engländer machten ihm gerade einen gehörigen Strich durch die Rechnung. Gerade als er der Mannschaft den Befehl gegeben hatte, sein Schiff abfahrbereit zu machen, tauchte dieser widerliche, fette Bastard auf und glaubte tatsächlich, ihn daran hindern zu können. Alvarez war müde, diese Reise hatte ihn viel Kraft und Geld gekostet und alles, was er nun wollte, war, seine Fracht möglichst lebend übers Nordmeer zu bringen, um sie dort in wenigen Tagen auf einem der Märkte zu verkaufen. Danach, so hatte er es sich vorgenommen, wollte er sich einige Zeit zur Ruhe setzen, nach Katalonien heimkehren und sein Weib mit einigen wertvollen Schmuckstücken beruhigen, denn viel zu lange war er nun bereits auf den Meeren unterwegs und er wusste, wie ungehalten Jimena über seinen langen Aufenthalt fernab ihres Heimes sein würde.

Umso mehr verfluchte er die Tatsache, dass diese Engländer scheinbar auf der Suche nach den Passagieren waren, die sich für gutes Geld eine Überfahrt auf seinem Schiff gesichert hatten. So hatte er sich also tatsächlich von diesem niederen Gesindel täuschen lassen. Es interessierte ihn nicht, was sie verbrochen hatten, das Einzige, was für ihn von enormer Wichtigkeit war,

war das Geld, welches diese bezahlt hatten. Alvarez überlegte einen Moment, ob es ihm schaden könnte, dieses elende Pack zu entlarven, doch da er schließlich davon ausging, dass niemand, auch der fette Engländer nicht, ihm das Geld wieder abnehmen würde, entschied er sich schließlich, Leofwine und seine Männer unter Deck zu führen, um ihnen das Versteck der Taugenichtse preiszugeben.

»Vielleicht habe ich, was du suchst!«, knurrte er daher schließlich und spuckte einen gelben Schleimbatzen auf den von Fischabfällen bedeckten Boden. »Doch was bekomme ich dafür?«, fragte er danach wie beiläufig und ließ seinen Blick über den Hafen gleiten.

Leofwine lachte aus tiefster Kehle. »Die ewige Dankbarkeit der englischen Krone bekommst du! Wisse, dass ich dein Schiff ohne deine Zustimmung durchsuchen werde, solltest du dich weigern! Und Gnade dir Gott, sollten wir diese Bastarde tatsächlich dort finden! Denn dann hast du wissentlich die Krone Englands getäuscht und dafür würde ich dich hängen lassen!«

Alvarez überlegte keinen Moment mehr und deutete zähneknirschend auf sein Schiff. »Sie sind dort unter Deck! Geht und holt sie euch!«, murmelte er grimmig und gab Leofwine den Weg frei. »Aber lasst die Finger von meinen Sklaven! Sie werden mir gutes Geld einbringen!«, fügte er hinzu, während Leofwine bereits seine Männer zu sich winkte. Leofwine ignorierte seine Worte und deutete ihm stattdessen mit einem Kopfnicken an, vorauszugehen.

»Wir folgen dir! Und solltest du einen Hinterhalt planen, hast du schneller ein Schwert im Rücken, als du um Hilfe rufen kannst!«

Alvarez strich sich nervös durch sein dunkles Haar, schnaufte laut auf, doch entschied sich, keine weiteren Widerworte mehr von sich zu geben. Langsam schritt er über die Planke, die sein Schiff vom Hafen trennte und gab seiner Mannschaft den Befehl, mit dem Ablegen noch etwas zu warten.

Leofwine zog sein Schwert und seine Männer taten es ihm gleich. Er konnte es kaum erwarten, die Herzogin in seinen Händen zu haben und er würde sie persönlich zu Prinz Edward bringen, um sicherzugehen, dass ihm die rechtmäßige Belohnung ausgehändigt werden würde. Vielleicht würde man ihn dann auch endlich von dieser Insel befreien, denn er hatte gehörig die Nase voll von diesem Dahinsiechen in dieser Einöde. Und so konnte er es kaum erwarten, trieb Alvarez mit einem heftigen Hieb in den Rücken zur Eile an und grunzte vor Vorfreude, als jener endlich die Luke öffnete, die unter das Schiffsdeck führte. Langsam stolperte Leofwine hinter ihm die schmalen Holzplanken her, die mit Sicherheit schon bessere Zeiten gesehen hatten, denn sie fühlten sich äußerst morsch unter seinen schweren Stiefeln an. Als er endlich wieder den Schiffsboden unter den Füßen hatte, blinzelte Leofwine einen Moment, um seine Augen an das düstere Licht zu gewöhnen, bevor er schließlich die Nase ob des Gestanks rümpfte. Er erblickte die elenden Sklaven in ihrem Verschlag und es schüttelte ihn, denn menschlich sahen diese kaum mehr aus. Nun hatte er es mit einem Male sehr eilig, wieder aus diesem dreckigen Loch zu kommen, denn er befürchtete, sich hier irgendeine seltsame Krankheit einzufangen, denn er hatte vor kurzem erst von einer Seuche gehört, die sie Pest nannten und die auf dem Festland wütete und ganze Dörfer ausgelöscht haben soll. Es glich einem Wunder, dass diese Krankheit noch nicht auf der Insel aufgetaucht war, doch so sollte es auch bleiben und so drehte er sich nach Alvarez um und klopfte ungeduldig mit seinem Schwertknauf gegen den Oberschenkel.

»Nun? Wo sind sie?«, fragte er ungehalten. Alvarez kniff die Augen zusammen, fragte sich selbst, wo sich das Pack nun versteckt hielt und deutete schließlich unbeholfen auf ein paar Fässer, die sich in einer Ecke stapelten.

»Ich nehme an, sie werden sich versteckt haben, als sie euch kommen hörten! Aber nehmt euch in Acht, sie sind bewaffnet und sehen so aus, als wüssten sie gut mit ihren Waffen umzugehen!«

Leofwine grunzte ungehalten und blitzte Alvarez wütend an, ganz so, als hätte er ihn soeben zutiefst mit diesen Worten beleidigt. Dennoch wartete er, bis die vier Männer, die er zu sich geordert hatte, ebenfalls die Holzstiegen hinabgetrampelt waren, bevor er einen von ihnen mit einem Kopfnicken auf die Fässer aufmerksam machte.

»Sieh nach, ob sich die Feiglinge dort verstecken!«, befahl er ihm. Jener gehorchte und ging langsamen Schrittes und mit gezücktem Schwert auf die Stelle zu, die Leofwine ihm gezeigt hatte.

»Kommt raus, Jeanne de Penthièvre! Wir wissen, dass ihr da seid und es gibt kein Entkommen mehr für euch!«, dröhnte Leofwines Stimme im Raum und der Soldat warf einen Blick hinter die Fässer, bevor er sich umdrehte und mit den Achseln zuckte. »Hier ist niemand!«

»Was soll das heißen? Wie kann das sein?« Mit einer Schnelligkeit, die man ihm ob seiner Fettleibigkeit kaum zugetraut hätte, stürzte Leofwine zu den Fässern und vergewisserte sich selbst, dass sich keine Menschenseele dahinter versteckt hielt. Als er begriff, dass sein Mann die Wahrheit gesprochen hatte, trat er voller Wut gegen die Fässer, die rumpelnd übereinander fielen und durch den Raum rollten.

»Spanier!«, brüllte er zornig und drehte sich nach Alvarez um, der schuldbewusst zusammenzuckte.

»Du sagst mir besser auf der Stelle, wo du die Herzogin versteckt hältst! Es sei denn, du möchtest, dass ich dich einen Kopf kürzer mache und deine elendige Sklavenbrut im Meer versenke!«, schrie Leofwine und baute sich drohend vor ihm auf.

»Ich ...ich weiß es nicht! Sie waren hier! Sie müssen geflohen sein!«, stotterte Alvarez und blickte sich ratlos um.

»Verflucht! Hoch aufs Deck! Schnell!«, stieß Leofwine atemlos hervor und eilte als erster voraus. Er konnte nicht glauben, dass sie ihm entwischt waren und bei Gott, er würde sie finden und wenn es das Letzte war, was er tat!

MARZIN

Ein lauer Wind kam auf und vertrieb die letzten Regenwolken am Himmel. Raben kreischten in den Bäumen, deren Kronen sich sanft in der Brise bewegten. Ael bückte sich, griff mit der linken Hand in die trockene Erde und ließ sie zwischen die Finger rinnen. Sorgenvoll glitt ihr Blick zu Marzin, der nun schon eine ganze Weile regungslos vor seinem Lager saß und vor sich hinstarrte.

Sie hatte ihm den Totenschädel zeigen wollen, den sie in der Nähe des Lagers hinter einigen Steinen verborgen hielt, hatte ihn fragen wollen, was es damit auf sich hatte, wollte die Geschichte wissen, die hinter der Toten stand, denn dass es eine Frau gewesen war, wusste sie mit einer Gewissheit, die ihr niemand nehmen können würde. Doch nun hatte sie ihre Meinung geändert, denn sie sah, dass Marzin große Sorge in sich trug, sie spürte seine Unruhe wie Wellen aus eisiger Kälte um sie herumtanzen und sie wusste, dass sich etwas ändern würde, und das schon bald. Und so verharrte sie noch einen Moment, blickte unentwegt in die Ferne, bevor sie sich seufzend umdrehte, um sich Marzin zu nähern.

Er spürte ihre Anwesenheit noch bevor seine milchigen, beinahe blinden Augen ihre Umrisse erkannten und winkte sie zu sich. »Gib mir meinen Stock!«, befahl er und sie gehorchte, bevor sie ihm dabei half, aufzustehen. Er stützte sich auf ihre Schulter und kam leicht schwankend auf die Füße. »Alles hat sich verändert! Sie hat versagt und nun werden sie zurückkehren, um die Kinder der Herzogin zu suchen! Wir müssen ihnen zuvorkommen!«, murmelte er mit heiserer Stimme.

»Wer hat versagt?«, fragte Ael neugierig, doch Marzin schüttelte den Kopf. »Das hat dich nicht zu interessieren! Wir werden uns jetzt auf den Weg zu den Kindern machen! Wir müssen sie nun in unsere Obhut nehmen! Alles andere ist zu gefährlich geworden!«, zischte Marzin und deutete mit seinem Stab in Richtung des Waldes. »Wir brechen sogleich auf, denn wir dürfen keine Zeit verlieren!« Er griff nach ihrer Hand. »Führe mich, Kind! Bring mich zu Jacques, dem Fischer!«

»Er wird nicht erfreut sein, dass du ihm sein neues Kind wieder wegnimmst!«, sprach Ael mit mahnender Stimme, doch Marzin verzog sein Gesicht zu einem zahnlosen Lächeln. »Ich fürchte, er wird es nicht erleben!«, krächzte er und trieb Ael an. »Und jetzt schnell! Es bleibt keine Zeit mehr! Ich hoffe, wir kommen nicht zu spät!«

Traurig schüttelte Ael den Kopf. Das hatte sie nicht erwartet! Sie hatte Jacques, den Fischer in ihr Herz geschlossen, obwohl er ein mürrischer, immer schlecht gelaunter Mann war. Dass er nun sterben sollte, behagte ihr nicht, doch sie hatte schon lange aufgehört, zu viele Fragen zu stellen, denn sie wusste, dass dies nichts mehr ändern würde. Nur Marzin kannte die Wahrheit und ihr, Ael, blieb nichts anderes übrig, als ihm auf seinem Weg zu folgen und die Dinge so hinzunehmen, wie sie sich ihnen offenbarten.

ADOUMA

Adouma fluchte und lehnte sich außer Atem seitlich mit dem Oberkörper an eine alte Eiche. Er war körperliche Ertüchtigung kaum mehr gewohnt und hatte den Müßiggang im Kloster etwas zu sehr genossen. Die Aufgabe, Tanguy zu überwachen, hatte dafür gesorgt, dass er kaum etwas zu tun hatte und daher hatte er die letzte Zeit beinahe nur mit Schlafen, Essen und Beten verbracht. Doch nun machte sich seine Faulheit mehr als bemerkbar, denn bereits nach dieser kurzen Strecke war er vollkommen am Ende und bekam kaum noch Luft. Zornig stierte er in die Luft, sah wieder seinen Vater und seinen Großvater vor sich, die beide stolze Krieger gewesen waren und würden sie ihn so sehen, würden sie sich lauthals lachend von ihm abwenden. Doch dies war im Augenblick nicht sein Problem. Er blickte zu Tanguy, der keinesfalls außer Atem war.

Zu Adoumas Überraschung war jener sehr darauf erpicht gewesen, das Kloster mit ihm zu verlassen und je weiter sie sich von den alten Gemäuern entfernten, desto losgelöster und fröhlicher wurde Tanguy. Adouma fiel es schwer, Schritt mit dem starken Tanguy zu halten und nun war er derart außer Atem, dass er kaum mehr gehen konnte. Sie waren schon eine ganze Weile gelaufen, hatten die Einöde vor dem Kloster durchquert und Schutz im dichten Wald gefunden, doch in Sicherheit wägte sich Adouma längst nicht. Er wusste, dass der Abt diese Flucht niemals hinnehmen würde und den Büttel der nächstliegenden Stadt damit beauftragen würde, sich auf die Suche nach ihnen zu machen. Die einzige Möglichkeit, diesem zu entkommen, lag darin, sich möglichst weit vom Kloster zu entfernen und Adouma schwebte vor, der Bretagne gänzlich den Rücken zu kehren. Wohin genau er gehen wollte, wusste er nicht und auch wenn er schon immer das Bestreben gehabt hatte, einmal die Stadt Paris mit den riesigen

Stadtmauern, die hoch in den Himmel ragten, zu sehen, entschied er sich recht schnell gegen dieses Vorhaben, da auch Paris mittlerweile von den Engländern besetzt worden war. Womöglich würde es das Beste sein, das Frankenreich hinter sich zu lassen, denn was hielt ihn hier zurück?

Zweifelnd blickte er zu Tanguy und seufzte. Er hatte bei seiner Flucht ganz vergessen, worum es hier eigentlich ging und die Tatsache, Tanguy bei sich zu haben, erschwerte ihm seine Planung ungemein. Stets würde er ein Auge auf ihn haben und dafür sorgen müssen, dass dieser keine Dummheiten machen würde. Auch jetzt schien dieser nicht auf ihn warten zu wollen und ging großen Schrittes voran, ganz so als kenne er den Weg und hätte bereits ein Ziel vor Augen.

»Tanguy, warte auf mich!«, rief Adouma ihm hinterher, doch jener hörte ihn nicht und zu Adoumas Schrecken bog der blonde Riese nun vom Weg ab und begann, sich einen Weg durch die Büsche und das Gestrüpp zu bahnen. Das Geäst knackste unter seinem Gewicht und Äste peitschten ihm ins Gesicht, doch er merkte es kaum und auch als Adouma ihn am Hemd zog, um ihn zum Anhalten zu bewegen, schleuderte er ihn mit einer leichten Bewegung von sich und folgte stur seinem Weg quer durch das Unterholz.

»Wo zum Teufel gehst du nur hin?«, fluchte Adouma und eilte ihm hinterher, nachdem er für einen kurzen Moment voller Wut den Gedanken gehegt hatte, Tanguy einfach seinem Schicksal zu überlassen und seiner eigenen Wege zu gehen. Doch er hatte bereits zu viel Zeit mit dem Riesen verbracht, als dass er ihn nicht in sein Herz hätte schließen können und so würde er ihm wohl oder übel folgen müssen. Vor sich hin fluchend kämpfte sich Adouma nun ebenfalls seinen Weg durch das Dickicht und war beinahe erleichtert, als er in einiger Entfernung das Brausen der stürmischen See vernahm. Als sie schließlich das Unterholz hinter sich ließen, erblickten sie das weite Meer vor sich, doch auch nun kannte Tanguy kein Halten und stürmte weiter voran, nahm einen kleinen Pfad oberhalb der Dünen und schien offensichtlich vergessen zu haben, dass Adouma ihm noch immer folgte.

Dieser stolperte vor Hast über seine eigenen Füße, fiel in den weichen Sand und sprang fluchend wieder auf die Beine, riss seine Mönchskutte etwas hoch und sprintete hinter Tanguy her. »Wo willst du hin, Tanguy? Was ist los mit dir?«, keuchte er und spuckte aus. »Tanguy will da hin!«, rief Tanguy beinahe fröhlich aus und deutete auf einen Punkt in weiter Ferne. Angestrengt folgte Adouma seinem Blick, konnte jedoch zunächst nichts erkennen, außer hohen Kiefern, die sich im Wind bewegten, doch schließlich sah er die Umrisse einer kleinen Holzhütte.

»Wer lebt dort, Tanguy?«, fragte Adouma alarmiert, denn er vermutete, dass Tanguy vorhatte, zurück zu seiner Familie zu kehren, die ihn vor einigen Jahren aufgrund seiner Schwachsinnigkeit ins Kloster gebracht hatten. Er konnte sich nicht vorstellen, dass seine Eltern erpicht darauf waren, den Sohn nun wiederzusehen, vor allem, da sich weder Vater noch Mutter jemals in all den Jahren die Mühe gemacht hatten, ihn im Kloster zu besuchen. Nein, sie hatten ihn längst vergessen, hatten ihn vergessen wollen und ihn aus ihrem Leben gestrichen und würden sicherlich umgehend das Kloster über Tanguys Ankunft in Kenntnis setzen, und dies würde also bereits das Ende ihrer Flucht sein. Adouma sah sich bereits in Gedanken am Galgen baumeln und spürte, wie sein Herz sich vor Furcht überschlug. Dies konnte er unmöglich zulassen, doch ihm kam keine Idee, wie er das nun verhindern konnte.

»Vater! Tanguy muss Vater fragen, warum er Tanguy im Kloster vergessen hat!«, brabbelte Tanguy im Laufen vor sich hin und Adouma stöhnte innerlich, denn er sah sich in seiner Befürchtung bestätigt und wusste, dass er Tanguy nicht aufhalten können würde. Und so folgte er ihm zu dieser Hütte oberhalb des Strandes, in der Hoffnung, heil aus dieser Sache herauszukommen, auch wenn er für den Augenblick Schwierigkeiten hatte, sich eine Lösung für dieses heillose Chaos auszumalen.

Adouma keuchte vor Erschöpfung, als sie schließlich zur Hütte gelangten und ließ sich schwer atmend auf die Holzbank fallen, die davor stand, während Tanguy ohne Abzuwarten die Tür aufstieß, die knarrend aufschwang. Er polterte hinein, stieß sich seinen Kopf am Türrahmen, doch beachtete den Schmerz kaum. »Vater!«, brüllte er erfreut, als er Jacques im Inneren der Hütte vorfand. Dieser saß am Tisch und ließ erschrocken seinen Löffel in die Suppe gleiten, die er sich gerade zubereitet hatte. Entgeistert blickte er Tanguy an, bevor er langsam seinen Stuhl zurückschob und aufstand. »Sohn! Was machst du hier?«, krächzte er verwirrt und hob beide Hände in die Höhe, näherte sich seinem Sohn, wollte ihn berühren, doch sein Körper versagte ihm, starr ließ er seinen Blick auf ihn ruhen, fragte sich, ob das wirklich sein Sohn sein konnte, denn er hatte nichts mehr gemein mit dem Kind, welches er damals ins Kloster gab. »Du bist ein Mann geworden!«, murmelte er, während sich seine Augen mit Tränen füllten.

»Warum hat Vater Tanguy im Kloster vergessen? Warum?«, lallte Tanguy schmerzerfüllt und Jacques sah seine Pein, doch er sah auch, dass sein Geist noch immer nicht geheilt war und Wut packte ihn. »Ich habe dich nicht vergessen! Ich habe dich dort gelassen, weil du verrückt wurdest!«, stieß er keuchend hervor und schüttelte den Kopf. Er konnte nicht glauben, dass die Mönche ihn hatten gehen lassen und er wollte ihn nicht hier haben, wollte ihn weiter vergessen können, denn um nichts in der Welt würde er bereit sein, sich der Pflege dieses Schwachkopfs, der einst sein Sohn war, anzunehmen. »Geh zurück ins Kloster! Verschwinde!«, stieß er zornerfüllt hervor und deutete auf die Tür. Tanguy heulte auf, umklammerte mit beiden Händen seinen breiten Oberkörper und ging einige Schritte auf Jacques zu. »Vater!«, brüllte er und starrte ihn aus wahnsinnigen Augen an, bevor er ihn mit beiden Händen packte und an sich riss. Jacques versuchte, sich von ihm zu befreien, doch gegen die Bärenkräfte seines Sohnes kam er nicht an, denn Tanguy packte nun seinen Kopf und drückte ihn mit eiserner Kraft an seinen Oberkörper. Jacques keuchte, denn er bekam keine Luft mehr, schlug mit beiden Händen auf Tanguy ein, doch er bekam seinen Kopf nicht frei, denn Tanguy presste ihn mit beiden Händen fest an sich, während er lauthals schluchzte.

Und noch während Tanguy sein grausames Schicksal beweinte und Fragmente von Erinnerungen an sein früheres Leben in ihm aufwallten, verlor Jacques, der durch den Krieg und das harte Leben alt und geschwächt war, nur kurze Zeit später nun schließlich den letzten Kampf um sein Leben.

Als er den letzten Atemzug ausgehaucht hatte und sein Körper erschlaffte, erwachte Adouma, der fassungslos und erstarrt im Türrahmen stand, erneut zum Leben und näherte sich vorsichtig dem grauenhaften Schauspiel. Er konnte nicht glauben, was ihm hier dargeboten wurde, doch in der Hoffnung, den alten Mann noch rechtzeitig retten zu können, rüttelte er vehement an Tanguys Schulter.

»Hör auf damit, du bringst ihn noch um! Er ist dein Vater!«, brüllte er ihm ins Ohr, doch als er sah, wie die Glieder des alten Mannes leblos am Körper herunterbaumelten, wusste er bereits, dass es zu spät war. Und so gab er auf, betrachtete Tanguy, der mit einem Male nichts mehr von der Idiotie an sich hatte, die ihn bisher begleitet hatte und Adouma fragte sich, ob der Tod des Vaters tatsächlich nur ein Missgeschick war, oder aber, ob Tanguy diesen womöglich herbeirufen hatte wollen. Beides machte ihm Angst, denn ein Wahnsinniger, der seine Kräfte nicht kontrollieren konnte, war eine gefährliche Waffe und konnte sich jederzeit gegen den Falschen richten, doch die Tatsache, dass Tanguy den Mord geplant haben könnte, ließ Adouma ebenfalls erschaudern, denn das würde bedeuten, dass Tanguy womöglich nicht so sehr schwachsinnig war, wie sie bisher alle angenommen hatten. Egal, welche Version nun auf diesen Moment zutraf, Adouma musste sich bitterlich eingestehen, dass er den Jungen unterschätzt hatte. Er lachte ungläubig, als er sah, wie Tanguy den Leichnam seines Vaters zu Boden fallen ließ und schüttelte fassungslos den Kopf, als sich plötzlich ein Lächeln auf Tanguys Gesicht stahl. »Vater kann sich jetzt ausruhen!«

Ein Kälteschauder erfasste Adouma und sein Herz überschlug sich vor Furcht und Unbehagen und unter normalen Umständen hätte er den alten Mann begraben wollen, doch nun hatte er nur noch den einzigen Gedanken, möglichst schnell aus dieser düsteren und unheilgeschwängerten Hütte herauszukommen. Mit einem letzten Blick auf den Körper des alten Fischers, dessen blassblaue Augen starr an die Decke gerichtet waren, eilte er noch vor Tanguy zur Tür.

»Mutter! Wo ist Mutter?« Tanguys Worte schallten durch den Raum und Adouma blieb wie angewurzelt stehen, denn er befürchtete, dass Tanguy nun auch seine Mutter töten würde, sollte er sie ausfindig machen. Und so drehte er sich schnell zu ihm um und deutete nach draußen. »Sie ist nicht mehr hier, Tanguy! Vielleicht finden wir sie draußen!«

Tanguy war zufrieden mit dieser Antwort und Adouma atmete erleichtert auf, als der Riese ihm schließlich nach draußen folgte.

FOLKVIN

Alvarez zuckte mit den Schultern und fragte sich, ob sie nun endlich diese vermaledeite Insel verlassen können würden, jetzt, da die Flüchtigen offenkundig nicht auf seinem Schiff waren. Gerade als er Leofwine die Treppen hinauf folgen wollte, fiel sein Blick auf etwas, das nicht in dieses Bild passte. Inmitten seiner wertvollen, wenn auch etwas schmutzig gewordenen Fracht erblickte er etwas, was nicht dazu gehörte. Wie angewurzelt blieb er stehen, starrte dieses Etwas an, das sich leuchtend gelb zwischen den dunklen Körpern seiner Sklaven abhob und sein Herz frohlockte, als er begriff, dass er soeben die Diebe ausfindig gemacht hatte, denn es konnte sich nur um eine Haarsträhne dieser Frau handeln, die in Begleitung der zwei Krieger war. Er hüstelte und kicherte leise vor sich hin. Gar nicht dumm! Die Tatsache, dass Alvarez eine große Menge an Körpern auf beengtem Raum untergebracht hatte, hatte den Kerlen die Gelegenheit gegeben, sich zwischen diesen dreckigen Leibern zu verbergen und beinahe wäre es gut ausgegangen, denn Leofwine hätte einen Teufel getan, um seine Fracht zu überprüfen; dessen war sich Alvarez sicher, vor allem nachdem er den Ekel in dem Gesicht des Engländers beim Anblick seiner Sklaven gesehen hatte. Langsam ging er auf die Sklaven zu, drängte sich zwischen ihnen hindurch, was sich als schwierig erwies, da sie, an schweren Eisenketten gefesselt, kaum Bewegungsfreiheit hatten und Alvarez sie daher nicht einfach beiseiteschieben konnte. Er zwängte sich durch die letzte Reihe der Menschen und erblickte hinter ihnen, am Boden gekauert, die drei Flüchtigen. Der ältere von ihnen, dessen Bart derart schmutzig war, dass Alvarez glaubte, Insekten darin zu sehen, schloss resigniert für einen Moment die Augen, bevor er seinen Finger an die Lippen legte und Alvarez beschwörend ansah. Alvarez grinste, überlegte einen Moment, ob er seine Entdeckung vor den Engländern verbergen sollte, doch was würde er schon davon haben, ihnen zu helfen? Ihr Geld hatte er bereits in der Tasche und den Platz, den diese Drei einnahmen, konnte er stattdessen mit einer anderen Fracht füllen. Abgesehen davon behagte es ihm nicht, Flüchtlinge mit sich zu führen, ohne zu wissen, was diese verbrochen hatten. Dies konnte ihn am Ende noch in Teufels Küche führen, und so seufzte er leise, schüttelte langsam den Kopf und ließ den Krieger, der ihm andeutete, zu schweigen, nicht aus den Augen, während er seinen Mund öffnete und lauthals begann zu schreien. »Sie sind hier!« Folkvin schrak zusammen, fluchte und griff nach seinem Schwert, doch aufgrund der Enge fiel es ihm schwer, es aus der Scheide zu ziehen. Alvarez ging einen Schritt zurück und winkte Leofwine herbei, bevor er auf seinen Fund deutete. »Hier habt ihr euer Gesindel!«, knurrte er zwischen den Zähnen hervor und lachte, als er sah, wie die List ihnen nun zum Verhängnis wurde, denn die drei konnten sich kaum bewegen. Wütend stieß der Jüngere von ihnen die Körper der Sklaven beiseite und wollte nach seiner Axt greifen, doch Leofwine hatte seine Männer bereits Anweisungen gegeben und so sahen sich Ivar, Folkvin und Jeanne vier Männern gegenüber, die ihre gespannten Bögen auf sie zielten. »Verletzt meine Fracht nicht!«, kreischte Alvarez und stöhnte auf. Das hat er nicht bedacht und das letzte, was er jetzt brauchen konnte, war totes Material, was ihm kein Geld einbringen würde und wofür er zudem noch die Zeit investieren musste, sie über Bord werfen zu lassen. »Deine Fracht interessiert mich nicht! Und sollten sie alle zugrunde gehen, interessiert mich das auch nicht! So oder so, wir kriegen euch, ihr elenden Halunken!« Leofwine lachte laut auf, als er sah, wie die Herzogin in Tränen ausbrach. »So ist es recht, Herzogin! Gebt auf!«

Ivar brüllte wütend auf, als er verstand, dass es für sie keine Möglichkeit mehr gab, den Engländern zu entkommen. Rasend vor Zorn zerrte er seine Axt vom Gürtel und wollte sich dennoch seinen Weg durch die Sklavenkörper bahnen, doch Folkvins Hand auf der Schulter hielt ihn zurück. Beißender Gestank drang in seine Nase und ein leises Plätschern zu seiner Linken ertönte. Während sich neben ihnen einer der Sklaven mit gleichgültigem Gesichtsausdruck im Sitzen entleerte, begriff Folkvin, dass sie diesmal endgültig verloren waren. Erneut würde ihnen die Flucht nicht gelingen, dessen war er sich nun sicher, denn die Engländer würden auf der Hut sein und sie rund um die Uhr bewachen. Dies konnte nur bedeuten, dass ihm und Ivar am Ende des Tages womöglich schon der Galgen drohte, während die Herzogin zurück aufs Festland und in Prinz Edwards Hände gebracht werden würde. Einen kurzen Augenblick überlegte er, sich zu wehren und die Engländer ihre Pfeile abschießen zu lassen, denn die Wahrscheinlichkeit, dass einige Sklaven vor ihnen sterben würden, bevor sie selbst getroffen werden würden, war groß, doch Folkvin entschied sich dagegen, denn, auch wenn es nur Sklaven waren, war es ihm zuwider, andere Leben zu gefährden, um sein eigenes zu retten. Entmutigt blickte er Jeanne an, die ihn flehend anstarrte und schüttelte den Kopf. »Es tut mir leid, Herzogin! Dieses Spiel haben wir wohl verloren!«, murmelte er leise, ignorierte ihren verzweifelten Aufschrei und hob langsam die Hände. »Wir ergeben uns!«, rief er laut aus und begann, sich einen Weg durch die Sklaven zu bahnen. Jeanne tat es ihm gleich, doch Ivar konnte seinen Ohren nicht trauen und weigerte sich, auch nur einen Schritt auf die Engländer zuzugehen. »Folkvin! Tu das nicht!«, brüllte er, doch es war bereits zu spät, denn Leofwine hatte die Herzogin an den Handgelenken gepackt und einem seiner Männer den Befehl gegeben, Folkvin in Gewahrsam zu nehmen. Während man ihm die Hände auf den Rücken fesselte, blickte er Ivar beschwörend an. »Es hat keinen Sinn, Ivar! Gib auf!« Ivar stieß einen weiteren ohrenbetäubenden Schrei aus. »Nein! Niemals!« Doch noch während er sich erneut bemühte, seine Axt erneut vom Gürtel zu reißen und dabei seinen Nebenmann mit aller Gewalt zur Seite drückte, erstarrte sein Gesichtsausdruck mit einem Male und sein Körper erschlaffte. Ivar fiel vornüber und wurde von der Menschenmasse aufgefangen, die ihn murrend und schimpfend nach vorne schob, bis Leofwines Soldaten ihn zu fassen bekamen und den ohnmächtigen Ivar ebenfalls fesselten.

»Lasst uns wenigstens jetzt in Frieden! Wir sind dem Tod geweiht, aber noch nicht jetzt!«, stieß einer der Sklaven hervor, der Ivar einen heftigen Schlag auf den Hinterkopf versetzt hatte. Alvarez erstarrte, als er das gebrochene Französisch des Sklaven vernahm und schüttelte verärgert den Kopf. Dieser Kerl schien noch nicht gebrochen zu sein und auch wenn er ihnen in dieser Situation geholfen hatte, so gefiel es Alvarez nicht, dass dieser Bastard von einem Sklaven einen eigenen Willen zu haben schien und ohne klaren Befehl agierte. Nun, er würde sich später um diesen Kerl kümmern und Gnade ihm Gott, denn wenn er mit ihm fertig sein würde, würde dieser sogar den Namen seiner Mutter vergessen haben. Alvarez starrte den Sklaven noch einen Moment an, um sich sein Gesicht einzuprägen, denn diese Kerle sahen alle gleich aus, bevor er sich abwandte und die Treppe hochkletterte, um den anderen nach draußen zu folgen. Verächtlich sah er auf die jammernde Frau hinab, die sich kaum auf den Beinen halten konnte und ihr Geheule tat seinen Ohren weh. Er grunzte unwirsch und wandte sich an Leofwine. »Ihr habt, was ihr wolltet! Jetzt verschwindet von meinem Schiff!«, befahl er und spuckte auf die Planken, die nach seinem Empfinden nicht besonders sauber aussahen, obwohl er heute Morgen hatte anordnen lassen, sie zu reinigen. Alvarez ärgerte sich und nahm sich vor, sich auch einmal den Schiffsjungen vorzunehmen, da er offensichtlich nicht besonders viel davon hielt, seine Arbeiten ordentlich auszuführen.

Leofwine ersparte sich jede Bemerkung und winkte seine Mannen mit sich. Folkvin ließ es regungslos über sich ergehen, von den Soldaten grob in den Rücken gestoßen zu werden und selbst als er stolperte und zu Boden fiel, stand er mit einem raschen Blick auf die Herzogin, die von Leofwine an den Handgelenken hinter sich hergezerrt wurde, wieder auf und leistete den Soldaten Folge. Ivar hingegen war noch immer nicht bei Bewusstsein und einmal mehr verstand Folkvin, dass es diesmal tatsächlich zu einem jähen Ende ihrer Flucht gekommen war.

Man brachte sie in die Gemäuer des Stadtbüttels, sperrte sie in den steinernen Turm, wo sie einen Tag und eine Nacht auf schmutzigem Stroh und mit kaum etwas zu trinken verbrachten. Sie sprachen nicht, denn Ideen, wie sie aus ihrer misslichen Lage herauskommen könnten, hatten sie ohnehin keine. Ivars Zorn hatte sich auch dann nicht gelegt, als er mit dröhnenden Kopfschmerzen aus seiner Ohnmacht erwachte, denn das Gegenteil war der Fall, als er ihr Gefängnis sah. Seine Wut schien sich für einen Moment ins Unermessliche zu steigern, denn er begann, mit beiden Fäusten gegen die Mauern zu schlagen und brüllte dabei wie ein Tier und erst als Folkvin ihn mit Gewalt davon abhielt, sich weitere blutige Wunden an seinen Händen zuzufügen, ließ er keuchend von seinem Vorhaben hab und sank erschöpft auf die Knie.

»Schon wieder, Folkvin! Schon wieder sind wir in Gefangenschaft geraten! Diese elende Brut wird mir das büßen!«, fluchte er leise und Tränen der Wut liefen seine Wangen hinab. Dann richtete sich sein wahnsinniger Blick auf Jeanne. »Du bist schuld an unserem Elend! Nur du allein!«, zischte er hervor und sah sie hasserfüllt an. Jeanne schluckte und schlug voller Verzweiflung die Hände vors Gesicht. »Ich wollte das nicht! Ich wollte euch nicht ins Unglück stürzen!«, flüsterte sie mit erstickter Stimme und sah hilfesuchend zu Folkvin. Doch bevor jener etwas sagen konnte, hatte sich Ivar zur vollen Größe aufgerichtet. »Du hast uns alle ins Verderben gestürzt. Von Anfang an hast du dir genommen, was du wolltest! Du hast uns benutzt und dabei haben wir Halfdan, Belana und Nolwenn verloren! Aber das spielt keine Rolle für dich, nicht wahr? Solange wir dir zu Diensten sind und das tun, was du von uns erwartest! Ist es nicht so, Herzogin?«

Ivar stieß einen wütenden Laut aus und wandte sich von Jeanne ab, die die Sprache verloren hatte und bittere Tränen weinte. »Und weil du noch immer nicht genug auf deine Kosten gekommen warst, hast du mich zu allem Übel auch noch dazu gebracht, dich zu besteigen! Sag an, war es gut für dich?«

Fassungslos starrte Jeanne ihn an. »Nein, so war es doch nicht!«, murmelte sie mit zittriger Stimme und auch Folkvin schüttelte verärgert den Kopf. »Hör auf damit, Ivar! Du schadest dir nur selbst mit solch unbedachten Worten! Und du selbst kennst die Wahrheit am besten, also verdrehe sie nicht, sondern gestehe dir ein, dass du alleine einen Fehler begangen hast, wenn du es denn als einen solchen betrachten möchtest!«, sprach er und betonte dabei jedes Wort mit Bedacht.

Schallendes Gelächter ertönte mit einem Male und die drei Gefährten fuhren herum und erblickten durch das kleine Gitterfenster an der hölzernen Tür den fetten Engländer, der sie in Gefangenschaft genommen hatte. Er lachte noch einen Moment vor sich hin und klatschte belustigt in die Hände. »Was für ein Schauspiel! Ich amüsiere mich vorzüglich!«, kicherte er und rieb sich genüsslich den riesigen Bauch. »Wenn ich das gewusst hätte, hätte ich euch beim Abendessen als Narren auftreten lassen! Was für ein Spaß wäre das doch gewesen!«

Ivar starrte ihn finster an, doch sagte kein Wort mehr und auch Folkvin und Jeanne schwiegen erschüttert.

Leofwine hingegen war noch immer nicht auf seine Kosten gekommen, doch das, was er eben gehört hatte, hatte seine Fantasie außerordentlich beflügelt. Er wusste, dass Prinz Edward nicht nur die Herzogin wollte, sondern auch auf der Suche nach ihrem Sohn, dem Erben war und um den Profit etwas zu steigern, hatte sich Leofwine nun in den Kopf gesetzt, der Herzogin etwas auf den Zahn zu fühlen, um womöglich herauszufinden, wo sie ihren Bastard untergebracht hatte. Er konnte sich die Dankbarkeit des Prinzen bereits ausmalen und er, Leofwine, würde endlich ein gemachter Mann sein und sich zur Ruhe setzen können. Allerdings stand es natürlich außer Frage, dass die Herzogin eine wertvolle Fracht war, die es galt, möglichst unbeschädigt beim Prinzen abzuliefern und so hatte sich Leofwine dazu entschieden, nicht sie, sondern die zwei Krieger zu foltern, in der Hoffnung, dass sie ebenfalls über den Aufenthaltsort des Kindes informiert waren und ihr Geheimnis unter der Tortur preisgeben würden.

Doch nun, da Leofwine erfahren hatte, dass die Herzogin

und dieser Jüngling eine Liebesbeziehung führten, hatte Leofwine sein Spiel in Gedanken bereits schlagartig umgestaltet. Er würde den jungen Krieger vor den Augen der Herzogin foltern, denn, dessen war sich Leofwine gewiss, das Gemüt der Herzogin war weich und sie würde es kaum ertragen, ihren Geliebten dieser Tortur auszusetzen. Welche wunderbare Idee war ihm da nur gekommen! Leofwine beglückwünschte sich selbst und grunzend schlug er das kleine Fenster zu, um den Büttel über das weitere Vorgehen zu instruieren. Leofwine hatte sich bereits davon überzeugen können, dass jener eine vollends ausgestattete Folterkammer hatte und er zweifelte nicht daran, dass der Büttel sein grausames Handwerk zu Genüge verstand, um auch die kleinsten Geheimnisse aus den Delinquenten herauszupressen.

Und so geschah es, dass Jeanne und Ivar zu Beginn des frühen Abends von zwei Soldaten aus dem Verlies geführt wurden. Seit ihrer Auseinandersetzung hatten beide kein Wort miteinander gewechselt. Während Jeanne den Tag mit Schlafen verbracht hatte, hatte Ivar finster vor sich hingestarrt und immer wieder Dinge geflüstert, was Folkvin große Sorge bereitet hatte, doch sein Versuch, mit ihm zu sprechen, war fehlgeschlagen, denn Ivar hatte weder Augen noch Ohren für seine Außenwelt gehabt.

Nun also führte man sie einen langen, steinernen Gang entlang, in dem es derart modrig roch, dass es einem beinahe den Atem verschlagen konnte. Als sie den dunklen Gang hinter sich ließen und von den Wachen in einen Raum gestoßen wurden, mussten beide zunächst blinzeln, um sich an das grelle Licht zu gewöhnen. Der Raum war klein, aber sehr hoch und zwei bogenförmige und vergitterte Fenster ließen die Abendsonne herein und tauchten den Ort in ein schummriges Licht. In der linken Ecke stand ein kleiner Tisch, an dem Leofwine auf einem großen, hölzernen Sessel thronte, während ihm zur Seite ein riesiger, breitschultriger und schwarz gekleideter Mann stand. Sein Gesicht war aufgedunsen und von roten Flecken bedeckt und seine Augen waren derart klein, dass man sie kaum zwischen all der Haut ausmachen konnte. Ungewaschene Haarsträhnen fielen ihm ins Gesicht und als er grinste, entblößte er eine Reihe verfaulter Zähne. Alles in allem stellte er eine äußerst widerwärtige Erscheinung dar und Jeanne schüttelte es bei seinem Anblick. Erst jetzt fiel ihr Augenmerk auf die Foltergeräte, die dem Raum seine eigentliche Bedeutung gaben und sie schrak zusammen und schüttelte den Kopf. »Nein.«, stammelte sie. »Das könnt ihr nicht tun! Ich bin die Herzogin!« Sie begann, zu keuchen und sah sich hilfesuchend nach Ivar um, der jedoch ohne eine Miene zu verziehen vor sich hinstarrte.

»Keine Sorge!« Leofwine grinste breit und stand auf. Er tätschelte sich seinen fetten Bauch. »Euch wird kein Haar gekrümmt, Herzogin! Aber euer Liebhaber hier ...!« Er stellte sich breitbeinig vor Ivar und musterte ihn abfällig. »Nebenbei bemerkt; ist er nicht etwas zu jung für euch, Herzogin? Was wird wohl euer Gemahl dazu sagen, falls er noch am Leben ist und der Tower of London nicht mittlerweile zu seiner Grabstätte geworden ist!«

Ivar spürte, wie sich Wut in ihm regte und wie gerne hätte er diesem Fettwanst mit seinem Kopf den Schädel eingeschlagen! Er zwang sich, seinem Gegenüber in die kleinen Schweinsaugen zu blicken, um nicht schwach zu erscheinen, doch er konnte den Anblick dieses süffisanten und fetten Schwachkopfs kaum ertragen. Er stank nach Ale und ungewaschener Haut und sein Gesicht glänzte rot, als hätte er sich gerade eben in einem Schwertkampf vollkommen verausgabt. Doch Ivar zweifelte daran, dass Leofwine Ausdauer im Kämpfen hatte, denn seine Leibesfülle würde ihn sicher daran hindern, lange auf den Beinen zu bleiben, um seinen Gegner siegreich bekämpfen zu können. Ivar nahm sich vor, diese Beobachtung zu berücksichtigen, sollte sich eine Möglichkeit zur Flucht auftun, denn, das hatte er bereits feststellen können, es gab hier nicht besonders viele Wachen. Außer dem Kerkermeister, der den Turm jedoch nur betrat, wenn er ihnen Essen brachte, gab es hier nur noch die beiden Wachen vor der Tür und Ivar war sich sicher, dass eine Flucht von diesem Ort viel wahrscheinlicher war, als aus dem Verlies der Burg de Blois. Er lächelte einen Moment vertrauensvoll vor sich hin, fühlte neuen Mut in sich erwachen und nahm sich vor, daran festzuhalten. Zum Teufel mit der Herzogin! Sollte sie doch hier verrotten!

»Was grinst du so, du Schuft?«, brüllte Leofwine und Ivar taumelte zurück, als ein in einem Handschuh gekleideter Handrücken sein Gesicht traf. Der heftige Hieb sorgte dafür, dass er sich einen Augenblick benommen fühlte und er Blut schmeckte, als seine Lippe aufplatzte. Wütend funkelte er Leofwine an, der mit einer Handbewegung den Büttel herbeirief. »Ich frage mich, ob dir das Grinsen nicht vergehen wird, wenn du dort auf der Streckbank liegst!« Er hob erneut die Hand und ein weiterer Hieb traf Ivars Gesicht, während der Büttel ihn unsanft packte und ihm die Kleider vom Leib zerrte. Ivar wehrte sich nicht, da Leofwine sich nun der Herzogin angenommen hatte und ihr die Hand an die Kehle drückte, während er sie zu einem Stuhl bugsierte und sie zwang darauf Platz zu nehmen. Mit einem Strick fesselte er ihre Arme an der Lehne und ignorierte die Fußtritte, mit denen sie versuchte, ihn zu treffen. Stattdessen schlug er auch ihr ins Gesicht und sie schrie auf.

Ivar schnaubte wütend, als der Büttel ihm auch das letzte Kleidungsstück vom Leib gerissen hatte und ihn zur Streckbank zerrte. Ivar hatte keine Chance, konnte sich kaum wehren, denn der Büttel war nicht nur um einiges größer als er, sondern hatte auch Bärenkräfte.

Leofwine räusperte sich. »So. Nachdem ihr jetzt verstanden habt, wer hier das Sagen hat: Hättet ihr die Güte, meinen Worten zu lauschen, Jeanne de Penthièvre?« Sein schmieriges Lächeln wurde breiter, als er sah, dass Jeanne mit aufeinandergepressten Lippen kurz nickte. Blut lief ihr über die Stirn und über ihr rechtes Auge, denn sie hatte sich den Kopf an der Stuhllehne angeschlagen, als Leofwine sie schlug. Leofwine ging auf sie zu, wischte ihr mit einer schnellen Handbewegung das Blut vom Auge und hüstelte. »Manchmal muss auch ich zu drastischen Mitteln greifen!«, murmelte er und umfasste mit einer weit ausschweifenden Handbewegung den Raum. »Was uns nun hierher bringt! Und nun wollt ihr sicherlich wissen, was ihr mir sagen sollt, damit ich euren Gefährten nicht foltere?« Leofwine lächelte geheimnisvoll, beugte sich zu Jeanne hinab und blinzelte mit den Augen. »Könnt ihr euch das denn nicht denken, Herzogin?«

Jeanne schüttelte kurz den Kopf. Leofwine seufzte und richtete sich zu seiner vollen Größe auf. Verärgert zog er die Nase hoch und spuckte einen Batzen grünlichen Schleim auf den Boden.

»Bin ich denn nur von Schwachköpfen umgeben?«, knurrte er zornig und gab dem Büttel ein Zeichen, mit der Tortur anzufangen. »Herzogin, sagt mir gefälligst, wo ihr euren Sohn versteckt haltet und wir können das hier beenden, bevor wir überhaupt begonnen haben!«

Der Büttel hatte Ivar mittlerweile die Beine an den Tisch und seine Arme über seinen Kopf gefesselt. Er machte bereits Anstalten, das Handrad, mit welchem die Stricke verbunden waren, zu betätigen, doch Leofwine hob die Hand. »Geben wir der Herzogin einen Moment, über meine Frage nachzudenken!«, knurrte er und sah Jeanne mit hochgezogenen Augenbrauen an. »Nun? Ich höre? Lasst mich nicht so lange warten, Herzogin, denn ihr wisst, was hier sonst gleich geschehen wird!« Mit einer Kopfbewegung deutete er in Ivars Richtung, der fluchend versuchte, sich aufzubäumen, was ihm jedoch unmöglich gelingen konnte.

Jeanne schüttelte verzweifelt den Kopf. »Was wollt ihr bloß von mir? Ich weiß nicht, wo meine Kinder sind! Wir sind selbst auf der Suche nach ihnen!«

Ivar unterdrückte ein Stöhnen und zerrte an seinen Fesseln. Er konnte nicht glauben, wie unüberlegt Jeanne diese Äußerung von sich gegeben hatte. Soweit er sich entsinnen konnte, wussten die Engländer nichts von der Schwester des Thronerben, doch würden sie davon erfahren, konnten sie sicher sein, dass die Hetzjagd nicht nur dem Jungen, sondern auch Jeannes Tochter gelten würde. Er hoffte nur, dass Leofwine diese Information überhört hatte, doch, auch das hatte Ivar schon feststellen können, Dummheit gehörte leider nicht zu den Schwächen dieses Engländers. Ein Blick auf Leofwine bestätigte seine Vermutung. Stirnrunzelnd betrachtete dieser die Herzogin einen langen Moment, bevor er sich räusperte und nahe an sie herantrat. Er beugte sich zu ihr herunter. »Was habt ihr da gerade gesagt?«, zischte er und hob Jeannes Kinn an, um sie dazu zu bringen, ihn anzusehen. »Deine Kinder? Was meinst du mit deinen Kindern? Gibt es da noch mehrere von deinen Bälgern, die in diesem verdammten Land verschollen sind? Das wird den Prinzen brennend interessieren!«

Ivar sah, wie Jeanne blass wurde, bevor ihr Blick hilfesuchend zu Ivar glitt. Leofwine schüttelte sie. »Mach dein verdammtes Maul auf, du durchtriebene Hexe! Dein Nordmann da drüben wird dir nicht helfen!« Sein Speichel benetzte Jeannes Gesicht und sie versuchte, sich seinem festen Griff zu entwenden, doch es gelang ihr nicht. »Aber was rede ich da?« Leofwines Stimme wurde sanft und beinahe beschwingt. »Natürlich wird er uns helfen! Na los, tu dein Werk, worauf wartest du!«, herrschte er nun den Büttel an, der mit unberührter Miene begann, am Rad zu drehen, was dazu führte, dass Ivars Arme an den Seilen langsam unter Spannung gerieten. Ivar hatte sich längst vorgenommen, die Tortur stillschweigend über sich ergehen zu lassen, doch die Schmerzen, die durch die Streckung in seinen Armen verursacht wurden, belehrten ihn eines Besseren. Die Überstreckung seiner Gelenke bescherte ihm eine Pein, die er sich vorher kaum hatte vorstellen können und schon bald gab er die Bemühungen auf, keine Schmerzenslaute von sich geben zu wollen. Das anfängliche Brennen in seinen Armen wich schon bald einem unerträglichen Schmerz und während Ivar zunächst noch laut keuchte, trat ihm schon bald vor Anstrengung der Schweiß auf die Stirn und er schrie laut auf, als ein weiterer Zug drohte, ihm die Knochen aus den Gelenken zu lösen.

»So hört doch auf!«, rief Jeanne mit bebender Stimme. »Ich sage euch doch schon alles, was ihr wissen wollt!«

Leofwine hob augenblicklich die Hand, um dem Büttel verstehen zu geben, mit der Tortur aufzuhören. Er beglückwünschte sich selbst zu seiner Idee, Ivar vor den Augen der Herzogin foltern zu lassen, denn wie er vermutet hatte, war Jeanne nicht sonderlich standhaft und er war sich sicher, dass sie ihm alles verraten würde, was er wissen wollte. Der Büttel drehte das Rad zurück und zu Ivars großer Erleichterung löste sich die Streckung in seinen Armen, doch die Tortur hinterließ ein beißendes Brennen in seinen Gelenken und er biss die Zähne zusammen, um keine weiteren Wehklagen von sich zu geben. Er war wütend, wütend auf die Herzogin, die ihn in diese Lage gebracht hatte, wütend auf den fetten Engländer, der ihn foltern ließ und wütend auf sich selbst, Folkvin gefolgt zu sein und nicht stattdessen das Frankenland verlassen zu haben und zurück in seine Heimat gekehrt zu sein. Doch, bei den Göttern, es reichte ihm nun schon lange und er nahm sich vor, sich schnellstmöglich, sobald sich die erstbeste Möglichkeit ergab, aus dem Staub zu machen. Folkvins verklärte Loyalität zur Herzogin und zur Bretagne war nicht die seine und er würde nicht denselben Fehler wie Halfdan machen und sein Leben und seine Freiheit für ein Weib opfern. Er schnaubte zornig, warf dem Büttel einige hasserfüllte Blicke zu, die dieser jedoch mit einem zufriedenen Grinsen abtat und schloss für einen Moment die Augen, denn er konnte den Anblick der Herzogin nicht ertragen, wie sie dort, klein und gefesselt, auf dem riesigen Stuhl mit großen, angsterfüllten Augen saß. Als er sich jedoch dabei ertappte, Angst um sie zu haben, verfluchte er sich selbst; sich und seine Triebhaftigkeit, die dazu geführt hatte, dass er sie bestiegen hatte. Er verstand sich im Nachhinein selbst nicht mehr, fragte sich, warum er diesem Wunsch nicht widerstanden hatte, doch er musste sich eingestehen, dass Frauen, die besonders hilflos wirkten, in ihm nicht nur einen besonders ausgeprägten Beschützerinstinkt weckten, sondern ihn auch dazu verleiteten, sie verführen zu wollen, um sie ganz für sich zu haben. Er seufzte und dachte an seine Familie, die, so hoffte er, ein einigermaßen erträgliches Leben in Norwegen führte, auch wenn er stark daran zweifelte und wieder einmal machte sich sein schlechtes Gewissen bemerkbar, als ihm seine Mutter in den Sinn kam. Sein Herz schmerzte, als er daran dachte, welch schweres Leben sie nach dem Tod ihres Vaters gehabt hatte. Es war ein sinnloser Tod gewesen, denn sein Vater war beim Angeln im Fjord ertrunken, da sein Boot offensichtlich gesunken war und er nicht schwimmen konnte. Tagelang hatten sie ihn gesucht, bis Ivar schließlich die aufgedunsene Leiche seines Vaters am Ufer gefunden hatte.

Seine Mutter war untröstlich gewesen, hatte tagelang geweint, war in eine tiefe Lethargie gesunken und hatte ihr Bett kaum noch verlassen und Ivar, als der Älteste unter den Geschwistern, hatte es sich zur Aufgabe gemacht, sich um seine drei kleinen Schwestern zu kümmern. Es war ein harter Winter gewesen und sie hatten kaum ausreichend Nahrung für alle gehabt. Während Ivar zu Beginn noch versuchte, sich durch ehrliche Arbeit beim ansässigen Schiffsbauer das tägliche Brot zu verdienen, gab er diese Tätigkeit jedoch bald auf, als er merkte, dass der Schiffsbauer kaum genug für sich selbst und seine Familie hatte und Ivars Lohn immer spärlicher wurde. Ivar hatte daher begonnen, Essen zu stehlen, wo immer sich eine Gelegenheit ergab, doch es gab Tage, an denen er seine Familie nicht ernähren konnte und schon bald wurde Isa, die mit 5 Jahren die Jüngste seiner Schwestern war, schwer krank. Sie wurde noch magerer, als sie es ohnehin schon war und begann bald darauf, Blut zu husten. Als Ivar sie einige Wochen später in Begleitung der beiden anderen Schwestern zu Grabe trug, war die Mutter nicht dabei, da sie sich weigerte, sich aus dem Bett zu erheben. Auch nahm sie kaum noch Nahrung zu sich, was zumindest den beiden anderen Schwestern zugutekam und sie womöglich vor dem Hungerstod rettete. Die Mutter starb jedoch nicht, doch ihre Wangen fielen ein, die Augenringe schimmerten in beinahe dunklem Blau und ihr Haar wurde strohig, ihr Körper immer kleiner und magerer, bis man ihn kaum noch unter der dicken Decke ausmachen konnte. Sie überlebten den kargen Winter dennoch und als der Frühling kam, hatte Ivar erleichtert aufgeatmet, denn nun wurde alles etwas einfacher. Er konnte wieder fischen gehen, Beeren und Wurzeln in den Wäldern sammeln und der Schmied im Dorf nahm des Öfteren seine Hilfe in Anspruch und dankte ihm seine Arbeit mit einem Stück Speck oder gepökeltem Fleisch.

Als der Schmied eines Tages ihre armselige Hütte betrat, um einen Blick auf die Mutter zu werfen, war Ivar beinahe erleichtert, als er das Interesse in den Augen des Schmiedes, der Tag seines Lebens ohne Weib gewesen war, aufglimmen sah. Endlich würde Ivar aufatmen, wieder ein heranwachsender Junge sein und die undankbare Aufgabe des Ernährers seiner Familie abgeben können.

Als die Mutter und der Schmied heirateten, hatte es ein wahres Festessen gegeben, denn der Schmied hatte ein Schwein schlachten und den Met in Strömen fließen lassen, doch bereits am nächsten Tag, nachdem sie alle in das Haus des Schmiedes am Marktplatz eingezogen waren, hatte sich alles geändert.

Der gutmütige Schmied zeigte mit einem Male eine ganz andere Seite, denn er wurde aggressiv, schlug die Mutter ohne Vorwarnung, wenn sie seinen Wünschen nicht schnell genug nachkam und mehr als einmal lag Ivar auf seiner Schlafstätte wach, lauschte dem Schluchzen seiner Mutter, während der Schmied sie an den Haaren herumschleuderte, ihr ins abgemagerte Gesicht schlug, bevor er sich mit einem wohligen Knurren ihren knochigen Körper nahm und sie mit einer grausamen Brutalität bestieg. Schon bald wuchs der Bauch der Mutter, denn der Schmied hatte seinen Samen in sie gepflanzt, doch eines Nachts, als er zu sehr dem Alkohol gefrönt hatte, schlug er ihr das zart keimende Leben aus dem Mutterleid. Während die Mutter halb bewusstlos und zusammengekrümmt vor Schmerzen in ihrem Blut lag, wuchs Ivars Wut auf den Schmied zusehends, da ihm nichts anderes übrig blieb, als hilflos zuzusehen, wie dieser seine Mutter zugrunde richtete.

Ivars Wut steigerte sich schließlich ins Unermessliche, als dieser auch noch begann, ihn zu verprügeln, weil jener in des Schmieds Augen seine täglichen Pflichten im Haus vernachlässigt hatte. Um seine Schwestern zu schützen, machte er jedoch gute Miene zum bösen Spiel, erduldete die Demütigungen und die Schläge ohne Aufzubegehren und so gingen einige Jahre ins Land. Jahre, in denen er dem Gutdünken des Schmieds vollends ausgeliefert war, Jahre, in denen es kaum Tage gab, an denen Ivar keine Spuren und blaue Flecken am Körper trug, doch auch Jahre, in denen Ivar zum jungen Mann heranwuchs, immer stärker wurde und in denen sich seine heimlichen Übungen im Wald mit dem alten Schwert seines Vaters bemerkbar machten und schließlich kam der Tag, an dem seine Wut aus ihm herausbrach und er zurückschlug, als der in die Jahre gekommene Schmied erneut seine Hand gegen ihn erhob. Ivar würde den fassungslosen Gesichtsausdruck des Schmiedes zeit seines Lebens nicht mehr vergessen, als jener begriff, dass Ivar aufbegehrt hatte. Der Schmied hatte angefangen, wie am Spieß zu schreien und zu toben und nachdem er eine Weile mit rotem Gesichtsausdruck und vor Wut herausquellenden Augen gewütet hatte, hatte jener einen Holzstock ergriffen, um damit auf Ivar einzuschlagen. Doch dieser hatte das Holz im Flug abgefangen, ihn mit gekonnter Leichtigkeit mit den Händen in zwei Teile zerbrochen und dem Schmied einen Kinnhaken versetzt, der ihn zum Taumeln brachte. Der Schmied ächzte und wankte, bevor er sich schwankend am Kamin festhielt und sich das Blut von seiner aufgeplatzten Lippe abwischte. Ivar hatte die jähe Erkenntnis in dessen Augen gesehen, denn der Schmied hatte verstanden, dass Ivar ihm nun überlegen war, doch Ivar hatte längst nicht genug, griff nach dem zerbrochenen Holz und ließ ihn auf des Schmieds Rücken krachen. Mit einem Aufschrei sank der Schmied auf die Knie und hielt sich jammernd den Rücken, während sich Ivar bedrohlich vor ihm aufbaute. Mit Genugtuung sah er, dass der Schmied Angst vor ihm hatte und beinahe flennte, und als Ivar das Holz erneut über seinen Kopf hielt, um zu einem weiteren Schlag auszuholen, hob der Schmied flehend beide Hände und schüttelte furchterfüllt den Kopf. »Nicht! Hör auf damit! Ich bitte dich! Sei ein guter Junge!«, brabbelte er, während ihm ein feiner, hellroter Blutfaden aus dem Mund lief. Langsam ließ Ivar seine Arme sinken und beugte sich zu dem Schmied hinunter. »Nun hör mir gut zu, alter Mann, denn ich werde es nur einmal sagen! Von nun an wirst du weder die Hand gegen meine Mutter noch gegen meine

Schwestern erheben! Du wirst sie mit Respekt behandeln und gut für sie sorgen!«, murmelte er mit bedrohlicher Stimme. Der Schmied nickte hastig und sah erleichtert, dass Ivar das Holz auf den Boden fallen ließ. »Das werde ich, ich verspreche es dir, mein Sohn!«, jammerte er und rückte noch ein Stück von Ivar ab, als dieser ihm noch näher kam.

»Ich werde gehen, doch eines Tages werde ich wiederkommen und sollte ich erfahren, dass du dich nicht an unsere Abmachung gehalten hast, werde ich dich in den Wald schleppen, dich in einen Kessel mit siedendem Wasser tauchen und dir die Haut bei lebendigem Leib abziehen! Hast du das verstanden?«, zischte Ivar und nachdem der Schmied erneut beteuert hatte, dass er sich an sein Versprechen halten würde, hatte Ivar sein weniges Hab und Gut gepackt und war von dannen gezogen, ohne sich von seiner Mutter zu verabschieden, doch nicht ohne seinen Schwestern ein paar gute Worte dagelassen zu haben. Er hatte sie an ihre häuslichen Pflichten erinnert, hatte sie ermahnt, ihrer Mutter stets zur Hand zu gehen und ihren Anweisungen Folge zu leisten und hatte ihnen hoch und heilig versprochen, bald wiederzukehren, um nach ihnen zu sehen.

Dies war nun einige Jahre her und Ivar vermied es meist, an sein Zuhause zu denken, zu groß war die Furcht vor dem Gedanken, dass der Schmied womöglich sein Wort nicht gehalten und der Mutter schlimme Dinge angetan hatte und zu groß war Ivars schlechtes Gewissen, sie alleine gelassen zu haben, doch damals hatte er nicht anders gekonnt. Es hatte ihn in die Welt gezogen und nachdem er eine Weile ziellos durch die Wälder Norwegens geirrt war, hatte er in Tønsberg auf einem Schiff angeheuert und die Walfänger einige Zeit auf ihren Fahrten begleitet, er hatte das Deck geschrubbt, dem Schiffskoch bei der Zubereitung der Mahlzeiten geholfen und aus dem Fett der Wale das begehrte Tran gekocht, bis ihm das blutige Handwerk zu viel wurde und er sich einem Söldner anschloss, der auf dem Weg ins Frankenreich war, um dort der französischen Armee zu dienen. Diese

Begegnung war Ivar eine Offenbarung gewesen, da er wusste, dass er kämpfen konnte, denn die viele Wut, die sich in all den Jahren unter der Fuchtel des Schmiedes angesammelt hatte, würde ihm als Antrieb dienen. Und so war es gekommen, dass er in die bretonische Armee unter Charles de Blois aufgenommen wurde und dort die Bekanntschaft weiterer Nordmänner machte. Folkvin, der damals noch nicht zum Anführer der Söldnertruppe auserkoren gewesen war, hatte Ivar unter seine Fittiche genommen, da er sein Talent schnell erkannt hatte. Nachdem er ihn einige Zeit mit dem Schwert unterrichtet hatte, musste sich Folkvin jedoch bald eingestehen, dass Ivar ihn in der Kampfeskunst übertroffen hatte, doch das tiefe Band der Freundschaft, das sich in dieser Zeit zwischen beiden gebildet hatte, blieb bestehen. Eines Tages geriet Ivar schließlich in einen Streit mit Halfdan, den er bis zu diesem Zeitpunkt nur vom Sehen kannte, denn dessen Größe und Stärke waren ausschlaggebend dafür, dass viele es vorzogen, etwas Abstand zu dem Hünen zu halten. Doch an jenem Tag hatte Ivar es gewagt, ihm Widerworte zu geben, was dazu geführt hatte, dass Halfdan voller Erstaunen die Sprache verlor, da er kaum glauben konnte, dass ihm jemand auf diese Art und Weise die Stirn bot. Beeindruckt von Ivars Mut hatte er ihm einen Becher Met zur Versöhnung gereicht und aus diesem einen Becher wurden zahlreiche mehr und so entstand auch hier eine eindrucksvolle Freundschaft. Halfdan hatte in Ivar eine tiefe Verbitterung wahrgenommen, ohne jemals herausgefunden zu haben, woher die inneren Wunden seines neuen Freundes stammten und da er selbst nicht besonders gut mit Worten umgehen konnte, beließ er es dabei und unterrichtete Ivar stattdessen im Umgang mit der Axt. Sie schlugen einige Schlachten Seite an Seite und mehr als einmal hatte Halfdan Ivar das Leben gerettet, doch Ivar wurde von Schlacht zu Schlacht besser, bis er keine Hilfe und keinen Schutz mehr von niemandem benötigte. Niemals teilten Halfdan, Folkvin und Ivar ihre Vergangenheit und so wussten sie kaum etwas voneinander, doch stets hatten sie sich aufeinander verlassen können. Doch womöglich hatten sie es bei ihrer Loyalität zueinander etwas übertrieben, was nun eben dazu geführt hatte, dass Ivar sich in den Händen der Engländer foltern lassen musste. Er schnaubte verächtlich, zerrte erneut an den Fesseln und blickte zu Jeanne. »Sag kein Wort mehr, Jeanne! Schweig!«, rief er ihr eindringlich zu, doch sie schüttelte den Kopf. »Wozu, Ivar? Ich kann nicht zulassen, dass man dir Schmerzen zufügt!«, antwortete sie verbittert und sah Leofwine mit eiskalten Augen an. »Ich werde euch sagen, was ihr hören wollt, aber nur unter der Bedingung, dass Ivar zurück in den Kerker gebracht wird! Lasst ihn in Ruhe, er hat nichts damit zu tun, denn er ist lediglich ein Söldner, der mir seinen Schutz gewährt hat!«

Leofwine überlegte einen Moment, dann nickte er schließlich. »In Ordnung!«, murmelte er und gab dem Büttel einen Wink. »Mach ihn los und bring ihn zurück! Ich werde nun eine längere Unterhaltung mit der Herzogin haben!«

Und während der Büttel den fluchenden Ivar zurück in den Kerker schleifte, plapperte Jeanne bereits wie ein Wasserfall.

HALFDAN

Wie erwartet, ließ König Edward Halfdan zu sich rufen, als er die Kunde über die geflohenen und eingefangenen Bürger Calais erfuhr. Sogleich war er in seinem Morgenmantel aus dem Zelt geeilt und war staunend vor der riesigen Ansammlung von Menschen stehen geblieben, bevor er seinem Leibwächter einen Wink gab und ihm befahl, Halfdan zu holen. Stirnrunzelnd ging Edward zurück zum Zelt, wo er bereits von seinem ungeduldigen Sohn, dem schwarzen Prinzen empfangen wurde. Aufgeregt fuchtelte jener mit den Händen in der Luft, seine Wangen waren gerötet und seine Haare zerzaust, ganz so, als wäre er soeben erst aus dem Bett gestiegen. »Vater!«, krächzte er mit kaum hörbarer und heiserer Stimme, wurde wütend über sich selbst und griff nach einem Glas Wein, um es in einem Zug zu leeren. Mit einer raschen Bewegung stellte er den Kelch wieder ab, strich sich mit beiden Händen über die Haare und räusperte sich. »Vater!«, begann er erneut, doch nun wurde der Vorhang am Eingang beiseitegeschoben und eine riesige Gestalt warf seinen Schatten ins Zelt. Einen Moment blieb die Gestalt im Eingang stehen und man konnte kaum sein Gesicht erkennen, da die Strahlen der Morgensonne, die an ihm vorbei ins Zelt fielen, das Sehen erschwerten.

»Mein König!«, sagte Halfdan dann schließlich mit rauer Stimme, ging einige Schritte auf Edward zu und deutete eine knappe Verbeugung an.

»Was tut er hier?«, fragte der schwarze Prinz barsch und musterte Halfdan höhnisch von oben bis unten, bevor er ihn mit einem wissenden Blick fixierte. Halfdan verstand den Ausdruck in des Prinzen Augen, verstand, dass er ihm verdeutlichen wollte, dass er noch immer ihm gehörte und er Macht über ihn besaß, doch er ignorierte die stumme Drohung und verzog sein Gesicht zu einem leisen Lächeln, als der König mit einem Nicken seine Begrüßung erwiderte und die Frage seines Sohnes ignorierte.

»Du hast heute Nacht gute Arbeit geleistet, warst wachsam und hast mir einen großen Dienst erwiesen, indem du die Flucht dieser Individuen aufgehalten hast!«

Der König breitete die Arme aus, fast so, als wollte er Halfdan in seine Arme schließen, doch besann sich dann eines Besseren und lächelte gütig. »Ich danke dir, mein Sohn, dass du mir Halfdan zur Verfügung gestellt hast! Du hattest tatsächlich Recht mit deiner Aussage, dass er uns dienlich sein wird!«

Prinz Edwards Miene verfinsterte sich und er schien alles andere als erfreut über seines Vaters Worte zu sein. »Hat er nicht lediglich die Aufgabe erfüllt, die ihr ihm zugetragen habt?«, fragte er mürrisch und funkelte Halfdan zornig und trotzig wie ein kleines Kind an. Dann stahl sich ein dämonisches Lächeln auf sein Gesicht. Seine blauen Augen glitzerten gefährlich und er legte einen Zeigefinger an seine Nase, bevor er sich räusperte und sich vollends zu seinem Vater drehte. »Die Frage, die sich nun stellt ist doch, was wir nun mit den Bürgern Calais anstellen! Ich sage, wir statuieren ein Exempel an ihnen und lassen sie einen nach dem anderen einen grausamen Tod sterben, um anschließend ihre Köpfe auf Spießen vor den Toren der Stadt aufzustecken! Stellt euch das doch einmal vor, Vater! Ein Heer aus aufgespießten Köpfen! Dies wird dem albernen Gouverneur helfen, zur Besinnung zu kommen und er wird die Stadt freiwillig aufgeben!«

Halfdan spürte, wie ihn ein eisiger Schauer ergriff, als er Prinz Edwards Worte vernahm. Er konnte nicht glauben, dass jener vorhatte, ein blutiges Gemetzel unter den Gefangenen zu veranstalten und fühlte sich bereits verantwortlich für den Tod all dieser Menschen, die keinen Anteil an diesem Krieg hatten und lediglich ihre Freiheit hatten wiederfinden wollen. Einen kurzen Moment wunderte er sich über sich selbst, verstand nicht, woher das Mitgefühl rührte, welches ihn mit einem Mal ergriffen hatte, denn normalerweise hatte es ihn nie sonderlich berührt, ob und wie viele Menschen in einem Krieg starben, und er hatte Tote lediglich als notwendiges Übel betrachtet, welches dazu diente, eine Seite zu dezimieren, um der anderen Seite zum Sieg zu verhelfen, doch diesmal hatte sich etwas geändert, denn er wusste, dass er alles dafür tun würde, um Edwards Vorhaben zu verhindern. Er ließ seinen Blick zum König schweifen, sah, dass jener über die Worte seines Sohnes sinnierte, doch Halfdan sah auch, dass Zweifel in dessen Augen lag und zudem eine Spur Abscheu, wie Halfdan zu seiner Überraschung feststellen konnte. Er begriff, dass der König seinen Sohn längst durchschaut hatte und wusste, dass Prinz Edward jede Gelegenheit ergreifen würde, um seine sadistische Seite ausleben zu können. Halfdan atmete innerlich auf, vermochte wieder zu hoffen, denn nun wusste er mit beinahe vollkommener Gewissheit, dass es ihm ein Leichtes sein würde, dem König das Vorhaben seines Sohnes ausreden zu können, denn für diesen, und auch dessen war sich Halfdan sicher, standen politische Belange und erfolgversprechende Strategien an erster Stelle. Und so würde Halfdan ihn lediglich davon überzeugen müssen, dass es dem positiven Ausgang der Belagerung dienlich sein würde, wenn man den Bürgern Calais' keine Gewalt entgegenbringen würde. Daher näherte sich Halfdan dem König, kam ihm beinahe zu nahe, doch er wollte ihm die Wichtigkeit seiner Worte eindringlich vermitteln und so blickte er ihn beschwörend an und ignorierte das ungeduldige Schnauben Prinz Edwards' im Hintergrund.

»Mein König!«, murmelte er. »Ich bitte euch inständig, hört mich an!« König Edward betrachtete ihn einen Moment schweigend und Halfdan spürte, wie ihm der Schweiß auf die Stirn trat, als er Unmut in des Königs Gesichtszügen zu entdecken glaubte, doch König Edward nickte schließlich. »Sprich, Nordmann!« Halfdan atmete auf und vermied es, den schwarzen Prinzen anzusehen. Stattdessen richtete er sich zu seiner vollen Größe auf, streifte sich einige Haarsträhnen, die ihm ins Gesicht gefallen waren, zur Seite und bemühte sich einen Moment darum, die richtigen Worte zu finden, die den König überzeugen würden. Er war nie ein großer Redner gewesen, hatte das Sprechen meist anderen überlassen, die etwas davon verstanden und hatte sich damit zufriedengegeben, Befehle auszuführen, doch diesmal musste er über sich selbst hinauswachsen und alles dafür geben, um den König auf seine Seite zu ziehen.

»Mein König, ich weiß, dass ihr jeden Grund habt, ungehalten zu sein, denn diese Belagerung dauert nun schon lange an, ohne dass Calais Einsicht zu zeigen scheint! Ich weiß, dass ihr und eure Truppen ermüdet seid und eure Vorräte zur Neige gehen! Und dennoch versichere ich euch, dass dieser Weg der Falsche ist! Die Bürger abzuschlachten wie Vieh würde vielleicht kurzfristig Angst und Schrecken erzeugen, doch würde sie auf langer Sicht eurer Sache nicht dienlich sein! Ihr habt Jean de Vienne kennengelernt, er ist kein Mann, dem man das Fürchten lehren muss! Ihm Angst zu machen, indem man seine Bürger tötet, würde bei ihm das Gegenteil bewirken! Sein Zorn auf euch würde aus ihm sprechen und er würde die Bürger erneut zur Rebellion auffordern!« Halfdan keuchte beinahe, die Worte hatten ihn viel Kraft gekostet und er hatte sie mit Bedacht gewählt und dennoch zog König Edward zweifelnd die Augenbrauen hoch und schien nicht überzeugt zu sein, während Prinz Edward leise im Hintergrund kicherte, da jener bereits sicher darüber war, dass sein Vater sich diese Dummheiten nicht lange anhören würde.

»Und was schlagt ihr stattdessen vor?«, sagte der König schließlich und sah Halfdan fragend an, während er sich die Schläfen massierte. Diese Sache bereitete ihm Kopfschmerzen und er wusste, dass man von ihm erwartete, die geflohenen Bürger hinzurichten, da sie sich ihm widersetzt hatten und seine Feinde waren, doch der Vorschlag seines Sohnes gefiel ihm nicht, denn er wollte nicht unnötig Aufmerksamkeit erzeugen, die ihm, und in diesem Falle gab er Halfdan recht, die weitere Belagerung erschweren könnte.

Halfdan atmete tief ein und schloss für einen Moment angestrengt die Augen. »Lasst die Bürger ziehen, mein König! Gebt ihnen die Freiheit und sicheres Geleit durch euer Lager! Sobald die Stadt das mitbekommt, werden sie erleichtert sein und wissen, dass sie die Stadt aufgeben können werden, ohne eure Vergeltung zu fürchten!«

Prinz Edward schnaubte empört und schüttelte wie wild den Kopf. »Hör auf mit diesem Geschwätz! Wir müssen sie hinrichten!«, kreischte er und während sein Kopf nun hochrot anlief, ging er drohend einen Schritt auf Halfdan zu, doch dieser ließ sich nicht beirren. »Nein, das müsst ihr nicht, mein König!«, sprach er mit fester Stimme, die nichts von der Aufregung vermuten ließ, die ihn heimgesucht hatte und die sein Inneres zu zerfressen drohte.

»Es würde nicht nur keinen Sinn machen, diese Menschen zu töten, es würde zudem noch das Gegenteil, von dem was ihr erreichen wollt, bewirken! Dessen bin ich mir sicher! Hört auf mich!«

König Edward neigte seinen Kopf ein wenig und sein von Falten geprägtes Gesicht entspannte sich ein wenig. »Ich bin sehr geneigt, auf dich zu hören! Du hast dich bis jetzt als sehr brauchbar erwiesen und vielleicht hast du auch in diesem Fall recht! So sei es! Wir entlassen die Bürger Calais' in die Freiheit!«

Halfdan atmete auf und schloss für einen Moment erleichtert die Augen. Er bemühte sich, das Hochgefühl, das ihn bei den Worten des Königs überkommen hatte, nicht anmerken zu lassen und nahm des Königs Nachricht mit unbewegter Miene entgegen. »Ihr seid sehr gütig, mein König! Ich bin mir sicher, diese Geste wird euch der Einnahme Calais' einen Schritt näher gebracht haben!«, antwortete er hingegen und spürte, wie Prinz Edwards' Wut sich ins Unermessliche steigerte, als der König sich an seinen Sohn wandte und ihn darum bat, für die Freilassung der Bürger Calais' zu sorgen. Der schwarze Prinz bebte innerlich und hatte seine Hände zu blutleeren Fäusten geballt, doch er hatte längst verstanden, dass es nun keinen Sinn mehr machen würde, seinem Vater noch weiter zu widersprechen. Und so quittierte er diese Anordnung lediglich mit einem knappen Kopfnicken und hatte es mit einem Male sehr eilig, das Zelt zu verlassen. »Das wirst du mir büßen, Nordmann!«, raunte er Halfdan kaum hörbar zu und knirschte mit den Zähnen.

Halfdan konnte sich ein Grinsen nicht verkneifen und statt sich von des schwarzen Prinzens Worte beirren zu lassen, wandte er sich erneut an den König. »Mein König! Ich möchte euch daran erinnern, dass die Flüchtigen aus einer Stadt kommen, in der es kaum noch Nahrung gibt! Sie sind erschöpft und haben kaum noch Kraft! Ich bin mir sicher, dass es für euch einen weiteren Vorteil darstellen würde, solltet ihr ihnen nicht nur die Freiheit geben, sondern ihnen auch Speis und Trank reichen!«

»So sei es! Edward, kümmere dich darum! Gib ihnen ausreichend Nahrung, bevor du sie in die Freiheit entlässt!« Ohne zu zögern hatte König Edward Halfdans Vorschlag angenommen und ignorierte den zornigen Gesichtsausdruck seines Sohnes, der nun hastigen Schrittes und vor Wut kochend das Zelt verließ.

»Ich danke euch, mein König!«, murmelte Halfdan und konnte sich des plötzlich aufkommenden Gefühls der Verbundenheit zu dem alten Mann kaum erwehren. Edward lächelte gütig. »Ich bin es, der dir danken muss, für deine wohlüberlegten und besonnenen Worte! Sie sind eines Herrschers würdig! Ich wünschte …!«, Der König zögerte einen Moment, griff nach einem Kelch und sah sich suchend um. »Wo ist bloß meine Dienerschaft?«, murmelte er und wollte selbst nach dem Krug greifen, doch Halfdan kam ihm zuvor und schenkte ihm etwas Wein ein. Edward trank hastig und wischte sich anschließend mit der Hand den Mund ab. »Ich wünschte, mein Sohn wäre so wie du!«, sagte er schließlich mit trockener Stimme. Halfdan starrte ihn ungläubig an, konnte keine Worte finden und schwieg daher. Er hoffte, dass Prinz Edward niemals dergleichen vernehmen würde, denn dies würde für ihn und Belana Folter und Tod bedeuten und er war sich nicht sicher, inwieweit der König in der Lage war, sie vor seinem Sprössling zu schützen, selbst wenn er, Halfdan, ihn um seinen Beistand bitten würde. Doch auch eine längst verloren geglaubte Wärme überkam ihn, durchströmte sein Inneres und auf eine seltsam verworrene Weise fühlte er sich mit einem Male gut. Er verstand sich selbst nicht mehr, war verwirrt und ließ seinen Blick unbeholfen durch das Zelt gleiten, bevor er das Lachen des

Königs vernahm. »Nimmst du einem alten Mann seine ehrlichen Worte übel?«

Unangenehm berührt schüttelte Halfdan den Kopf und wünschte mit einem Male, dieses Zelt auf schnellstem Wege verlassen zu können.

»Mein Sohn ist ein Hitzkopf! Er versteht etwas von Kriegsführung und Strategien, doch sein zweifelhaftes Gemüt und sein Hang zu Brutalität ist eines Königs nicht würdig!«; seufzte König Edward und warf Halfdan einen vertrauensseligen Blick zu.

»Doch genug davon! Sende einen Botschafter vor die Stadtmauern. Jean de Vienne soll erfahren, dass wir die Flüchtigen genährt haben und ihnen die Freiheit gaben!«

»Wie ihr wünscht, mein König!«, murmelte Halfdan und verließ hastig das Zelt. Als ihn die kalte Morgenluft empfing, blieb er einen Moment stehen und atmete tief ein. Das Vertrauen des Königs war ihm nun gewiss und er nahm sich vor, diesen nach dem erfolgreichen Ausgang der Belagerung um Schutz für sich und Belana zu bitten. Für den Moment jedoch war es wichtig, alle persönlichen Belange beiseite zu schieben und alles dafür zu tun, dass Jean de Vienne die Stadt bald aufgeben und König Edward als Sieger einmarschieren lassen würde. Fröstelnd zog Halfdan seinen Umhang enger um seine Schultern und ging entschlossenen Schrittes auf die Zelte der Soldaten zu, um einen Kundschafter zu bestimmen, der die frohe Kunde vor die Stadtmauern Calais' bringen würde.

FOLKVIN

Folkvin sprang auf, als ein Schlüssel ins Schloss gesteckt wurde und die Kerkertür knarrend aufsprang. Voller Entsetzen sah er, dass Ivar alleine war und er befürchtete Schlimmes, als sich ein schmerzerfülltes und verbittertes Lächeln in Ivars Gesicht schob. »Es ist vorbei, Folkvin!«, krächzte er und ließ sich erschöpft zu Boden sinken, bevor er zu seiner Kleidung griff, die der Büttel achtlos mit einem verächtlichen Grinsen neben ihn zu Boden geworfen hatte. Ivars Gelenke schmerzten noch immer und er konnte kaum die Arme heben, um sich zu bekleiden und so half ihm Folkvin sein Hemd überzustreifen. »Was haben sie dir angetan, Ivar?« fragte er mit gepresster Stimme. »Und wo ist Jeanne?«

Ivar stieß einen verzweifelten Laut aus, ließ sich auf den von schmutzigem Stroh bedeckten Boden sinken und lehnte sich kraftlos mit dem Rücken gegen das alte Steingemäuer, bevor er begann, Folkvin von den letzten Ereignissen zu berichten.

Als er seinen Bericht beendet hatte, herrschte zunächst eine drückende und trübe Stimmung zwischen den beiden. Es war alles gesagt, weitere haltlose Worte würden sie in ihrer jetzigen Situation nicht weiterbringen und so schwiegen sie und hingen ihren dunklen Gedanken nach. Ivar konnte nicht leugnen, dass sein Herz voller Schwermut war und die Sorge um Jeannes Wohlergehen ihn kaum einen klaren Gedanken fassen ließ und so war er umso erleichterter, als sich der Schlüssel im Schloss erneut umdrehte und Jeanne auf der Türschwelle erschien. Mit einem Stoß in den Rücken beförderte der Büttel die Herzogin in den Kerker und nachdem die Tür ins Schloss gefallen war, begann Jeanne stumm zu weinen. Ihr Gesicht war totenblass, während das getrocknete Blut auf ihrer Stirn beinahe schwarz glänzte. Folkvin stand auf, nahm sie an beiden Schultern und rüttelte sie sanft. »Es ist in Ordnung, Jeanne! Es wird alles gut werden!«, murmelte er mit eindringlicher Stimme, bevor er sie nach einer kurzen Überwindung schließlich an sich drückte. Erst als ihr Schluchzen leiser wurde und schließlich ganz versiegte, ließ er sie los. Ivars Blick ausweichend, ließ sich Jeanne zu Boden sinken, schob sich etwas Stroh zusammen, drehte Ivar und Folkvin den Rücken zu und legte sich nieder. Schmerzerfüllt schloss sie die Augen und sah ihren Ehemann vor sich, erinnerte sich an den Tag, an dem sie zum ersten Mal nach dieser Zwangsheirat so etwas wie liebenswerte Gefühle für ihn empfand, dachte an die vielen Gespräche, die sie miteinander geführt hatten, daran, wie er sie immer öfter nach Rat gefragt und ihr damit gezeigt hatte, wie wichtig sie für ihn geworden war und schließlich sah sie sein hasserfülltes Gesicht vor sich, als er erfuhr, dass sie ein zweites Kind in sich trug. Sie dachte daran, wie es sie in ihrem tiefsten Inneren erschüttert hatte, als er sie der Verderbtheit und Unzucht bezichtigt hatte und ja, er hatte Recht gehabt, sie hatte sich anderen Männern hingegeben, aber doch nur, weil er ihr keine Wahl ließ und sie mit Verachtung gestraft hatte, da ihr Leib die Frucht der Empfängnis nicht aufnehmen wollte. Und schließlich sah sie das Bild ihrer Kinder vor sich; ihre Tochter, die ihr bereits am Tag ihrer Geburt entrissen wurde und die sie wahrscheinlich nicht wiedererkennen würde und ihr Sohn mit seinen strahlend blauen Augen, den sie ebenfalls nur einige Male in den Armen halten durfte. Und so vergoss Jeanne bittere Tränen, beweinte ihr Schicksal, ihres und das all jener Frauen, die den Machenschaften der Männer und der Obrigkeiten hilflos ausgeliefert waren.

LEA

Sie hatten einen, zugegeben etwas überteuerten Preis für die Überfahrt zur île de Groix gezahlt, doch der alte und mürrische Fischer war der Einzige, der sich bereit erklärt hatte, sie mitzunehmen. Da sie selbst kein eigenes Boot hatten und nicht gleich unangenehm durch einen Diebstahl auffallen wollten, ergriffen sie schließlich die sich bietende Gelegenheit und nachdem Cédric dem Halsabschneider von einem Fischer fluchend die verlangten Münzen in die Hand gezählt hatte, waren sie zusammen mit des Fischers Weib und dem Fischer selbst in das Boot geklettert. Leichter Nieselregen fiel und der Wind nahm zu, strich über die Wasseroberfläche des dunklen Meeres und ließ die Wellen größer werden. Lea musste sich eingestehen, dass sie diese Überfahrt unterschätzt hatte, doch nun kam ihr dies teuer zu stehen, denn die Übelkeit, die sie ergriff, ließ sie erst wieder los, als sie erneut Boden unter den Füßen hatte. Das Schwanken und Tanzen des Bootes auf den Wellen bewirkte, dass sich ihr Magen mehrere Male krampfhaft zusammenzog und während sie sich eins ums andere Mal schwallartig ins Meer erbrach, wünschte sie sich inständig, das Festland nie verlassen zu haben. Auch wenn Albirich ihr versichert hatte, dass die Überfahrt nicht besonders lange dauern würde und er ebenfalls zum Ruder gegriffen hatte, um etwas schneller zu sein, kam es Lea vor wie eine Ewigkeit, bis sie endlich der Inselküste näher kamen. Bereits von Weitem sahen sie Ein-Mast-Segelschiffe, die an der Insel Anker gelegt hatten, sowie zahlreiche kleine Ruderboote und ein großes Handelsschiff, von welchem Unmengen an Fässern und Ballen entladen wurden. Albirich sprang aus dem Boot und blickte sich suchend um, während Cédric Lea beim Aussteigen half. Er zwinkerte ihr zu und strich ihr einen kurzen Moment über ihr rötlich schimmerndes Haar, bevor er ihr seinen Trinkschlauch reichte. »Trink etwas Wasser! Das wird die Übelkeit vertreiben!«

Dankbar griff Lea danach und trank hastig einige Schlucke. »Es geht schon besser!«, sagte sie anschließend, wollte Cédric den Trinkschlauch zurückgeben und sah sich verwirrt um, denn sie konnte weder Cédric noch Albirich erblicken. Sie entdeckte sie etwas weiter entfernt in einem Gespräch mit einem älteren Mann vertieft und schnaufte verärgert, bevor sie sich beeilte, zu ihnen zu stoßen.

»Warum wollt ihr das wissen?«, hörte sie den Mann, der bei ihnen stand misstrauisch fragen. Er beäugte sie kritisch und schüttelte den Kopf. »Falls ihr zu denen gehört, dann will ich damit nichts zu tun haben!«, sagte er schließlich und wollte sich bereits abwenden. Cédric und Albirich sahen sich einen Augenblick erschrocken an, konnten kaum glauben, was sie da hörten, doch allen Anschein nach hatte man auf dieser Insel von Jeanne und den Nordmännern bereits gehört und das konnte nur heißen, dass sie sich mit großer Wahrscheinlichkeit Ärger eingehandelt hatten. Cédric reagierte schnell und nahm ein kleines Säckchen vom Gürtel. »So wartet doch, werter Herr!«, rief er und legte dem Mann eine Hand auf die Schulter. Jener zog erstaunt die Augenbrauen hoch und betrachtete Cédric mit kritischer Miene, denn mit Sicherheit wurde er noch nie zuvor in seinem Leben als werter Herr angesprochen und so fragte er sich, ob dieser hochgewachsene Kerl mit den langen, schlanken Fingern vorhatte, ihn zu verulken. »Lasst mich bloß in Ruhe und zieht besser von dannen!«, knurrte er. »Ich will mir keinen Ärger mit den Engländern einfangen!« Der Mann zog geräuschvoll die Nase hoch und schirmte sich die Augen vor der Sonne ab, bevor er suchend seinen Blick über den Hafen gleiten ließ. Dann nickte er beruhigt. »Ich kann keine sehen! Was habt ihr da?«, fragte er dann mit einer Kopfbewegung in Cédrics Richtung und seine Augen begannen bereits gierig zu leuchten, als Cédric einige Münzen aus dem Beutel herausnahm und sie dem Mann zögerlich reichen wollte. Dieser schüttelte mit einem Grinsen den Kopf. »Nein, ich will alles!«, krächzte er und wischte sich mit dem Handrücken über die laufende Nase, bevor er sich leicht nach vorne beugte, die Nase mit Daumen und Zeigefinger ergriff und mit einem lauten Schnäuzgeräusch auf den Boden rotzte. Angewidert wich Lea zurück, als Tropfen des Nasensekrets ihre Schuhe benetzten. Der Mann beäugte sie mit gerunzelter Stirn. »Wen haben wir denn hier? Eine verwöhnte Prinzessin?« Er stieß ein raues Lachen aus, das in einem bellenden Husten endete. »Guter Mann, nehmt meine Geldbörse, sagt uns, was wir wissen wollen und dann trinkt ein Bier auf unser Wohl! Wir wollen keinen Streit!«, brummte Albirich, riss Cédric den Beutel mit den Münzen aus den Händen und warf ihn dem Mann zu, der ihn mühelos auffing. »Also gut! Aber nicht hier! Trefft mich in der Mittagsstunde in der Taverne chez Albert!« Mit diesen Worten wandte er sich bereits ab und wollte davon eilen.

»He! Alter Mann!«, rief ihm Albirich hinterher. »Woher wissen wir, dass ihr kommen werdet?«

Der Mann blieb stehen, drehte sich um und grinste, wobei er eine Reihe von fauligen Zähnen entblößte. »Das könnt ihr gar nicht wissen! Findet es heraus!«

Stöhnend fasste sich Cédric an die Stirn. »Habt ihr gesehen, wie er nach den Engländern Ausschau gehalten habt? Er wird uns verraten, dessen bin ich mir sicher! Und meine Münzen bin ich auch los!«

Albirich gähnte. »Warum sollte er das tun wollen? Er wirkte nicht so, als würde er die Anwesenheit der Engländer auf der Insel gutheißen! Im Gegenteil, er schien große Angst vor ihnen zu haben! Für den Moment sollten wir uns etwas ausruhen und zu gegebener Zeit die Taverne aufsuchen!«

Und so kam es, dass sich die drei etwas abseits des Dorfes in der Nähe eines Feldes unter einer großen und schattenspendenden Eiche etwas Ruhe gönnten, nachdem sie den Hafen über eine steile Anhöhe verlassen hatten. Sie tranken Met, aßen getrocknete Beeren und gedörrtes Fleisch, jedoch nicht ohne die Umgebung aus den Augen zu lassen, doch nichts Ungewöhnliches ereignete sich. Die eigentümliche Ruhe, die über dieser Insel lag, die warmen Sonnenstrahlen und das entfernte Kreischen der Möwen sorgten dafür, dass sie die Müdigkeit überfiel und so schlief zunächst Albirich ein. Einen Moment bemühte er sich zwar noch, gegen die Schläfrigkeit anzukämpfen, doch schon bald fiel ihm der Kopf auf die Brust und er schnarchte leise vor sich hin. Auch Cédric nickte immer wieder ein, nur um im nächsten Moment erneut hochzuschrecken und die Umgebung mit wachsamen Augen nach Gefahren abzusuchen. »Wovor hast du Angst?«, fragte Lea behutsam. »Siehst du nicht, dass alles friedlich ist und sich niemand für uns interessiert?« Auch sie war müde, doch ihr Ohr war noch immer nicht verheilt und sie musste all ihre Kraft aufbringen, um die Wunde, die sie in einem fort juckte, nicht mit beiden Händen aufzukratzen. Mit der juckenden Wunde tauchten auch die dunklen Erinnerungen an Prinz Edward wieder auf und obwohl sie sich vorgenommen hatte, diesen keinen Raum mehr zu geben, spürte sie, wie sich etwas in ihr seit dieser Tat verändert hatte. Auch wenn sie nicht ständig daran denken musste, was er ihr angetan hatte, musste sie sich eingestehen, dass die Dunkelheit, die er in ihr hervorgerufen hatte, nun ein Teil von ihr zu werden schien und manchmal, wenn sie für einen kurzen Moment unbeschwert in Vergessenheit zu schwelgen schien, spürte sie mit einem Male diesen kleinen Stich in der Herzgegend, diesen Stich, der sie daran erinnerte, dass nicht alles in Ordnung war und sie fragte sich verblüfft, was dies zu bedeuten hatte, während im selben Augenblick die dunklen Erinnerungen schwallartig über sie kamen und dem Bösen den Platz gaben, den es einforderte.

Und so konnte sie auch jetzt nicht ruhen, denn ihr Herz hämmerte gegen ihre Brust und die einzige Möglichkeit, die ihr half, mit dieser inneren Unruhe umzugehen, war die Vorstellung, wie sie Prinz Edward leiden sehen würde. Sie stellte sich vor, wie sie ihm einen Dolch mitten ins Herz treiben, er mit ungläubig aufgerissenen Augen und einem kehligen Röcheln auf die Knie sinken würde, und diese Vorstellung befriedigte sie für einen kurzen Augenblick mit einer grausamen Zufriedenheit.

Sie blickte zu Cédric, doch jener ließ auf seine Antwort warten. Sein Blick war noch immer in die Ferne gerichtet und in seiner Miene lag Zweifel und Besorgnis. »Ich weiß nicht.«, murmelte er schließlich. »Diese Ruhe hier erscheint mir trügerisch! Was, wenn der alte Mann gar nicht vorhat, uns zu helfen und stattdessen die Engländer auf uns hetzt?«

Seine Stimme war leise und Lea hatte Mühe ihn zu verstehen. Sie zuckte die Schultern. »Dann sollten wir vielleicht auf eigene Faust herausfinden, wo sich Folkvin und die Herzogin aufhalten. Wer weiß, vielleicht sind sie nicht mal mehr auf der Insel, sondern haben längst das Weite gesucht und befinden sich auf einem Schiff nach Norwegen!«

Cédric lachte leise. »Es scheint so, als würde dir diese Vorstellung gefallen!«, rief er und Lea sah verlegen zur Seite, fühlte sich ertappt und schämte sich dafür, so durchschaubar zu sein.

Cédric beugte sich nach vorne, sah sie einen Moment aus ernsten, grünen Augen an, bevor er ihr eine Strähne ihres rötlichen Haars aus dem Gesicht strich. »Es ist in Ordnung, Angst zu haben!«, sagte er schließlich. »Aber wir dürfen niemals aufgeben. Niemals. Wenn wir aufgeben, wird es immer weitergehen. Unser Leid wird an unsere Nachkommen weitergegeben und auch diese werden sich fürchten und diese Furcht an ihre Kinder weiterreichen. Es ist unsere Aufgabe, diesen Fluch zu durchbrechen. Oder es zumindest zu versuchen!« Seine Stimme klang wehmütig und ihre Augen trafen sich, verharrten einen Moment ineinander, bevor sich Cédric mit einem Seufzen abwandte. »Willst du mir nicht deine Geschichte erzählen?«, fragte Lea behutsam.

»Nein, das will er nicht!«, brummte Albirich, der gerade aus dem Schlaf erwacht war, stöhnend auf die Beine kam und sich gähnend streckte. »Es sei denn du möchtest einige Tränen vergießen! Cédrics Geschichte ist nämlich nicht für zarte Frauenohren bestimmt! Und jetzt sollten wir schleunigst zur Taverne aufbrechen!«

Er griff nach seinem Bündel und seiner Axt und stapfte los, ohne sich nach den beiden umzudrehen. Cédric stieß ein etwas verbittertes Lachen aus, sprang gelenkig auf die Beine und reichte Lea galant die Hand. »Prinzessin.«

Schon bald hatten sie die Taverne im Zentrum des Dorfes erblickt. Sie war nicht zu übersehen, da sie um einiges größer als die umliegenden Hütten war und zudem zahlreiche Fässer in einem Verschlag davor lagerten, viel zu viele, als dass es für einen normalen Haushalt erforderlich sein könnte. Außerdem wies das schiefe Holzschild, welches über der Tür befestigt war und die Inschrift *chez Albert* trug, das Gebäude eindeutig als eine Taverne aus.

Albirich zögerte nicht, ging hastig darauf zu, öffnete rasch die Tür und befand sich Kopf an Kopf mit einem alten Mann, der sich fluchend an ihm vorbeidrängte. Albirich warf einen Blick in den in trübem Licht gehüllten Schankraum, entdeckte nichts, was ihm verdächtig hätte vorkommen können und forderte seine Gefährten mit einem Kopfnicken auf, ihm zu folgen. Der Raum war leer, lediglich in einer Ecke saß ein Mann mit dem Kopf auf dem Tisch liegend und schien seinen Rausch auszuschlafen. Cédric blickte sich misstrauisch um, empfand diese Leere ebenfalls als bedrohlich, doch Albirich ließ sich bereits an einen Tisch in der hintersten Ecke auf einen Stuhl fallen und so taten es ihm Lea und Cédric gleich. »Hier stimmt etwas nicht, Albirich!«, raunte Cédric angespannt und beobachtete den Schankwirt, der gewollt teilnahmslos hinter dem Tresen stand, ihnen scheinbar keine Beachtung schenken wollte, bis er sich umdrehte und in den Raum hinter dem Tresen verschwand. Als eindringliches Gemurmel aus eben diesem Raum an Albirichs Ohren drang, verstand er augenblicklich, dass Cédric Recht hatte. Polternd schob er seinen Stuhl zurück und während er auf die Beine sprang, griff er nach seiner Axt. Lea zuckte zusammen und wusste mit untrüglicher Sicherheit, dass hier etwas vor sich ging, was ihnen Probleme bescheren würde. Ihr Herz klopfte hart gegen die Brust, als sie ebenfalls aufstand und sah, wie Cédric nach seinem Kurzschwert griff, denn der Bogen würde ihm in diesem beengten Raum kaum dienlich sein.

»Sie sind es!«, hörten sie mit einem Male eine vertraute Stimme und während der Mann, dem sie das Geld am Hafen gegeben hatten, sodann Platz für weitere mit Knüppeln und Messern bewaffnete Männer machte, schwang Albirich die Axt bereits über seinen Kopf und sprang den Angreifern entgegen. Mit einem harten Schlag, gefolgt von einem schmatzenden Geräusch drang die stählerne Schneide in die Brust des Mannes, bohrte sich durch das Fleisch und sorgte dafür, dass der Mann augenblicklich stehen blieb, mit großen Augen an seinem Körper heruntersah und nach dem Stiel der Axt greifen wollte, doch bereits in diesem Moment versagte sein Körper und er kippte vornüber, um in seinem Blut liegen zu bleiben. Albirich, der versucht hatte, die Axt vorher aus der Wunde zu ziehen, jedoch zur Seite springen musste, als der Mann nach vorne fiel, fluchte lauthals und beeilte sich, den Körper auf den Rücken zu drehen, während er sich bemühte, die anderen Angreifer dabei im Blick zu behalten.

Cédric stieß Lea mit einem harten Stoß in die hinterste Ecke des Raumes. »Beweg dich nicht!«, brüllte er, bevor sein Schwert bereits gegen das Langmesser eines der Angreifer schlug. Der Mann war um einiges größer als Cédric, und vor allem aber viel stärker und so war es ihm ein leichtes, Cédrics Widerstand zu brechen. Und während Cédric rückwärts stolperte und in die Knie gezwungen wurde, bemühte sich Albirich darum, die Axt, die er dem Mann in die Brust geschlagen hatte, aus der vor Blut überquellenden Wunde zu ziehen, doch als es den Anschein machte, als würde der sterbende Körper die Waffe wieder freigeben, umzingelten ihn die übrigen Angreifer mit einem einheitlichen Aufschrei. Aus den Augenwinkeln sah Albirich, wie ein Tonkrug sich in sein Gesichtsfeld schob, doch es war bereits zu spät, er würde nicht ausweichen können, und so traf ihn das Gefäß mit voller Wucht an der Schläfe. Er schwankte einen kurzen Moment, doch im nächsten Moment wurde ihm bereits schwarz vor Augen.

Langsam verzog sich die Dunkelheit, um hämmernden Kopfschmerzen Platz zu machen. Albirich stöhnte, wollte die Augen nicht öffnen, denn der Schmerz war zu groß, doch als er sich mit der Hand an den Schädel fassen wollte, bemerkte er, dass es nicht möglich war, denn man hatte ihm beide Hände hinter den Rücken gefesselt. Er vergaß schlagartig seine Kopfschmerzen und riss mit einem wütenden Fluch die Augen auf, sah, dass er gefesselt auf einem Stuhl saß und Lea und Cédric ebenfalls. Lea hatte den Blick starr auf den schmutzigen Boden gerichtet und Albirich konnte ihre Angst beinahe riechen. Er sah sich im Raum um, der beinahe leer war. Vor ihm stand ein riesiger dunkler Schrank, in der Ecke waren einige Eimer ineinander gestapelt und durch ein kleines mit Tierhäuten verklebtes

Fenster drang etwas Licht. Es roch nach vergorenen Früchten, altem Fleisch und Fisch. Gerade in dem Moment, in dem er Cédrics Blick begegnete, ertönte eine Stimme.

»Wieder wach?«, knurrte ein Mann, der am Türrahmen lehnte. Albirich schaute ihn an, beobachtete einen Augenblick, wie jener mit einem Messer in der Hand herumspielte, bevor er sich räusperte. »Was wollt ihr von uns?«, fragte er schließlich und zerrte an seinen Fesseln.

Schnellen Schrittes kam der Mann zu ihnen, packte im Gehen einen Stuhl und stellte ihn vor Albirich ab. Er setzte sich rücklings darauf und sah Albirich aufmerksam an. »Ihr habt einen unserer Männer umgebracht!«, zischte er dann aufgebracht und funkelte Albirich zornig an. Albirich lachte gepresst. »Was erwartet ihr? Ihr habt uns angegriffen! Es war nicht mein Begehr, jemanden auf dieser Insel umzubringen! Dass ich es getan habe, tut mir leid, aber die Schuld liegt dennoch bei euch!«

»Was wollt ihr hier? Und warum sucht ihr Folkvin?«, fragte der andere schließlich leise und mit beinahe schmerzerfüllter Stimme.

Ungläubig riss Albirich die Augen auf. Cédric warf ihm einen warnenden Blick zu, doch Albirich glaubte nicht mehr an eine Bedrohung durch diesen Mann. Er starrte ihm ins Gesicht, sah seine braune, vom rauen Wetter gegerbte, faltendurchzogene Haut und die kleinen, braunen Augen, die beinahe gutmütig funkelten und atmete tief durch, bevor er begann, von ihrer Mission zu erzählen. Er berichtete dem Mann, dass sie Folkvin um Hilfe bitten wollten, in ihrem Kampf gegen die englische Krone und ihm daher auf diese Insel gefolgt waren. Der Mann lauschte ihm interessiert und als Albirich seine Erklärungen abgeschlossen hatte, stand er auf, ging um den Stuhl herum und schnitt Albirichs Fesseln durch. »Mein Name ist Albert!«, sagte er schlicht und befreite auch Lea und Cédric von den Stricken. »Und Folkvin ist mir ein sehr guter Freund! Nachdem der alte Fischer mir von euch berichtet hatte, hatten wir die Befürchtung, dass ihr ihm Böses wollt. Leider lagen wir falsch und haben dafür ein Leben geopfert. Das bekümmert mich sehr!«

Albert ließ sich erneut auf den Stuhl fallen. »Da ihr aber keine Bedrohung darstellt, lasse ich euch wissen, dass Folkvin, sein Gefährte und die Herzogin vom englischen Gouverneur dieser Insel, Leofwine von Battenberg gefangengenommen und in den Turm gesperrt wurden!« Cédric gab einen zischenden Laut von sich. »Dann sollten wir wohl schleunigst von dieser Insel verschwinden, bevor uns die Engländer auch noch erwischen!«, murmelte er und stand auf. Nachdenklich blickte er aus dem Fenster, bevor er sich umdrehte und sich mit beiden Händen an den Kopf fasste. »Oder …«, setzte er an und Albert nickte. »Genau! Wir werden Folkvin befreien! Und wir können jede Unterstützung gebrauchen!«

Albirich lachte rau auf, während Lea voller Erstaunen die Augen aufgerissen hatte. »Ihr nehmt mir die Worte aus dem Mund, Albert!«, sagte Cédric erheitert und blinzelte Albirich zu, der längst verstanden hatte, dass Cédric genau diese Worte nicht hatte sagen wollen. Gefangene aus den Händen der Engländer zu befreien, war etwas, was sie sich beide nicht zutrauten, doch ohne sich absprechen zu müssen, waren sich Cédric und Albirich einig, dass sie Albert helfen würden.

ADOUMA

Adouma blieb wie angewurzelt stehen, als sein Blick auf die beiden Gestalten fiel, die sich langsam der Hütte des Fischers näherten. Er blinzelte, konnte seinen Augen nicht trauen. War das etwa ein Gott, der vom Himmel herabgestiegen war? Ein in einer bodenlangen grauen Kutte gehüllter alter Mann mit langem weißen Bart und einem großen Stock, auf den er sich stützte, kam langsamen Schrittes näher. Ein kleines, schmutziges und von der Sonne braun gebranntes Mädchen mit langem, schwarzen und verfilzten Haar begleitete ihn und selbst aus der Entfernung konnte Adouma sehen, dass sie leuchtend blaue Augen hatte. Ein kräftiger Wind kam auf und Wolken schoben sich mit einem Male vor die Sonne, die nur noch einige Strahlen aufs tänzelnde Meer werfen konnte. Das eindringliche Krächzen eines Raben ertönte und Adouma sah den Vogel mit seinen schwarzen Schwingen heranfliegen, beobachtete, wie er sich auf den Baum neben der Hütte setzte und es schien beinahe so, als würde er auf die seltsam anmutenden Gestalten warten. Adouma zögerte einen Moment, hielt Tanguy am Ärmel fest, der mit großen Schritten unbeschwert an ihm vorbeieilen wollte. »Warte, Tanguy!«, flüsterte Adouma nervös. »Ich glaube, wir bekommen Ärger!« Tanguy blieb verdutzt stehen und folgte seinem Blick. Als er die beiden sah, lachte er erheitert, während Adouma langsam nach seinem Schwert auf dem Rücken tastete.

Die Fremden waren nur noch wenige Schritte von ihnen entfernt und blieben schließlich stehen. »Lass dein Schwert stecken, Nubier!«, krächzte der alte Mann und hob seinen Stock, um damit in Richtung der Hütte zu deuten. »Es scheint, als würden wir zu spät kommen, und ihr hier bereits schon genug Schaden angerichtet habt! Warum hast du zugelassen, dass der Junge seinen eigenen Vater tötet?« Seine Augen blitzten zornig, doch er wartete nicht auf Antwort und schritt langsam auf die Tür der Hütte zu. »Woher wisst ihr …und …und wer seid ihr?«, stotterte Adouma angespannt, verstand nun gar nicht mehr, was hier vor sich ging, denn offensichtlich lag er mit seiner Vermutung richtig und ein Gott hatte sich unter die Menschheit gemischt, wenn er in der Lage war, Dinge zu wissen, die nicht vor seinen Augen geschahen.

»Nun, vielleicht habt ihr uns damit etwas Arbeit abgenommen!«, murmelte der alte Mann und winkte Ael zu sich. »Den Jungen. Hol mir den Jungen!«, befahl er ihr, doch Ael hörte nicht auf ihn, denn ihre Augen waren auf Adouma gerichtet. Neugierig beäugte sie ihn. »Warum bist du so schmutzig?«, sagte sie schließlich und der alte Mann stieß ein krächzendes Lachen aus. »Verzeih dem Mädchen die unbedachten Worte! Sie hat noch nie zuvor einen Menschen mit dunkler Hautfarbe gesehen!«

Adouma beugte sich zu dem Mädchen herab und lächelte etwas hilflos. Er strich sich einen Ärmel seiner schwarzen Mönchskutte zurück. »Fass mich an!«, sagte er behutsam. »Fass mich an und du wirst sehen, dass ich nicht schmutzig bin!«

Ael berührte seinen Arm mit dem Zeigefinger, strich zunächst sanft, dann etwas fester über die Haut und betrachtete anschließend verblüfft ihren Finger. »Du bist nicht schmutzig!«, sagte sie schließlich. »Du bist schwarz! Schwarz wie die Nacht!«

Zufriedengestellt nickte sie und ging an ihm vorbei, wollte in die Hütte gehen, doch Adouma hielt sie an der Schulter zurück. »Der Tote!«, murmelte er an den alten Mann gerichtet, doch dieser lachte erneut. »Ael liebt die Toten! Sie weiß, dass sie ihr nichts tun können, im Gegensatz zu den Lebenden!«, rief er, als sein Blick auf Tanguy fiel, der teilnahmslos vor sich hinstarrte. Langsamen Schrittes ging er auf ihn zu und streckte einen knochigen und zittrigen Finger nach ihm aus. »Sie sagen, dein Geist ist krank, doch es steckt viel Stärke in dir! Wenn die Zeit gekommen ist, wirst du heilen! Ich werde dich aus diesem Gefängnis befreien!« Tanguy blickte ihn erstaunt an und Adouma sah, dass seine Augen mit einem Male wässrig wurden, ganz so, als hätte er die Worte des alten Mannes verstanden.

»Wer seid ihr? Seid ihr ein Gott?«, fragte Adouma gepresst und hatte es nun sehr eilig, diesen Ort zu verlassen.

»Nein, ich bin kein Gott: Ich bin nur ein alter Mann, der das Leben kennt!«, lachte der Alte krächzend und sein langer Bart zitterte, als sein Lachen lauter wurde und fast bedrohlich wirkte. Adouma sah aus den Augenwinkeln, wie Tanguy am ganzen Körper zitterte und auch ihm selbst war beklommen zumute. »Wie dem auch sei. Danke für eure aufmunternden Worte, aber wir werden jetzt gehen!«, sagte er daher und griff nach Tanguys Hand.

Marzin hob seine Hand und legte den Finger an die Lippen. »Hört!«, murmelte er und schloss seine wässrig trüben Augen. Adouma lauschte alarmiert, doch konnte nichts vernehmen. »Was …?«, setzte er an, doch Marzin unterbrach ihn mit erhobenem Zeigefinger. »Es ist zu spät! Pferde nähern sich! Sie suchen euch! Schnell, versteckt euch!«

»Was redest du da, alter Mann? Ich kann nichts hören!«, sagte Adouma angespannt, doch er wusste längst, dass der Alte recht hatte und er seinen Worten Glauben schenken konnte.

Und so kam es, dass Adouma Tanguys und sein Leben in die Hände dieses weisen Mannes legte und sich auf seine Anweisung in einem Holzverschlag hinter der Behausung versteckte, während sich zwei Reiter in wildem Galopp näherten.

HALFDAN

Der Boden war schwarz und trocken und er konnte den Geruch von verbranntem Fleisch deutlich riechen. In weiter Ferne sah er das glühende Rot der tanzenden Feuerflammen, die auf ihrem Todesweg durch den Wald alle Lebewesen, alle Bäume und Sträucher zu trauriger Asche verwandelten. Alles Leben, und war es noch so klein und bedeutungslos, war aus dieser Feuerhölle gewichen und Halfdan sah das Inferno immer näher kommen, er konnte es auf seiner Haut spüren, konnte fühlen, wie die Hitze seine Arm- und Barthaare versenkte und er wusste, dass er versuchen musste, zu entkommen, doch er war wie erstarrt, seine Füße schienen mit dem trockenen Waldboden verwurzelt zu sein und sein Körper schien ihm nicht mehr gehorchen zu wollen. Wind kam auf, trieb ihm den Geruch des Feuers in die Nase und ließ Asche aufwirbeln und hinter dem Lodern der Flammen, der brechenden Bäume und Äste ertönte nun das einheitliche und bedrohliche Krächzen der Raben. Halfdan fürchtete sich, wollte um Hilfe rufen, doch auch seine Stimme gehorchte ihm nicht, denn kein Laut wollte seiner ausgetrockneten Kehle entweichen. Das Rufen der Raben wurde lauter und mit einem Male flog ein großer Schwarm über ihn hinweg, gefolgt von riesigen Insekten mit schwirrenden Flügeln und eindringlichem Summen. Nun krachte das Unterholz hinter ihm, die Geräusche wurde immer lauter und Halfdan glaubte, das Traben von Pferdehufen zu vernehmen. Doch er war nicht erleichtert, denn in der Tiefe seines Unterbewusstseins wusste er, dass er keine Hilfe von diesem Wesen erwarten konnte. Er versuchte, seinen Kopf zu drehen und schließlich gelang es ihm unter größter Anstrengung und er erblickte die seltsam anmutende Kreatur hinter sich aus dem Unterholz herauskriechen.

Doch es war kein Pferd, wie Halfdan zunächst angenommen

hatte, sondern der größte Wolf, den er jemals erblickt hatte. Gelbe Augen blitzten ihn listig an und sein graues Fell war struppig und stand in alle Richtungen ab. Halfdan versuchte zu schlucken, wollte nach seinem Schwert greifen, als der Wolf sich ihm näherte, doch noch immer gehorchte sein Körper ihm nicht und so blieb ihm nichts anderes übrig, als bewegungslos zu verharren. Der Wolf öffnete sein Maul, entblößte einige Reihen spitzer Zähne, bevor er begann zu heulen, doch es war nicht das Heulen eines Wolfes, sondern das Heulen eines Menschen, das ertönte und noch im selben Moment verbog sich der Körper des Tieres, seine Beine brachen ein und einer Schlange gleich schlängelte er sich zusammengekrümmt am Boden, bevor er mit einem Male die Gestalt einer Frau annahm, die sich nun nackt vom Boden erhob. Sie war groß, so viel größer als Halfdan und ihr Körper war drahtig und muskulös, während ihr langes, wallendes Haar die Farbe von getrocknetem Blut hatte. Grüne Augen richteten sich auf Halfdan, der zitternd seinen Kopf in den Nacken legte, um diese Riesin zu betrachten. »Du weißt, wer ich bin?«, fragte sie ihn behutsam, doch ihre Stimme war tief, wie die eines Mannes und Halfdan schüttelte stumm und erstarrt den Kopf.

»Ich bin Angrboda, Geliebte von Floki und Mutter der Midgardschlange, der Todesgöttin Hel und des Fenriswolfes. Ich bringe der Welt Unglück und Zerstörung! So wie du, Halfdan!« Sie hob beide Hände, öffnete ihren riesigen Mund und begann, die Luft um sich herum einzusaugen. Die Luft schwirrte, wurde weniger und während Halfdan glaubte, nicht mehr atmen zu können, erstarb das Feuer mit einem Male und es wurde totenstill. Die Riesin deutete auf ein Bündel am Boden. »Töte deinen Sohn!«, befahl sie mit schneidender Stimme und reichte Halfdan einen Dolch. Trotz der Hitze fror Halfdan entsetzlich und griff dennoch nach der Waffe, denn sein Körper leistete ihm wieder Folge. Behutsam ging er auf das Bündel zu, kniete sich nieder und schlug den Dolch in den Boden, bevor er langsam nach den Leinen griff, um sie beiseite zu schlagen. Er blickte in das Angesicht eines Säuglings, welcher seine blauen Augen voller Erwartung in die seinen versenkte. Halfdans Herz zog sich zusammen, denn er wusste, dass er tatsächlich seinen Sohn vor sich hatte. Ein Schluchzen entrann seiner Kehle und er streckte die Arme aus, um das Baby zu ergreifen. »Töte ihn!«, grölte die Göttin nun und ihr Atem erfasste ihn, ließ ihn wanken und er sah, dass er von kleinen Blutstropfen durchnetzt war, die sich auf dem Boden und auf seinem Körper verteilten. »Das kann ich nicht!«, schrie er verzweifelt und wollte sich abwenden, wandte sich stattdessen der Riesin zu und hob bittend die Arme. Sie schüttelte den Kopf und ein finsteres Lächeln umspielte ihre Lippen.

»Wer mit den Wölfen heult, muss auch mit ihnen jagen!«, murmelte sie. »Weißt du das denn nicht?«

Halfdan stieß einen wilden Schrei aus und während sich Angrbodas Antlitz in das von Prinz Edwards bösartig verzerrter Visage verwandelte, griff er nach dem Dolch und ließ die Klinge in die weiche Kopfhaut des Babys eindringen. Das Blut spritzte ihm ins Gesicht, doch das Kind schrie noch immer nicht und mit einem wilden Aufschrei schrak Halfdan aus seinem Alptraum hoch. Schweißgebadet und mit wild klopfendem Herzen saß er aufrecht in seinem Bett und fasste sich nun stöhnend mit beiden Händen an den Kopf.

Er schluckte mühsam, sah, dass die Sonne bereits aufgegangen war und griff nach der Karaffe Met, die er kurz vorm Schlafengehen zur Hälfte geleert hatte. Mit einem Zug trank er die andere Hälfte, wischte sich anschließend über den Mund und rülpste, bevor er das Gefäß achtlos auf den Boden gleiten ließ. Er spürte, wie sich sein Atem entschleunigte und das Hämmern in seinem Herzen langsam nachließ. Und während er noch über seinen Traum nachdachte und das Bild des Babys vor Augen hatte, erblickte er Prinz Edward, der am anderen Ende seines Zeltes in einem Stuhl lag und ihn nachdenklich beobachtete.

Langsam stand er auf und ging auf ihn zu. »Sag mir, Nordmann, hattest du einen schlechten Traum?«, fragte er interessiert und zog die Nase hoch, bevor sich ein grausames Lächeln in sein fahles Gesicht stahl.

Halfdan schwang die Beine übers Bett und stand auf. Er hustete, spuckte auf den Boden und fasste mit beiden Händen in die Wasserschale, um sich das kühle Nass ins Gesicht zu schöpfen. »Was wollt ihr?«, knurrte er, während er fühlte, dass seine Lebensgeister langsam zu ihm zurückkehrten. Er konnte den Prinzen nicht ansehen, nicht nach diesem schrecklichen Traum, über den er mit Sicherheit noch lange nachdenken werden würde. Im Moment jedoch wollte er diese düsteren Bilder weit von sich schieben, in die dunkelste Ecke seiner Gedanken verbannen, wohl wissend, dass sie ihn jederzeit wieder überfallen würden. Noch immer hatte er das Antlitz der Riesin Angrboda mit ihrem blutfarbenen Haar vor Augen und ihre Worte hallten in ihm nach. *Wer mit den Wölfen heult, muss auch mit ihnen jagen.*

Hatte er deswegen im Traum seinen Sohn getötet? War das womöglich eine Prophezeiung, die ihn einholen würde oder sollte er es als Warnung verstehen, als etwas, das unweigerlich geschehen würde, sollte er weiter gemeinsame Sache mit den Engländern machen?

Doch welche Wahl hatte er? Sollte er fliehen? Versuchen, Folkvin wiederzufinden? Halfdan stöhnte innerlich, denn ohne Belana würde er diesen Ort ohnehin nicht verlassen, doch diese war noch immer schlecht auf ihn zu sprechen und mied ihn, so gut es ging. Und so verschob Halfdan seinen Fluchtplan zunächst, nahm sich vor, sich zunächst mit Belana auszusöhnen, auch wenn er sich insgeheim eingestehen musste, dass sie nicht der einzige Hinderungsgrund war, denn in der Tat genoss Halfdan das Lagerleben und die Aufmerksamkeit, die man ihm und seinem Können entgegenbrachte, mehr, als man es hätte erwarten können.

Und …er würde doch niemals …niemals seinen eigenen Sohn töten!

Halfdan seufzte beruhigt, als dieser Gedanke in seinen Kopf schoss. Natürlich würde er das niemals tun und dieser Traum hatte nichts zu bedeuten, war keine Prophezeiung, denn wer war er schon, dass er als Gefäß für Botschaften von Göttern dienen konnte, er, der nichts weiter war, als ein einfacher Söldner. Nein, dieser Traum war lediglich das Resultat von zu viel Met, denn bei den Göttern, man konnte durchaus sagen, dass er in der letzten Zeit, und um noch genauer zu sein, in der Zeit in diesem Lager dem Alkohol etwas zu sehr gefrönt hatte, was schlicht und ergreifend daran lag, dass die Männer ihn stets mit offenen Armen an ihrem Feuer willkommen hießen und sein Becher niemals leer wurde. Etwas gefasster wandte er sich dem schwarzen Prinzen zu, der ungewöhnlich ruhig wirkte.

»Mein Prinz, wie kann ich euch dienen?«, fragte Halfdan müde und griff nach seinem Hemd, um es sich überzuziehen. Er trank einen Schluck Wasser, um den schalen Geschmack des abgestandenen Mets loszuwerden und musterte Edward. Er sah ungepflegt aus, Bartstoppeln zierten seine eingefallenen Wangen und seine Augen waren blutunterlaufen, während die Ringe darunter so dunkel waren, dass sie beinahe schwarz wirkten. Halfdan zog überrascht die Augenbrauen hoch, denn es wirkte beinahe so, als hätte der Prinz seit Tagen keinen Schlaf mehr gefunden. Offensichtlich nahm ihn die Tatsache, dass sein Vater, der König, die Anwesenheit und den Rat seines Sohnes so wenig schätzte, mehr mit, als es zunächst den Anschein erweckt hatte.

»Jean de Vienne hat einen Boten zu meinem Vater gesandt. Er hat angekündigt, 500 weitere Bürger aus Calais entfernen lassen zu wollen!«, stieß der Prinz nun mit gepresster Stimme hervor. »Er bittet uns darum, sie erneut sicher durch unser Lager zu geleiten!«

Edward wischte sich über die Stirn, er wirkte mit einem Male nervös und fahrig. »Mein Vater wird einen Rat einberufen, doch diesmal, Nordmann, wirst du mir nicht in die Quere kommen! Wir müssen nun mit der Härte eines unbarmherzigen Eroberers vorgehen und ich werde meinen Vater dazu anhalten, keine Gnade walten zu lassen! Und du …« Edward ging einige Schritte auf Halfdan zu, blieb dicht vor ihm stehen und starrte ihn mit zornig funkelnden Augen an. »Du wirst meinen Worten zustimmen! Hast du das verstanden?« Halfdan wich einige Schritte zurück, denn der Atem des Prinzen roch widerwärtig, beinahe wie das

Aas eines toten Tieres und es verschlug ihm beinahe den Atem. Er fragte sich für einen Moment, ob der Prinz womöglich ernsthaft krank war, denn man könnte ob des Gestanks fast annehmen, dass seine Eingeweide vor sich hin faulten, doch dann fasste sich Halfdan und zog spöttisch die Mundwinkel nach oben. »Ihr habt mir nichts mehr zu sagen! Ich unterstehe dem Befehl eures Vaters, dem König! Gewöhnt euch besser daran!«, brummte er und wandte sich von Edward ab, um nach seinem Schwert zu greifen.

Der Prinz stieß einen erstickten Laut aus, während ihm die Zornesröte ins Gesicht stieg. Er schnappte nach Luft, atmete tief ein und aus und die Worte, die folgten, waren so leise, dass Halfdan sie kaum hören konnte. »Du wirst tun, was ich dir sage! Du glaubst, gewonnen zu haben, weil mein Vater dir Aufmerksamkeit schenkt, doch ich kann dir aus Erfahrung sagen, dass diese Aufmerksamkeit nicht ewig währen wird! Du wähnst dich in Sicherheit, doch in Wahrheit unterstehst du noch immer mir und wenn ich es darauf anlegen würde, würdest du deinen neuen Posten schneller verlieren, als du deinen Namen aussprechen kannst. Im Übrigen bin ich deiner Seherin langsam überdrüssig. Ich neige beinahe zu der Annahme, dass ihre magischen Kräfte nur Trug und Hohn sind und überlege tatsächlich, mich ihrer zu entledigen. Vielleicht werde ich sie aber vorher noch besteigen, denn ihre körperlichen Reize sind außerordentlich betörend!« Halfdan zuckte bei Belanas Namen zusammen und spürte, wie sein Herz in seiner Brust heftig zu pochen begann. Er verstand, dass die Ruhe, die er in den letzten Tagen genossen hatte, trügerisch war und dass Prinz Edward noch immer eine ernstzunehmende Gefahr darstellte. Sichtlich beunruhigt legte er die Waffe zurück auf den kleinen Tisch und wandte sich vollends dem Prinzen zu.

»Habe ich nun deine volle Aufmerksamkeit?«, fragte jener lauernd.

Halfdan nickte zähneknirschend. »Ja, mein Prinz!«, stieß er hastig hervor, denn die Angst um Belana hatte ihn bereits vollkommen eingenommen und nun galt es, alles dafür zu tun, um den Prinzen bei Laune zu halten und dafür zu sorgen, dass ihr nichts geschehen würde. Der Gedanke überkam ihn, den König selbst um Hilfe zu bitten, doch er befürchtete, dadurch des Königs Vertrauen zu verlieren, denn, auch wenn der König selbst Kritik am Verhalten seines Sohnes geäußert hatte, war es dennoch etwas anderes, wenn dieser von Außenstehenden offen beschuldigt wurde. Und so verschob Halfdan diese Idee schnell wieder.

»Gut!« Der Prinz klatschte in die Hände und lächelte zufrieden. »Ich denke, du weißt was du zu tun hast! Du wirst mir zustimmen, wenn ich auf die Hinrichtung des weiteren Flüchtlingsstroms zu sprechen komme! Und im Gegenzug dazu bin ich gewillt, mir die Nützlichkeit deiner Hexe noch einmal durch den Kopf gehen zu lassen! Vielleicht werde ich ihr dann noch etwas Zeit ein beräumen, in der sie mir ihr Können unter Beweis stellen können wird!«

»Ihr krümmt ihr kein Haar!«, warnte Halfdan und schüttelte den Kopf. »Versprecht es mir und ich werde eurer Forderung nachgehen!«

Der Prinz lachte abschätzig. »Du wirst das tun, was ich dir sage und womöglich werde ich ihr dann nichts tun! Doch das liegt nicht in deiner Macht! Tu einfach, was ich dir sage! Und jetzt geh auf deinen Posten! Du wirst hier nicht fürs Schlafen und Trinken bezahlt!«

Halfdan wollte etwas erwidern, doch mit einem Blick in das entschlossene Antlitz des Prinzen verstand er, dass ihm das keinen Nutzen bringen würde und so nickte er nur, ohne zu erwähnen, dass er bis jetzt noch keinerlei Bezahlung für seine Dienste erhalten hatte.

Prinz Edward verließ Halfdans Zelt und war zufrieden. Endlich hatte er dem Nordmann zeigen können, dass er noch immer das Sagen über ihn hatte. Er hatte sich in Sicherheit gewähnt, weil sein Vater ihm besondere Achtung entgegenbrachte, doch er, Edward of Woodstock, war noch immer in der Position, ihm Einhalt gebieten zu können. Er hatte ihn viel zu lange gewähren lassen, doch dies würde nun ein Ende finden. Er würde diesen stolzen Kerl schon noch brechen, bis er ihm, dem zukünftigen König von England willenlos gehorchen werden würde. Und wenn er dafür die Hexe als Druckmittel benutzen musste, so war ihm das nur recht. Natürlich würde er ihr niemals ein Haar krümmen, denn die Gefahr war zu groß, dass dadurch die Magie, die sie ihn sich trug, entfesselt werden und sich gegen Prinz Edward richten würde. Doch dies war nicht der einzige Grund, der den Prinzen dazu brachte, ihr keinen Schaden zufügen zu wollen. Er konnte es sich kaum selbst eingestehen, doch der Wunsch, sie zu besitzen und sich ihren Körper zu eigen zu machen, nahm immer mehr Platz ein, doch es war nicht nur die übliche Besessenheit, die er an den Tag legte, wenn es darum ging, Menschen zu beherrschen und Gefallen daran zu finden, sie vollkommen zu besitzen. Nein, diesmal fühlte es sich anders an, denn Prinz Edward wollte Belana nicht nur besitzen, es verlangte ihn auch danach, ihre Bewunderung zu gewinnen und dieser kleine Unterschied machte ihn zeitweise unglaublich wütend und da er diese neue, von Weichheit und Sanftmut geprägte Seite seiner Natur unmöglich annehmen konnte, redete er sich ein, Belana selbst hätte ihn verhext und ihm diese irrwitzigen Gefühle, die seinem Charakter keinesfalls entsprachen, durch Magie angehängt.

Doch er würde schon noch eine Lösung für dieses Problem finden, welches momentan jedoch nur einen Nebenschauplatz in seinem Leben darstellte. Zunächst einmal galt es, die Aufmerksamkeit seines Vaters zurückzugewinnen, denn es konnte nicht sein, dass er sein Augenmerk in Bezug auf kriegerische Strategien nun auf Halfdan legte, der nun wirklich keinerlei Ahnung von der Bedeutung einer Belagerung und des zukünftigen Ansehens des Eroberers hatte.

Es geschah, wie der Prinz es angekündigt hatte. In der Mittagszeit desselben Tages öffneten sich Calais' Tore erneut und 500 Bürger strömten aus den Pforten ins Freie und machten sich zögerlich und mit ängstlichen Herzen auf den Weg, von Calais fort in Richtung des englischen Lagers, in der Hoffnung, dass

England auch diesmal Gnade walten lassen und ihr Leben verschont werden würde. Doch die Engländer hielten sie auf, ließen sie nicht weitergehen und kesselten sie zwischen den Toren Calais' ein, während sie auf eine Entscheidung des Königs warteten.

König Edward ließ Halfdan zu sich rufen und als jener das Zelt betrat, war die Unterredung zwischen Prinz Edward, den anwesenden Offizieren und dem König bereits in vollem Gange.

»Du kommst spät!«, ermahnte ihn der König, während einer der Offiziere zur Seite wich, um Halfdan etwas Platz zu geben. Noch während Halfdan nach Worten rang, um seine späte Ankunft zu erklären, fiel ihm der Prinz ins Wort.

»Verschwende unsere Zeit nicht mit sinnlosen Erklärungen! Ich sagte gerade, dass es uns nicht dienlich wäre, den Leuten erneut freien Durchgang durch unser Lager zu geben! Wir vermitteln den Franzosen dadurch den Eindruck, schwach und weich zu sein! Sie werden beginnen, immer mehr Forderungen zu stellen und ihre Belagerung noch weiter auszudehnen, doch wenn wir Härte zeigen und sie für ihren Hochmut bestrafen, werden sie lernen uns zu fürchten und uns die Stadt übergeben, um noch weitere Gräueltaten zu vermeiden!«

Der König seufzte müde. »Wahrhaftig, ich wünschte, diese Belagerung würde nun bald ein Ende finden! Ich werde dieser Sache wirklich müde und sehne mich nach einem bequemen Bett und gutes Essen! Wie denkst du darüber, Halfdan? Denkst du, wir sollen sie erneut passieren lassen, ohne ihnen ein Haar zu krümmen?«

Halfdan spürte einen dicken Kloß im Hals und bemühte sich zu schlucken. Er wollte diese Menschen nicht zum Tode verurteilen, wollte sich diese Bürde an Schuld nicht auch noch aufladen. Er wusste, dass er keine Wahl hatte, doch war es richtig, das Leben von 500 unschuldigen Bürgern für ein einziges Leben zu opfern? Sein Herz hämmerte heftig, doch er würde nicht anders können, er hatte sich geschworen, Belana mit allen ihm zur Verfügung stehenden Mitteln zu schützen und welchen Wert hatten diese elenden Franzosen schon für ihn? Würde er eine andere Entscheidung treffen können, so würde er es tun, doch der Prinz hatte ihm unmissverständlich klargemacht, was passieren würde, sollte er sich nicht auf seine Seite stellen. Und so schluckte Halfdan den Kloß in seinem Hals hinunter und in dem Glauben, das Richtige zu tun, nickte er dem Prinzen zu. »Euer Sohn hat Recht, mein König! Wir haben nicht damit gerechnet, dass Jean de Vienne eure Gutmütigkeit derart ausnutzen würde! Ihr müsst ein Exempel an den Flüchtigen statuieren und diesmal keine Gnade walten lassen!«

Er sah den zufriedenen Ausdruck in Prinz Edwards Augen aufblitzen und spürte, wie sich Erleichterung in ihm ausbreitete. Ja, er hatte das Richtige getan und die Entscheidung über Leben und Tod traf in letzter Instanz nicht er, sondern der König selbst. Sollten sie sich doch gegenseitig die Köpfe einschlagen, was hatte er damit zu schaffen? Seine einzige Aufgabe bestand darin, Belana zu schützen.

Er sah, wie der König erstaunt die Augenbrauen hochzog.

»Du überraschst mich mit deiner Antwort! Aber gut, ich gebe zu, dass mir der Vorschlag meines Sohnes diesmal ebenfalls zusagt! Jean de Vienne ist einfach zu weit gegangen! Wir werden sie töten!« Der König klatschte in die Hände. »Mein Sohn, kümmere dich darum und sorge dafür, dass Jean de Vienne das Schauspiel sehen wird! Direkt vor den Toren der Stadt sollen sie alle den Tod finden! Das wird de Vienne lehren, unsere Geduld noch weiter auf die Probe stellen zu wollen!«

Und so geschah es, am Abend desselben Tages, dass 500 unschuldige Seelen, Frauen, Kinder, Alte und Männer auf ihrer Flucht durch die Langbogenschützen der Engländer und die berittenen, schwertschwingenden Soldaten einen grausamen Tod fanden. Der Ort zwischen der Stadt und dem englischen Lager glich schon bald einem blutigen Schlachtfeld, denn keiner der Bürger hatte die Möglichkeit gehabt, sich gegen die Angreifer zur Wehr zu setzen. Scharf drangen die Schwerter in die Körper der Flüchtigen ein, die flehend die Arme hoben, um um Gnade zu bitten, doch die Vollstrecker hatten weder Augen noch Ohren für ihr Elend und, Reitern der Apokalypse gleich, zerstörten sie Leben um Leben, bis keines mehr übrig blieb.

Fassungslos betrachtete Halfdan das Gemetzel vom Rande des Schlachtfeldes aus, sah die Menschen, die mit einem letzten Aufbäumen versuchten, vor den Angreifern zu entkommen, sah die Pfeile durch die Luft schwirren und die klirrenden Schwerter, die in diese Körper drangen, tödliche Wunden hinterließen und er wollte seinen Blick abwenden, doch wieder hatte er keine Wahl, denn es ziemte sich nicht. Er wollte nicht als schwach und den Franzosen zugewandt angesehen werden und so blieb er, betrachtete mit einer lähmenden Angst die abgeschlagenen Köpfe und Gliedmaßen, die zum Schreien geöffneten Münder, bevor die Körper reglos in sich zusammenfielen. Seine Hand zuckte zu seinem Schwert, als er sah, wie einer der Soldaten in wildem Ritt hinter einem jungen Mädchen galoppierte, um ihr das Schwert in den Rücken zu schlagen, doch er tat nichts, als das Schwert in das Fleisch eindrang Das Mädchen blieb stehen, ihr Mund zu einem Schrei geöffnet und sie bewegte sich nicht, stand starr da, als würde sie erst begreifen müssen, dass ihr kurzes Leben nun ein Ende finden würde und dann war es Halfdan, als würden sich ihre Blicke treffen. Ein schmerzerfüllter Blick, der zu wissen schien, was er getan hatte und ihn anklagte. Halfdan konnte den Vorwurf in diesen Augen nicht ertragen und spürte hilflosen Zorn in sich aufwallen. »Nun stirb schon!«, knurrte er daher leise vor sich hin und das Mädchen tat ihm den Gefallen, fiel nun endlich vornüber und tat ihren letzten Atemzug.

»Deine Ungeduld gefällt mir! Vielleicht solltest du den Männern helfen, Nordmann! Das scheint mir alles doch recht lange zu dauern!«, ertönte die knarrende Stimme Prinz Edwards neben ihm. Halfdan zuckte bei seinen Worten zusammen.

Wer mit den Wölfen heult, muss auch mit ihnen jagen!

Die dröhnende Stimme der Riesin ertönte mit einem Male in seinem Kopf, sprach diese Worte wie eine Warnung aus und wieder spürte Halfdan, wie dieselbe grenzenlose Angst sein Inneres füllte. Er schüttelte den Kopf.

»Das wird nicht nötig sein, Prinz!«, antwortete er mit gepresster Stimme, fürchtete jedoch, dass seine Antwort ohnehin keine Rolle spielte.

»Nun gut! Sie werden schon alleine zurechtkommen! Immerhin hast du heute guten Willen gezeigt und mich in dieser Angelegenheit unterstützt!«, sagte der Prinz seufzend und rieb sich voller Vorfreude die Hände. »Bald werden wir als Eroberer in diese Stadt einmarschieren! Welche Genugtuung wird es mir bereiten, dem elenden de Vienne den Kopf abzuhacken, für seinen unangebrachten Widerstand!«

Halfdan gab keine Antwort mehr, denn mit einem Male hatte er das Gefühl, keine Luft mehr zum Atmen zu haben. Wortlos drehte er sich daher um und verließ das Schlachtfeld, wollte nichts mehr von den Toten sehen und hoffte nur, dass man sich schnell dieser Körper entledigen würden und zwar noch bevor sie ihren fauligen Geruch des Todes verbreiten würden. Er wollte nichts mehr sehen, nichts mehr hören und einen kurzen Moment überlegte er, Belana aufzusuchen, um Trost bei ihr zu finden, doch er verschob diesen Gedanken wieder, denn war sie nicht sogar Schuld an diesem Elend?

Mit fiebrigen Augen blickte er zu ihrem Zelt, sah den Schein einer Kerze dahinter leuchten, denn die Abenddämmerung hatte bereits eingesetzt, bevor er seinen Weg fortsetzte und sein eigenes Zelt aufsuchte. Er würde schlafen. Schlafen und vergessen. In einem hastigen Zug leerte er den Krug Met, den er sich auf dem Weg mitgenommen hatte und ließ sich rülpsend auf sein Bett fallen. In der Hoffnung, dass Angrobda nicht erneut seine Träume heimsuchen würde, fiel er schließlich in einen tiefen Schlaf.

JEAN DE VIENNE

Mai, 1347

Jean de Vienne schlief nicht mehr. Die Stadt war am Verhungern, alle Vorräte waren aufgebraucht und Seuchen hatten die Bürger heimgesucht. Und diese Schreckensnachricht, die nicht von Nöten gewesen wäre, da alle von den Stadtmauern aus mit Entsetzen hatten sehen können, wie diese feigen Engländer ihre unschuldigen Bürger abschlachteten, klang wie ein weiterer Hohn in seinen Ohren. Er wollte nichts mehr davon hören, wollte nicht mehr darüber nachdenken, was als nächstes getan werden musste, um diese Belagerung noch ein bisschen länger durchhalten zu können. Er hatte viele Bürger fortgeschickt, um mehr Nahrung für die übrigen zu haben, doch auch wenn der erste Flüchtlingszug die Erlaubnis der Engländer bekommen hatte, das Lager zu durchqueren, wurde der zweite gnadenlos hingerichtet und so konnte Jean de Vienne nicht noch mehr Menschen aus seiner Stadt verbannen, denn, auch wenn der Tod durch Seuche und Verhungern nicht unbedingt der leichtere war, bestand doch womöglich noch eine größere Chance, dieses geringere Elend zu überleben. Dass draußen vor den Toren der Stadt jeder den Tod finden würde, hatten die Engländer nur allzu deutlich gemacht.

Die Tür zu seinen Privatgemächern wurde aufgerissen und einer seiner Diener trat ein, ohne auf Antwort zu warten. Es schien, als sei er gerannt, denn er war vollkommen außer Atem und während er versuchte, nach Luft zu schnappen, stotterte er unverständliche Worte von sich. »Nun beruhige dich doch!«, ermahnte ihn Jean de Vienne, der verstanden hatte, dass solch ein untragbares Verhalten nur die Folge eines unvorhergesehenen Ereignisses sein konnte.

Der Diener atmete einige Male tief durch und vermochte nun endlich zu sprechen.

»Kommandant! Gute Kunde hat uns erreicht!«, rief er in freudiger Erregung und Jean de Vienne wurde hellhörig. »Nun sprich schnell! Was ist geschehen?«, fragte er und griff mit zitternden Händen nach der Karaffe mit Wasser, um sich etwas davon einzuschenken.

»Einer der Flotten des Königs von Frankreich ist es gelungen, in den Hafen einzulaufen! Sie bringen uns Lebensmittel, Getreide und Wein!«

Jean de Vienne ließ den Becher fallen und starrte den Diener ungläubig an. Er wusste, dass Philipp VI, der König Frankreichs mehrere Male bereits versucht hatte, Flotten nach Calais zu entsenden, doch bisher war es den Engländern stets gelungen, sie aufzuhalten und zum Rückzug zu bewegen, ohne dass sie ihr Ziel jemals erreicht hätten. Er konnte kaum fassen, dass dieser Flotte nun endlich das Unmögliche gelungen war. Hastig warf er sich seinen Umhang über und machte sich schnellen Schrittes auf den Weg zum Hafen, um sich davon zu überzeugen, dass der Diener tatsächlich die Wahrheit gesprochen hatte.

Trotz des einsetzenden Regens hatte sich eine große Menschenmasse am Hafen versammelt, um das Eintreffen der Flotte mit großem Jubel zu begrüßen. Jean de Vienne konnte seinen Augen kaum glauben, doch als der Kapitän mit einem breiten Lächeln und hoch erhobenen Hauptes auf ihn zukam, beschloss er, seine Zweifel beiseite zu schieben. Für einen Moment hatte er an eine Finte der Engländer gedacht, hatte vermutet, dass sie die Flotte gekapert hatten, um sich selbst in die Stadt einzuschleusen und sie von innen zu erobern, doch diese Männer hier gehörten eindeutig zur Gefolgschaft des Königs von Frankreich.

»Armand de Beauville! Ich bin der Kapitän dieses Schiffes und bringe euch Nahrungsmittel im Auftrag des Königs!« Der Kapitän reichte dem Kommandanten mit einem knappen Nicken die Hand.

De Vienne drückte seine Hand voller Dankbarkeit. »Ihr wisst

gar nicht, wie glücklich wir sind, euch zu sehen! Calais verhungert und wir wissen nicht, wie lange wir der Belagerung durch diese englische Brut noch standhalten können! Dank euch zumindest etwas länger! Ich danke euch!«, sprach er langsam und bedächtig und fühlte, wie ein Stein von seinem Herzen fiel, als er die Unmengen an Fässern sah, die vom Schiff geladen wurden. Damit würden sie zumindest einige Monate mehr ausharren können.

»Dankt nicht mir, dankt unserem großzügigen König! Und fürchtet die Zukunft nicht, denn ich bringe euch weitere gute Kunde! Philipp VI liegt eure Stadt sehr am Herzen und er wird euch nicht im Stich lassen! Er hat alle Ritter des Frankenreichs einberufen und ein Heer von 100 000 Mann vor Arras versammelt! In spätestens zwei Monaten werden sie Calais erreichen und euch von dieser englischen Plage befreien! Habt also Mut und verzagt nicht! Das Ende naht und ihr werdet wieder frei sein!«

Und so kam es, dass die Bürger Calais' wieder zu Kräften kamen und neuen Mut fanden, denn der König selbst war mit einer großen Armee auf dem Weg zu ihnen aufgebrochen und würde sich einen erbitterten Kampf liefern, um die Engländer vor ihren Toren zu vertreiben.

Die Tage gingen ins Land, aus den Tagen wurden Wochen und eine seltsame Stille lag gleichermaßen über der Stadt, als auch über dem Lager der Engländer. Beide Seiten verharrten, hofften darauf, dass eine von ihnen aufgeben würde, denn für alle wirkte sich dieser Zustand der Starre zermürbend und energieraubend aus. König Edward war der Belagerung schon lange müde und konnte es kaum erwarten, endlich wieder Ruhe zu finden, er sehnte sich danach, dem Müßiggang zu frönen, sich mit Literatur und Sprachen zu beschäftigen, ausreichend essen und trinken zu können und außerdem verlangte es ihm nach seiner Frau. Er schickte daher einen Boten nach England, um sie zu sich ins Lager holen zu lassen, sehr zum Ärgernis seines Sohnes, denn seiner Mutter zu begegnen, behagte ihm noch weniger, als Zeit mit seinem Vater verbringen zu müssen.

Die Königin Philippa of Hainault verschmähte die Forderung ihres Gemahls keinesfalls und machte sich sogleich mit ihrem Gefolge und einer königlichen Flotte auf den Weg ins Frankenreich. Im Gepäck hatte sie die Sammlung der Gedichte, lateinische Texte und Liebesgeschichten, die sie ihrem Gatten, der im Übrigen ihr Vetter zweiten Grades war, zur Vermählung geschenkt hatte. Die beiden verband ihre gemeinsame Liebe zur Literatur und der Kunst und Philippa konnte sich in Etwa vorstellen, wie es dem König nach dieser monatelangen Belagerung inmitten des rauen Lagerlebens gehen musste. Sein Geist und sein Körper mussten ausgehungert sein und sie sah es als ihre Aufgabe als seine Gemahlin, ihn durch inspirative Gespräche und innige Vertrautheiten zu neuer Stärke zu führen.

Gleichzeitig mit der Ankunft der englischen Königin ereilte auch die Kunde der herannahenden Ritterschaft unter König Philipp von Frankreich das englische Lager. Und so verlief die Begrüßung zwischen König und Königin nicht derart erfreulich und innig, wie von beiden erhofft, denn Edward hatte augenblicklich einen Rat einberufen, um sich über das weitere Vorgehen Klarheit zu verschaffen. Auch Halfdan wurde hinzugerufen und trotz der Tatsache, dass er die letzten Wochen damit verbracht hatte, zu viel Met zu trinken, was ihm den einen oder anderen Kopfschmerz beschert hatte, schaffte er es, einen einigermaßen kühlen Kopf zu bewahren und den Ausführungen der Offiziere zu folgen, die verschiedene Strategien an den Tag legten, um das französische Heer möglichst ohne eigene Verluste besiegen zu können. Er warf einen Blick auf die auf dem Tisch ausgebreitete Landkarte und begutachtete die Position des französischen Heeres, welches durch kleine Steinchen dargestellt wurde und runzelte die Stirn. Nun verstand er die ganze Aufregung erst recht nicht mehr.

»Mein König, darf ich sprechen?«, warf er ein und spürte, wie alle Blicke sich ihm erwartungsvoll zuwandten. Auch die Königin war anwesend und Halfdan sah sie nur flüchtig an, doch ihre Schönheit berührte ihn. Durch ihre großen und runden, braunen Augen strahlte sie eine Sanftmut aus, die dem Antlitz der Marienstatuen in den Kirchen glich. Ihr Mund war klein und zart, ihre Nase lang und schmal und die vornehme Blässe ihres Gesichts stand ihr ausgesprochen gut. Auch ihr Hals war lang und schmal und sie war von einer hochgewachsenen, vornehmen Statur. Unter ihrer Kopfbedeckung fielen einige vorwitzige Strähnen ihres braunen, langen Haares hervor und auf ihren Lippen trug sie ein leichtes Lächeln. Sie war nicht nur schön, sondern strahlte Tugendhaftigkeit, Güte und Weiblichkeit aus. Halfdan verstand nicht, wie solch ein Weib einen derart verkommenen und grausamen Sohn hatte hervorbringen können.

Als hätte der schwarze Prinz seine Gedanken gehört, stieß er ihm grob in die Seite. »Wir warten, Nordmann!«, zischte er. »Erfreue uns mit deinen Ausführungen!«

Halfdan zuckte zusammen, rückte unwillkürlich ein Stück vom Prinzen ab und hörte tatsächlich ein leises Kichern unter den Rängen der Offiziere. »Ruhe!«, polterte der König und unter dem mahnenden Blick der Königin räusperte sich Halfdan und deutete mit dem Zeigefinger auf die Karte.

»Wenn ich es richtig verstehe, befindet sich das französische Heer bei Wissant, also einen Tagesmarsch von Calais entfernt?«, erkundigte er sich und einer der ranghöchsten Offiziere nickte. »Das ist richtig!«, bestätigte er und Halfdan grinste wissend. »Dann sollten wir uns keine weiteren Gedanken darüber machen! Denn wie ihr selbst schon ausgeführt habt, gibt es für die Franzosen nur zwei Wege nach Calais. Einmal über das Meer an der Küste entlang, doch es wird ihnen aufgrund der Stärke eurer Flotte, mein König, unmöglich sein, diese Enge zu überwinden! Der andere Weg würde sie durch die Sümpfe führen, und dafür müssen sie die Brücke von Nieulay passieren, was ihnen ebenfalls unmöglich sein würde, da sie niemals an euch vorbeikommen würden!«

Der König nickte. »Das ist uns bewusst! Was schlägst du daher vor?«

Halfdan zuckte mit den Achseln. »Nichts! Wenn ihr sie nicht

angreifen werdet, was ich euch nicht raten würde, so können sie sich entweder zurückziehen oder euch zum Kampf auffordern! Sicherlich verzögert es den positiven Ausgang der Belagerung etwas, doch im Grunde wird sich nichts an eurer Position ändern. Ich rate euch daher zu Geduld! Philipp wird keine andere Wahl haben, als seine Ritter abzuziehen!«

Halfdan hatte seine Rede beendet und wusste nicht, ob das Schweigen, welches nun über der Runde lag, guter oder schlechter Natur war. »Sollten wir sie denn nicht angreifen? Wir haben dreimal so viele Männer wie sie!«, warf einer der Offiziere ein und Halfdan schüttelte den Kopf. »Wozu Männer verlieren? Und bedenkt, dass nicht nur die Bürger Calais' an Mangel leiden; auch die Soldaten in diesem Lager sind erschöpft und unleidlich, haben seit Monaten keine herzhafte Nahrung mehr zu sich genommen und sind nicht in Form! Ihr würdet unnötig ihr Leben aufs Spiel setzen, für einen Kampf, den ihr auch ohne Schlacht und Blutvergießen gewinnen könnt!«

Die Männer warfen sich unschlüssige Blicke zu, die meisten waren nicht vollkommen überzeugt von Halfdans Worten, doch auf einigen der Gesichter zeigte sich Zustimmung.

»Ich muss ihm Recht geben, Vater!«, ertönte mit einem Male die Stimme des schwarzen Prinzen. Erstaunt hob Halfdan die Augen und sah Edward an, der ihm zustimmend und ohne Missgunst zunickte.

Der König runzelte die Stirn. »Diese Worte von dir, mein Sohn, der stets den offenen Kampf bevorzugt?«, fragte er verwundert und tauschte einen heimlichen Blick mit der Königin aus.

»Es ist richtig, ich bevorzuge den offenen Kampf, doch in diesem Fall ist die Lage eindeutig! Philipps einzige Möglichkeit wird der Rückzug sein, wenn wir in Deckung bleiben. Der Sieg gehört somit bereits uns!«

Zustimmendes Gemurmel erhob sich nun unter den Anwesenden, denn natürlich würde niemand dem schwarzen Prinzen offen widersprechen und sein Wort hatte bei Weitem mehr Gewicht, als das eines dahergelaufenen Söldners aus dem Norden.

Und so war die Sache schnell entschieden: England würde sich im Hintergrund halten und den offenen Kampf meiden, bis die Ritterschaft des Frankenreiches der Sümpfe überdrüssig werden und den Rückzug einläuten würde. Auf einen Wink des Königs verließen alle Anwesenden eilig das Hauptzelt, während sich Edward und Philippa endlich in den Armen liegen konnten.

Deren Sohn hingegen war mit sich und der Welt äußerst zufrieden. Vor allem aber hatte er die Verwunderung und den Argwohn auf Halfdans Gesicht genossen, als er ihm bei seinem Vorschlag, den Engländern den Zugang zur Brücke über die Sümpfe zu verweigern, zugestimmt hatte. Er fühlte sich großartig, genoss diesen einzigartigen Moment, in dem es ihm gelungen war, Halfdan zu verunsichern, denn er wusste, dass jener sich nun fragen würde, warum er ihm mit einem Male diese Freundlichkeit entgegenbrachte. Nun, Edward hatte durchaus seine Gründe für den subtilen Schachzug. Er wollte Halfdan für einen Augenblick in Sicherheit wiegen, ihm die Angst vor ihm nehmen, bevor er zum nächsten Gegenschlag ausholen würde. Er würde ihm die Freude seines Triumphs nicht nehmen, noch nicht, denn erst würde er seinen Plan näher definieren müssen, doch schon bald würde Halfdan begreifen, dass er ihn, Edward of Woodstock maßlos unterschätzt hatte.

ADOUMA

Adouma blinzelte mit halb geöffneten Augen durch den Spalt des Holzverschlags, in dem er und Tanguy sich versteckt hielten. Die donnernden Pferdehufe wurden immer lauter und er spürte die Erschütterungen unter dem festgetretenen Erdboden. Der weise, alte Mann stand wie ein Fels in der Brandung auf seinen Stock gestützt vor dem Haus und wartete auf die Ankömmlinge. Sein weißes, langes Haar wehte im Wind, und bei Gott dem Allmächtigen, er war wirklich eine beeindruckende Gestalt und Adouma spürte, wie die Furcht ihn verließ, denn seltsamerweise vertraute er dem Alten auf eine unerschütterliche und kaum erklärbare Art. Er spürte Tanguys Hand nach ihm tasten und ergriff sie, denn er wusste, dass diese Geste den Riesen stets beruhigte. Er drückte sie und warf ihm ein zuversichtliches Lächeln zu. »Keine Angst! Es wird nicht lange dauern!«

Tanguy sah ihn wortlos an und für einen Moment schien es Adouma, als würde er Verständnis in dessen Augen aufblitzen sehen, doch er schob diesen Gedanken sogleich beiseite, denn das war tatsächlich etwas völlig Unmögliches. Nun sah er die beiden Reiter in ihren schwarzen Mönchskutten die Sanddüne emporjagen. Sie hielten die Pferde mit einem heftigen Ruck an und noch während sie liefen, sprang der erste der beiden Männer vom Pferd ab und schlug seine schwarze Kapuze zurück. Adouma hatte aufgrund der Körperfülle bereits die Vermutung gehabt, und nun fühlte er sich bestätigt. Bruder Vincent, der stellvertretende Abt hatte sich selbst auf den Weg gemacht, um die Abtrünnigen zu suchen. Ihn begleitete ein kleiner, schmächtiger Mönch, in dessen Gesicht eine markante, lange Nase prangte, die so gar nicht zu seinen hageren und eingefallenen Gesichtszügen zu passen schien. Bruder Vincent ging schnellen Schrittes auf den Alten zu. »Wer seid ihr?«, schleuderte er ihm entgegen. »Warum wollt ihr das wissen?«, fragte der Alte unberührt und deutete mit dem Stab zur Hütte. »Ich bin auf der Suche nach meinem alten Freund Jacques, dem Fischer, doch leider konnte ich ihn nicht antreffen, was wirklich ärgerlich ist, denn ich hatte mich auf ein paar gute Becher Met gefreut!«, krächzte er und zuckte mit den Schultern. »Nun, vielleicht beim nächsten Mal!« Er machte den Anschein, als wolle er sich abwenden, doch Bruder Vincent hielt ihn zurück. »Wartet! Wir suchen nämlich seinen Sohn! Einen großen, blonden Jungen, der der Idiotie verfallen ist, wahrscheinlich in Begleitung eines dunkelhäutigen Mönchs. Habt ihr sie womöglich gesehen?«

Der alte Mann stieß einen überraschten Laut aus. »Ja, tatsächlich habe ich sie gesehen!«

Adoumas Herz machte einen Sprung vor Aufregung und er tastete nach seinem Schwert. Nun war alles verloren und der Alte hatte sie hinters Licht geführt und würde sie gnadenlos ihren Henkern ausliefern. Er konnte nicht glauben, dass er nicht mehr Argwohn an den Tag gelegt hatte und diesem Mann, den er nicht kannte, so blind vertraut hatte.

Der Alte hob seinen Stab und deutete auf den Strand. »Am Ende des Strandes habe ich sie gesehen, sie sind in das kleine Wäldchen oberhalb der Dünen verschwunden! Ein großer Schwarzer mit einem noch größeren Blonden! Ich nehme an, sie sind es, dir ihr sucht!«

Argwöhnisch beäugte Bruder Vincent den alten Mann. »Seid ihr ganz sicher?«, fragte er ihn lauernd.

Der Alte lachte. »Natürlich bin ich das! Oder wie viele schwarze Mönche mag es hier in der Umgebung wohl geben!« Er lachte noch lauter und Bruder Vincent verzog verärgert das Gesicht, sah einen Moment zur Hütte und überlegte, ob er sich die Mühe machen sollte, sie zu durchsuchen, doch welchen Grund sollte es geben, diesem alten Mann nicht zu vertrauen, denn immerhin hatte er mit ihrer Geschichte nichts zu schaffen.

Bruder Vincent überlegte, ließ seinen Blick über den Strand schweifen und hustete. »Wir werden sie schnell eingeholt haben!«, murmelte er dann und gab seinem Begleiter mit einer ausholenden Handbewegung zu verstehen, auf das Pferd zu steigen. Er selbst tat es ihm gleich. Er lenkte sein Pferd herum und blickte auf den Alten hinunter. »Habt Dank für Eure Hilfe!«, sagte er dann mit einem Nicken und trieb sein Pferd in den Galopp. Er konnte es kaum erwarten, die Abtrünnigen einzufangen und sie ihrer gerechten Strafe zuzuführen. Und bei Gott, sie würden büßen für das, was sie getan hatten. Dafür würde er persönlich sorgen! Mit Abscheu dachte er an das Massaker im Kloster und an den armen Bruder Sébastien, der bis zur Unkenntlichkeit zu blutigem Brei geschlagen worden war, bevor er sein Pferd mit einem Aufschrei antrieb.

Erleichtert verließ Adouma sein Versteck und half anschließend dem ächzenden Tanguy, aus dem Verschlag zu kriechen, was sich aufgrund seiner Körpergröße und -breite als etwas schwierig erwies. Als Adouma dem Alten seinen Dank aussprechen wollte, winkte dieser ab. »Ihr werdet eure Dankbarkeit noch unter Beweis stellen können!«, krächzte er und wandte sich ungeduldig Ael zu. »Nun?«, fragte er und klopfte wie zum Zeichen für seine Ungeduld mit seinem Holzstab ein paar Mal auf den Boden.

»Er ist tot. Jacques ist tot!«, sagte das kleine Mädchen unberührt und zuckte mit den Schultern. Der Alte seufzte und schnaubte zornig. »Der Junge! Wo ist Erwann?«, fragte er verärgert.

»Nicht da!«, antwortete Ael und legte ihre Stirn in Falten. »Was tun wir jetzt, Marzin?«

»Das habe ich befürchtet!«, krächzte Marzin und ging auf die Hütte zu. »Wartet hier auf mich!«

»Was ist mit uns? Wir können doch nun gehen?«, fragte Adouma. »Ihr bleibt!«, donnerte ihm die Stimme des Alten entgegen und Adouma quittierte diese Aufforderung mit einem Nicken. »In Ordnung! Das habe ich mir fast gedacht!«, murmelte er und ließ sich auf die Bank vor der Hütte fallen. Denn wo sollten sie auch hin?

Marzin betrat die alte Hütte, die nach abgestandenem Rauch

und verfaulten Zwiebeln stank und sah sich einen Moment um, bevor er seufzend auf den Toten am Boden zustapfte. Er ließ seinen Stab zu Boden fallen und kniete sich neben den Leichnam. Er ächzte, seine Knie taten ihm weh und seine Augen wurden zusehends schlechter; es gab Tage, an denen er kaum noch etwas sehen konnte, außer graue Schatten um sich herum. Doch um das zu tun, was er vorhatte, musste er glücklicherweise nicht sehen können. Seufzend tastete er nach Jacques' Kopf, befühlte seine Wangen, ließ die Finger in die Augenhöhlen gleiten und legte anschließend beide Hände an die Schläfen. Mit einem tiefen Atemzug konzentrierte er sich, ließ die Energie fließen und begab sich auf die Reise in die noch lebendigen Gedanken des Fischers.

Als er die Hütte verließ, hatte er alles erfahren, was von Nöten gewesen war, um den Thronerben der Bretagne ausfindig machen zu können und so nickte er Ael zu, die keine weiteren Fragen stellte und wandte sich an Adouma und Tanguy. »Ihr habt die Wahl. Kommt mit uns, denn wir werden fürwahr einen Schwertkämpfer an unserer Seite gebrauchen!«

Dann trat er einen Schritt auf Tanguy zu. »Was dich angeht, mein Junge, so werde ich dich von deinem kranken Geist heilen können!«

Er breitete die Arme aus. »Oder aber geht eurer Wege, was euch früher oder später in die Arme eurer Verfolger führen wird! Wählt!«

Adouma zögerte nicht lange und stimmte dem Vorschlag des Alten zu. Er verstand nicht, was hier vor sich ging, doch es schien allemal besser zu sein, als hilflos und auf sich allein gestellt in der Gegend umherzuirren. Und die Aussicht auf Heilung für Tanguy machte ihm die Entscheidung noch leichter, denn das hieß, dass er seinen eigenen Weg gehen konnte, sobald er nicht mehr die Verantwortung für den Jungen tragen würde. Und so folgten sie den beiden, ohne zu wissen, wo sie dieser Weg hinführen würde, doch mit etwas mehr Hoffnung im Herzen, als zu Beginn ihrer Flucht.

HALFDAN

August 1347

Es kam so, wie Halfdan es vorausgesehen hatte. Nachdem Philippe mehrere Boten schickte, die die Engländer zum Kampf auf offenem Gelände aufforderten, schaltete sich schließlich der Papst selbst ein und sandte in seinem Auftrag Kardinäle zu König Edward, die die Aufgabe hatten, ihn von der Wichtigkeit dieser notwendigen, alles entscheidenden Schlacht zu überzeugen.

Doch Edward blieb standhaft und so blieb König Philipp von Frankreich nichts weiter übrig, als sein Heer zu entlassen und selbst unverrichteter Dinge nach Hause zu kehren.

Als Jean de Vienne vom Abzug des französischen Heeres erfuhr, verließ ihn jeglicher Mut und er gestand sich ein, dass ihnen jetzt nun nichts weiter mehr übrig blieb, als die Kapitulation. Wieder einmal schickte er einen Boten in das gegnerische Lager, der König Edward darum bitten sollte, eine ehrenvolle Kapitulation Calais' anzunehmen, denn immerhin würden den Engländern in diesem Falle Plünderungen, Raub und Vergewaltigung verwehrt werden.

»Sie müssen ihre Unterwerfung deutlich zeigen!«, geiferte der Prinz und schleuderte wütend seinen Umhang auf einen Stuhl, während der König ratlos hin -und her schritt.

»Das denke ich auch, mein Sohn!«, murmelte er und nickte. »Jean de Vienne hat es zu weit getrieben und muss uns seine Demut unter Beweis stellen!«

Lange beriet er sich an diesem Abend mit dem Prinzen, der die ihm zuteilwerdende Aufmerksamkeit außerordentlich genoss, bis Edward III wieder nach dem Boten aus Calais rufen ließ, der etwas abseits des Lagers darauf wartete, die Antwort des Königs von England zu empfangen.

»Wir werden eure Kapitulation annehmen! Höret unsere Bedingung: sechs eurer vornehmsten Bürger werden sich mit einem Strick um ihren Hals, nur mit einem Hemd bekleidet und mit den Schlüsseln zur Stadt in unsere Hände begeben! Geh zum Kommandanten Jean de Vienne und überbringt ihm diese Nachricht!«

Mit weit aufgerissenen Augen nahm der Kundschafter die Botschaft auf, nickte anschließend geflissentlich und ritt von dannen, während Prinz Edward ihm mit einem süffisanten Lächeln hinterherschaute.

Einige Männer, die gerade dabei gewesen waren, ihre Waffen zu schärfen, hatten in ihrer Tätigkeit inngehalten und sich untereinander erstaunte Blicke zugeworfen, als sie diese Kunde vernahmen. Manche von ihnen murmelten unverständliche Bemerkungen, andere schüttelten den Kopf, denn diese Forderung schien so unfassbar, dass sich keiner von ihnen vorstellen konnte, dass der Gouverneur von Calais darauf eingehen würde.

»Niemals wird er diese Demütigung in Kauf nehmen!«, murmelte Prinz Edward an seinen Leibwächter Draca gewandt. »Ich kann es kaum erwarten, die Stadt auszurauben und mir ein paar hübsche Weiber zu nehmen!« Draca verzog sein Gesicht zu einem schmierigen Grinsen und nickte. »Genau so soll es geschehen, Mylord!«

Doch dem war nicht so, denn auch wenn Jean de Vienne nach dem Erhalt dieser Nachricht einen Tobsuchtsanfall bekam, die Einrichtung seines Hauses in wilder Wut zerstörte und sich die Haare raufte, so kam er doch schnell wieder zur Besinnung und begriff, dass ihnen allen keine andere Wahl blieb, als diese Demütigung auf sich zu nehmen. Zum Wohle aller übrigen Bürger Calais' würden sich einige Adelsmänner opfern müssen und so berief er hastig eine außerordentliche Versammlung ein, in der er die Forderung der Engländer mit bebender Stimme verkündigte.

Hingegen seiner Erwartung brach kein Tumult aus, sondern betretenes Schweigen breitete sich aus. Er sah die Erschöpfung in den Augen der Anwesenden, sah, wie sie sich untereinander Blicke zuwarfen, die Hoffnung und Angst zugleich ausdrückten. Angst davor, einer derjenigen zu sein, der sich den Engländern ausliefern würde und Hoffnung, dass ein anderer diese Bürde auf sich nehmen würde.

»Ich werde niemanden von euch zu diesem Opfer zwingen! Wer auch immer von euch sich dazu entscheiden sollte, einer von jenen sein zu wollen, die die Stadt durch seinen Großmut und seine Tapferkeit erretten wird, soll dies aus freien Stücken tun! Ich als Hauptmann dieser Stadt erkläre mich als erster bereit, mich der Forderung der Engländer zu beugen!«, brüllte Jean de Vienne kampfesmutig, doch seine Hände zitterten, denn er hatte die Worte ohne nachzudenken gesprochen und war nun erschüttert über seinen eigenen Mut. Doch was blieb ihm anderes übrig, als mit gutem Beispiel voranzugehen? Er hoffte, dass seine Bereitschaft die anderen dazu ermutigen würde, sich ihm anzuschließen.

Leises Gemurmel kam auf, als die Bürger seine Worte vernahmen und erschrockene Ausrufe ertönten aus allen Ecken. Einige hielten sich den Mund vor Bestürzung, andere schüttelten den Kopf, doch Jean de Vienne sah auch nachdenkliche Gesichter und zögernd erhob sich nun Eustache de Saint Pierre, der Älteste unter den Versammelten und mit Abstand auch der wohlhabendste Bürger Calais'. Er hob die Arme, um die Männer zum Schweigen zu bringen, bevor er feierlich das Wort ergriff: »Auch ich werde euch folgen, Jean de Vienne! Ich opfere mich mit Freuden, um unsere Freunde und unsere Familien vor dem Tod zu retten! Ihr könnt auf mich zählen!« Seine Stimme zitterte etwas und Jean de Vienne konnte nicht feststellen, ob dies aus Angst geschah oder seinem hohen Alter geschuldet war, doch es war ihm gleich. Erleichtert nickte er ihm zu. »Ich danke euch, Saint Pierre! Die Stadt wird euch zu ewigem Dank verpflichtet sein und ihr werdet niemals in Vergessenheit geraten!«

Eustache de Saint Pierre nickte ihm ebenfalls zu und noch während er wieder Platz nahm, erhoben sich weitere Männer. Die beiden Brüder Pierre und Jacques de Wissant aus dem gleichnamigen Dorfe Wissant schlossen sich den beiden an, gefolgt von Jean d'Aire, der, so könnte man meinen, ohnehin dem Tode nahe war, denn seine Wangen waren tief eingefallen und sein Körper bestand nur noch aus Haut und Knochen.

»Meine treuen Bürger! Ich danke euch für euren Mut! Wir werden diese Schmach Seite an Seite erdulden und unsere geliebte Stadt erretten!«, rief Jean de Vienne mit bebender Stimme aus. Er blickte sich suchend um.

»Nun, einer fehlt noch? Wer ist bereit, sich uns anzuschließen?«

Jean de Vienne sah in die verängstigten Gesichter, die allesamt seinem Blick auswichen. Er zitterte innerlich, befürchtete, keinen weiteren Freiwilligen mehr zu finden, doch gerade als er erneut sprechen wollte, fiel ihm ein anderer ins Wort.

»Sucht nicht weiter, Kommandant! Ich bin euer Mann!«, ertönte eine heisere Stimme aus der hintersten Reihe. Überrascht sah Jean de Vienne auf, suchte nach dem Mann, zu dem diese Stimme gehörte und erkannte den Bürger Andrieu d'Andres. Er sah, dass Tränen über seine Wangen liefen und Jean nickte zögerlich. »Seid ihr eurer Sache sicher?«, fragte er langsam und hoffte doch so sehr, dass d'Andres ihn nicht enttäuschen würde. Und er tat es nicht, sondern erhob sich vor allen und verkündete erneut, und diesmal mit fester und entschlossener Stimme, dass er sich bereitwillig in die Hände der Engländer begeben würde.

Und so war die Sache beschlossen. Jean de Vienne löste schweren Herzens die Versammlung auf und entließ die Bürger in ihr Heim. Für manche von ihnen würde es der letzte Gang sein, bevor sie die Stadt mit nichts als einem Hemd bekleidet und einem Strick um den Hals verlassen würden.

Er selbst schickte erneut einen Boten zu den Engländern und Edward, bevor er sich zu seiner Familie begab, um sie über diese schreckliche Kunde zu unterrichten.

Bereits am folgenden Tag öffneten sich die Tore Calais'. In freudiger Erwartung hatte sich der englische König mit seinem Gefolge vor der Stadt versammelt, um die Adelsmänner in ihren Büßerhemden in Empfang zu nehmen. Hingegen ihrer bedauernswerten Erscheinung traten die Männer jedoch mit stolz geschwellter Brust aus den Toren heraus. Sie hatten sich gegenseitig Mut zugesprochen und waren sich einig, sich keine Blöße geben zu wollen, indem sie Furcht vor den Eroberern zeigten. Im Gegenteil, sie redeten sich ein, als Helden in die Geschichte einzugehen, Helden, die den Tod der Bürger Calais' verhindert hatten, indem sie ihr eigenes Leben opferten. Langsamen Schrittes gingen sie auf die Delegation der Engländer zu, allen voran Jean de Vienne, der den riesigen Schlüssel zu den Toren der Stadt in seinen Händen hielt. Nachdem er ihn dem König selbst gereicht hatte, wurden die sechs Franzosen in Windeseile von den Soldaten des Königs umrundet und in dieser Konstellation ins Lager geführt. Sie machten einen äußerst bedauernswerten Eindruck, bekleidet nur mit den weißen Hemden, sowie dem Strick um den Hals und nicht jeder der Engländer empfand Schadenfreude beim Anblick dieser traurigen Truppe. Gar mancher empfand tatsächlich Mitleid mit ihnen, denn diese Demütigung empfanden sie selbst als untragbar, und die Aussicht auf die baldige Hinrichtung der Adelsleute erschien ihnen beinahe ungerecht und willkürlich.

Der schwarze Prinz hingegen empfand eine diebische Freude bei dieser Vorstellung und malte sich bereits verschiedene grausame Hinrichtungsmethoden aus, ohne sich entscheiden zu können, welche davon ihm das größte Vergnügen bringen würde und ohne in Betracht zu ziehen, dass diese Entscheidung gänzlich bei seinem Vater, dem König lag. Doch womöglich würde er auch hier ein Mitspracherecht haben, denn seit der Ankunft der Königin, seiner Mutter, schien der König ihm wieder zugewandt zu sein und brachte ihm mehr Aufmerksamkeit entgegen, indem er der Meinung seines Sohnes mehr Beachtung entgegenbrachte.

Halfdan beobachtete diese Farce aus einiger Nähe. Er sah die freudigen Gesichter der englischen Adeligen und Offiziere über ihren gerade errungenen Sieg und fühlte sich müde und rastlos.

Das Gemetzel der 500 lag ihm noch schwer in den Eingeweiden und er fühlte sich verantwortlich für den Tod dieser armen Menschen. Die Augen des Mädchens verfolgten ihn noch immer in seinen Gedanken, ihr Gesicht tauchte vor ihm auf und ab, verwandelte sich Angrboda, die Göttin mit dem blutfarbenen Haar, die immer wieder leise an sein Ohr flüsterte.

Wer mit den Wölfen heult, muss auch mit ihnen jagen!

Die Angst, die ihn jedes Mal bei diesen Worten ergriff, ließ sich kaum in Worte fassen. Noch nie in seinem Leben zuvor hatte er diese Furcht empfunden, noch nicht mal in dem Moment, in dem er am Galgen stand und darauf wartete, gehängt zu werden. Es war eine grenzenlose Angst, die sein Inneres erbeben ließ und ihm den Atem nahm und mit stummer Erschütterung begriff er, dass diese Angst ihm selber galt. Er fürchtete sich vor sich selbst, fürchtete sich davor, wozu er fähig sein würde, wenn man ihm keine Wahl mehr gab und er verstand, dass er in der Lage sein würde, seine Glaubenssätze zu verraten, um sein eigenes Wohl zu sichern. Seines und das von Belana. Doch hatte er das nicht bereits getan und wie weit würde er noch gehen?

Seufzend ließ er den Blick schweifen, beobachtete das emsige Treiben im Lager, sah die ersten Soldaten, die sich im Siegestaumel in den Armen lagen und bereits begonnen hatten, ihren Erfolg mit Met zu begießen, als sein Blick Königin Philippa streifte. Er stutzte, stellte fest, dass sie ihn beobachtete und zuckte zusammen, bevor ihm eine Idee kam. Er zweifelte nicht daran, dass die Königin voller Güte und Wärme war und überlegte noch einen Moment, legte sich die passenden Worte zurecht, bevor er lauthals die Nase hochzog, auf den Boden spuckte und sich vom Baum abstieß, an den er sich gelehnt hatte. Gemächlichen Schrittes ging er auf die Königin zu, die ihn mit einem leichten Lächeln im Gesicht anblickte und fragend die Augenbrauen hochzog.

Halfdan blieb einige Schritte vor ihr entfernt stehen und ersparte sich eine förmliche Anrede, als er ein leichtes Interesse in ihren Augen aufglimmen sah. Für einen Moment blickten sich beide nur stumm an und Halfdan glaubte, eine Verbundenheit und Vertrautheit zwischen sich und der Königin zu fühlen, die er sich nur schwerlich erklären konnte. Beinahe hatte er das Gefühl, als würden sie sich bereits kennengelernt haben, auch wenn er diese Empfindung nirgends zuordnen konnte. Für einen Augenblick verlor er sich in ihrem schönen Gesicht, den feinen Zügen und den gütigen Augen, bevor er sich räusperte und ihr zunickte. »Meine Königin.«, sprach er mit heiserer Stimme. Er spürte, wie ihn ein leichter Schwindel ergriff und sich eine beklommene Hitze in seinem Inneren ausbreitete. Er schloss die Augen und versuchte, die aufkommende Übelkeit zu unterdrücken. »Geht es euch nicht gut?«, drang die leise und melodische Stimme der Königin an sein Ohr. Er riss die Augen auf und schüttelte den Kopf. »Es geht mir gut!«, knurrte er eine Spur zu ruppig, wohl wissend, dass dieser Ton einer Königin nicht angemessen war. »Meine Königin, ich habe ein Anliegen, das keinen Aufschub erlaubt! Ich bitte euch, mich anzuhören!«

»Sprecht nur!«, antwortete die Königin schlicht und nickte sanft mit dem Kopf. »Euer König und Gemahl hat vor, die Adelsleute hinzurichten?«, fragte Halfdan wie beiläufig und ließ den Blick in die Ferne schweifen.

Philippa lächelte. »Es ist nun auch euer König, oder meint ihr nicht?«, fragte sie leicht herausfordernd. Halfdan schwieg. Er wusste, dass die Königin eine Antwort erwartete, doch etwas in ihm sträubte sich, ihr die angebrachte Erwiderung entgegenzubringen. Sie wartete einen Moment bewegungslos, bevor sie nickte. »Ich verstehe! Sprecht dennoch!«

Halfdan fuhr sich mit dem Handrücken über die Stirn, denn er schwitzte plötzlich und fragte sich, ob sein Vorhaben einen Sinn ergab, denn immerhin suchte er den Kontakt zur Königin, um ihre Meinung hinter des Königs Rücken zu beeinflussen. Doch nun stand er bereits hier und konnte nicht mehr zurück. Das Einzige, was ihm nun übrigblieb, war der Weg nach vorne und die Hoffnung, dass Philippa sein Anliegen wohlwollend auffassen würde.

Die Augen der Königin blitzten belustigt. »Nur frei heraus! Ihr habt nichts zu befürchten, Halfdan Olavson!«

Halfdan zuckte zusammen, wunderte sich darüber, dass sie seinen Namen kannte und vermied es, sie anzusehen. Er fixierte einen Punkt in weiter Ferne und hustete. »Ich möchte weiteres Blutvergießen vermeiden. Es sind bereits zu viele Menschen gestorben!«, sagte er mit rauer Stimme.

»Ihr bittet um das Leben dieser Bürger?«, fragte Philippa erstaunt. »Ich muss sagen, ihr überrascht mich! Was habt ihr mit diesen Menschen zu schaffen?«

»Nichts! Ich habe nichts mit ihnen zu schaffen, doch es sind bereits genug Menschen gestorben!«, erwiderte er.

Sie schwieg einen Moment. »Du bittest mich also um Barmherzigkeit! Warum mich?«

Halfdan sah sie unbewegt an. »Ich denke, das wisst ihr!«

Sie runzelte die Stirn und rückte mit beiden Händen den Schleier zurecht, der ihr braunes langes Haar verbarg, bevor sie den Kopf schüttelte. »Nein!«, erwiderte sie und Halfdan konnte es nicht vermeiden, dass sich ein kleines Lächeln auf seine Lippen stahl. »Weil ihr gütig seid! Von allen Menschen, die ich hier traf, seid ihr die Einzige, die Güte in sich trägt! Daher fragte ich euch!«

Philippa errötete, doch erwiderte nichts. Sie betrachtete ihn einen Moment schweigend, bevor sie langsam mit dem Kopf nickte. »In Ordnung! Ich werde meinen Gemahl um Gnade für diese armen Seelen bitten!«

Halfdan spürte, wie ihm ein Stein vom Herzen fiel. Er nickte Philippa zu. »Ich danke euch!«, antwortete er und wandte sich zum Gehen.

»Halfdan!«, rief ihm Philippa zu. Er drehte sich um und blickte sie fragend an.

»Es scheint, als sei das Herz eines Nordmanns nicht ganz so dunkel, wie man sagt!«, sagte sie und ihre Augen glänzten verräterisch.

Halfdan grinste und verbeugte sich leicht.

»Du täuschst dich, Philippa, Königin von England, denn in meinem Herzen herrscht Finsternis und Verdamnis!«, dachte er voller Verbitterung, während er seinen Weg fortsetzte, und sich ein

weiteres Mal von dem gähnenden Abgrund der Schuld, die er auf sich geladen hatte, abwandte.

Philippa hingegen, tief berührt von der Begegnung mit diesem riesigen Nordmann, suchte unverzüglich ihren Gatten auf, um ihn mit lieben Worten dazu zu bringen, Großmut walten zu lassen und die Gefangenen am Leben zu lassen. König Edward, zunächst überrascht von der großherzigen Bitte seiner Gemahlin, brauchte einen Moment, um die möglichen Konsequenzen dieser barmherzigen Tat abzuwägen, doch da er schließlich verstand, dass dies keinerlei Auswirkungen auf das Ziel, nämlich die Besetzung der Stadt Calais haben würde, gab er der Forderung seiner Gattin schlussendlich nach. In die Freiheit entlassen wurden die Adelsmänner dennoch nicht. Während des triumphalen Einzugs König Edwards und seiner Gefolgschaft in die Stadt Calais wurden die in Ketten gelegten Gefangenen am Ende des Zuges als Kriegsbeute vorgeführt und diese Demütigung war für jene beinahe noch schlimmer als der Tod.

Während der König und sein Gefolge das prächtige Rathaus der Stadt Calais besetzten, wartete das Heer vor den Toren der Stadt ungeduldig auf die Erlaubnis der Obrigkeiten, nach Hause zurückzukehren. Halfdan, der es ebenfalls vorzog, in seinem kleinen Zelt auszuharren und darauf zu warten, dass man ihm weitere Anweisungen zutrug, wusste nicht, ob er erleichtert darüber sein sollte, dass die Belagerung nun endlich ein Ende gefunden hatte, oder ob er Furcht empfinden sollte. Furcht vor dem, was nun kommen würde, denn bereits jetzt spürte er, dass er seine Aufgabe erledigt hatte und bereits in Vergessenheit geriet. Er begriff, dass der schwarze Prinz recht gehabt hatte mit seiner Warnung, denn es war offensichtlich, dass König Edward sich nicht darum scheren würde, was nun mit ihm geschah.

Halfdan verließ seufzend sein Zelt, setzte sich auf einen liegenden Holzstamm und beobachtete schweren Herzens das Treiben im Lager. Inmitten all des Trubels erblickte er die schwarz gekleidete Gestalt des Prinzen durch die Reihen der Männer schreiten und voll Unbehagen sah er, dass jener direkt auf ihn zukam. Halfdan spürte, wie sein Mund trocken wurde und merkte voller Zorn, wie sein Herz zu flattern begann. Er kam nicht umhin, Angst vor diesem Kerl und seiner unberechenbaren Willkür zu empfinden.

Leicht außer Atem und mit einem beinahe seligen Lächeln auf den Lippen trat der Prinz vor ihn, nickte ihm kurz zu und nahm schwungvoll seinen schwarzen Umhang von den Schultern, um ihn auf dem Baumstamm neben Halfdan auszubreiten. Mit einem leisen Räuspern setzte er sich neben ihn. Schweigend saßen beide einen Moment da und ihre Blicke verloren sich im Getümmel, bis der Prinz das Wort ergriff. »Nordmann!«, stieß er hervor und sah Halfdan von der Seite aus an. Halfdan schrak zusammen, doch fing sich sogleich wieder, nahm sich vor, keine Furcht zu zeigen, denn wer war dieser Kerl schon?

»Prinz?«, knurrte er daher, ohne ihm einen Blick zuzuwerfen.

Der schwarze Prinz kicherte und schlug die Beine übereinander. Einen Moment lang rieb er seine rechte Faust in die linke Handfläche, bevor er langsam aufstand.

»Wir beide werden nun eine Unterredung haben! Doch vorher, mein Lieber …!« Der Prinz schwieg einen Moment an und warf Halfdan einen verächtlichen Blick zu. »Vorher holst du mir die Heilerin und kommst in ihrer Begleitung in mein Zelt!«

Halfdan spürte, wie ihm heiß wurde, als Edward Belanas Namen erwähnte. »Hast du mich denn auch verstanden?«, zischte der Prinz. Halfdan nickte langsam. »Das habe ich!«, murmelte er mit rauer Stimme. Der Prinz nickte. »Gut! Ich erwarte euch in meinem Zelt!« Er entfernte sich einige Schritte und blieb erneut stehen. »Ach, und bring mir meinen Umhang mit, Nordmann!«, sprach er ohne sich umzudrehen. Ohne Halfdan eines weiteren Blickes zu würdigen, ging er raschen Schrittes fort, während Halfdan vollkommen bewegungslos verharrte und sich unschlüssig über sein weiteres Vorhaben war. Sollte er nicht nun endlich die Gelegenheit zur Flucht ergreifen? Bei all diesem Tumult würde es ihm ein Leichtes sein, ein oder zwei Pferde zu stehlen und aus dieser Hölle fortzureiten. Er musste sofort zu Belana und ihr sein Vorhaben mitteilen. Hastig sprang er auf die Beine, stolperte dabei beinahe über eine Wurzel, die aus dem Boden ragte und machte sich eilig auf den Weg zur Seherin, nachdem er den Umhang des Prinzen aufgehoben hatte, wohl wissend, dass dieser ihn mit dieser Geste abermals demütigen wollte, indem er ihn dazu zwang, ihm seine Kleidung hinterherzutragen.

Er hatte nichts anderes erwartet, als erneut auf Ablehnung zu stoßen. Dass sie immer noch schlecht auf ihn zu sprechen war, wunderte ihn nicht, denn immerhin hatte er keinen weiteren Versuch unternommen, das Missverständnis, das zwischen ihnen herrschte, aufzuklären. Anfänglich hatte er dieses Vorhaben verdrängt und darauf geschoben, zu sehr von König Edward beansprucht worden zu sein, danach hatte er es schlicht und ergreifend vergessen und schließlich, als er merkte, dass Belana ebenfalls keinen Versuch machte, sich ihm zu nähern, hatte sich sein Stolz geregt und er hatte keine Lust mehr verspürt, ihr etwas erklären zu wollen. Denn immerhin hatte er sich nichts vorzuwerfen, im Gegenteil, hatte er den Beischlaf mit dieser Dirne nicht mit allen Kräften erfolgreich verhindert? Und dies obwohl er in dieser Nacht sturzbesoffen gewesen war und kaum geradeaus hatte gehen können? Wenn sie ihm nicht zuhören wollte, so war es eben so und er würde einen Teufel tun und erneut um ihre Aufmerksamkeit betteln.

Und dennoch war er nun zu ihr gegangen, denn um nichts in der Welt würde er sie in diesem elenden Lager mit dieser Ausgeburt der Hölle alleine lassen.

Doch sie hörte seinen Ausführungen kaum zu und sah ihn nicht an, sondern zupfte stattdessen mit gesenktem Blick kleine Blätter von Zweigen, die sie anschließend vorsichtig in eine mit Wasser gefüllte Tonschüssel legte.

Ungeduldig wartete Halfdan darauf, dass sie ihm antwortete, ihr sagte, dass sie mit ihm kommen, dass alles gut werden würde, doch sie tat ihm den Gefallen nicht. Schließlich legte sie die Zweige beiseite, seufzte tief und sah auf. Ihre Blicke trafen sich, versanken einen Moment ineinander, bevor sie langsam den Kopf schüttelte.

»Ich sagte dir bereits einmal Nein und ich wiederhole mein Nein! Deine Aufgabe ist noch nicht erledigt!«, sprach sie mit leiser, doch entschlossener Stimme. Halfdan sog scharf die Luft ein, bevor er fluchte. »Du bist ein störrisches Weib! Warum bist du nur so stur! Das ist doch nicht zum Aushalten!«, schimpfte er zornig und fuhr sich erschöpft mit der Hand über das Gesicht.

»Ist das so? Ziehst du daher die Gesellschaft von Huren vor?«, zischte sie und ihre Augen blitzten zornig.

Halfdan stieß einen halb erstickten, wuterfüllten Schrei aus und biss sich in die Faust, bevor er beide Hände ineinander faltete. Er atmete tief ein und aus und ging einige Schritte auf Belana zu. »Ich habe nicht …Ich habe dieser Frau nicht beigelegen!«, erwiderte er mit leicht zitternder Stimme. »Schweig! Du lügst! Sie wurde gesehen, wie sie sich aus deinem Zelt stahl, wie eine dreckige Diebin!«, rief Belana erzürnt. Halfdan blickte sie verdutzt an.

»Wer hat sie gesehen und wer hat dir das zugetragen?«, fragte er betont langsam. Belana schüttelte den Kopf. »Das hat nun keine Bedeutung mehr!«

»Wer?«, schrie Halfdan und packte Belana am Arm, starrte sie wütend an und schüttelte sie. »Antworte mir!«

Belana zitterte nun, versuchte, sich loszureißen, doch es gelang ihr nicht. »Der Prinz! Der Prinz hat sie gesehen und mir davon berichtet!«, sagte sie daher leise und vermied es, Halfdan anzuschauen.

Halfdan erstarrte, bevor er sie losließ und langsam die Arme sinken ließ. »Der Prinz.«, murmelte er und lachte heiser.

»Ich hätte nicht geglaubt, dass du seinen Worten mehr Bedeutung beimessen würdest, als meinen! Er hat es also doch endlich geschafft, uns zu entzweien! Ich kann nicht glauben, dass du ihm diese Macht über dich gegeben hast! Wie konntest du ihm erlauben, sich zwischen uns zu drängen? Nach all dem, was er uns bereits angetan hat, ließest du es zu und glaubtest ihm mehr als mir?« Halfdans Worte waren kaum hörbar, denn er spürte mit einem Male eine unfassbare Erschöpfung. Er blickte Belana an, doch er sah sie nun mit anderen Augen und sie bemerkte es, entdeckte die Verzweiflung in seinem Blick und zuckte zusammen.

»Halfdan …«, flüsterte sie erstickt und wollte nach seiner Hand greifen, doch er schüttelte sie ab.

»Wir werden nun gemeinsam zu des Prinzen Zelt gehen, so wie er es von uns verlangt hat! Wir werden uns seinem Wunsch fügen! Ich habe mich getäuscht!«

Halfdan wandte sich ab und verließ schnellen Schrittes das Zelt, drehte sich nicht mehr nach Belana um, die kurz zögerte, bevor sie ihm folgte. Sie schwieg nun, schien genauso erschüttert wie Halfdan zu sein und verstand nun ihren Fehler. Sie schalt sich selbst eine Närrin, denn sie begriff, dass sie zunächst mit Halfdan hätte sprechen müssen, bevor sie blind den Worten des Mannes glaubte, der sie bereits einmal hatte umbringen wollen und dessen Erfüllung einzig und allein darin bestand, andere Menschen zu quälen.

Halfdan spürte, wie sein Blut kochte. Er war wütend, wütend auf Belana, die nun bereits so viele Wochen damit verschwendet hatte, seinen Worten keinen Glauben zu schenken, wodurch ihnen wertvolle Zeit genommen wurde und wütend auf den schwarzen Prinzen, dem es gelungen war, sie beide mit seinem missgünstigen Verhalten zu entzweien, doch vor allem hatte sie ihn enttäuscht und diese Enttäuschung wog schwerer als jedes noch so starke Gefühl der Wut. Er fühlte sich verraten und hintergangen und wusste kaum, wie er mit diesem Schmerz umgehen sollte und einen kurzen Moment überlegte er, mit seiner Axt im Wald zu verschwinden und einige Bäume kleinzuschlagen, denn, so glaubte er es zumindest, würde die körperliche Ertüchtigung der einzige Weg sein, um seinen Zorn zu mäßigen. Er hörte Belana seinen Namen rufen und vernahm ihre hastigen Schritte hinter sich, doch es interessierte ihn nicht. Für den Moment wollte er sie nicht sehen, konnte ihr nicht einmal ins Gesicht schauen, denn er wusste, dass sie den Hass in seinen Augen sogleich wahrnehmen würde. Er würde sich später mit dieser Sache auseinandersetzen, wenn er es überhaupt noch tun wollen würde. Er schloss einen Moment schmerzerfüllt die Augen. Was hatte sie nur dazu bewogen, den Worten des Prinzen Glauben zu schenken, ohne sich überhaupt bei ihm, Halfdan, von deren Richtigkeit überzeugen zu wollen?

Er war lange überzeugt davon gewesen, dass ihre Gefühle füreinander echt gewesen waren, doch nun war er sich der Sache nicht mehr sicher. Sein Herz wog schwer in seiner Brust, als er seinen Rücken straffte, seinen Mantel zurechtrückte und entschlossen den Vorhang am Eingang des Zeltes von Prinz Edward zur Seite schob und eintrat.

Der Prinz, der bereits wartend in einem prächtigen und goldverzierten Stuhl saß, schaute auf. Sein Gesicht erhellte sich kurzweilig mit einem herablassenden Lächeln, als er Halfdan erkannte. »Die Seherin?«, fragte er kurz angebunden. Halfdan nickte in Belanas Richtung, die ebenfalls gerade eintrat. Belana deutete eine kurze Verbeugung an, bevor sie einen hastigen Blick auf Halfdan warf, der sie jedoch ignorierte.

Seine Aufmerksamkeit galt dem Mann neben Edwards Stuhl, denn Halfdan hatte ihn noch nie zuvor in des Prinzen Nähe gesehen. Er war nicht besonders groß, hatte einen stattlichen Bauch, ein rot glänzendes, pockennarbiges Gesicht und winzige Augen, die man zwischen all der Haut und dem Fett kaum ausmachen konnte. Ungepflegte Strähnen seines roten, langen Haars fielen ihm ins Gesicht. Halfdan erschauderte einen Moment, denn die Haarfarbe dieses Mannes erinnerte ihn an Angrboda aus seinen Träumen.

Wer mit den Wölfen heult, muss auch mit ihnen jagen! Nimm dich in Acht vor diesem Mann, Halfdan Olavson, großer Krieger aus dem Norden!«

Halfdan schnaufte wütend, versuchte, die wispernde Stimme in seinem Inneren fortzuscheuchen, doch sie war noch immer da und verstummte erst, als der schwarze Prinz das Wort ergriff. »Wie schön, dass ihr beide meiner Einladung gefolgt seid!«, sagte er mit knarrender Stimme und deutete eine wage Handbewegung in Richtung des rothaarigen Fetten an.

»Erlaubt mir, euch Leofwine von Battenberg vorzustellen!«

Leofwine von Battenberg hustete und nickte kurz, während sein Blick jedoch dem Tisch hinter Halfdan galt, auf dem augenscheinlich das Mittagsmahl des Prinzen bereits angerichtet worden war, bestehend aus Brot, Bohnen, gebratenem Fleisch und Fleischpasteten, sowie einigen Karaffen Wein.

»Prinz, ich habe eine lange Reise hinter mir, der Magen knurrt mir, denn ich habe kaum etwas Essbares zu mir nehmen können. Erlaubt ihr?« Leofwine von Battenberg deutete mit gierigen Augen zu dem Tisch. Der Prinz, der einen Moment verblüfft über diese dreiste Frage war, fuchtelte schließlich verärgert mit der Hand. »Nimm dir, was du willst!«, sagte er ungeduldig und wandte sich Halfdan entgegen, beugte sich nach vorne und rief ihn mit ausgestrecktem Zeigefinger zu sich, während Leofwine sich an ihnen vorbeidrängte, sich grunzend ein Stück gebratenes Fleisch nahm und herzhaft hineinbiss.

Halfdan näherte sich dem Prinzen und hob fragend die Hände. »Was tun wir hier, Prinz? Was wollt ihr von uns?«

Der Prinz grinste. »Das werdet ihr gleich erfahren! Von Battenberg, seid ihr so gütig und erzählt uns, warum ihr hier seid?«

Von Battenberg rülpste, spuckte das Stück eines Knochens auf den Boden und wischte sich die fettigen Finger an seiner Kleidung ab, bevor er nach einer Karaffe Wein griff, hastig und lautstark trank, erneut rülpste und die Karaffe wieder absetzte.

Er wischte sich mit dem Ärmel über den Mund, bevor er den Blick erneut über den Tisch schweifen ließ. Gerade als er nach einer Fleischpastete greifen wollte, ertönte die verärgerte Stimme des Prinzen. »Battenberg! Wir warten!«, rief jener zornig und Battenberg nickte und biss herzhaft in die Fleischpastete.

»Jaja, natürlich! Erlaubt mir nur, meinen Hunger zu stillen, mein Prinz! Mit leerem Magen denkt es sich schlecht!« Battenberg kaute hastig und biss ein weiteres Mal in die Pastete. »Uns ist es gelungen, die Herzogin der Bretagne gefangen zu nehmen!«, stieß er kauend hervor, während ihm dabei kleine Essenskrümel aus dem Mund fielen. »Und weiter? Erzähl ihnen alles!«, forderte der Prinz ungeduldig, während Halfdan und Belana mit einem Male vollkommen erstarrt verharrten und sich beunruhigte Blicke zuwarfen. Halfdan stöhnte verhalten, ahnte bereits, was nun kommen würde und hoffte dennoch, dass zumindest Ivar, Folkvin und Nolwenn entkommen waren.

Von Battenberg ließ seine Hand sinken und wandte sich nun den beiden zu. Sein leicht mürrischer Gesichtsausdruck ließ vermuten, dass er erzürnt darüber war, sein Mahl nicht zu seiner Zufriedenheit zu Ende bringen zu können, doch der schwarze Prinz ließ nun keinen Aufschub mehr gelten. »Fressen kannst du später! Sag ihnen, was geschehen ist!«, wiederholte der Prinz, während er Halfdan lauernd beobachtete.

Um nichts in der Welt würde er sich dessen Reaktion entgehen lassen wollen, wenn er erfahren würde, dass sich seine Gefährten im Turm auf der Insel in den Händen der Engländer befanden.

»Wir haben nicht nur die Herzogin, sondern auch ihre Gefährten, die zwei Nordmänner ergriffen!«, stieß der Mann nun hervor und begann leise zu lachen, als er Belanas Aufschrei hörte. Er musterte sie spöttisch von oben bis unten, bevor er langsam den Kopf schüttelte. »Und das soll eine Seherin sein, mein Prinz? Wenn sie eine Seherin ist, warum hat sie die Ergreifung ihrer Freunde nicht vorausgesehen? Glaubt mir, mein Prinz, ihr habt euch von dieser Dirne täuschen lassen!«, stieß Battenberg beinahe außer Atem hervor und sein mächtiger Bauch wackelte, als er erneut lauthals lachte. Edward sprang mit einem Satz auf die Beine und seine Hand schoss vor und umschloss Leofwines fetten Hals. Er drückte zu und Leofwine keuchte, während seine Augen sich schreckerfüllt weiteten. »Willst du mir damit etwa sagen, der zukünftige König von England wäre töricht und hätte sich leichtfertig übers Ohr hauen lassen?«

Leofwine versuchte, zu antworten, doch außer einem Gurgeln

brachte er nichts zustande, daher bemühte er sich, den Kopf zu schütteln, doch der Prinz ließ nicht los, sondern drückte noch weiter zu. Leofwines Kopf wurde rot und seine Augen traten weiß hervor. Er begann zu röcheln, bis Halfdan das Wort ergriff.

»Mein Prinz, wenn ihr ihn tötet, werden wir niemals aus seinem Munde erfahren, was er uns so dringend mitteilen soll!«, sagte er trocken, obwohl sein Inneres bereits in voller Aufruhr war. Er konnte nicht glauben, dass Folkvin nun ebenfalls in die Hände der Engländer gefallen war! Der Prinz schnaubte, doch ließ von Battenberg schließlich los. Jener griff sich augenblicklich an den Hals, beugte sich vornüber, indem er seine Hände auf die Knie stützte und schnappte lauthals nach Atem. Speichel lief ihm an den Mundwinkeln hinab und Schweiß perlte auf seiner Stirn. Die Aufregung und die Angst um sein Leben hatten ihm übel zugesetzt, denn der säuerliche Gestank, den sein Körper nun absonderte, erfüllte bereits das ganze Zelt.

»Einfältiger Tölpel! Ganz zu schweigen, welch impertinente Manieren du hier an den Tag legst! Wie kann es sein, dass du solch eine hohe Position besetzt, ohne in der Lage zu sein, deinem König den nötigen Respekt zu zollen? Ich sollte dich zum einfachen Fußsoldaten degradieren, vielleicht lernst du dann Demut!«, schäumte der Prinz vor Wut, während Leofwine sich aufrichtete und noch immer nach Luft schnappte. »Bitte nicht, mein Prinz! Verzeiht mir meine unbedachten Worte!«, keuchte er zwischen einigen Atemzügen hervor.

»Darüber reden wir später!«, knurrte der Prinz verärgert. »Berichte uns den Rest der Geschichte und zwar schnell!«

Leofwine atmete noch ein paar Mal tief ein und aus, bevor er sich räusperte und Halfdan einen hasserfüllten Blick zuwarf. Dass der Prinz ihn vor den Augen dieses Wilden gedemütigt hatte, setzte ihm schwer zu und er schwor sich, es dem Nordmann heimzuzahlen, dass er sich an seinem Elend ergötzt hatte. Halfdan indes bemühte sich, eine möglichst unberührte Miene aufzusetzen, während Belana mit Stolz erhobenem Haupt neben ihm stand. Doch er spürte das leichte Zittern ihres Körpers, roch ihre Angst und hätte sie gerne beschützt, aber für den Moment konnte er nichts Weiteres tun, als gute Miene zum bösen Spiel zu machen.

Unauffällig rückte er etwas zu ihr, so dass ihrer beiden Körper sich berührten und er fühlte ihr leichtes Erschaudern, während sie ihm rasch einen dankbaren Blick zuwarf. Vergessen war der Streit, der gedroht hatte, sie zu entzweien, denn die Gefahr, die sich ihnen jetzt offenbarte, würde um einiges schlimmer sein.

»Wir haben einen der Männer gefoltert und dadurch von der Herzogin erfahren können, dass sie nicht nur einen Balg, sondern zwei zur Welt gebracht hat! Außerdem hat sie uns kund getan, dass das Mädchen von einer Heilerin fortgebracht, der Junge jedoch von einem kleinen Mädchen entführt wurde! Man kann an der Richtigkeit ihrer Worte zweifeln, doch es erscheint mir derart abstrus, dass es tatsächlich die Wahrheit sein könnte! Oder was meint ihr, mein Prinz?«, fragte Leofwine, der sich inzwischen wieder gefangen und dessen Gesicht eine normale Farbe angenommen hatte.

Der Prinz ignorierte ihn und baute sich vor Halfdan auf. »Nun Nordmann, kommen wir zu dem Punkt, an dem ich dich mit deiner neuen Aufgabe betreuen werde! Ich habe nun nicht nur dein Weib hier, sondern auch deine Freunde in meiner Gewalt! Dir bleibt also nichts weiter übrig, als meinem Befehl Folge zu leisten, wenn du nicht willst, dass ich ihnen die Haut bei lebendigem Leibe vom Körper ziehe! Deine Seherin hattest du schützen können, da ich ihr selbst kein Leid zufügen möchte, doch was deine Freunde betrifft, so ist mir ihr Wohlergehen gleichgültig!«, sagte er mit gefährlich leiser Stimme.

Halfdan sah wortlos auf ihn hinab, stellte sich für einen Moment vor, wie es sich anfühlen würde, diesem größenwahnsinnigen Burschen den Schädel mit einer Axt zu spalten, bevor er auf des Prinzens Worte einging. »Und wie lautet euer Befehl?«, fragte er mit rauer Stimme.

»Du wirst dich auf die Suche nach den Kindern der Herzogin machen und sie zu mir bringen! Ich bin mir sicher, das Leben deiner Freunde wird dir Antrieb genug sein, um erfolgreich aus dieser Mission hervorgehen zu wollen! Nicht wahr?«

Halfdan fuhr sich mit beiden Händen über das Gesicht. In welcher Situation befand er sich nun? Er sollte seine eigenen Kinder finden und ihrem Henker ausliefern, um das Leben seiner Freunde zu retten? Dies konnte doch nicht wahr sein! Welchen Scherz trieben die Götter nur mit ihm? Er musste einen klaren Kopf bewahren und sich einen Plan zurechtlegen. Offensichtlich wusste der Prinz nicht, dass die Kinder der Herzogin seine eigenen waren, was sich sicherlich noch als Vorteil für Halfdan herausstellen würde. »Ihr seid ein krankes Schwein!«, schleuderte Belana dem Prinzen entgegen und spuckte ihm vor die Füße. Ihre Augen funkelten vor Wut, doch der Prinz ließ auch dies nicht auf sich sitzen und packte sie kurzerhand an den Haaren. »Wenn du nicht schweigst, rufe ich Ceadda. Ich bin mir sicher, es wäre ihm ein Wohlgenuss, dich zu besteigen, du Hexe!«

»Wagt es nur!«, zischte Belana und ihr Körper bebte vor Wut.

»Lasst sie los! Ich werde eurem Befehl Folge leisten und euch die Kinder bringen!«, sprach Halfdan hastig und starrte Belana aus großen Augen an, um sie zum Schweigen zu bringen. Die Lage, in der sie sich befanden, war bereits schwierig genug und ihre unbedachten Worte würden alles noch verschlimmern.

Der Prinz nickte zufrieden und schleuderte Belana mit einem Ruck zu Boden. »Dein Nordmann scheint um einiges mehr im Kopf haben, als du, wie mir scheint!«, murmelte er und wandte sich Halfdan zu. »Du wirst keine Zeit verschwenden und in die Wälder der De Blois zurückkehren! Such die Heilerin und dieses Mädchen, womöglich gehören sie zusammen und finde heraus, wo sie die Erben versteckt halten! Bring sie mir! Du wirst morgen aufbrechen! Verschwinde jetzt und bereite dich vor«, befahl er. Halfdan nickte, warf einen letzten, schmerzerfüllten Blick auf Belana und starrte den leise vor sich hin kichernden Leofwine von Battenberg wütend an.

»Das ist ein kluger Schachzug, mein Prinz!«, sagte er anerkennend. Edward blickte ihn finster an. »Natürlich ist es das!

Vor allem, da du unseren Freund aus dem Norden auf seiner Suche begleiten wirst!«

Leofwines Gesichtszüge entglitten ihm, er wurde leichenblass und keuchte, schüttelte angestrengt den Kopf und murmelte kaum hörbare Worte vor sich, wobei seine feuchte Aussprache dafür sorgte, dass feine Speicheltropfen durch die Luft flogen. Er fuhr sich mit seinen groben Wurstfingern durch das strähnige, rote Haar.

»Mein Prinz, ihr beliebt zu scherzen!«, flüsterte er kraftlos und blickte den Prinzen an, erwartete an seiner Miene ablesen zu können, dass er sich tatsächlich einen Scherz erlaubt hatte, auch wenn Battenberg bereits wusste, dass Prinz Edward generell nicht zur Gaukelei und Schabernack aufgelegt war. »Natürlich nicht! Du wirst ihn begleiten! Glaubst du etwa, ich lasse diesen Kerl in die Wälder ziehen, ohne ihn beaufsichtigen zu lassen? Immerhin habe ich bereits am eigenen Leib erfahren, wie es um seine Treue bestellt ist!« Des Prinzen Worte waren eindeutig, doch Battenberg wäre nicht Battenberg, würde er dieser Anordnung ohne Widerworte nachgeben. »Meine Insel! Ich muss mich um meine Männer kümmern! Ich bin dort unabkömmlich, mein Prinz!«, stotterte er, doch Edward winkte ab. »Das wird ab jetzt nicht mehr deine Sorge sein!«, sagte er entschieden und deutete auf Halfdan, der erstarrt stehengeblieben war und den Prinzen ungläubig anglotzte. Er konnte nicht glauben, dass man ihm diesen rothaarigen Fettwanst zur Seite stellen würde! Er konnte ihn bereits jetzt nicht ausstehen, doch dies schien auf Gegenseitigkeit zu beruhen, denn auch Leofwine warf ihm einen wütenden Blick nach dem anderen zu. Doch beide wussten, dass sie keine Wahl hatten und ihnen nichts anderes übrig blieb, als der Anordnung des Prinzen Folge zu leisten.

»Morgen bei Sonnenaufgang werdet ihr aufbrechen!«, sprach der Prinz entschieden. Belana kauerte noch immer am Boden, ihre Haare hingen ihr wild über das Gesicht und sie atmete schwer. Langsam richtete sie sich auf, ordnete ihr Haar und funkelte den Prinzen aus wild blitzenden Augen an.

»Verflucht sollt ihr sein, Edward of Woodstock! Und da ihr so sehr wünscht, dass ich einen Blick in eure Zukunft werfe, werde ich euch eine Bürde auferlegen! Die Bürde, den Zeitpunkt eures Todes zu kennen! So hört nun meine Worte!« Während ihre Stimme anfänglich noch von Wut beherrscht wurde, wurde sie nun gleichmäßig und ruhig, beinahe so, als würde sie ein Gebet während einer Messe aufsprechen. Prinz Edward war blass geworden und seine Hand zitterte, als er mit dem Zeigefinger auf sie zeigte. »Schweig, Hexe! Kein Wort soll über deine Lippen kommen!«, zischte er und stolperte einen Schritt rückwärts, als Belana langsam auf ihn zukam. »Ihr werdet niemals König werden, Prinz!«, murmelte sie leise. »Hört ihr meine Worte, Prinz? Ihr werdet niemals König von England werden! Und kurz vor eurem Tod werdet ihr qualvoll dahinsiechen, denn eine furchtbare Krankheit wird euch heimsuchen, sich in euch einnisten und euch von innen heraus auffressen, eure Gedärme werden bluten und ihr werdet keine Nahrung mehr zu euch nehmen können. All eure Kraft werdet ihr verlieren und ihr werdet eines langsamen, grauenhaften Todes sterben! Im Juni des Jahres 1376! Hört ihr meine Worte, Prinz? Merkt sie euch gut! 1376 ist das Jahr eures Todes!« Sie schwieg nun erschöpft, schwankte leicht und fasste sich mit der linken Hand an den Kopf. »Ich bin müde!«, murmelte sie kaum hörbar und noch während sie der Ohnmacht nahe war und sich kaum mehr auf den Beinen halten konnte, war Halfdan zur Stelle, um sie aufzufangen. Der Prinz starrte sie einen Moment fassungslos an, stieß schließlich einen halb erstickten Schrei aus, bevor er sich mit der Hand über sein leichenblasses Gesicht fuhr. »Du …! Du …! Du lügst!«, flüsterte er dann mit halb erstickter Stimme. »Ich werde König von England! Die Krone ist mein Erbe!«

Auch wenn Halfdan zunächst enttäuscht über den von Belana genannten Todeszeitpunkt war, da bis dahin noch etliche Jahre ins Land gehen würden, fühlte er eine tiefe Genugtuung, den Prinzen in dieser jämmerlichen Verfassung zu sehen. Mit einem Male sah er das Kind in ihm, sah ihn mit weit aufgerissenen Augen und voller Angst zittern und beinahe empfand Halfdan Mitleid, doch nur einen kurzen Moment, denn im nächsten Augenblick hatte er wieder den Tyrannen vor Augen, der Menschen quälte und seine Macht dafür ausnutzte, seine niederen Triebe zu befriedigen. Und so bemühte sich Halfdan, sich seine Verachtung und seine Schadenfreude nicht anzumerken, indem er sich jegliche Gefühlsregung verbot.

»Du lügst, Hexe!«, murmelte Edward, doch er war der Auseinandersetzung müde, wollte alleine mit seinem Schmerz sein, denn der einzige Sinn seines Lebens, der es war, König von England zu werden, schien sich mit einem Male in Luft aufgelöst zu haben, sollte er den Worten der Seherin tatsächlich Glauben schenken wollen. Er stieß einen wütenden Schrei aus. »Raus mit euch! Raus! Lasst mich alleine! Ich muss nachdenken!«, brüllte er und geiferte so sehr, dass seine Spucke Halfdans Gesicht benetzte. Unberührt wischte er sie mit dem Hemdärmel fort und zog Belana am Arm. »Komm! Wir gehen!«, raunte er und Belana nickte erleichtert, denn sie konnte es kaum erwarten, dieses Zelt zu verlassen. Auch Leofwine von Battenberg war bereits bestürzt nach draußen geeilt und drehte sich zu den beiden um, als sie hinter ihn traten. »Halte dich bereit, Nordmann! Morgen bei Sonnenaufgang brechen wir auf, wie der Prinz es befohlen hat! Ich kann es kaum erwarten, Abstand zwischen mir und dieser Hexe zu bringen!«, knurrte er zwischen den Zähnen hervor, strich sich eine rote Haarsträhne aus dem Gesicht und spuckte zu Boden, bevor er langsamen Schrittes das Weite suchte, ohne Halfdans Antwort abzuwarten. Dieser sah ihm nach und schüttelte grimmig den Kopf. »Wann wird dies bloß endlich ein Ende finden?«, murmelte er und sah Belana ratlos an, die jedoch, erschüttert über ihren eigenen Mut den Blick in die Ferne schweifen ließ. »Noch lange nicht, Halfdan. Noch lange nicht!«, sagte sie mit brüchiger Stimme. »Wirst du zurückkehren?«, fragte sie dann, obwohl sie die Antwort bereits wusste, denn nun stand nicht nur ihr eigenes Leben auf dem Spiel, sondern auch das ihrer Gefährten, die sich in Gefangenschaft auf der île de Groix befanden.

»Natürlich!«, sagte Halfdan hastig. »Aber selbst wenn ich die Kinder finde, wie kann ich sie diesem Scheusal ausliefern? Meine eigenen Kinder?« Seine Stimme brach und nun endlich rollte eine Träne über Halfdans Wange. Verärgert wischte er sie weg, während Belana mit beiden Händen nach seinem Gesicht griff. »Verzweifle nicht! Wenn die Zeit gekommen ist, wirst du den richtigen Weg erkennen!«, flüsterte sie aufmunternd und streichelte ihm sanft über die Wange. Halfdan spürte ein sanftes Erschaudern, noch nie zuvor war sie ihm so nahe gewesen, ihre kalten Finger auf seiner Haut taten ihm gut, bereiteten ihm ein wohliges Gefühl und er nickte. »Ich werde deinen Worten vertrauen!«, antwortete er mit rauer Stimme und nun konnte er nicht mehr an sich halten, zog Belana an der Hüfte zu sich und küsste sie unbeherrscht. Einen Moment schien es, als würde sie seinen Kuss erwidern wollen, doch sogleich schob sie ihn von sich. Halfdan schnaubte zornig. »Warum weist du mich zurück?«, fragte er schwer atmend und blickte sie vorwurfsvoll an. Sie schüttelte sanft den Kopf. »Noch nicht, großer Nordmann! Die Zeit ist noch nicht gekommen! Zieh deiner Wege in die Wälder, doch wenn wir uns wiedersehen, werde ich dir das geben, wonach du verlangst!« Ihre Augen funkelten und die Grübchen in ihren Wangen wurden tiefer, als sie lächelte. Halfdan grunzte und nickt zustimmend. »Und wirst du dann bei mir bleiben, Weib?«, fragte er mit rauer Stimme und sein Herz flatterte, während er auf ihre Antwort wartete. »Solange es geht, werde ich bei dir bleiben!«, antwortete sie behutsam und wandte sich ab, damit Halfdan die Traurigkeit in ihren Augen nicht sehen konnte. Doch jener war zufrieden mit ihrer Antwort, mehr noch, ein leichtes Glücksgefühl überkam ihn, denn er wähnte sich seinem Wunsch nach einer Vereinigung mit Belana sehr nahe.

Und so zog er am nächsten Morgen zusammen mit dem mürrischen Leofwine von Battenberg einigermaßen beschwingt los. Wie hätte er auch ahnen können, was ihm tatsächlich bevorstand!

ALBIRICH

Ein flimmernder Leuchtkörper glitt durch die tiefschwarze Dunkelheit und hinterließ hellen Sternenstaub am Himmel. Folkvin seufzte. Er fand keinen Schlaf, denn die Ereignisse der letzten Tage hatten ihm schwer zugesetzt. Er konnte sich nicht daran erinnern, wann er sich das letzte Mal so ratlos gefühlt hatte. Seine Gedanken drehten sich immer wieder um eine mögliche Flucht, doch ihm fiel beim besten Willen nicht ein, wie es ihm gelingen sollte, sich aus diesem Gefängnis zu befreien. Die Tür war massiv und schien unzerstörbar und der einzige Weg nach draußen schien offensichtlich die Fensteröffnung im Steingemäuer zu sein, doch zum einen war es vergittert und zum anderen befand sich auf der anderen eine beachtliche Höhe, die ihnen, sollte es ihnen gelingen, das Gitter zu entfernen, einige Knochenbrüche bescheren würde, aber das auch nur, falls sie diesen Sprung auch überleben würden.

Ihre Lage war für den Moment vollkommen ausweglos und er musste sich damit abfinden, nun den Engländern in die Hände gefallen zu sein. Es lag nicht mehr in seiner Macht, ihr Schicksal zu beeinflussen, ganz abgesehen davon, dass Ivar in eine trübsinnige Stimmung verfallen war und den Tag damit verbrachte, wütend vor sich hinzustarren, während Jeanne hingegen in Lethargie gefangen war, nichts mehr aß und trank und lediglich hin und wieder in Tränen ausbrach. Nein, mit dieser armseligen Truppe konnte er keinen Ausbruch planen und so blieb ihnen eben nichts weiter zu tun, als auf ihr Todesurteil und den Henker zu warten, oder auf eine göttliche Fügung, die sie aus ihrer Misere befreien würde. Er drehte sich vom Gitterfenster weg, blickte in die Kerkerzelle, sah die Umrisse seiner schlafenden Gefährten in der Dunkelheit und hörte ein Rascheln in einer Ecke. Er sah den Schatten einer Ratte über den Boden huschen und beobachtete sie, wie sie durch den Spalt der Kerkertür verschwand.

Er stutzte, als er aus dem Augenwinkel eine Bewegung wahrnahm und blickte angestrengt durch die Gitterstäbe in die Dunkelheit, ohne etwas erkennen zu können. Dabei war er sich sicher, einen größeren Schatten erblickt zu haben, der sich im Schutz der Büsche bewegt hatte, doch nun lag die Umgebung ruhig und dunkel vor ihm und er konnte nichts Ungewöhnliches erblicken. Womöglich war es gar eine der Wachen gewesen, die sich hinter den Büschen entleert hatten. Folkvin seufzte und wandte sich erneut dem Inneren der Kammer zu und noch während er überlegte, etwas Schlaf zu finden, ertönte draußen das Kreischen einer Eule. Folkvin zog überrascht die Augenbrauen hoch, denn seinem Empfinden nach stimmte hier etwas ganz und gar nicht. Die Eule hörte sich falsch an, beinahe zu schrill und zu laut und nun sah er erneut den Schatten sich hinter den Büschen erheben. Es war unverkennbar ein Mensch und kein Tier, der sich nun langsam auf den Turm zubewegte, wahrscheinlich wohl wissend, dass die Wachen nicht weit von hier auf der anderen Seite des Turms den Eingang bewachten.

»Pass doch auf, wo du hintrittst, verdammt!«, fluchte Cedric und gab Albirich einen unsanften Stoß, da er ihm gerade im Halbdunkel auf den Fuß getreten war. »Still!«, zischte der Schankwirt Albert und hielt den Finger an die Lippen, was die beiden jedoch aufgrund der Dunkelheit kaum erkennen konnten.

»Warum hört er bloß nichts?«, brummte Albert verärgert, atmete tief ein, spitzte die Lippen und stieß erneut den Laut einer Eule aus.

Ethelbert schreckte hoch und hob misstrauisch den Kopf. Er konnte nicht glauben, dass er eingenickt war, doch die Müdigkeit hielt ihn seit einigen Tagen bereits gefangen und hatte ihn mal wieder übermannt. Er ließ seinen Blick schweifen, beobachtete einen Moment die Bäume und Büsche, die still in der Nacht lagen und lauschte. Hatte ihn nicht der Laut einer Eule geweckt? Er fluchte leise vor sich hin, sah zu seinem Kollegen, der ebenfalls zusammengesunken an der Wand hing und herzhaft gähnte. Sollte er es riskieren? Doch er konnte nicht mit Gewissheit sagen, was er gehört hatte, womöglich hatte er sich getäuscht und er konnte nicht riskieren, einen Aufstand zu verursachen.

Und so beschloss er zu warten, lehnte sich seufzend wieder an das feuchte Mauerwerk und beinahe wäre er wieder weggedöst, doch diesmal kam ihm der Ruf der Eule zuvor. Er zuckte zusammen, rieb sich die Augen und zögerte einen Moment. Er warf einen Blick auf die andere Wache, der ihn misstrauisch beäugte. »Was ist mit dir? Warum bist du so unruhig? Stimmt was nicht?«, brummte er missgelaunt und kratzte sich mit der linken Hand am Hals. Er hatte die Schnauze voll von dieser Nachtschicht und sehnte sich nach der Ablösung und danach, sich in der Taverne ein paar Becher Met zu gönnen, um sich danach in aller Ruhe schlafen zu legen.

Ethelbert sah ihn unschlüssig an. Hatte er richtig gehört? Doch da ertönte erneut der Ruf der Eule und er wusste, dass er keine Wahl mehr hatte. Er griff nach seinem Dolch, ging hastig einige Schritte auf die andere Wache zu, packte den verdutzten Mann von hinten am Oberkörper und schnitt ihm ohne viel Federlesens die Gurgel durch. Scharf schnitt das Messer durch den Hals und das warme Blut ergoss sich über den Körper des Mannes. Die Wache, die noch einen Moment lebte, stieß einen gurgelnden Laut aus und wollte sich mit beiden Händen an die Kehle greifen, doch es war bereits zu spät. Sein Lebensatem verließ ihn und er sackte vornüber auf den harten Pflasterstein, wo er inmitten seines Blutes zum Liegen kann. Ethelbert sah sich mit klopfendem Herzen um, bevor er einen scharfen Pfiff ausstieß. Es raschelte einen Moment in den Büschen, bevor sich endlich eine Gestalt in der Dunkelheit erhob. Ethelbert erkannte sofort die behäbige Gestalt des Schankwirts, des Mannes, der ihn zu diesem Verrat verleitet, ja beinahe gezwungen hatte, denn auch wenn Ethelbert stets darum bemüht war, seine Liebschaft mit der Tochter des Schmieds geheim zu halten, da dies unter seinen eigenen Reihen und auch unter den Inselbewohnern als furchtbarer Verrat galt, hatte der Schankwirt sie beide eines Morgens in der verlassenen

Ruine inmitten des kleinen Wäldchens dabei ertappt, wie sie sich einander hingaben. Es gab nichts zu leugnen, denn beide waren splitternackt gewesen und es wäre jedem sofort offensichtlich gewesen, was sie da trieben. Während seine Geliebte Aurore in Tränen ausbrach, auf die Knie sank und den Schankwirt anflehte, sie nicht zu verraten, hatte Ethelbert gefasster reagiert und versucht, Albert mit Geld zu bestechen. Doch jener hatte sich nicht darauf eingelassen und nachdem seine anfängliche Wut über diesen Verrat verflogen war, hatte er ihnen tatsächlich versprochen, ihre Liebschaft geheim zu halten. »Du stehst in meiner Schuld, Engländer! Den Gefallen, den ich dir getan habe, werde ich eines Tages einfordern und wenn es soweit ist, wird dir gut beraten sein, dich daran zu erinnern!« Ethelbert hatte sich darum bemüht, sich seine Erleichterung nicht anmerken zu lassen und hatte lediglich zustimmend genickt. Albert hatte ihm einen letzten verächtlichen Blick zugeworfen und hatte sie beide alleine gelassen. Aurore hatte noch einige Zeit weinend in seinen Armen gelegen, während Ethelbert wütend auf sich selbst war. Dies hätte nicht sein müssen, er hätte mehr Vorsicht walten lassen, denn dieser sturköpfige Bretone hatte ihn nun in der Hand und wenn er sie verraten würde, würde er von den eigenen Reihen den Tod durch das Schwert erleiden und was mit Aurore geschehen würde, wollte er sich gar nicht ausmalen. Sie hatte mit einem Verräter am eigenen Vaterland verkehrt und er war sich sicher, dass die Inselbewohner hart mit ihr ins Gericht gehen würden. Für einen Moment hatte Ethelbert erwägt, die Liebesbeziehung mit der jungen Frau zu beenden, doch diesen Gedanken hatte er sogleich wieder verworfen, denn aus dem anfänglichen rein körperlichen Interesse hatte sich weitaus mehr entwickelt, als er hätte ahnen können. Er fühlte sich zu Aurore in einer Art hingezogen, die er vorher noch niemals erlebt hatte und er wünschte sich nichts sehnlicher, als sie zu seinem Weib zu nehmen, wohl wissend, dass dies niemals möglich sein würde. Sein Verlangen, sie stets bei sich zu haben und sie vor allem Übel dieser Welt zu beschützen, wurde stetig größer und so trafen sie sich nach wie vor immer wieder, konnten die Zeit zwischen den Treffen kaum aushalten und wenn sie sich sahen, wurden sie von der Leidenschaft übermannt und klammerten sich aneinander wie Ertrinkende.

Einige Zeit war ins Land gegangen und die Aufregung um den Schankwirt Albert hatte sich gelegt und beinahe hatte Ethelbert den Zwischenfall vergessen, doch dann war er ihm aufgelauert, hatte ihn in seine Stube beordert und die Begleichung seiner Schuld eingefordert. Während die Ungeheuerlichkeit seiner Forderung Ethelbert zunächst für einen Moment den Boden unter den Füßen weggezogen hatte, hatte er schließlich schnell verstanden, dass er kaum eine Wahl hatte und während er in dieser Stube auf einem wackligen Stuhl saß, die fetten, schwarzen Fliegen beobachtete, die sich auf einem Rest rohem, rot glänzendem Stück Fleisch tummelten, das achtlos auf dem Boden liegengeblieben war, wusste er bereits, dass er Aurore zu sehr liebte, als dass er sie der Gefahr einer möglichen Strafe für ihren Verrat hätte aussetzen können. Und so stimmte er zu, versprach, Albert mitzuteilen, wann er den nächsten nächtlichen Wachdienst antreten würde und gelobte, seinen Gefährten bei der Wache außer Gefecht zu setzen, sobald er Alberts Ruf vernehmen würde.

Genauso war es geschehen und obwohl er wusste, was er zu tun hatte, übermannte ihn mit einem Mal die Angst, als er Albert und zwei seiner Gefährten durch die dunkle Nacht eilen sah. Albert nickte ihm kurz zu, bevor er den Schlüssel zum Kerker, den Ethelbert ihm entgegenstreckte, an sich nahm. Ethelbert öffnete ihnen die Tore, die sie ins Innere des Turms führen würden und noch während er überlegte, was er nun tun sollte, um möglichst schadlos aus dieser Geschichte herauszukommen, griff Albert nach seiner Schulter und hielt ihn fest. Eindringlich sah er ihm ins Gesicht. »Ich weiß, dass dein Leben in Gefahr ist, da deine Leute zweifeln werden, warum dein Kumpane tot ist und du nicht! Daher höre meine Worte! Aurore wartet in der Ruine auf dich. Ich habe sie über unsere Übereinkunft in Kenntnis gesetzt und der einzige Weg für euch beide, um beieinander zu sein, ist die Flucht! Daher frage ich dich nun und deine Antwort duldet keinen Aufschub: Bist du bereit, mit Aurore zu fliehen und dein Leben mit ihr zu verbringen?« Ethelbert war alle Farbe aus dem Gesicht gewichen und er wischte sich mit dem Ärmel über das Gesicht, spürte, wie ihm der Schweiß auf die Stirn trat und seine Hände zu zittern begannen. Alberts Vorschlag war gleichermaßen ungeheuerlich wie vielversprechend. Niemals im Leben hätte er sich ausmalen können, jemals die Möglichkeit auf ein Leben mit Aurore zu erhalten.

»Das ist …!«, stotterte er, tat einen Schritt nach hinten, stieß gegen etwas und drehte sich um. Er fühlte das klebrige Blut unter seinen Füßen, sah im Dunkel der Nacht die Umrisse des Mannes, dem er mit seinem Dolch die Kehle durchgeschnitten hatte und wünschte sich in diesem Augenblick nichts sehnlicher, als die Armee mit all ihren bitteren Pflichten und grausamen Strafen zu verlassen, dieser verfluchten Insel den Rücken zu kehren und mit Aurore ein gemeinsames und glückliches Leben zu beginnen, doch Wünsche waren bedeutungslos und das Glück eines Einzelnen, so viel hatte er in diesem Leben bereits gelernt, spielte ohnehin keine Rolle. »Verrückt!«, sagte er nun mit bebender Stimme. »Das ist verrückt! Wie soll das gehen?«

Albert drückte seine Finger fest in seine Schulter. »Hör mir zu! Geh zu ihr, wartet einige Zeit in der Ruine und bei Morgengrauen brecht ihr auf! Sucht die Bucht Poulziorec, dort findet ihr mein Boot. Nehmt es und segelt südöstlich zur Belle-île! Sobald ihr am Strand angelegt habt, sucht den riesigen, von Stechginster umwachsenen Felsen an der Küste! Ihr könnt ihn nicht verfehlen! Von dort geht ihr westlich, bis ihr den Wald von Stang Per erreicht. Dort, am tiefsten Punkt des Tales findet ihr eine verlassene Waldhütte. Ihr könnt dort bleiben. Niemand wird euch finden, denn kaum einer wagt sich in diesen düsteren Wald. Und die Engländer haben bis zum heutigen Tage keinen Fuß auf die Insel gesetzt! Ich habe Aurore Nahrungsmittel für einige Tage mitgegeben und ihr werdet zunächst keinen Hunger leiden! Danach seid ihr auf euch alleine gestellt und ihr werdet herausfinden, ob eure Liebe groß genug ist, um diese Widrigkeiten zu bewältigen!«

Zitternd hatte Ethelbert ihm zugehört und mit einem Male verschwand seine Furcht und er verspürte eine warme und tiefe Dankbarkeit für diesen Mann, der das Unmögliche möglich zu machen schien. »Habt Dank!«, murmelte er ergriffen, fasste dessen Hand und drückte sie fest. »Enttäusche mich nicht und mach Aurore glücklich! Sie ist ein gutes Mädchen und hat es verdient!«, antwortete Albert und deutete in die dunkle Nacht. »Geh jetzt! Schnell! Wir haben hier noch etwas zu erledigen!«

Ethelbert nickte hastig und warf Albert einen letzten Blick zu, bevor er von dannen eilte. »Ich werde sie glücklich machen, ich verspreche es!«

Während Albert Zeit ins Land hatte verstreichen lassen, waren Cédric und Albirich bereits in das Innere des Turms vorgedrungen, ohne einer weiteren Menschenseele über den Weg zu laufen. Sollten sie Ethelberts Worten Glauben schenken, gab es tatsächlich keine weiteren Soldaten im Turm, denn offensichtlich waren die Engländer der Meinung, dass keine Gefahr von den behäbigen und eher faulen Inselbewohnern ausgehen könnte und dass jeder zusätzliche Aufwand der Mühe zu viel war.

Dennoch gaben Cédric und Albirich keinen Laut von sich und schlichen so leise, wie es ihnen möglich war, die steinerne Wendeltreppe nach oben. Schnell hatten sie im Schein einer Kerze die Zelle ausgemacht, in der die Nordmänner und die Herzogin gefangen gehalten wurden, was ohnehin nicht besonders schwer war, da es im ganzen Turm nur drei Zellen gab, in denen Verbrecher eingesperrt werden konnten und so steckte Cédric mit zitternden Händen den schweren Schlüssel in das rostige Schloss und drehte ihn um, wartete das klirrende Geräusch ab, das die Entriegelung freigab und drückte die Tür auf. Mit einem knarrenden Laut sprang sie auf. Cédric fluchte, als ihm eine Ratte quietschend zwischen die Beine lief. »Hol sie raus! Ich halte die Treppe im Auge!«, zischte Albirich und hielt seine schwere Axt in beiden Händen. Cédric nickte und leuchtete mit der Kerze in den modrig riechenden Raum hinein. Es herrschte beinahe vollkommene

Dunkelheit, denn die Wolken bedeckten den Mond, doch im Schein der Kerze konnte er nun drei bewegungslos verharrende Gestalten ausmachen. »Wer seid ihr?«, zischte einer der Männer.

Cédric leuchtete dem Mann ins Gesicht, bevor er grinste und sein Schwert wegsteckte. »Das werdet ihr noch früh genug erfahren! Doch im Moment ist die Beantwortung einer anderen Frage wichtiger: Wer seid ihr? Nennt mir eure Namen!«

Folkvin zögerte, bevor er ihm antwortete. »Mein Name ist Folkvin, der Kerl hier heißt Ivar und die Frau hinter ihm trägt den Namen Jeanne!«, brummte er dann und hustete. Die Feuchtigkeit und die klamme Kälte in diesem Gemäuer hatte ihm, sehr zu seinem Leidwesen, etwas zugesetzt und sich in seine Lunge festgesetzt und Folkvin kam nicht umhin, als sich einzugestehen, dass er langsam älter wurde.

Cédrics Grinsen wurde breiter, als er sich an Jeanne wandte, die sich zitternd hinter Ivar versteckte. »Jeanne? Ihr seid Jeanne de Blois, die Herzogin der Bretagne?«, fragte er bedächtig. Jeanne hatte es die Stimme verschlagen und so nickte sie nur.

Cédric stieß ein helles Lachen aus, bevor er sich galant verbeugte. »Es ist mir eine Ehre, Herzogin! Der Weg in die Freiheit steht Ihnen nun offen!« Er gab den Weg zur Tür frei, doch die drei zögerten einen Moment. »Ich frage euch noch einmal. Wer seid ihr und warum befreit ihr uns?«, sagte Ivar stattdessen mit dumpfer Stimme, doch Folkvin gab ihm einen Stoß in den Rücken. »Die Fragen sparen wir uns für später! Wir sollten hier schleunigst verschwinden, bevor es zu spät ist!« Er packte Jeanne am Handgelenk und zog sie mit sich, drängte sich an Cédric vorbei, bevor er sich erneut nach ihm umdrehte.

»Habt ihr Waffen für uns?«, flüsterte er ungeduldig und stöhnte innerlich auf, als Cédric den Kopf schüttelte. »Daran haben wir wohl nicht gedacht! Aber ich reiche euch gern mein Schwert! Ich weiß ohnehin nicht damit umzugehen!«, antwortete Cédric und zog das Schwert von seinem Rücken, um es Folkvin zu reichen. Er nahm es mit einem dankbaren Nicken an. »Und jetzt raus hier!«, raunte er seinen Gefährten zu und übernahm die Führung.

Beinahe wäre er noch mit Albirich zusammengestoßen und hätte nicht gezögert, ihm das Schwert in die Brust zu rammen, doch Cédric kam ihm zuvor. »Er gehört zu mir!«, zischte er und deutete auf die Treppe. »Dort hinunter!«

Ohne Aufsehen zu erregen, gelangten die Fünf durch den Turm, wo sie am Ausgang von Albert in Empfang genommen wurden. Folkvin atmete erleichtert aus und stieß ein heiseres Lachen aus. »Das hätte ich mir eigentlich denken können, dass du dahintersteckst!«

Die beiden Männer umarmten sich freundschaftlich, bevor Folkvin auf die tote Wache deutete. »Ist das alles? So wenig wert sind wir ihnen, dass sie nur einen einzigen Wachmann für uns beordern? Was geht hier vor, Albert?«, fragte er stirnrunzelnd.

»Sagen wir mal, jemand war mir noch einen Gefallen schuldig!«, murmelte Albert und zerrte bereits an dem toten Körper, um ihn hinter das Gebüsch zu befördern. Albirich und Ivar kamen ihm zur Hilfe, während Jeanne argwöhnisch die Männer beobachtete. Sie war sich unschlüssig, ob sie ihnen vertrauen konnte, denn in letzter Zeit war ihr zu oft übel mitgespielt worden, als dass sie blind Männern folgen würde, die sie nie zuvor gesehen hatte, aber wie schon zuvor gab es immer noch Folkvin und Ivar an ihrer Seite, die ihr uneingeschränktes Vertrauen besaßen. Und immerhin, egal, was diese Menschen von ihnen wollten, es fühlte sich um Einiges besser an, hier draußen an der frischen Luft zu sein, als eingesperrt in einem düsteren und feuchten Loch vor sich hin zu vegetieren, stets in Angst vor diesem fetten Engländer, der sich jederzeit dazu entschließen konnte, einen von ihnen erneut in den Folterkeller zu schaffen, um sie dazu zu bewegen, Informationen preiszugeben, was sie ohnehin schon zu Genüge getan hatte.

»Los jetzt! Wir haben keine Zeit!« befahl Albert anschließend und gab den anderen einen Wink, ihm zu folgen. Als sie schließlich ohne weitere Zwischenfälle in Alberts Schänke eintrafen, und Albert aufatmend die Tür zu seiner Küche hinter sich geschlossen hatte, beäugten sich die Männer und Jeanne einen kurzen Moment schweigend, bevor Folkvin sich räusperte, um ihnen seinen Dank auszusprechen. Doch in dem selben Moment öffnete sich die Tür erneut und Lea trat ein. Atemlos blickte sie in die Runde und während Folkvin voller Erstaunen das Wort im Hals steckenblieb, fiel Lea Cédric um den Hals. »Ich hatte solche Angst um euch!«, rief sie aufgeregt und, sich bewusstwerdend, dass sich diese Umarmung womöglich nicht ziemte, trat sie schuldbewusst einen Schritt zurück, während Cédric sich verlegen den Kopf kratzte und ein heiseres Lachen ausstieß. »Lea! Du?«, rief Folkvin da erstaunt und schüttelte den Kopf. »Mit dir, Mädchen, hätte ich nicht gerechnet! Und wie kommst du an Albert? Das gibt es doch nicht! Albert, erklär mir das!«, forderte Folkvin daher und Albert hob besänftigend die Hände. »Setzt euch an den Tisch! Wir werden euch alles erklären!«

Es wurde eine hitzige Diskussion, als Albirich den Nordmännern und Jeanne erklärte, warum sie sie aufgesucht hatten. »Wir brauchen eure Kampfeskünste! Schließt euch uns an und unterrichtet uns im Schwertkampf und im Kriegshandwerk! Wir brauchen erfahrene Männer, die bereits gegen die Engländer gekämpft haben! Und wir brauchen euch, Herzogin! Ihr als Herrscherin der Bretagne unter uns Widerständlern werdet den Männern Mut machen! Sie werden sich kampfesmutig den Feinden stellen, wenn sie nur wissen, dass Ihr hinter ihnen steht!«

Folkvin grunzte und kratzte sich am Kopf. Mit dieser Offenbarung hatte er nicht gerechnet, doch wenn er ehrlich zu sich selbst war, gefiel ihm dieser Vorschlag. Ein offener Kampf behagte ihm weitaus mehr als diese nicht endend wollenden Versteckspiele und das Wegrennen vor dem Feind. Er ließ seinen Blick durch die Runde schweifen, sah, dass Jeanne unschlüssig war, während Ivar verstimmt wirkte. »Ihr habt den weiten Weg umsonst gemacht, Albirich! Wir werden euch nicht folgen! Wir haben andere Pläne!«, sprach er nun auch schon mit finsterer Miene und sah Folkvin an, wartete darauf, dass er ihm zustimmen würde, doch Folkvin sagte nichts. »Folkvin?«, fragte Ivar daher und nickte ihm zu. »Ist dem nicht so?«

Folkvin sah ihn schweigend an, während Ivar nun die Zornesröte ins Gesicht schoss. »Du hast doch nicht vor, dich diesem jämmerlichen Haufen anzuschließen!«, stieß er wütend hervor und schlug mit der Faust auf den Tisch. »Ivar, ich denke, dass es keine schlechte Idee ist! Unsere Flucht war bis jetzt nicht erfolgreich und wir wurden stets zurückgeworfen! Unser Schiff nach Dänemark ist ohne uns gefahren und wir wissen nicht, wohin! Vielleicht müssen wir uns diesem Kampf stellen! Ich will nicht mehr fliehen! Ich will dem Feind ins Gesicht sehen!«, Jeanne hatte sich in Rage geredet und verstummte nun, beinahe erschrocken über sich selbst. »Und meine Kinder! Ich will meine Kinder finden! Sie sind auf dem Festland, und ich werde dorthin zurückkehren, mit oder ohne euch!« Folkvin und Ivar starrten Jeanne erstaunt an, glaubten, nicht richtig gehört zu haben, denn der Eifer, mit dem diese kleine Frau gesprochen hatte, schien so gar nicht zu dem Bild zu passen, das sie sich in den letzten Wochen von ihr gemacht hatten. Folkvin räusperte sich, kniff müde die Augen zusammen, bevor er ihr zunickte. »Ich werde an eurer Seite sein, Herzogin! Ich habe noch eine Rechnung mit den Engländern offen und würde einiges dafür tun, um Halfdan und Belana aus ihren Fängen zu entreißen! Wir haben genug Gründe, um aufs Festland zurückzukehren!« Er sah Jeannes erleichterten Gesichtsausdruck und war selbst froh über diese Entscheidung. Sie würden zum Ort des Geschehens zurückkehren und sich dort den Dingen stellen; sie würden den Widerständlern helfen, eine ordentliche Armee aufzustellen, die Zwillinge finden und Halfdan und Belana befreien.

Cédric und Albirich atmeten erleichtert auf und Albirich fiel stöhnend in seinen Stuhl zurück. »Ich kann nicht sagen, wie erleichtert ich bin! Ich dachte, es wären mehr Worte nötig, um euch von unserer Sache zu überzeugen! Kanns kaum erwarten zurückzukehren! Vielleicht schaffe ich es noch, bevor meine Frau ihr Kind gebiert!« Er schnaubte laut durch die Nase, griff nach dem Krug, den Albert vor ihm abgestellt hatte und trank geräuschvoll. Mit einem lauten Knall stellte er den Krug wieder auf die Tischplatte und wischte sich den Mund mit der Hand ab. Er rülpste und griff nach Alberts Hand. »Ich danke euch, mein Freund! Ihr habt uns einen großen Dienst erwiesen und wart eine große Hilfe!«

Albert winkte ab. »Ihr solltet gehen, bevor der Tag anbricht! Die Engländer werden bald herausfinden, dass ihr geflohen seid! Von Battenberg hat zwar die Insel verlassen, so dass es womöglich etwas länger dauern wird, bis sie es rausfinden, da sie nachlässig ohne ihren Anführer sind, doch früher oder später werden sie es rausfinden, und zu diesem Zeitpunkt befindet ihr euch am besten weit weg von dieser Insel!«

Cédric nickte hastig. »Unser Boot liegt bereit! Wir können sofort aufbrechen!« Er stand auf und schob seinen Stuhl zurück, der laut über den Boden scharrte. Albirich und Lea taten es ihm gleich, doch Ivars zorniger Gesichtsausdruck bedurfte keiner Erklärung. »Ich komme nicht mit euch! Das ist nicht mehr mein Kampf!«, erklärte er mit rauer Stimme und sah Folkvin unnachgiebig an, während Jeanne vor Schreck beide Hände auf den Mund presste. Trotz Ivars Wut auf sie und seine Verstimmtheit der letzten Tage hätte sie nie damit gerechnet, dass er sie im Stich lassen und wieder so schnell aus ihrem Leben treten könnte. Sie war nicht bereit, ihn ziehen zu lassen und ihr Herz zog sich schmerzerfüllt zusammen. Sie griff nach Ivars Hand. »Bitte nicht! Bitte tu das nicht! Komm mit uns!«

Trotz der Tatsache, dass Ivar sich erneut von der Herzogin hatte überreden lassen, war er verstimmt und fühlte sich beinahe betrogen, denn wieder einmal würde er den Besuch bei seiner Familie auf unbestimmte Zeit nicht wahrnehmen können. Auch wenn er insgeheim zwar erleichtert darüber war, machte er sich dennoch große Sorgen um seine Mutter und seine Schwestern, denn er traute dem Schmied keinesfalls und befürchtete, dass er die Gelegenheit seiner Abwesenheit genutzt hatte, um ihnen weiterhin Gewalt anzutun. Er konnte sich nicht vorstellen, dass jener sich auf lange Sicht von Ivar hatte einschüchtern lassen und er verspürte das unstete und bedrohliche Gefühl, als wäre seine

Mutter längst nicht mehr am Leben. Und dennoch würde er die Reise in seine Heimat aufschieben und die schlechten Gedanken so gut wie möglich vergessen, solange es ihm noch gelingen würde. Jeannes glückliches Gesicht und ihre strahlenden Augen ob seiner Entscheidung schmeichelten ihm insgeheim und auch Folkvin schien spürbar erleichtert darüber zu sein, dass er ihn nicht im Stich lassen würde.

Er hatte keine Ahnung, was er von diesen Leuten halten sollte, denn auf ihn machten sie nicht den Eindruck, als wären sie besonders kampfeslustig oder aufopferungsvoll und er glaubte nicht, dass sie irgendetwas im Kampf gegen die englische Krone bewirken können würden, und dennoch würde er mit ihnen gehen, würde sich darauf einlassen und wer weiß, vielleicht konnte er sich tatsächlich etwas nützlich machen und dem ein oder anderen das Kämpfen beibringen.

Und so folgte er schweigend der Truppe, froh darüber, zumindest aus dem Kerker entkommen zu sein und stieg mit ihnen in ein Boot, das sie zurück auf das Festland und zu neuen Abenteuern führen würde, und mit dem leicht bangen Gefühl einer Hoffnung, dass diesmal womöglich alles gut werden würde, starrte Ivar nachdenklich aufs Meer und ließ es ein weiteres Mal zu, dass die Gedanken an seine Mutter und seine Schwestern in den dunklen Wogen der Vergessenheit verschwanden.

ADOUMA

Missmutig starrte Adouma ins Feuer. Die Nacht war hereingebrochen und es war etwas kühl geworden, daher hatte er mit Aels Hilfe ein Feuer entzündet. Sie hatten sich unter einer riesigen, alten Eiche niedergelassen und der Alte hatte einen Laib Brot und getrocknete Beeren mit ihnen geteilt. Adouma hätte nie gedacht, dass er die spärliche Kost des Klosters eines Tages vermissen würde, doch dieses harte Brot hatte ihn eines Besseren gelehrt. Dennoch hatte er es gegessen, denn er war hungrig und der Tag war lang gewesen. Er hatte längst das Interesse an dieser Mission verloren, auch wenn er wusste, dass ihm nun nichts Anderes übrigblieb, als dem alten Mann mit dem Mädchen zu folgen. Zwar hätte er jederzeit das Weite suchen können und sogar Tanguy guten Gewissens in den Händen des Alten lassen können, da er ihm immerhin Heilung versprochen hatte, doch das war nicht Adoumas Art. Er stand zu seinem Wort und brachte die Dinge, die er begonnen hatte, stets zu Ende, und mochten sie auch noch so schweißtreibend und energieraubend sein. Doch genau diese Einstellung, die er in sich trug, führte dazu, dass sich seine Laune nun erheblich verschlechtert hatte, denn wenn er den Mann richtig verstanden hatte, hatten sie noch nicht genug Kinder bei sich, sondern würden sich auf die Suche nach zwei weiteren machen, die der Alte bei sich aufnehmen wollen würde. Adouma konnte mit Kindern nichts anfangen und fand sie beinahe lästig, fühlte sich von ihnen in seiner inneren Ruhe gestört und bereits das kleine Mädchen, das ihn immerfort neugierig anstarrte, bereitete ihm Unwohlsein. Er hatte genug zu tun, sich um Tanguy zu kümmern, doch, bei Gott, er konnte nicht sagen, dass ihn das die letzten Jahre gestört hatte, da der gutmütige Riese pflegeleicht und umgänglich war und ihm dadurch bei weitem mehr Freizeit als seinen Mitbrüdern beschert hatte. Und immerhin war Tanguy kein Kind mehr, sondern ein junger Erwachsener und Adouma war gespannt, welche Züge dieser junge Mann an sich haben würde, würde der alte Druide ihn erst einmal geheilt haben. Seine Neugierde trug auch einen Teil dazu bei, dass er diese seltsame Truppe nicht verlassen wollte. Welches Bild sie bloß abgaben! Ein schwarzer Mönch, ein Schwachsinniger, ein alter Mann und ein kleines Mädchen. Adouma schüttelte den Kopf, lachte leise vor sich hin und blickte vom Feuer auf. Tanguy und das Mädchen schliefen bereits, während der alte Mann mit milchigem Blick ins Feuer blickte und nicht von dieser Welt zu sein schien. Adouma beobachtete ihn eine Weile, wunderte sich darüber, keinerlei Gefühlsregung in dem faltigen Gesicht entdecken zu können und räusperte sich.

»He! Alter Mann!«, rief er eine Spur zu laut, denn Tanguy schreckte hoch und sah ihn schlaftrunken an. »Adouma! Was ist mit Adouma?«, lallte er, doch Adouma legte ihm beruhigend seine Hand auf den Arm. »Schlaf weiter!«, murmelte er und Tanguy gehorchte ohne Widerworte, legte sich erneut zum Schlafen hin und begann, leise zu schnarchen. Der Druide hatte sich nicht geregt und Adouma rief ihn erneut an. Nun sah der Alte auf und starrte ihn mit bösem Gesichtsausdruck an. »Schweig, Nubier! Was erlaubst du dir, mich in diesem Tonfall anzusprechen! Ist das der Dank dafür, dass ich euch aus dieser misslichen Lage gerettet habe? Ohne uns wärst du bereits einen Kopf kürzer! Zeig etwas Respekt und Dankbarkeit!«

Überrascht zog Adouma die Augenbrauen hoch. Der barsche Ton des Alten verwunderte ihn und er verstand nicht, warum er ihm mit einem Male feindlich gesinnt zu sein schien. Er konnte es sich nur so erklären, dass er ihn womöglich bei wichtigen Gedanken gestört hatte, doch Adouma war das egal, denn er würde sich nicht so einfach ins Bockshorn jagen lassen, bevor er nicht mehr Informationen erhalten haben würde. Er ignorierte die Worte des Alten und setzte ein unschuldiges Lächeln auf. »Wohin gehen wir? Wohin führt uns dieser Weg?« Der Alte sah ihn einen Moment stumm an, runzelte dann die Stirn und seufzte. »Ich weiß nicht warum, aber ich habe das Gefühl, als würde es mir dienlich sein, dich in mein Vorhaben einzuweihen! Hör also gut zu, und ich werde dir die Geschichte der Zwillinge erzählen!«

Und Adouma hörte zu, lauschte fassungslos den Worten des Alten, denn er kam aus dem Staunen nicht mehr heraus. Und schließlich, als er sich mit all den Eindrücken und den Informationen, die er erhalten hatte, zur Ruhe legte, schwirrte sein Kopf und die Gedanken purzelten durch seinen Geist und diese Geschichte, die von Magie und Helden geprägt war, erinnerte ihn an die alten, afrikanischen Sagen, die ihm seine Mutter vor dem Schlafengehen manchmal erzählt hatte. Noch während sonderbare Gestalten durch seine Gedanken wanderten, wurden seine Augenlider schwer und er schlief ein, träumte von wundersamen Dingen und von seiner Heimat, sah das grün schimmernde Wasser des Nils vor sich und die behäbigen Krokodile, die im Dickicht des Schilfs lagen und als er im Morgengrauen erwachte, hatte er den Entschluss gefasst, seine Heimat aufzusuchen, sobald dieses Abenteuer hier überstanden war.

HALFDAN

Halfdan knurrte unwirsch und blickte auf den fetten und bekleideten Fleischberg, der laut schnarchend vor ihm im Gras lag. Obwohl die Sonne seit einiger Zeit aufgegangen war, Halfdan bereits in dem kleinen See gebadet hatte, der sich in ihrer Nähe befand und einige Zeit damit verbracht hatte, an Belana zu denken, schien Leofwine von Battenberg nicht im Traum daran zu denken, aufzuwachen. Halfdan war ungeduldig und konnte den Mistkerl nicht ausstehen, doch er hatte keine Wahl, als sich mit ihm abzugeben, denn weder wollte er Belanas Leben gefährden, noch das der drei anderen. Doch in Wahrheit träumte er davon, dem fetten, rothaarigen Engländer seine Schwertspitze durch die Kehle zu treiben, ihn am Waldboden festzunageln und genüsslich dabei zu beobachten, wie alles Blut langsam aber stetig aus diesem Ungetüm fließen würde. Stattdessen kratzte er sich am Kopf, fuhr sich mit der Hand durch die langen Haare, die nass auf seinen Schultern lagen und blickte noch einen Moment auf den Mann zu seinen Füßen hinab, bevor er sich entschied und dem Kerl einen unsanften Stoß mit der Spitze seines Stiefels gab. Leofwine riss die Augen auf und schreckte hoch. Einen Moment starrte er Halfdan entgeistert an, bevor er grunzte und nach seinen Stiefeln griff, die er des Nachts ausgezogen hatte. »Was stehst du da und starrst mich an? Hast du uns Frühstück besorgt?« Er zog geräuschvoll die Nase hoch und spuckte grünlich schimmernden Schleim ins Gras.

»Besorgt euch euer Frühstück selbst!«, brummte Halfdan verstimmt, warf Battenberg jedoch den Beutel mit der Nahrung zu.

Von Battenberg schnaufte unwirsch, hustete lauthals, bevor er nach dem Beutel griff, ihn aufriss und ein Stück getrocknetes Fleisch herausholte, um es sich in den Mund zu schieben. »Deine Frechheiten werde ich dir schon noch austreiben, Nordmann! Du vergisst wohl deine Stellung! Überleg dir gut, wie du mit mir sprichst!«, sagte er kauend und blickte Halfdan aus kleinen Schweinsäuglein an.

Verärgert bückte sich Halfdan, um seine Axt und sein Schwert aufzuheben. »Ihr habt mir nichts zu sagen!«, murmelte er. »Los jetzt! Je früher wir unsere Mission erfüllen, desto eher können wir wieder getrennte Wege gehen!«

Battenberg rülpste, griff nach einem Schlauch Wasser und trank hastig. Dann wischte er sich über den Mund und erhob sich schwerfällig. »Da hast du ausnahmsweise mal Recht, Nordmann!«, sprach er gemächlich und trat mit seinen Stiefeln die restliche Glut des Feuers aus. »Deine blöde Visage ertrage ich bereits jetzt kaum!«

Halfdan ersparte sich jegliche Erwiderung, spülte seine Wut mit einem Schluck lauwarmen Met hinunter und reichte Von Battenberg die Zügel seines Pferds, bevor er sich auf seines schwang. Ohne zu warten, lenkte er den dunklen Rappen zurück auf den schmalen Pfad, der sich durch den dichten Wald schlängelte. Von Battenberg folgte ihm fluchend und so ritten beide schweigend eine ganze Weile hintereinander her. Als die Sonne am höchsten Punkt stand, verlangte von Battenberg nach einer Pause und Halfdan gehorchte. Ohnehin hatte er keine Ahnung, wohin ihre Reise sie führen sollte.

EDWARD

Als die Faust in sein Gesicht krachte, hörte Brioc Cadoret, wie seine Nase brach und im selben Moment strömte bereits das Blut daraus hervor. Trotz der Schmerzen schrie er nicht, taumelte lediglich etwas und hielt sich mit beiden Händen das Gesicht. Blut quoll zwischen seinen Fingern hervor, doch nun trat ihm der Ritter von hinten in die Kniekehlen, so dass er wie ein nasser Sack zu Boden stürzte. Brioc keuchte, rappelte sich etwas auf und kam auf den Knien zu liegen. Er wollte sich aufrichten, doch Edwards Stimme kam ihm zuvor. »Bleib nur dort am Boden, wo du hingehörst, du Wurm!«, knurrte er und seine schwarzen Stiefel schoben sich in Briocs Sichtfeld. Er keuchte, als der Ritter, der hinter ihm stand, seinen Nacken mit eisernem Griff umfasste und ihn nach unten drückte. Er ließ es geschehen, wehrte sich nicht mehr und während er das Blut vor sich auf den gestampften Boden tropfen sah, verspürte er mit einem Male die unstete Angst, dieses Mal nicht mit seinem Leben davonzukommen.

Sie hatten einen Konvoi der Engländer überfallen, die Waffen zu einem Außenstützpunkt transportierten und obwohl diese bei Weitem in der Überzahl waren, hatte Maclou auf das Überraschungsmoment gehofft und Brioc und seinen vier Gefährten den Befehl gegeben, die Engländer zu überfallen, um in den Besitz der Waffenlieferung zu gelangen. Nachdem die Engländer jedoch begriffen hatten, was da vor sich ging, hatten sie schnell die Überhand gewonnen und den Bretonen blieb nichts Anderes übrig, als eilig die Flucht zu ergreifen, was ihnen auch gelungen war. Allen, bis auf Brioc, denn dieser war bei seiner Flucht über eine Baumwurzel gestolpert und der Länge nach hingefallen. Er hatte kaum die Möglichkeit gehabt, sich wieder aufzurappeln, da griffen schon die riesigen Pranken eines Ritters nach ihm und in Windeseile fand er sich bäuchlings über einem Pferd liegend wieder, auf dem direkten Weg in das Lager Prinz Edwards'.

Bereits als Brioc in die kalten, beinahe tot wirkenden Augen des Prinzen geblickt hatte, war ihm ein Schauer über den Rücken gelaufen und Furcht hatte ihn übermannt. Obwohl er sich bis zu diesem Moment stets als mutig und furchtlos bezeichnet hatte, hatte er Mühe, diese Gefühle nun in sich wiederzufinden.

»Nun sag mir eins: Wo befindet sich euer Lager?« Der Prinz hatte sich zu ihm hinabgebeugt und während er ihm diese Worte ins Ohr zischte, krallte sich seine Hand in Briocs Haare fest und riss seinen Kopf nach hinten. Schmerzerfüllt schüttelte Brioc den Kopf. »Wir haben kein Lager!«, keuchte er und sein Blick begegnete den Augen des Prinzen. Er sah kurz Wut aufblitzen, doch dann erhellte sich sein blasses Gesicht und ein fieses Lächeln formte sich auf seinen Lippen. »So, du willst dich mir also widersetzen und mir Lügen erzählen? Nun, dann werde ich deinem Gedächtnis wohl etwas auf die Sprünge helfen müssen, nicht wahr?«

Der Prinz richtete sich auf und gab den zwei Männern, die Brioc in ihrer Mitte hielten, einen Wink. »Fesselt ihn dort auf den Stuhl!«

Sie packten ihn ohne große Worte und gehorchten dem Befehl des Prinzen. Brioc atmete schwer und spuckte das Blut, welches ihm in den Mund gelaufen war, auf den Boden. Voller Entsetzen sah er, dass der schwarze Prinz nun einen länglichen Dolch in den Händen hielt und damit herumspielte, während er Brioc weiter mit unbewegtem Blick fixierte. »Du wirst reden, glaub mir!«, sagte Edward schließlich mit kalter Stimme und kam näher. Er beugte sich zu Brioc nach vorne.

»Ich frage dich also noch einmal: Wo ist das Lager von euch Rebellen?«

Brioc schüttelte den Kopf. »Ich habe euch nichts zu sagen!«, entgegnete er mit zitternder Stimme, obwohl sich ihm bereits die Eingeweide zusammenzogen. Er sah den Tod kommen, spürte, dass sein Ende nahe war, und er hatte Angst vor den Schmerzen, die der Prinz ihm zufügen würde.

Der Prinz stieß ein heiseres Lachen aus. »In Ordnung! Wir spielen jetzt ein Spiel! Für jede Frage, die du mir nicht beantwortest, wirst du ein Körperteil verlieren! Du darfst wählen! Soll ich dir ein Auge nehmen oder lieber gleich deinen Schwanz?« Er fuchtelte mit dem Dolch vor Briocs Gesicht.

Brioc stöhnte auf. »Bitte nicht!«, flüsterte er kraftlos, während sein Herz in seiner Brust raste. »Du willst dich also nicht entscheiden?«, zischte der Prinz und lächelte grausam. »Das macht nichts! Dann nehme ich dir eben beides!«

Unberührt fuhr der schwarze Prinz mit der linken Hand in Briocs Hose und während er den Armen unentwegt anstarrte, griff er nach seinem schlaffen Glied. Brioc schrie auf vor Schreck und spürte, wie ihm Tränen in die Augen traten. »Nein! Nicht das! Nehmt mir ein Auge! Bitte nehmt mir ein Auge!«, brüllte er nun aus Leibeskräften und verspürte dennoch keine Erleichterung, als der Prinz ihn grinsend wieder losließ. »Wie du wünschst! Ein Auge also!«

Furchterfüllt riss Brioc seine Augen auf, sein Atem wurde immer flacher und er schien der Ohnmacht nahe zu sein, während er den Dolch beobachtete, der seinem Gesicht fortwährend näherkam. »Grün wie die Bäume des Waldes sind deine Augen! Es ist beinahe schade, dass ich eines davon verunstalten werde!«, murmelte der Prinz und hob langsam den Arm mit dem Dolch. »Bereit?«, fragte er mit liebenswürdiger Stimme, und im selben Moment stieß er bereits die scharfe Klinge in das linkes Auge. Blut spritzte hervor, ein scharfer Schmerz durchschoss Briocs Bewusstsein und grelle Lichtblitze durchzuckten seinen Geist. Die Laute, die er nun von sich gab, schienen nicht mehr menschlich zu sein, doch der Prinz blieb vollkommen teilnahmslos, zog die Klinge mit einem Ruck heraus und reinigte den blutigen Dolch mit einem Tuch. Er wartete einen Moment, bevor er ungeduldig wurde. »Halt jetzt den Mund! Deine Schreie belästigen meine Ohren!«, schimpfte er dann schließlich und griff nach einem Becher Wein, um ihn in einem Zug zu leeren. Briocs Schreie verstummten langsam und gingen in ein leichtes Wimmern über. Der Schmerz wütete in seinem Auge so sehr, dass er glaubte, es keinen Moment länger ertragen zu können, während sich seine Wange direkt unter dem Auge vollkommen taub anfühlte. Sein linkes Augenlicht war erloschen, denn sein Augapfel war durch den Stich geplatzt und der Dolch war so weit nach hinten vorgedrungen, dass er das Gefühl hatte, dass dort etwas in der Augenhöhle in Stücke gebrochen war. Noch nie zuvor hatte er einen solch furchtbaren Schmerz erlebt und er glaubte, gleichermaßen ohnmächtig wie wahnsinnig zu werden.

Das Blut floss stetig über seine Wange, als Brioc den Kopf hob. »Lasst mich gehen!«, bettelte er unter Tränen und schluchzte laut, als Prinz Edward den Kopf schüttelte. »Beantworte mir erst meine Frage: Wo ist euer Lager?«, fragte er betont ruhig und näherte sich bereits wieder mit dem Dolch in der Hand. »Nein, wir haben kein Lager! So glaubt mir doch!«, schrie Brioc verzweifelt und bemühte sich, vor dem Prinzen zurückzuweichen.

»Also auch noch das zweite Auge?«, fragte der Prinz und hob belustigt die Augenbrauen, bevor er den Dolch zückte. »Nein! Bitte nicht! Lasst mir mein Auge! Ich werde euch das Lager zeigen!«, brüllte Brioc wie von Sinnen und schluchzte lauthals. Er hatte versagt, war nicht standhaft geblieben, obwohl er sich sicher gewesen war, nichts zu verraten, doch er konnte diesen Schmerz nicht noch einmal ertragen und, bei Gott, er würde alles tun, um diesem zu entgehen. Doch sein Verrat wog schwer in seiner Brust und er fühlte, dass er jegliche Achtung vor sich selbst verlieren würde und diese Tat Zeit seines Lebens niemals vergessen können würde. Der Prinz hielt in seiner Bewegung inne und seufzte. »Einverstanden!«, sagte er beinahe freundlich und gab einen seiner Männer einen Wink. »Verbindet sein Auge und gebt ihm Wasser! Wir brechen sofort danach auf!«

Und während die Soldaten den armen und wimmernden Brioc vom Stuhl hoben, gab der schwarze Prinz seinem obersten Offizier den Befehl, einige Dutzend Männer zum Abzug bereit zu halten. Edward triumphierte bereits und verspürte eine wilde Vorfreude in sich, als er sich vorstellte, wie er dieses elende Rebellenlager in tausend Stücke schlagen und den Widersachern einem nach dem anderen den Kopf abschlagen lassen würde.

MACLOU

»Wie konnte das passieren? Wie konntet ihr fliehen und Brioc in den Händen der Engländer zurücklassen?« Maclou tobte. Sein Kopf war hochrot angelaufen und seine Augen traten beinahe aus den Augenhöhlen, während er eine Tirade nach der anderen von sich gab. Er fluchte, schlug immer wieder mit der flachen Hand an den Baum, der neben ihm stand und warf den Männern wutentbrannte Blicke zu. Die vier Beschuldigten standen wie kleine Kinder mit gesenkten Köpfen vor ihm und wagten es nicht, auch nur einen Laut von sich zu geben, obwohl sie es als ungerecht empfanden, dass ausgerechnet ihnen sein Zorn entgegenschlug. Ja, sie hatten versagt, doch keiner von ihnen hatte Maclous Idee, den Konvoi der Engländer zu überfallen, als gut befunden, da sie sich bei weitem in der Unterzahl befanden. Und so empfanden sie Maclous Wutanfall als unangebracht, doch da er ihr Anführer war, würden sie sich hüten, diesen Gedanken in Worte zu fassen. Ohnehin war es bereits zu spät und das Unglück hatte bereits seinen Lauf genommen. Lediglich Lorik, dem Jüngsten unter ihnen, der zudem auch ein wahrer Hitzkopf war, konnte man seine Verärgerung ansehen, denn Maclous Verhalten gefiel ihm ganz und gar nicht, doch auch er schwieg und wartete darauf, dass der Wutanfall abebbte. »Was sollen wir nun tun?«, warf er stattdessen vorsichtig ein. »Brioc könnte uns verraten und den Engländern den Ort unseres Lagers verraten! Wir sollten von hier fort!«

Maclou schnaufte und wischte sich mit dem Ärmel den Schweiß von der hochroten Stirn. Er ließ seinen Blick durch das Lager gleiten, betrachtete einen Moment das Geschehen und die Menschen, für die er die Verantwortung trug, sah, wie einige Männer sich darangemacht hatten, die Waffen und Schwerter zu reinigen, während die Frauen gemeinsam das Abendessen vorbereiteten,

Karotten und Wurzelgemüse kleinschnitten und dabei ein altes bretonisches Lied angestimmt hatten.

Er überlegte kurz, bevor er den Kopf schüttelte. Nein, er wollte hier nicht fort, wollte diesen schönen Platz nicht aufgeben, denn alleine die Vorbereitungen und der Aufbruch würden viel Zeit in Anspruch nehmen und er hielt diesen Aufwand nicht für nötig. Wollte es nicht für nötig halten. »Das wird er nicht! Brioc würde uns niemals verraten, selbst unter den schlimmsten Qualen! Er würde den Tod vorziehen, bevor ein falsches Wort über seine Lippen kommt!«, sagte er daher mit entschlossener Stimme und nickte den Männern aufmunternd zu. »Keine Sorge! So schnell wird sich kein Engländer hierher verirren!«

Und während Maclou sich in Sicherheit wiegte und keinerlei Anstalten machte, einen möglichen Angriff durch die Engländer in Betracht zu ziehen, bereiteten sich im Norden vier Dutzend Männer unter der Führung des schwarzen Prinzen darauf vor, das Lager der Rebellen dem Erdboden gleichzumachen. An deren Spitze würde man den armen, nun einäugigen und blutenden Brioc stellen, der in vollkommener Verzweiflung sich selbst und den Verrat, den er vorhatte zu begehen, verfluchte und sich dennoch nicht weigern würde, die Männer zu Maclous Lager zu führen, bloß um sich am Ende des Tages in das Schwert eines Ritters zu stürzen, um nicht weiter mit der tiefen Schuld und den Gedanken an die zahlreichen Menschen, die aufgrund seiner Entscheidung gestorben waren, leben zu müssen.

Für den Moment jedoch herrschte eine seltsam losgelöste Stimmung im Lager und die Menschen schienen froh und beschwingt zu sein und Maclou, der bereits zu seinem großen Ärger festgestellt hatte, dass Albirich und Cédric sich nicht an seine Anweisungen gehalten und das Lager verlassen hatten, hatte die dumpfe Vermutung, dass der Grund ihres Fortgehens sich bereits verbreitet und den Leuten hier Hoffnung gemacht hatte.

MARZIN

Schneller!«, brummelte der alte Mann in seinen langen weißen Bart und kam doch selbst kaum voran. Marzin keuchte bereits und stützte sich bei jedem Schritt mit dem vollen Gewicht auf seinen dicken, gewundenen Wanderstab. Die Furcht hatte ihn ergriffen, ihn, der sonst nichts fürchtete, noch nicht einmal seinen eigenen Tod, doch nun empfand er Furcht davor, zu spät zu kommen, Furcht davor, den Jungen erneut zu verlieren, und damit das Schicksal dieses Landes erneut in die falschen Hände zu legen. Es musste ihnen gelingen, er würde Erwann finden und ihn zu sich nehmen; ihn alles lehren, was er wissen musste, um die Energien dieser Erde in die richtigen Bahnen zu lenken. Er hatte es in den Sternen und in seinen Träumen gesehen, hatte verstanden, welch große Stärke in ihm steckte und wusste, dass er eines Tages ein großer und weiser Kämpfer an der Seite seiner Schwester werden würde. Ein Kämpfer für die alte Religion und für die Götter. Er würde mächtig werden, mächtig und voller Demut gegenüber den Naturgewalten und den Kräften dieser Erde. Doch dafür mussten sie sich beeilen und Marzin fühlte, dass ihm die Zeit durch die Finger rann. Ael hüpfte zwar munter vor ihm auf dem Wege, doch dieser schwarze Mönch schien eine Ruhe in sich zu tragen, die gleichermaßen beneidenswert wie auch nervtötend war, denn er schlenderte gemächlichen Schrittes hinter ihnen her, ohne sich aus der Ruhe bringen zu lassen und beinahe noch schlimmer war dieser Schwachkopf, der an jedem Baum stehenblieb, Blätter und Insekten betrachtete und immer wieder erfreute Laute von sich gab oder wirres Zeug vor sich hin brabbelte. Längst bereute der alte Druide, die beiden mitgenommen zu haben, zumindest für diesen Moment, da ihm seine innere Stimme bereits geflüstert hatte, dass die zwei noch von großem Nutzen für ihn sein würden.

Sie hatten längst den Waldpfad verlassen und gingen nun querfeldein durch Bäume und Büsche, scheinbar ohne Ziel, doch Marzin schien zu wissen, wohin der Weg sie führen würde. Adouma fluchte immer wieder vor sich hin, während er sich verbissen durch die mannshohen Farne und dichten Brombeerhecken kämpfte und er sehnte sich mit einem Male ins Kloster zurück, wo er zumindest Ruhe hatte und Nahrung bekam, und das war ausreichend für ihn, denn mehr brauchte

er nicht, um zufrieden zu sein. Und für den Moment konnte er sich nichts Schöneres vorstellen, als ein weiches Bett, auf dem er seine müden Glieder ausstrecken konnte und einen ordentlich gefüllten Krug Bier neben sich. Stattdessen musste er sich durch dieses Dickicht quälen, blieb immer wieder mit seiner Kutte in den Dornen hängen und musste auch noch stets ein Auge auf Tanguy haben, der sich besonders langsam und besonders schwerfällig durch das Gestrüpp kämpfte. Was hatte das Schicksal bloß mit ihnen vor?

BELANA

Belana sah der Armee des schwarzen Prinzen nach, betrachtete die Banner Englands, die sich hoch über den Köpfen der Soldaten im Wind erhoben und erneut spürte sie diese tiefe Unruhe in sich, die sie umhertrieb, seit sie erfahren hatte, dass Edward etwas plante. Sie wusste nicht, was sein Begehr war, wusste nicht, wohin er vorhatte, zu gehen, doch sie spürte die stumme Bedrohung, die in der Luft lag und während sie sich seufzend umdrehte, schossen blutige Bilder durch ihren Geist, sie sah sterbende Menschen um Hilfe flehen, während die englischen Widersacher jedes Leben vernichteten und keine Gnade zeigten. Diese Schreckensbilder ließen ihr keine Ruhe mehr und rastlos ging sie umher, fasste sich immer wieder stöhnend an den Kopf und noch während sie langsam glaubte, den Verstand zu verlieren, formte sich der Ort des Geschehens immer klarer in Bildern, immer wieder sah sie die Gesichter von Folkvin und Ivar aufblitzen und es schien beinahe so, als würden sie sich ebenfalls genau an diesem Ort befinden, und mit einem Male sah Belana, was zu tun war, um diese Bedrohung abzumildern und den Menschen dort zu helfen.

Ihr Herz raste, sie wusste nicht, warum diese Gedanken sie heimsuchten, doch sie verstand, dass es ihr gelingen musste, Halfdan zu diesem Ort zu schicken und einer Intuition folgend hastete sie in den Wald, irrte eine Weile verzweifelt umher, bis sie schließlich den Strauch fand, den sie suchte. Mit zitternden Fingern pflückte sie einige Beeren der Tollkirsche, suchte sich anschließend einen Baum und ließ sich darunter nieder. Langsam nahm sie Beeren in den Mund und kaute vorsichtig, bevor sie die bittere Masse hinunterschluckte. Ängstlich verharrte sie anschließend, wusste, dass sie dem Tod nahe war, sollte sie zu viel der Beeren genommen haben, doch sie hatte keine Zeit mehr, in Erfahrung zu bringen, welche Menge für Ihr Vorhaben ausreichend war.

Nervös wartete sie darauf, dass sich die Wirkung bemerkbar machte und nun spürte sie bereits, wie sich ihre Wahrnehmung veränderte, denn die Dimensionen ihres Körpers weiteten sich mit einem Male, während sie das wirre Empfinden hatte, zu einem winzigen Punkt zusammenzuschrumpfen, der innerhalb eines riesigen Körpers umherschwebte. Ihr wurde schwindelig von dem Gefühl und sie öffnete die Augen, sah sich erstaunt um und wunderte sich darüber, dass alle Farben um sie herum leuchtend stark waren und nun begann sie zu kichern und ließ sich seitlich ins Gras fallen. Sie war noch immer ein winziger Punkt in der Unendlichkeit eines Universums, doch ihr Geist weitete sich plötzlich und durchquerte die Grenzen des Körperlichen, verließ die irdische Hülle und nun war da die alte Heilerin Corentine, die lächelnd über ihr schwebte und ihr die Hand reichte. »Such sein Licht!«, sagte sie behutsam und Belana flog hoch, durchquerte grüne Wälder, tosende Meere, wilde Stürme und raue Felsen, sah das Feuer der Gestirne auf die Erde fallen und alles verbrennen und sie verließ Raum und Zeit, um die Unendlichkeit des Universums zu erreichen. Corentines Stimme holte sie ein und sie kehrte zurück, verließ die Weite der Welt und sank langsam zurück in ihren Körper. Noch während sie spürte, wie ihr Geist sich erneut seinen ursprünglichen Platz suchte, fühlte sie Halfdans Anwesenheit, sah ihn vor sich, wie er mit missmutigem Gesichtsausdruck auf seinem schwarzen Hengst durch die Wälder ritt, gefolgt von dem rothaarigen Engländer und sie trat an ihn heran, berührte ihn am Arm und flüsterte ihm ihre Worte zu. Eine Zeit lang passierte nichts, er schien sie nicht zu bemerken, doch als Belana bereits kurz davor war, aufzugeben, spürte sie, wie sein Widerstand nachgab. Seine Augen weiteten sich ungläubig und sie merkte, wie sein Herz flatterte. Er zog die Zügel seines Pferdes und brachte es zum Stehen. Nun war Belana sich sicher: er hatte ihre Botschaft erhalten und sie verstanden.

HALFDAN

Halfdan zuckte zusammen, denn ein plötzlicher Schmerz hatte sich in seinen Kopf gebohrt. Benommen fasste er sich mit der Hand an die Stirn und schüttelte brummend den Kopf. Das hatte ihm gerade noch gefehlt. Es war schon schlimm genug, mit diesem unverschämten, widerlichen Fettwanst durch die Wälder reiten zu müssen und zu allem Überfluss hatte es nun auch noch begonnen zu regnen und Halfdans Kleider trieften, vor allem sein Mantel lag, vom Regen durchdrungen, schwer auf seinen Schultern. Und jetzt auch noch diese bohrenden Kopfschmerzen, die er nun wirklich nicht gebrauchen konnte. Er schloss kurz die Augen, um dem Schmerz zu entkommen. Ein Zweig peitschte ihm ins Gesicht und hinterließ eine brennende Spur quer über seinem Gesicht. Er schrak zusammen und fluchte leise, versuchte die Wut herunterzuschlucken, als von Battenbergs heiseres Gelächter hinter ihm erklang, doch mit einem Male hörte er Belanas Stimme in seinem Geiste. Verblüfft hielt er sein Pferd an und blickte sich um, doch er täuschte sich nicht, die Stimme war tatsächlich in seinem Kopf. Etwas verunsichert schüttelte er den Kopf, fasste sich mit der Hand an die Stirn, fragte sich, ob er womöglich gerade dem Wahnsinn verfiel, doch das anfängliche Wispern wurde lauter, dröhnte jetzt in seinem Kopf und nun verstand er ihre Worte klar und deutlich. Sie gebot ihm, sich zu einem bestimmten Ort zu begeben. Die Gründe kannte er nicht, doch es war ihm gleichgültig, denn er wusste, dass er auf sie hören würde, dass es einen guten Grund geben musste, warum sie zu dieser Maßnahme griff und sich in seinen Kopf stahl, um ihm diese Botschaft zu übermitteln. »Was auch immer mich dort erwartet!«, sprach er stumm zu sich selbst, riss heftig an den Zügeln und lenkte sein Pferd nach Westen.

»He, Nordmann! Was soll das?«, schimpfte von Battenberg

hinter ihm, doch Halfdan ignorierte ihn, hatte keine Lust, ihm etwas zu erklären, denn welche Erklärung konnte er ihm geben? Ohnehin würde er sich niemals damit zufriedengeben und so schwieg Halfdan und ritt weiter, während von Battenberg eine heftige Hasstirade zum Besten gab, aber Halfdan dennoch folgte.

ALBIRICH

Albirich und Cédric warfen sich ungläubige Blicke zu, als sie das Geräusch von aufeinanderschlagenden Schwertern vernahmen.

»Maclou hat wohl jemanden gefunden, der sie im Schwertkampf unterrichtet!«, murmelte Cédric und sah seine neuen Gefährten aufmunternd an. »Wir sind fast da! Dort hinter den Bäumen ist unser Lager!«

Jeanne schnaufte erleichtert aus, sie sah erschöpft aus und schien Schmerzen in ihrem linken Bein zu haben, denn ihre Hand glitt nun schon eine Weile immer wieder zu der gleichen Stelle und ihr Gesicht verzerrte sich dabei jedes Mal vor Schmerzen. Die Überfahrt war zwar kurz gewesen, doch sie fühlte sich unwohl inmitten dieser Menschen, die sie nicht kannte und Ivar, der mit Lea die Nachhut gebildet hatte und sich einige Schritte hinter ihnen befand, mied sie und sprach seit dem Aufbruch aus dem Turm kein Wort mit ihr.

»Das ist keine Übung!« murmelte Folkvin und hustete. Er deutete in die Richtung, aus der die Geräusche kamen. »Dort findet ein Kampf statt!«, sprach er mit ernstem Gesichtsausdruck. »Und wenn das euer Lager ist, dann sollten wir uns beeilen und schauen, wen oder was wir noch retten können, wenn es nicht schon zu spät ist!« Albirich zuckte zusammen, ließ seinen Blick unruhig zwischen den Bäumen hin-und herwandern, bis er mit einem Male den Inhalt von Folkvins Worten begriff. Er stieß einen erstickten Schrei aus. »Josce!«, murmelte er, zog sein Jagdmesser hervor und begann in Richtung der Kampfesgeräusche zu rennen. »Nun beeilt euch doch!«, brüllte er, warf jedoch keinen Blick zurück, es war ihm gleichgültig, ob sie ihm folgten oder nicht, denn sein einziger Gedanke galt nun seiner schwangeren Frau. Er musste sie dort rausholen, sie retten vor den Angreifern, wer auch immer sie sein mochten und dies war das Einzige, was nun noch eine Rolle für ihn spielte. Folkvin drehte sich zu Ivar um. »Ivar, folge mir!«, rief er und zog bereits sein Schwert, um Albirich mit grimmigem Gesichtsausdruck zu folgen. Schnell hatte er ihn eingeholt, griff im Laufen nach seiner Axt am Gürtel und reichte sie Albirich. »Das wird dir dienlicher sein, als dieses lächerliche Fischmesser!«, knurrte Folkvin und Albirich griff wortlos danach, hielt sie mit beiden Händen vor sich und beschleunigte seine Schritte erneut. Ein prasselnder Regen setzte nun ein und die Gefährten waren innerhalb kurzer Zeit bis auf die Knochen durchnässt. »Jeanne, Lea! Sucht euch ein sicheres Versteck und wartet dort, bis wir euch holen!«, befahl Ivar mit unbewegter Miene und zog sein Schwert. Er gab Cédric einen Wink ihm zu folgen und verschwand kurze Zeit später aus der Sichtweite der beiden Frauen zwischen den Bäumen. Beunruhigt sah Cédric ihm nach. Das ungute Gefühl in seinem Magen verstärkte sich, als er Leas Blick begegnete. Ihre Augen waren voller Furcht aufgerissen und Schweißperlen standen ihr auf der Stirn.

»Hab keine Angst und hör auf den Nordmann! Sucht euch ein Versteck! Schau, dass der Herzogin nichts passiert!«, murmelte er und reichte Lea einen kleinen Dolch. Lea nickte angestrengt, drehte sich zu Jeanne um, die beinahe teilnahmslos ihr schmerzendes Bein rieb. »Herzogin, folgt mir!« Lea nickte ihr aufmunternd zu, und deutete in eine unbestimmte Richtung. »Wir werden uns dort zwischen Farnen verstecken! Niemand sollte uns dort finden, wenn er nicht gezielt nach uns sucht!«

»Gut! Ich komme zu euch, sobald Ruhe eingekehrt ist!« Cédric griff nach dem Bogen, der über seiner Schulter hing und zog einen Pfeil heraus, den er anlegte. Nun ertönten laute Schreie und das Klirren der Schwerter wurde bedrohlicher. Cédric fluchte und folgte den Anderen, ohne sich ein weiteres Mal umzublicken. Im Laufen spannte er seinen Bogen und legte den Pfeil an, während der Regen unablässig auf ihn einprasselte.

Wie erstarrt blieben die Männer am Rande des Lagers stehen und starrten voller Schrecken auf das Bild, welches sich ihnen bot. Nicht nur die Palisade, die einst als Schutzwall gedacht war, existierte nicht mehr, auch weitere Holzhütten standen längst nicht mehr oder waren den Flammen zum Opfer gefallen. Folkvin ließ seinen Blick schweifen, versuchte, sich einen Überblick über die Lage zu verschaffen, doch es erschien ihm beinahe aussichtslos. Die Engländer waren in der Überzahl und sie hatten bereits ein wahres Gemetzel veranstaltet. Die Leichen zahlreicher Männer und auch Frauen lagen bereits inmitten der Trümmer des verwüsteten Lagers und die wenigen, die noch in der Lage gewesen waren, sich notdürftig zu verteidigen, schienen bereits zu erschöpft, um den Kampf noch weiter fortführen zu können.

»Maclou!«, dröhnte Albirichs Stimme neben ihm und ein untersetzter, kleiner Mann, der sich hinter einem Stapel Holz versteckt hatte, drehte sich zu ihm um und legte den Finger an die Lippen. Doch es war bereits zu spät, denn einer der Ritter hatte ihn erblickt, ließ von seinem Opfer ab, indem er ihm einen finalen Schwertstreich in die Brust versetzte und wandte sich mit einem böswilligen Grinsen zu Maclou um. Jener begann wie Espenlaub zu zittern und hob sein rostiges Schwert um sich zu verteidigen, doch der Ritter war schneller als er und stürmte mit wenigen Schritten auf ihn zu. Noch während das Schwert auf Maclou niedersauste, war Folkvin zur Stelle um den Hieb abzufangen. Mit wenigen Streichen drängte er den Engländer zurück und nun nahte bereits Ivar, sprang hinter den Ritter und hieb ihm die Axt von hinten in den Nacken. Das Blut schoss stoßweise aus der Wunde, benetzte Ivars Gesicht und mit einem erstickten Röcheln sank der Mann zu Boden.

Gehetzt blickte Folkvin sich um, überlegte noch einen kurzen Augenblick, ob sie nicht einfach die Flucht ergreifen sollten, doch Albirich nahm ihm die Entscheidung ab. »Meine Frau! Maclou, wo ist meine Frau?«, brüllte er und packte Maclou an der Schulter, riss ihn herum und sah ihn wutentbrannt an. Maclou schwieg, bevor er schließlich langsam mit den Schultern zuckte. »Ich weiß es nicht!«, murmelte er dann und senkte den Blick, denn er wusste, dass er die Schuld trug an diesem Überfall und diese Schuld lastete schwer auf seinen Schultern. Doch es war zu spät, die Toten würde man nicht mehr zum Leben erwecken können und das einzig Beruhigende für Maclou war, dass die Männer, die davon wussten, dass Brioc von den Engländern gefangen genommen wurde und sie mit großer Gewissheit verraten hatte, bereits ebenfalls ein Schwert oder einen Pfeil in der Brust hatten und inmitten all der anderen Toten lagen. Und so würde er, Maclou, glimpflich aus dieser Sache herauskommen und niemand würde ihn zur Verantwortung ziehen können, da alle Mitwisser bereits nicht mehr am Leben waren.

»Wir müssen sie finden!«, stieß Albirich gehetzt hervor und rannte bereits mit hoch erhobener Axt zu seiner Hütte. Folkvin fluchte, folgte ihm jedoch und auch Ivar tat es ihm gleich, während Maclou sich stattdessen nach einem besseren Versteck umsah, denn, bei Gott, er hatte nicht vor, auch noch seinen Kopf zu verlieren. Es war schon schlimm genug, dass auch sein Weib Opfer dieses Überfalls geworden war, doch trauern würde er später. Nun erstmal musste er sein eigenes Leben retten. Und während sich Folkvin, Ivar und Albirich den Weg zu Albirichs Hütte freikämpften, schlich sich Maclou im Schatten der Bäume fort vom Lager, um sich wie ein Feigling im Wald zu verstecken.

Mit voller Wucht riss Albirich die Tür seines Heims auf, stürmte in den kleinen Raum und sah sich mit wildem Blick um. Es war offensichtlich, dass die Engländer auch hier gewütet hatten, denn Tisch und Stühle lagen umgekippt auf dem gestampften Boden, der Inhalt eines Eintopfes aus Wurzelgemüse beschmutzte den kleinen, aus Ziegenwolle gefertigten Filzteppich, der neben der Feuerstelle lag und die Tongefäße, die auf der Anrichte neben dem Tisch gestanden hatten, waren offensichtlich mit einer Handbewegung zu Boden gewischt worden. Doch seine Frau war nicht in diesem Raum, und weil er keinerlei Blutspuren entdecken konnte, klammerte sich Albirich an den Gedanken, dass seine Frau womöglich noch am Leben sein könnte. Er rief ihren Namen, stolperte hastig durch den Raum und riss den Vorhang zur Schlafstätte beiseite, stürmte hinein, doch auch hier konnte er Josce nicht finden. Verzweifelt ließ er die Axt sinken und sah sich hilfesuchend nach Folkvin und Ivar um, die dicht hinter ihm standen. »Sie ist nicht hier! Vielleicht ist es ihr gelungen, zu fliehen!«, sagte Ivar behutsam und legte Albirich aufmunternd die Hand auf die Schulter. Albirich schüttelte ihn ab und nickte. »Ich muss sie finden!«, murmelte er, war bereits erneut zur Tür hinausgeeilt und schwang voller Wut seine Axt inmitten des Chaos, traf einen Engländer von hinten in den Rücken und während jener mit einem Aufschrei zu Boden ging, traf ein Pfeil einen weiteren Angreifer, der sich Albirich mit einem wilden Aufschrei genähert hatte. Albirich sah auf, erblickte Cédric, der sich in einiger Entfernung mit seinem Bogen positioniert hatte und Albirich nickte ihm dankbar zu, doch Cédric war bereits damit beschäftigt, seinen Bogen erneut zu spannen, um den nächsten Pfeil abzuschießen. Auch Folkvin und Ivar waren bereits in weitere Kämpfe verwickelt, als ein unmenschlich klingender, tiefer Schrei über den Dorfplatz ertönte. »Das sind die Nordmänner! Ergreift sie!«, brüllte eine röhrende Stimme und Folkvin zuckte zusammen, ließ seine Waffe für einen Moment sinken und sah sich um. Der Schreck fuhr ihm in die Glieder, als er am Rande des Schlachtfelds eine Gestalt erblickte, von der er gehofft hatte, sie nicht allzu schnell wiedersehen zu müssen. Doch es war nicht zu leugnen: der schwarze Prinz Edward of Woodstock, saß dort hoch zu Ross in seiner schwarzen Rüstung und beobachtete das Geschehen. Ihre beiden Blicke begegneten sich und Folkvin sah den grenzenlosen Hass in des Prinzen Augen auflodern, bevor jener die Hand hob und begann, wie wild in der Luft zu fuchteln. »Dort! Holt sie euch!«, brüllte er erneut und in diesem Moment spürte Folkvin die Präsenz eines Angreifers hinter sich. Hastig drehte er sich um, hob sein Schwert, um den drohenden Hieb abzufangen, doch der Boden, der inzwischen durch den Regen aufgeweicht und schlammig geworden war, machte ihm einen Strich durch die Rechnung und Folkvin glitt aus und fiel der Länge nach auf den Rücken in den Schlamm. Durch den heftigen Aufprall fiel ihm sein Schwert aus den Händen und während er, den Blick auf den Angreifer geheftet, der sich nun drohend mit erhobener Waffe vor ihn aufbaute, nach dem Heft seines Schwerts tastete, war es bereits zu spät, denn der Stahl des Engländers glitt scharf in seinen Arm. Geistesgegenwärtig konnte sich Folkvin ein Stück zur Seite drehen, so dass das Schwert nicht durch seine Schulter schnitt, doch der Engländer holte bereits zum zweiten Schlag aus und als Folkvin die Waffe auf sich niedersausen sah, wusste er, dass er besiegt worden war und der Tod bereits auf ihn wartete. Er schloss die Augen, sah die île de Groix vor sich und dachte an seinen Bruder, der ihn viele Jahre auf seinen Reisen begleitet hatte, sah sich selbst gegen Feinde und Widersacher kämpfen und dachte in diesem Moment, dass es richtig war, hier und jetzt zu sterben, in einem Kampf, denn das war sein Leben gewesen, ein immerwährender Kampf, der kein Ende nahm und selbst wenn er eine Schlacht erfolgreich geschlagen hatte, wartete bereits die nächste auf ihn. Es hatte niemals aufgehört und jetzt bereute er es, keinen Frieden gefunden und keine Familie gegründet zu haben, doch nun war es zu spät. Er wusste, dass er sterben würde, doch er verspürte keine Furcht, denn Walhalla wartete auf ihn und sein Bruder saß dort bereits in der großen Halle der Götter, um ihn in die Arme schließen zu können, bevor der Met in Strömen fließen und sie zusammen Kriegslieder grölen würden. Er konnte es kaum erwarten und ein Seufzer entfloh Folkvins Brust, als er die Augen erneut öffnete, aber in diesem Moment weiteten sich die Augen des Engländers, die Waffe fiel ihm aus der Hand und er kippte langsam nach vorne und begrub Folkvin unter dessen Gewicht. Folkvin fluchte und bemühte sich, den Körper beiseite zu schieben, er umfasste ihn, fluchte erneut, als er merkte, dass seine Hände blutgetränkt waren, doch nun war jemand anderes zur Stelle, um ihm zu helfen und zwei riesige Pranken umfassten den Mann und schleuderten den Körper mit Leichtigkeit zur Seite. Folkvins Sichtfeld wurde frei und er riss erstaunt die Augen auf, als er Halfdan erkannte, der ihm grinsend die Hand reichte, um ihm beim Aufstehen zu helfen. »Es scheint, ich kann dich nicht mehr alleine lassen! Du wirst alt, mein Freund!«, sprach er leise, während er einen Stoff in zwei Teile riss und auf Folkvins Arm deutete. »Du blutest!«, brummte er nur und machte sich daran, ihm den Arm zu verbinden. Folkvin brauchte einen Moment, um seine Sprache wiederzufinden, doch nun spürte er Freude in sich aufwallen, denn wenn er ehrlich zu sich selbst war, hatte er nicht geglaubt, Halfdan in diesem Leben noch einmal wiederzusehen. Und wahrscheinlich hatte Halfdan Recht und er wurde alt, denn zu seinem großen Ärgernis spürte er, wie seine Augen feucht wurden. Erst jetzt merkte er, wie sehr ihm Halfdan an seiner Seite gefehlt hatte. Dennoch; rührselig zu sein, stand ihm nicht und so wischte er sich hastig mit dem Hemdärmel über die Augen. »Wo kommst du denn jetzt her?«, brummte er dann und sah sich um. »Belana?«, fragte er vorsichtig. Halfdans Miene wurde ernst und er schüttelte den Kopf, während der Regen ihm übers Gesicht lief. »Keine Zeit für Erklärungen!«, sagte er dann und deutete auf Ivar, der sich einen erbitterten Kampf gegen zwei Engländer lieferte. »Ivar könnte Hilfe gebrauchen! Und wer ist das?«, fragte er im selben Atemzug und deutete auf Albirich. »Du hast Recht, keine Zeit für Erklärungen! Er gehört zu uns!«, sprach Folkvin knapp, bückte sich eilig nach seinem Schwert und wollte bereits zu Ivar eilen, als sich eine dicke Gestalt Halfdan näherte. Fluchend stampfte der Mann durch den Schlamm, blieb immer wieder stehen, um seine Stiefel aus dem Matsch zu ziehen und fuchtelte wütend mit seinem Schwert in der Luft. »Nordmann!«, brüllte er und Halfdan sah auf, bevor er stöhnend den Kopf schüttelte. »Diesen Narren hatte ich bereits vergessen!«, sagte er mit rauer Stimme und presste die Lippen fest zusammen. »Er wird mich verraten!«

»Was meinst du damit, er wird dich verraten?«, fragte Folkvin ungeduldig und blickte dem Ankömmling entgegen. Er war von absonderlicher Hässlichkeit, sein rotes Haar lag in langen Strähnen über seinen Schultern und über seinem Gesicht und sein Bauch war beinahe so umfangreich, wie der Mann lang war. Er blieb schnaufend auf ihrer Höhe stehen und nun erkannte Folkvin den fetten Leofwine von Battenberg, der sie in den Turm hatte sperren lassen. Verwirrt schüttelte er den Kopf, fragte sich einen Moment, ob er sich gerade im Land der Träume befand, denn er konnte sich beim besten Willen nicht erklären, wie zunächst Halfdan, dann der rothaarige Engländer auf ihn treffen konnten, doch da ergriff Battenberg bereits das Wort und es war offensichtlich, dass er Folkvin nicht erkannt hatte, der ihn, von Regen durchnässt und von Schlamm und Blut beschmutzt, immer noch ungläubig ansah.

»Du hast dich auf die falsche Seite geschlagen, Nordmann! Soweit ich weiß, hast du dem Prinzen einen Eid geschworen!«, zischte der Rothaarige nun und blickte Folkvin misstrauisch an, bevor sich sein Blick weitete und er Folkvin erkannte. »Oho! Wie kann das sein?«, keuchte er und wischte sich mit beiden Händen den Regen aus dem Gesicht. In diesem Moment krachte bereits der Knauf eines Schwertes an seine Stirn und Leofwine sank ohnmächtig zu Boden. »Ich entscheide, auf welche Seite ich mich schlage!«, knurrte Halfdan, obwohl ihm das Herz bis zum Hals klopfte. Er hatte impulsiv gehandelt ohne darüber nachzudenken, welche Konsequenzen daraus entstehen konnten und er wusste mit absoluter Gewissheit, dass von Battenberg nicht hinter dem Berg halten und dem Prinzen von seinen Vergehen berichten würde, vor allem jetzt, nachdem er ihn niedergeschlagen hatte. Halfdan fürchtete sich vor dem, was Belana aufgrund seiner Torheit erdulden würden müsse. Nein, er musste von Battenberg dazu bringen, zu schweigen, und bis ihm, Halfdan, eingefallen sein würde, wie er das anstellen könnte, musste er von Battenberg eben ruhigstellen. Hastig fesselte er daher dessen Hände und Füße, ließ ihn anschließend im Regen und Schlamm liegen und wandte sich zu seinen wiedergefundenen Gefährten um, die bereits erneut in weitere Kämpfe verwickelt waren. Das Blatt hatte sich gewendet und zahlreiche Engländer hatten nun ebenfalls den Tod gefunden, denn Cédric, der Bogenschütze, hatte einige von ihnen mit seinen Pfeilen tödlich verletzt und auch Folkvin und Ivar kämpften wie Berserker, streckten einen nach dem anderen nieder und kannten kein Halten.

»Halfdan Olafson! Ich sehe dich!«, ertönte nun eine schrille Stimme über den Dorfplatz und Halfdan schloss die Augen und atmete tief ein, als er erkannte, wem diese Stimme gehörte. Denn selbst unter Tausenden von Menschen würde er ihn erkennen. Ihn, seinen Peiniger, der ihm stets im Nacken saß und ihn niemals aus seinen Fängen entlassen würde und Halfdan wusste mit bestimmter Gewissheit, dass diese Folter erst zu Ende sein würde, wenn der schwarze Prinz den Tod fand. Grimmig öffnete Halfdan die Augen und drehte sich langsam um. Im strömenden Regen erblickte er Edward auf seinem Pferd und sah ihn regungslos an. Edward erschrak mit einem Male, als er sah, wie sich Halfdans Gesicht zu einer wütenden Fratze verformte und er langsamen Schrittes und mit dem Schwert in der Hand auf ihn zukam. »Du!«, brüllte Halfdan mit einem Male und deutete mit der Klinge auf Prinz Edward. »Du wirst jetzt sterben!«

Der Regen prasselte auf ihn ein und er war durchnässt bis auf die Knochen, seine Kleidung schien in Schlamm getaucht worden zu sein, so schmutzig war sie und er hatte Mühe, Fuß im Matsch zu fassen, doch unerbittlich schritt er auf Edward zu, ließ ihn keinen Moment aus dem Blick und mit grimmiger Befriedigung sah er die Angst in dessen Augen aufblitzen. »Geh fort von mir!«, kreischte der Prinz nun, während sein Pferd unruhig zu tänzeln begann. »Ich habe deine Hexe, vergiss das nicht!«

Doch Halfdan konnte seinen Zorn nicht mehr bändigen und selbst der Gedanke an Belana konnte in diesem Moment nichts ändern. Alles, was er nun wollte, war diesen Irren von seinem Pferd zu ziehen und ihm die Axt in den Schädel zu schlagen, immer und immer wieder würde er das tun, bis nichts mehr von ihm übrig sein würde, als eine formlose und blutige Masse. Entschiedenen Schrittes näherte er sich ihm daher, nahm nun auch seine Axt in die Hand und ein grausames Lächeln stahl sich auf Halfdans Gesicht, als er sah, wie des Prinzen Furcht mit jedem Schritt, mit dem er auf ihn zukam, größer wurde.

»Rückzug! Wir ziehen uns zurück!«, brüllte er nun, während sich seine Stimme dabei überschlug. »Wir sehen uns wieder,

Nordmann!«, zischte er dann mit fahlem Gesicht, bevor er seinem Pferd die Sporen gab und davonritt, gefolgt von einer Handvoll Männer, die seinen Befehl vernommen hatten.

Halfdan blickte ihm grinsend nach, doch im nächsten Augenblick verpuffte seine Wut und die Sorge um Belana kehrte zurück. Er drehte sich um, ließ seinen Blick über den Dorfplatz gleiten, der nun einem schlammigen Schlachtfeld glich, denn überall lagen die Toten mit weit aufgerissenen Augen, dem stummen Erschaudern im Gesicht und blutigen Wunden, die vom Regen reingewaschen wurden und auf dem Platz hatten sich kleine Rinnsale geformt, die nicht nur den Regen, sondern auch das Blut der Toten mit sich trugen.

Folkvin, Ivar und Albirich hatten ihre Waffen sinken lassen und warfen sich gegenseitig unsichere Blicke zu, doch die Engländer waren fort und würden zunächst nicht wiederkommen. Albirich stöhnte laut auf und spuckte zu Boden, bevor er die blutbeschmierte Axt ablegte und begann, von einem Toten zum nächsten zu laufen. Er blickte ihnen ins Gesicht, stieß manchmal einen erschütterten Schrei aus, wenn er einen von ihnen erkannte und schloss ihnen die Augen, doch sein Weib konnte er nicht finden. Als er den letzten toten Körper begutachtet hatte, richtete er sich auf und schüttelte verzweifelt den Kopf. »Cédric! Ich kann sie nicht finden!«, schrie er voller Schmerz. Betroffen hielt Cédric in seiner Bewegung inne. Er hatte begonnen, seine Pfeile einzusammeln oder sie aus den Körpern der Engländer zu ziehen. Er wischte sich den Regen aus dem schmalen Gesicht. »Sie ist nicht hier, das heißt, dass sie lebt!«, rief er Albirich zu. »Hab Geduld! Wir werden sie finden!«

»Josce!«, brüllte Albirich ein weiteres Mal und ließ seinen Blick um sich schweifen, doch sie blieb verschwunden.

Die drei Nordmänner sahen sich einen Moment stumm an, fanden keine Worte, doch ihnen allen sah man die Wiedersehensfreude an. Ivar ging auf Halfdan zu, umarmte ihn und klopfte ihm auf die Schulter, während ein warmes Grinsen sein Gesicht erleuchtete. »Schön, dich wiederzusehen!«, sagte er nur und Halfdan nickte. »Es kam unerwartet! Ich habe nicht damit gerechnet, hier auf euch zu treffen!«; brummte er und ließ sich langsam zu Boden sinken, lehnte sich erschöpft an einen Baum und Ivar und Folkvin taten es ihm gleich, um sich einen kleinen Augenblick Ruhe zu gönnen.

Mit einer Kopfbewegung deutete Folkvin in Battenbergs Richtung, der langsam wieder aus der Ohnmacht erwachte. »Wer ist der Trottel?«, fragte er und Halfdan schüttelte grinsend den Kopf. »Mein Aufpasser!«, antwortete er knapp und Folkvin und Ivar brachen in lautes Gelächter aus.

Albirich hatte sich ihnen genähert und starrte sie fassungslos an. Er wollte gerade zum Sprechen ansetzen, als ein Rascheln in den Bäumen sie alle aufhorchen ließ. Sie blickten zu der Stelle, aus der die Geräusche kamen, griffen bereits wieder nach ihren Waffen, um sich für einen erneuten Angriff bereit zu machen, doch da ertönte das durchdringende Kreischen eines Kindes und nun lichteten sich die Blätter der Büsche und ein blasses, kleines Weib erschien zwischen den Bäumen mit einem Bündel im Arm. Unsicher blickte sie die Nordmänner an und Erleichterung machte sich in ihren Zügen breit, als sie Cédric und Albirich erblickte. Albirich erkannte die Alte und rannte auf sie zu. »Berthe!«, schrie er ihr entgegen und beugte sich anschließend atemlos über das kreischende Bündel, das jene in den Armen hielt. »Ist das mein Kind? Hat mein Weib mein Kind bekommen?«, fragte er leise, doch Berthe schüttelte den Kopf. »Nein, Albirich! Das ist nicht dein Sohn!«

»Wo ist Josce? Ist sie tot?« Albirichs Stimme brach beim letzten Wort, er blickte das Mütterchen flehend an und auch diesmal schüttelte sie den Kopf. »Nein, Albirich! Josce lebt!«, sagte sie die alles erlösenden Worte und Albirich schluchzte auf und schwankte. »Wo ist sie?«

»Ich bin hier!« Josce hatte sich ihnen langsam genähert, doch erst jetzt erblickte Albirich sein Weib. Sie war blass und nasse Haarsträhnen fielen ihr ins Gesicht, ihre braunen Augen sahen stumpf aus und sie blutete an der Stirn. Albirich ging wortlos auf sie zu und zog sie in seine Arme. Josce weinte stumm und so standen sie eine Weile fest umschlungen, bis sich Albirich losmachte und Josces Bauch anfasste. »Du hast auf mich gewartet!«, stellte er fest und lächelte gequält. Josce holte tief Luft und nickte. »Das haben wir! Wir haben auf dich gewartet!«

Halfdan hatte sich langsam dem kleinen Mütterchen genähert und warf nun einen misstrauischen Blick auf das Kind, welches sie in den Armen hielt und welches ihn aus riesigen, blauen Augen anstarrte. Er zuckte zusammen und stöhnte auf, denn er hatte das Gefühl, diese Situation bereits einmal durchlebt zu haben, doch es fiel ihm beim besten Willen nicht ein, wann dies hätte gewesen sein können.

»Wem gehört dieses Kind?«, fragte er leise. Die Alte zuckte mit den Achseln. »Vor einigen Tagen kam Jacques, der Fischer zu uns und übergab mir diesen Jungen. Er meinte, dass er sich nicht mehr um sie kümmern wollen würde, da seine Zeit vorbei und er müde sei. Ich habe ihn gefragt, wie er zu diesem Kind gekommen war und er antwortete, dass ein alter Mann und ein kleines Mädchen mit schwarzem Haar es zu ihm brachten und ihm den Auftrag gaben, das Kind großzuziehen, bis sie es wieder zu sich nehmen würden. Er wolle diese Aufgabe nicht mehr, hat er gesagt!«

Die Alte hatte leise gesprochen, doch Jeanne, die ihr Versteck verlassen hatte, als sie die Engländer hatte davonreiten sehen, hatte ihre Worte vernommen. Sie stieß einen leisen Schrei aus und Tränen rannen ihr über die Wangen, mischten sich mit dem Regen, der nun langsam nachließ. Vorsichtig näherte sie sich der alten Frau und streckte ihre Arme aus. »Das ist mein Sohn!«, sagte sie leise und nun erinnerte sich Halfdan an seinen Traum, sah Angrboda vor sich, die ihm befahl, seinen Sohn zu töten, sah die Klinge des Dolches aufblitzen, bevor sie durch die Kraft seiner eigenen Hand auf seinen Sohn niederfuhr. Furcht übermannte ihn und er wandte sich ab, wollte das Kind nicht sehen, hatte Angst davor, ihm etwas anzutun, während Jeanne den Kleinen aus den Händen der Alten nahm und schluchzend an ihre Brust drückte. Sie weinte herzzerreißend, während der Junge sie aus großen, erstaunten Augen ansah und doch nicht wusste, wie ihm geschah.

»Halfdan! Es ist dein Sohn!«, drang nun Jeannes Stimme an Halfdans Ohr und er verharrte in seiner Bewegung, blieb stehen und zögerte einen Moment, wagte nicht, sich umzudrehen, doch Jeanne näherte sich ihm, berührte vorsichtig seinen Oberarm und langsam drehte er sich zu ihr um, sah ihr sanftes Lächeln und blickte auf das Bündel in ihren Armen hinab. Zaghaft streckte sie die Arme aus und reichte ihm seinen Sohn, aber Halfdan zögerte noch immer, wagte nicht, ihn an sich zu nehmen, als Folkvin ihm einen Stoß in den Rücken gab. »Nimm ihn schon!«, brummte er. »Es ist deiner!«

Halfdan nickte und gehorchte. Er spürte die Wärme des kleinen Körpers, sah in diese klaren und blauen Augen und verstand nun erst mit jeder Faser seines Seins, dass er inmitten dieses Chaos, dieser von Schrecken und Tod beherrschten Welt, inmitten dieses nicht enden wollenden Krieges, der bereits so viel Leid über die Menschen gebracht hatte, etwas erschaffen hatte, was rein und gut war. Und er schwor sich in diesem Moment, dieses Kind mit seinem Leben zu schützen.

»Das Kind! Gebt es mir!«, ertönte plötzlich eine knarrende Stimme und inmitten des Farns erschienen nun sonderliche Gestalten. Ein blonder Riese, ein schmutziges Mädchen mit langem, schwarzen Haar, ein dunkelhäutiger Mönch und ein alter, auf einen Stab gestützter Mann mit langem, weißen Bart und grauer Robe näherten sich ihnen langsam. Der Mann richtete seinen milchigen Blick auf Halfdan und hob seine knochige Hand. »Gib mir den Jungen!«, wiederholte er seine Worte. »Nein!« Jeanne schrie auf und stellte sich zwischen dem Alten und Halfdan. »Ihr habt mir einmal mein Kind weggenommen, ein weiteres Mal wird euch das nicht gelingen!«

»Habt keine Furcht, Jeanne de Penthièvre, Herzogin der

Bretagne! Dein Sohn ist in meiner Obhut gut aufgehoben und ich werde ihn viele Dinge lehren, denn er hat eine besondere Aufgabe zu erfüllen!«, sagte Marzin mit beruhigender Stimme und streckte seinen Arm in Richtung des Kindes aus.

»Du erinnerst dich doch noch, nicht wahr, Jeanne de Penthièvre?

Zwei Seelen werden aus deinem Leib kriechen, getrennt werden sie sein, doch stets zueinander streben. Eine wird dem Pfad des Wassers folgen und stark wie ein Bär sein, eine wird wie das Holz sein, das das Feuer füttert und mächtige Visionen werden ihr folgen.«

Die Stimme des Alten sprach immer lauter, bis sie über den Platz dröhnte. Folkvin und auch die anderen spürten die Macht, die von diesem Alten ausging und alle verharrten sie wartend, unfähig zu begreifen, was hier vor sich ging.

»Nein!«, kreischte Jeanne. »Das wird nicht geschehen!«

»Du erinnerst dich also an meine Vision!«, nickte der Alte und lächelte ein beinahe zahnloses Lächeln. »Diese Vision wird sich nicht erfüllen können, ohne mein Zutun! Deine Kinder brauchen mich! Gib mir das Kind!«

Jeanne drehte sich gehetzt zu Halfdan um, riss ihm das Kind aus den Armen und schüttelte den Kopf, während sie das Baby unter Tränen an sich presste. »Nein!«, schluchzte sie.

»Nun gut! Dann wird das junge Mädchen, das sich mit dir im Wald versteckt hielt, den Tod finden!«, sagte der Alte und seine Stimme klang nun müde.

»Lea? Wo ist sie?«, warf Cédric alarmiert ein und drehte sich in alle Richtungen um. Folkvin und auch Ivar zuckten mit den Schultern und warfen sich fragende Blicke zu.

»Ihr werdet sie nicht finden!«, sagte der Alte feierlich. »Und wenn sich die Herzogin noch weiter Zeit lässt mit ihrer Entscheidung, wird es womöglich zu spät sein, denn sie befindet sich bereits an der Schwelle zum Jenseits und hat nicht mehr allzu viel Zeit, bis sie in den Tod stürzen wird! Daher rate ich euch allen, Jeanne de Penthièvre davon zu überzeugen, mir den Jungen zu geben und dafür werde ich euch verraten, wo sich das Mädchen befindet!«

»Ihr seid des Wahnsinns!«, stöhnte Folkvin und schüttelte den Kopf. Er konnte diesen Irrsinn nicht glauben, doch wusste beim besten Willen nicht, was er tun konnte, um sie alle heil aus dieser Situation zu führen.

»Das bin ich nicht, weiser Folkvin, Mann aus dem Norden und das weißt du! Du spürst meine Macht, nicht wahr?«, fragte der Alte und nun nickte Ael eifrig und zog Marzin am Ärmel. »Können wir jetzt gehen und das Baby mitnehmen? Ich werde mich gut um Erwann kümmern, er kennt mich doch schon!«

Marzin schüttelte sie unwirsch ab. »Geduld, Ael!«, murmelte er und sah Jeanne erwartungsvoll an.

Schweigen herrschte unter den Anwesenden und während Albirich und seine Frau betreten zu Boden blickten, fluchte Cédric laut vor sich hin, bevor er sich zu Jeanne umdrehte. »Gebt ihm euer Kind, Herzogin! Ich bitte euch, rettet Leas Leben!«

Jeanne schüttelte verbissen den Kopf. »Lasst mich in Ruhe! Ich habe dieses Kind zur Welt gebracht und bereits meine Tochter verloren! Um nichts in der Welt übergebe ich diesem Alten meinen Sohn!«

Marzin grunzte wütend. »Dann wird das Mädchen sterben!«, murmelte er und stampfte mit seinem Wanderstab auf den Boden. »Überlegt es euch gut!«

Halfdan schluckte, dachte an Lea und daran, dass er ihr sein Leben verdankte und er wusste, dass er sie nicht im Stich lassen konnte. Er hatte Verantwortung gegenüber seinem Sohn, doch dieses junge Mädchen, das er zudem noch benutzt hatte, um an sein Ziel zu gelangen, würde er dennoch nicht sterben lassen können. Behutsam legte er Jeanne seine riesige Hand auf den Arm. »Gib ihn ihm!«, sagte er mit rauer Stimme. »Es wird ihm nichts passieren, du hast es gehört! Und du wirst ihn wiedersehen, dafür werde ich sorgen! Denn er ist auch mein Sohn! Vertrau mir!«

Jeanne stieß einen spitzen Schrei aus und blickte ihn mit wirrem Blick an. Sie sah erbärmlich aus. Ihr Kleid war vollkommen durchnässt, ihr blondes Haar klebte ihr am Kopf und das Wasser lief ihr über das Gesicht, mischte sich mit Tränen und Schmutz und Halfdan sah die große Angst in ihren Augen, die Angst einer Mutter um ihr Kind und er verstand sie, wollte diesen Jungen selbst bei sich halten, denn die Liebe, die er in dem Moment, in dem er ihm im Arm hielt, gespürt hatte, war rein, bedingungslos und echt und Halfdan wollte mehr davon, wollte diesem Kind beim Aufwachsen zusehen, ihn begleiten und ihm Dinge beibringen, doch nun war nicht die Zeit dafür. Sie würden ihn gehen lassen müssen, das wusste er und nun näherte sich Ivar.

»Jeanne!«, raunte er. »Gib ihm dein Kind! Er wird sich um ihn kümmern! Wir können Leas Leben nicht auf diese Weise opfern! Niemand muss zu Schaden kommen!« Eindringlich sah er ihr in die Augen, bevor er ihr langsam über die Wange strich und ihr aufmunternd zunickte.

Jeanne schluchzte laut auf, warf einen letzten Blick auf ihren Sohn und drückte ihm einen Kuss auf die Stirn, bevor sie Ivar das Kind in die Arme drückte und sich lauthals weinend abwandte. Sie ging einige Schritte, bevor ihre Knie nachgaben und sie zu Boden fiel.

Während Jeanne de Penthièvre, Herzogin der Bretagne, auf diesem Waldboden kauerte und all ihren Schmerz in die Welt hinausschrie, überreichte Ivar dem alten Marzin Erwann, den rechtmäßigen Thronfolger der Bretagne, dessen Schicksal unbestimmt war und dennoch so klar vor ihm lag.

In diesem Moment begann das Kind erneut zu schreien, doch Marzin kümmerte sich nicht darum und nickte Ael zu. »Führ sie zu dem Mädchen! Beeil dich!«, herrschte er sie an und Ael fügte sich, winkte Ivar, Cédric und Folkvin ihr zu folgen und sprang zwischen die Bäume hinfort.

Und während sich die Vier auf die Suche nach Lea machten und Marzin mit seiner Gefolgschaft seinen Weg fortsetzte, blieb Halfdan bei Jeanne. Stumm stand er da, beinahe fassungslos, konnte kaum glauben, dass ihm sein Sohn nach diesem kurzen Moment bereits wieder genommen worden war und er blickte auf Jeanne hinab, hörte ihre Klagen und ihre Schreie, die kaum mehr etwas Menschliches an sich hatten und nun spürte er ein tiefes Mitgefühl ihr gegenüber, denn er verstand sie, konnte nachempfinden, welch grausamer Schmerz ihr dieser Verlust bereitete. Er zögerte noch einen Moment, dann beugte er sich zu ihr hinab, ließ sich neben sie auf die Knie sinken und griff mit einer unbeholfenen Bewegung nach ihr. Sie sah ihn erstaunt an, unterbrach für einen Moment ihr Weinen, als Halfdan sie vorsichtig an sich zog und in seine Arme nahm. Sie wehrte sich nicht, weinte leise weiter, bis ihre Tränen versiegten und sie sich langsam aus Halfdans Armen befreite. Beide saßen sie nun auf diesem von Regen durchdrungenen Waldboden, vereint in Trauer und tiefem Schmerz und schweigend sahen sie sich an, bis Halfdan schließlich nickte.

»Wir geben nicht auf, Jeanne! Wir geben nicht auf!«

Ende Band 2